insel taschenbuch 4182

Kate Alcott

Ein Koffer voller Träume

Kate Alcott

Ein Koffer voller Träume

Roman

Aus dem Amerikanischen von
Gabriele Gockel und Barbara Steckhan

Insel Verlag

Die Originalausgabe erschien 2012 unter dem Titel *The Dressmaker* bei
Doubleday, a division of Random House, Inc., New York
und in Kanada bei Random House of Canada Limited, Toronto

Umschlagfoto: Ute Klaphake / Trevillion Images;
Byron Company / Gallery Stock

Für Frank

Erste Auflage 2012
insel taschenbuch 4182
Deutsche Erstausgabe

Vertrieb durch den Suhrkamp Taschenbuch Verlag
Umschlag: Cornelia Niere, München
Satz: Hümmer GmbH, Waldbüttelbrunn
Druck: CPI – Ebner & Spiegel, Ulm
Printed in Germany
ISBN 978-3-458-35882-4

Ein Koffer voller Träume

1

Cherbourg, Frankreich
Mittwoch, 10. April 1912

Tess zog die Laken gerade, die sie eben erst von der Leine genommen hatte, und steckte die Ecken fest unter die Matratze. Dann trat sie zurück, um ihre Arbeit zu begutachten. Immer noch ein wenig schief und zerknittert. Die Hausdame würde sicher alles genau kontrollieren, in jede Ecke schauen und schimpfen, aber das spielte jetzt keine Rolle mehr.

Tess schaute aus dem Fenster. Sie sah eine Frau vorbeigehen, die einen prächtigen Hut mit einem breiten, tiefgrünen Band trug und einen hellroten Sonnenschirm hin und her schwang. Sie wirkte so lebendig, schien mit sich und der Welt zufrieden. Tess stellte sich vor, sie würde ebenso selbstbewusst die Straßen entlangschlendern, ohne dass ihr jemand vorwarf, es sei ihrer Stellung nicht angemessen. Sie schloss die Augen und konnte fast spüren, wie sich ihre Finger um den glatten, glänzenden Griff des Sonnenschirms schlossen. Wohin diese Frau wohl unterwegs war?

Tess betrachtete das halbfertige Bett. Schluss jetzt mit den Träumereien, es war Zeit.

Sie ging hinaus in die Eingangshalle, hielt aber inne, als sie sich in dem vergoldeten Spiegel an der gegenüberliegenden Wand erblickte. Ihr langes, dunkles Haar hatte sich aus dem nachlässig zusammengesteckten Knoten gelöst. Ihr Kinn war jedoch nach wie vor entschieden nach oben gestreckt, was viele als Zeichen von Aufsässigkeit betrachteten. Dennoch ließ sich nicht leugnen, dass das, was sie sah, irgendwie beschämend war: ein spindeldürres junges Mädchen mit einem schwarzen Kleid und einer weißen Schürze, das einen Haufen schmutziger Laken im Arm hielt und mitten auf dem Kopf eine alberne

 Haube trug. Ein Abbild reiner Dienstbarkeit. Sie riss sich die Haube vom Kopf und schleuderte sie gegen den Spiegel. Sie war kein Dienstmädchen, sondern Schneiderin, und zwar eine gute. Für diese Arbeit sollte sie auch bezahlt werden. Sie war getäuscht worden, als sie diese Stelle antrat.

Tess warf die schmutzigen Laken in den Wäscheschacht, stieg die Treppe in den zweiten Stock hinauf zu ihrem Zimmer und löste im Gehen ihre Schürze. Es war so weit. Kein Zögern mehr. Auf dem großen Schiff, das heute noch in Richtung New York ablegen sollte, gebe es Arbeit, hatten die Hafenarbeiter gesagt. Sie sah sich prüfend in dem kleinen Zimmer um. Keine Reisetasche – die Herrin würde sich ihr in den Weg stellen, wenn sie entdeckte, dass sie sich aus dem Staub machen wollte. Aber das Bild ihrer Mutter, Geld und ihr Skizzenbuch mit den Entwürfen. Sie tauschte ihre Dienstuniform gegen ihr bestes Kleid und stopfte ein wenig Unterwäsche, Strümpfe und ihr einziges anderes Kleid in einen Segeltuchsack. Ihr Blick fiel auf die halbfertige Abendrobe, die über der Nähmaschine hing, mit den kleinen Schleifen aus weißem Knautschsamt, die sie so sorgfältig auf den aufgebauschten, blauen Seidenrock geheftet hatte. Jemand anderes würde es fertignähen müssen

Sie holte tief Luft, versuchte, die Stimme ihres Vaters beiseitezudrängen, die in ihrem Kopf hallte: Bilde dir bloß nichts ein, schimpfte er immer. Du bist ein Mädchen vom Land, erledige gewissenhaft deine Arbeit, sei bescheiden. Du bekommst einen anständigen Lohn; pass auf, dass du dir durch deinen Trotz nicht das Leben ruinierst.

»Ich werde es nicht ruinieren«, flüsterte sie deutlich hörbar. »Ich werde etwas Besseres daraus machen.«

Doch seine Stimme klang noch immer nach, als sie sich umdrehte und endgültig ihr Zimmer verließ. Zornig raunte er ihr hinterher: »Sieh dich vor, dummes Mädchen.«

Die faulenden Holzplanken unter Luciles Füßen waren wie ein Schwamm. Als sie sich im Hafen von Cherbourg den Weg durch die Menge bahnte, sanken ihre Stiefelabsätze so tief ein, dass sie fürchtete steckenzubleiben. Sie zog die Silberfuchsstola eng um den Hals und genoss das weiche Gefühl des dichten Pelzes auf ihrer Haut. Sie trug den Kopf hoch und zog mit ihrer unverwechselbaren Erscheinung und ihrem prächtigen roten Haar die Blicke der Menge auf sich.

Sie sah ihrer Schwester entgegen, die mit raschen Schritten auf sie zukam, während sie eine Melodie vor sich hin summte und einen roten Sonnenschirm über ihrem Kopf kreisen ließ. »Anscheinend gefällt es dir, die Frohnatur zu spielen«, sagte Lucy.

»Ich versuche nur, liebenswürdig zu sein«, murmelte ihre Schwester.

»Ich will gar nicht mit dir konkurrieren. Die Aufmerksamkeit gehört nur dir«, erwiderte Lucile so schnippisch und arrogant wie nur selten.

»Hör auf, Lucy. Wenn es darum geht, können wir beide nicht klagen. In letzter Zeit bist du ziemlich unausstehlich.«

»Wenn du in ein paar Wochen eine Frühjahrskollektion in New York vorstellen müsstest, wärst du auch unausstehlich. Dieses Gerede, dass die Frauen ihre Röcke hochziehen und ihre Brüste flachdrücken, macht mir Sorgen. Du dagegen brauchst nur einen neuen Roman über sie zu schreiben.«

Die beiden schoben sich an den Dutzenden Reisetaschen und Koffern vorbei, deren Bronzebeschläge im schwindenden Licht des Tages glänzten. Ihre feinen Wollröcke waren von all dem feuchten Dreck am Saum schon ganz schwarz.

»Das stimmt, mein Handwerkszeug ist leichter zu transportieren als deins«, sagte Elinor leichthin.

»Allerdings. Ich bin zu dieser Reise gezwungen. Niemand ist kompetent genug, die Verantwortung für die Präsentation zu übernehmen. Ich muss mich selbst um alles kümmern. Sei also bitte nicht so albern.«

Elinor klappte resolut den Sonnenschirm zu und sah ihre Schwester stirnrunzelnd an. »Hast du denn überhaupt keinen Humor, Lucy? Ich bin nur gekommen, um dir eine gute Reise zu wünschen und dir nachzuwinken, wenn das Schiff ablegt. Soll ich wieder gehen?«

Lucile seufzte und holte tief Luft. »Nein, bitte nicht. Ich wünschte mir nur, du würdest mitfahren. Ich werde dich vermissen.«

»Nichts würde ich lieber tun, aber mein Lektor möchte die Korrekturfahnen bis zum Wochenende zurückhaben.« Elinors Stimme wurde wieder heiterer. »Außerdem hast du ja Cosmo – er ist so ein Schatz, auch wenn er sich so gar nicht für Literatur begeistern kann.«

»Ein kleiner Fehler.«

»Er ist herzig, und das schönste Geschenk, das er dir gemacht hat, ist der Titel. War das jetzt frech? Aber er hat wirklich nichts für Literatur übrig.« Elinor seufzte. »Und manchmal ist er langweilig.«

»Unsinn.«

»Das weißt du genauso gut wie ich. Wo ist er überhaupt?«

Lucile blickte in die Menge und hielt Ausschau nach der langen, hageren Gestalt von Sir Cosmo Duff Gordon. »Diese Verzögerung ist unerträglich. Wenn jemand dafür sorgen kann, dass alles glatt und pünktlich abläuft, dann Cosmo.«

»Natürlich. Dafür ist er ja da.«

Lucile sah Elinor scharf an. Die aber blickte mit unschuldigem Gesichtsausdruck in eine andere Richtung.

Oben auf dem Hügel, in einer der verstreuten Backsteinvillen auf den Klippen der normannischen Küste, fern vom Schiffsanleger, begab sich Tess hinunter zum Salon. Sie wurde von ihrer Herrin erwartet, einer prüden Engländerin, deren dünne Lippen aussahen, als ob sie zusammengenäht wären.

»Ich möchte bitte meinen Lohn«, sagte Tess, während sie den

Segeltuchsack in den Falten ihres Rocks verbarg. Sie konnte den Umschlag sehen, der auf dem Ecktisch neben der Tür für sie bereitlag, und bewegte sich langsam darauf zu.

»Sie haben mein Abendkleid noch nicht fertiggenäht, Tess«, sagte die Frau noch keifender als sonst. »Und mein Sohn hat heute Morgen im Flurschrank kaum noch ein Handtuch vorgefunden.«

»Inzwischen gibt es genügend.« Sie würde nicht wieder nach oben gehen. Nie wieder wollte sie in diesen Wäscheschrank gestoßen werden und die gierigen Spinnenfinger des halbwüchsigen Sohns abwehren. Das dort war ihr Umschlag; ihr Name stand darauf, und sie würde nicht dastehen und sich wie üblich Vorhaltungen machen lassen, bis er ihr ausgehändigt wurde. Sie trat näher an den Tisch.

»Das haben Sie schon einmal gesagt. Ich werde hinaufgehen und nachsehen.« Als sie sah, dass Tess nach dem Umschlag griff, hielt die Frau inne. »Tess, ich habe Ihnen das Geld noch nicht gegeben!«

»Vielleicht nicht, aber ich habe es mir verdient.« Tess bemühte sich, ruhig zu bleiben.

»Unhöflichkeit ist kein rühmlicher Zug, Tess. Sie sind in letzter Zeit so verschlossen. Wenn Sie jetzt nicht abwarten, bis ich Ihnen den Umschlag gebe, sind wir geschiedene Leute.«

Tess atmete tief ein, griff sich mit einem leichten Schwindelgefühl den Umschlag und drückte ihn an ihren Körper, als ob er ihr jeden Augenblick aus der Hand gerissen werden könnte.

»Dann ist es eben so!« Ohne auf eine Erwiderung zu warten, öffnete sie die Haustür mit den protzigen Schnitzereien, die sie nun nie mehr würde polieren müssen, und machte sich auf den Weg zu den Hafenanlagen. Nachdem sie so lange davon geträumt und darüber gebrütet hatte, war die Zeit endlich gekommen.

 Der Kai war glitschig von den vielen Algen. Ihr Herz klopfte, als sie sich ihren Weg durch das hektische Chaos bahnte. Sie atmete tief ein, und scharfe, salzige Meeresluft füllte ihre Lunge. Wo waren die Schilder mit den Stellenangeboten? Tess wandte sich an einen Mann, der eine Uniform mit großen Messingknöpfen trug, und fragte ihn erst in stockendem Französisch, dann in raschem Englisch, wer zuständig sei für das Anheuern von Reinigungs- und Küchenpersonal auf dem großen neuen Schiff.

»Da kommen Sie zu spät, meine Liebe, das Dienstpersonal ist bereits komplett. In Kürze gehen die Passagiere an Bord. Pech für Sie, tut mir leid.« Dann drehte er sich um.

Mochte sie auch noch so strahlend lächeln, es sah ganz so aus, als würde ihr Plan scheitern. Idiotin – sie hätte früher herkommen müssen. Was sollte sie jetzt tun? Sie verdrängte das hohle Gefühl, das sich in ihr breitzumachen drohte, weil sie nicht wusste, wie es weitergehen sollte, und dachte angestrengt nach. Familien, Kinder hüten. Sie wäre ein gutes Kindermädchen. Zählten sieben jüngere Brüder und Schwestern etwa nicht als ausreichende Erfahrung? Sie war reisefertig und musste nur die richtige Person finden und das Richtige sagen, dann würde sie auch von hier wegkommen. Nichts würde sie daran hindern. Es musste ihr einfach gelingen.

Doch niemand schenkte ihr Aufmerksamkeit. Ein älteres englisches Ehepaar schreckte entsetzt zurück, als sie fragte, ob es eine Reisebegleitung wünsche. Und als sie auf eine Familie mit Kindern zuging und ihre Dienste anbot, sahen die Leute sie misstrauisch an, schüttelten höflich den Kopf und wandten sich ab. Was hatte sie erwartet? Bestimmt wirkte sie nicht sonderlich vertrauenerweckend mit ihrem wirren Haar und ihrer ärmlichen Kleidung.

»Lucy, schau mal, das Mädchen dort drüben.« Elinor deutete mit ihrer zarten, gepflegten Hand auf die verzweifelte Tess. »Meine Güte, was für eine Schönheit. Hinreißend, diese großen

Augen. Sieh mal, sie geht herum und spricht Leute an. Wahrscheinlich versucht sie, aufs Schiff zu kommen. Glaubst du, dass sie vor etwas davonläuft? Vor der Polizei vielleicht? Vor einem Mann?«

»Das interessiert mich nicht, aber ich bin mir sicher, dass du eine gute Geschichte daraus stricken wirst«, sagte Lucy und winkte Cosmo, der gerade auf sie zukam. Wie gewöhnlich wirkte er ein wenig geistesabwesend. Kühler Blick, zurückhaltendes Auftreten, stets mit seiner Arbeit beschäftigt. Ihm auf den Fersen folgte ein scheu dreinblickender Bote.

»Lucile, wir haben ein Problem ...«, hob Cosmo an.

»Hab ich's doch geahnt!« Luciles Züge wurden hart. »Es geht um Hetty, nicht wahr?«

»Sie sagt, dass sie nicht mitkommen kann. Ihre Mutter ist krank«, erklärte der Bote. Fast ein wenig ehrerbietig und unsicher machte er eine leichte Verbeugung – zu Recht, denn Lucile war wütend.

»Sagen Sie dem Mädchen, sie kann nicht einfach kurz vor der Abfahrt zurücktreten. Was denkt sie sich dabei? Wenn sie nicht mit uns an Bord geht, ist sie entlassen. Haben Sie ihr das gesagt?« Lucile funkelte den Mann an.

»Das habe ich, Madame«, antwortete er leise.

Tess hörte die lauten Stimmen, und beim Anblick der beiden Frauen blieb sie stehen. War das möglich? Sie erkannte den großen Hut mit dem herrlichen grünen Band wieder, den sie vom Fenster aus gesehen hatte. Die Frau, die ihn trug, stand vor ihr und klopfte mit ihrem roten Sonnenschirm auf den Boden.

Eine scharfe Stimme riss Tess plötzlich aus ihren Gedanken.

»Eine miserable Ausrede!«, zischte die Frau neben der Dame mit Hut.

Irgendwer war nicht zur Reise erschienen, wohl ein Dienstmädchen, und die kleine Person mit dem leuchtend roten Haar und dem purpurroten Lippenstift war rasend vor Wut. Wie großartig sie aussah. Ihr markantes, unbewegliches Gesicht verriet Entschlossenheit, und ihre weit auseinanderliegenden Augen sahen so aus, als könnte ihr Blick von einem Moment auf den nächsten von sanftmütiger Güte in unerbittliche Härte umschlagen. Gegenwärtig war in ihrem Gesicht nur Härte zu lesen.

»Wer ist das?«, fragte Tess einen jungen Mann, der bei der Gruppe stand. Ihre Stimme zitterte.

»Das wissen Sie nicht?«

Als sie wieder hinsah, fiel ihr auf, dass die Passanten ihre Schritte verlangsamten, flüsterten und der Frau bewundernde Blicke zuwarfen. Sie kam ihr plötzlich bekannt vor.

»Du lieber Himmel!«, stieß sie hervor. »Das ist ja Lucile Duff Gordon!«

»Die Grande Dame der *Couture*. Die andere ist ihre Schwester Elinor Glyn. Sie lebt in Hollywood und schreibt Romane.«

Tess hörte ihm kaum zu. Diese Person, die vor Wut aus der Haut fuhr, war die berühmteste Modeschöpferin der Welt. Ihre atemberaubenden Kleider hatte Tess in Zeitschriften gesehen, und jetzt stand sie nur ein paar Meter von ihr entfernt! Das war ihre große Chance.

»Lady Duff Gordon, ich kann es gar nicht fassen, Sie hier zu sehen«, rief sie aus und stürmte auf sie zu. »Wie ich Sie bewundere! Sie sind eine wahre Künstlerin. Ich habe Bilder von Ihren Kleidern gesehen, sie sind traumhaft schön.« Sie stammelte, doch das kümmerte sie nicht. Jetzt kam es nur darauf an, Luciles Aufmerksamkeit zu erregen.

Aber die Modeschöpferin beachtete sie nicht.

»Ich würde gern für Sie arbeiten«, flehte sie. »Ich kenne mich aus mit Stoffen. Ich bin Schneiderin, und ich bin sehr gut. Ich könnte Ihnen eine große Hilfe sein.« Sie dachte fieberhaft nach, was sie sonst noch vorbringen könnte. »Knopflöcher, darin bin ich geübt ... alles, was Sie brauchen. Bitte ...«

»Habe ich es nicht gesagt: Sie ist verzweifelt«, murmelte Elinor kichernd und rückte ihren aufwändig gearbeiteten, modernen Hut zurecht.

Lucile wandte sich um. »Wissen Sie überhaupt, um was für eine Stellung es sich handelt?«, fragte sie.

Tess zögerte.

»Es geht um mein persönliches Dienstmädchen. Sind Sie immer noch interessiert?«

»Sicher.« Alles, wenn sie nur auf das Schiff käme. Welch unglaubliche Chance, wenn sie für Madame Lucile arbeiten könnte.

»Wo arbeiten Sie im Moment? Als was?«

»In ... in einem Haus in Cherbourg. Und ich schneidere Kleider. Meine Kunden sind sehr zufrieden.«

»Eine Art Dienstmädchen also ...«, murmelte Elinor.

Lucile überging sie. »Wie heißen Sie?«

»Tess Collins.«

»Tessie. Ich verstehe.«

»Nein, *Tess*.«

»Wie Sie wollen. Können Sie lesen und schreiben?«

»Aber natürlich!« Tess war empört.

Einen kurzen Augenblick flackerte Bewunderung in Lady Duff Gordons Blick auf. »Referenzen?«

»Ich lasse Sie Ihnen per Post zukommen. Was immer Sie benötigen.«

»Mitten auf dem Atlantik?«

»Es gibt doch Funktelegramme.« Tess hatte davon gelesen und hoffte, dass es die richtige Antwort war.

Plötzlich war Lucile des Hin und Hers überdrüssig. »Tut mir leid, ich weiß nichts über Sie«, sagte sie. »Es geht nicht.« Sie wandte sich ab und begann ein Gespräch mit Cosmo.

In ihrer Verzweiflung kam Tess eine Idee. »Schauen Sie, bitte schauen Sie«, brachte sie stotternd hervor und löste den Kragen von ihrem Kleid. »Den hier habe ich genäht. Ich habe versucht, den Kragen eines Ihrer Modelle nachzuahmen, das ich aus der Zeitung ausgeschnitten habe. Es ist zwar bloß eine Kopie, aber ...«

»Nicht schlecht«, murmelte Elinor mit einem Blick auf den

 Kragen. Er war geschickt gemacht – aus frischem, weißem Leinen und offen oder geschlossen zu tragen. Das erforderte sorgfältiges Arbeiten. »Sehr kompliziert. Ungewöhnlich für ein Dienstmädchen.«

Lucile wandte sich wieder um, dann betastete sie den Kragen, den Tess ihr entgegenhielt. Einer ihrer besten Entwürfe. Das Mädchen hatte ihn in der richtigen Proportion zu ihrem Kleid zugeschnitten und mit der Hand genäht, ohne eine einzige Falte im Stoff. »Sie sagen, Sie haben ihn selbst gemacht?«, fragte sie.

»Ja, das habe ich.«

»Wer hat Ihnen das Nähen beigebracht?«

»Meine Mutter. Sie ist sehr begabt.« Tess richtete sich stolz auf. »Man kennt mich in der ganzen Gegend. Und ich schneide selbst zu.«

»Alle Welt schneidet zu, meine Gute. Dazu braucht man nur eine Schere. Sie meinen wohl, Sie entwerfen Ihre eigenen Schnitte.« Ohne um Erlaubnis zu bitten, zog Lucile den Ärmel von Tess' Kleid hoch und stellte fest, dass er sauber eingenäht war.

»Ja. Ich entwerfe, und ich nähe. Ich mache alles selbst.«

»Werden Sie dafür von Ihrer Herrin bezahlt?«

»Nicht fürs Nähen. Aber ich bin gut, und ich hätte es verdient, dafür bezahlt zu werden.« Womöglich klang das überheblich. Tess holte tief Luft und setzte noch einmal an: »Ich möchte für Sie arbeiten. Sie sind die beste Modeschöpferin der Welt, und ich kann mein Glück nicht fassen, Ihnen begegnet zu sein. Ihre Kleider sind eine Inspiration, ich kenne nichts Vergleichbares. Bitte geben Sie mir eine Chance. Sie werden es nicht bereuen.«

Lucile starrte das Mädchen mit undurchdringlicher Miene an. Doch in ihren Augen tat sich etwas. Ihre Entourage war in Schweigen verfallen und wartete gespannt, wie es weitergehen würde.

»Sie ist wahrscheinlich zu selbstbewusst für dich«, bemerkte Elinor leise. »Man weiß ja nie. Vielleicht nimmt sie den Mund ein bisschen zu voll.«

Luciles Gesichtsausdruck blieb unverändert, auch wenn ein zartes Lächeln um ihre Lippen spielte. »Gut möglich. Aber ich kann meinen Schmuck ja auch im Schiffssafe deponieren, oder nicht?« Sie wandte sich Tess zu. »Würden Sie sich damit begnügen, ein Dienstmädchen zu sein? Das ist nämlich alles, was ich Ihnen anbieten kann.«

»Was immer Sie wünschen. Ich möchte nur die Gelegenheit, für Sie zu arbeiten, dann werde ich Ihnen zeigen, was ich kann.« Sie würde alles tun. Weder würde sie sich Tagträumen hingeben noch die Ecken der Laken zusammenknüllen, sondern hart arbeiten und lernen und alles besser machen. Tess stockte der Atem. Es kam ihr vor, als würde sich in diesem Augenblick ihr Schicksal entscheiden und sich eine Tür öffnen – oder fiel sie zu? »Was immer ich wünsche?«

Tess richtete sich auf. »Solange es ehrbar ist«, erwiderte sie.

Lucile musterte Tess von oben bis unten. Das dunkle, zerzauste Haar, die hohen, geröteten Wangenknochen und ihre stolze Kopfhaltung, die abgetragenen Stiefel und das kaputte Schuhband.

»Wir werden bald an Bord gehen. Können Sie in etwa einer Stunde fertig sein?«

»Von mir aus auch sofort.« Tess sprach klar und knapp. Du hast nur eine Chance, dachte sie. Vertue sie nicht.

Die kleine Gruppe um Lucile schien gemeinsam den Atem anzuhalten. Lucy zögerte noch einen Augenblick. »Gut, Sie sind eingestellt«, sagte sie dann. »Und dass das klar ist, als *Dienstmädchen*.«

Elinor sah sie überrascht an. »Ist das nicht etwas unbesonnen, Lucy?«

Ihre Schwester antwortete nicht. Sie starrte mit verschwommenem Blick auf Tess, als sähe sie durch sie hindurch.

»Danke ... Sie werden es nicht bereuen«, sagte Tess mit zitternder Stimme und versuchte, unter Luciles direktem Blick nicht die Haltung zu verlieren.

»Sie müssen Ihrer Stellung entsprechend eingekleidet werden, auch wenn Sie sich vielleicht für etwas Besseres halten.« Lucile hatte wieder festen Boden unter den Füßen. »Sie werden mich mit Madame ansprechen. Und Sie brauchen eine Haube.« Sie nickte Cosmo zu. »Mein Gatte, Sir Cosmo, wird sich um die Einzelheiten kümmern.«

Tess lächelte den hochgewachsenen, hageren Mann mit dem großen, gut gepflegten Schnurrbart zaghaft an, als er einen Schritt auf sie zutrat. Nachdem er ihr ein paar Fragen gestellt hatte, sprach er leise mit einem Angestellten der White Star Line. Es handelte sich lediglich um die Passage eines Dienstmädchens, ein Pass war nicht erforderlich. War das auch ganz gewiss kein Problem? Sie beendeten ihre Unterhaltung mit einem festen Händedruck. Tess atmete so tief aus, dass ihr schwindelig wurde. Ihre Tür ging auf.

Sie hielt sich am Geländer der glitschigen Treppe fest, über die sie Lady Duff Gordon zu einem der Tenderschiffe folgte, das schmuddelig und ein wenig heruntergekommen wirkte. Ein beflissener Herr in einer White-Star-Uniform hatte den Wartenden gesagt, das Schiff sei zu groß für den flachen Hafen von Cherbourg, deshalb müssten sie mit dem Tender hinübergebracht werden. Es musste wirklich riesig sein, denn aufgrund des Sogs beim Auslaufen aus Southampton waren, wenn man den Gerüchten Glauben schenken mochte, die Halteleinen eines anderen Dampfers gerissen. Tess blinzelte in den dünnen grauen Nebel, sie konnte es kaum erwarten, es endlich zu Gesicht zu bekommen.

Schließlich lichtete sich der Nebel. Und da war es, so hoch, so stolz und erhaben, dass es das Meer zu beherrschen schien. Vier riesige Schornsteine reckten sich anmutig in den Himmel.

Neun Decks zählte Tess. Kein Wunder, dass man ihm den Namen *Titanic* gegeben hatte. Die Männer oben auf dem Ozeanriesen, die das Tenderschiff festmachten, wirkten klein wie Ameisen.

Ein Matrose reichte Tess die Hand und half ihr auf die Gangway. Sie betrat die Treppe, dann setzte sie vorsichtig einen Fuß vor den anderen. Jetzt gab es kein Zurück mehr. Sussex, ihre pflaumengesichtige Herrin und deren Lustmolch von Sohn, all das ließ sie hinter sich. Auch ihr Elternhaus, ihre Mutter, Brüder und Schwestern, die sie vielleicht nie wiedersehen würde. Ihr Herz bebte, aber sie stieg entschlossenen Schrittes hinauf.

Ein Mann mit einem schön geformten Kinn und eine Frau in einem weißen Pelzumhang blieben stehen, als sie gerade das Schiff betraten, und hielten einen Augenblick inne für eine Umarmung. Wie reizend, und so impulsiv! Der Mann, dessen geäderte Hände verrieten, dass er nicht mehr ganz so jung war, wie es anfangs den Anschein gehabt hatte, wirbelte die Frau plötzlich geschickt herum, so dass sie am Ende lachend in seine Arme sank. Unter dem Applaus einiger Umstehender tänzelten die beiden leichtfüßig davon.

Unmittelbar vor Tess ging ein Mann mit einem prägnanten Gesicht, das von einem kräftigen Kinn und einer schmalen Adlernase beherrscht wurde. Er wirkte nervös und rastlos. Die Hände hatte er in die Taschen eines gepflegten braunen Kaschmirmantels gesteckt. Sein Blick war verschleiert. War er traurig? Das Haar an den Schläfen zeigte erste graue Ansätze. Wahrscheinlich in den Vierzigern, schätzte sie. Ein Geschäftsmann, der ständig auf seine Uhr schaute. Er schien wie von einem Nebel umhüllt und zeigte keinerlei Reaktion auf die kleine Darbietung vor ihm. Er blieb nur einen Augenblick stehen und betrachtete – offenbar mit einer gewissen Wehmut – das glückliche Paar.

»Weitergehen, Miss.« Der Mann hinter ihr hatte eine harte

Stimme und klang ungehalten. Sie sah sich kurz um. Offenbar jemand von Bedeutung.

»Willkommen an Bord, Mr. Ismay«, sagte ein Offizier und schüttelte dem Mann hinter ihr die Hand. »Es ist eine Ehre, den Direktor von White Star an Bord zu haben. Ich kann Ihnen eine schnelle Reise nach New York versprechen.«

Ismay murmelte ein paar Worte. Tess fand, er sah aus wie ein großer, knochendürrer Kranich. Sie beschleunigte ihren Schritt, um ihm nicht im Weg zu sein.

Lucile und Elinor, die sich noch auf dem Tenderschiff befanden, beobachteten, wie das Mädchen an Deck stieg. »Ich glaube nicht, dass sie das Zeug zum Dienstmädchen hat, Lucy«, sagte Elinor und konnte ein Lachen nicht unterdrücken. »Sie hat nicht einmal darauf geachtet, die große Lady Duff Gordon vorgehen zu lassen. Das gefällt mir.«

»Ich werde ihr Säume und Knöpfe zum Annähen geben. Wenn sie nicht anständig arbeitet, muss sie gehen, sobald wir in New York ankommen.«

»Du hast doch einen Hintergedanken ... ich kenne dich.« Elinor nahm ihre Schwester kurz in die Arme. »So bleibt es spannend. Ich schreibe weiter über verbotene Liebe, und du entwirfst Kleider für Mätressen.«

»Elinor ...«

»Ich weiß, sie sind für ehrenwerte Frauen und alle möglichen Berühmtheiten. Ist es nicht nett von mir, dass ich dich zum Schiff begleite?«

»Du wolltest ja bloß die *Titanic* aus der Nähe sehen.« Lucile lächelte und umarmte ihre Schwester. Dann runzelte sie die Stirn. »Du bist viel zu dünn. Ich kann ja deine Rippen zählen. Du hast dir doch nichts wegoperieren lassen?«

»Unsinn. Wir wissen doch beide, dass nur ein paar verrückte Frauen so etwas machen. Und zu denen gehöre ich wahrlich nicht.«

»Aber du trägst kein Korsett.«

»Da hast du recht. Ich verzichte auf Fischbein. Viel Glück in New York, und komm bald zurück.« Scherzend fügte sie hinzu: »Madame.«

»Das verschafft mir den nötigen Respekt«, gab Lucile zurück.

»Darauf würde ich mich an deiner Stelle nicht verlassen.«

»Wahrscheinlich nicht«, erwiderte Lucile gedankenverloren. Sie blickte hinauf zu dem jungen Hausmädchen, das neben der Gangway auf dem Deck stand.

»Du hast nur noch Augen für das Mädchen. Komm, verabschiede dich von deinem Schwesterherz.«

»Aber sicher.« Lucile lachte und gab Elinor einen Kuss, der auf ihrer Wange einen purpurroten Fleck hinterließ. Dann wandte sie sich zum Gehen.

Tess widerstand der Versuchung, allzu offensichtlich auf die vielen bedeutenden Leute zu starren, die auf ihre Kabinen in der ersten Klasse zustrebten. Mutter hätte sich geschämt. Schließlich hatte sie ihr Manieren beigebracht. Gaff nicht! Aber wie traumhaft das alles war. Aus den Augenwinkeln schielte sie auf die Frauen in ihren wunderbaren Kleidern – wie gern hätte sie hier und da über die knisternde Seide gestreift oder sich die Muster der raffiniert gewebten Stolen genauer angesehen – und auf die Männer mit ihren hochgezogenen Hemdkrägen, die dastanden wie die Herrscher der Welt. Sie stellte sich vor, das alles wäre nichts Neues für sie, es wäre ganz normal. Als würde sie dazugehören.

»Die meisten Passagiere der ersten Klasse machen diese Fahrt nur mit, damit sie sich brüsten können, bei der Jungfernfahrt der *Titanic* dabei gewesen zu sein«, sagte Madame, als Tess ihr beim Auspacken half. »Bei einem Dinner in New York können sie es dann ganz beiläufig erwähnen. Um zu zeigen, wie unternehmungs- und abenteuerlustig sie sind.« Sie lächelte. »Hauptsache, die Wasserhähne sind vergoldet – und das sind sie.«

Tess wollte etwas erwidern, aber Lucile hatte bereits einen Finger auf den Mund gelegt. »Hören Sie!«

Und zum ersten Mal vernahm Tess das langsame Stampfen und spürte das Vibrieren der gewaltigen Schiffsmotoren, die weit unter ihr Schwung aufnahmen. Zaghaft bat sie, beim Ablegen zuschauen zu dürfen.

»Ich fürchte, das ist nichts Besonderes.« Dennoch führte Lucile ihr neues Dienstmädchen wieder hinaus aufs Deck, und sie sahen zu, wie sie sich langsam von der Anlegestelle entfernten. Noch ein Hafen in Irland, dann würde die *Titanic* zum ersten Mal auf offener See fahren. Madame machte Tess auf ein junges Paar aufmerksam. Die Frau, deren blasses Gesicht von gepflegten kleinen Locken umrahmt wurde, und der auffallend gut aussehende Mann an ihrer Seite schienen die Welt um sich herum vergessen zu haben. Sie würden bald heiraten. In Newport Beach sei eine große Hochzeit mit berühmten Gästen geplant.

»Aber es gibt auch Leute wie diese«, sagte sie und deutete mit ihrem zierlichen Finger auf eine fröhliche, korpulente Frau, die jemandem am Ufer heftig zuwinkte. »Mrs. Brown. Ihr Geld kommt aus einem Ort namens Leadville in Colorado. Goldminen. Keine Kinderstube.« Lucile blickte nach unten auf das Zwischendeck, von dem laute Abschiedsrufe heraufdrangen. »Die armen Ungebildeten. Sie haben alles verkauft, um in Amerika ein neues Leben beginnen zu können. Aber die meisten erwarten wohl zu viel. Es sei denn, sie lernen, Teller zu waschen.«

Als Tess später ihren Sack zum Zwischendeck hinuntergebracht und sich auf die Suche nach der ihr zugeteilten Pritsche gemacht hatte, blieb sie unter die tiefe Decke gebückt kurz stehen und sah sich in dem überfüllten Raum um. Die Luft war drückend, eine Mischung verschiedener Gerüche, die in die Nase stachen – Knoblauch, Pökelfleisch, Rauch und sogar Urin. Ein Mann mit grauer Hose rasierte sich, zwei Kinder sahen ihm dabei zu. Eine alte Frau mit schütterem Haar wiegte sich vor und zurück und klagte über Magenschmerzen. Zwei Jungen spielten mit einem Ball. Frauen schwatzten miteinander, Babys weinten. Das Mädchen auf der Pritsche neben ihrer bot ihr freundlich lächelnd einen Apfel an. So viele Menschen, doch nur die wenigsten von ihnen würden die oberen Decks zu sehen bekommen. Und umgekehrt würden die Passagiere der oberen Decks diesen Leuten nicht begegnen. Trotzdem, sie hatten sich aufgemacht, um ein neues Leben zu beginnen, genau wie Tess.

So rasch wie möglich kehrte sie auf das obere Deck zurück. Am liebsten hätte sie sie alle mitgenommen, aber hier ging es um sie selbst. Sie würde sich dort unten nur zum Schlafen aufhalten, keine Minute länger. Erst als die Stimmen und der Lärm der weinenden Kinder nur noch ganz leise durch die Decks und das glänzende Messing dieses erstaunlichen Schiffs drangen, blieb sie stehen und holte tief Luft.

Es war überwältigend. Lucile, die sich allmählich an Tess' ungestüme Art gewöhnt hatte, wies sie am nächsten Tag beiläufig auf weitere illustre Passagiere hin: hier der Besitzer einer Eisenbahngesellschaft, dort ein Berater des amerikanischen Präsidenten Taft und da ein bekannter Theaterproduzent – Lucile kannte sie alle. Gemeinsam schlenderten sie durch die großen Empfangsräume mit der reich verzierten Bestuhlung, den Mahagonitischen und vergoldeten Spiegeln, bis Lucile erklärte, sie habe genug und wolle sich zurückziehen. Tess nutzte die Gelegenheit und fragte, ob sie ein wenig allein herumspazieren dürfe.

»Nur zu. Ich bin zum Tee wieder auf Deck. Viel Glück auf Ihrer Expedition. Nicht einmal die Stewards scheinen sich richtig auszukennen.«

Tess spähte in einen großen Raum mit mahagonigetäfelten Wänden und seltsamen Geräten, die wie mechanische Pferde aussahen. Sie hatte bereits von diesen elektrisch betriebenen Übungsgeräten gehört. Tess sah sich um, es war niemand in der Nähe. Eigentlich dürfte sie den Raum gar nicht betreten, aber es war einfach zu interessant. Auf Zehenspitzen huschte sie hinein, und während sie über die Pferde aus Stahlblech strich, fragte sie sich, ob sie mutig genug war, sich auf eins drauf zu setzen. Sie sahen so glänzend und kalt aus. Wie das wohl sein mochte? Plötzlich sah sie den Schalter. Wenn niemand zuschaute, konnte sie vielleicht wagen, eines in Gang zu setzen.

Dann entdeckte sie das Kamel. Ein Kamel! Sie hatte sich schon immer gefragt, wie es sich anfühlte, auf so einem Tier zu reiten. Vorsichtig schob sie den Fuß in einen Steigbügel, raffte ihren Rock und zog sich auf die Maschine. Gerade als sie die Hand nach dem Schalter ausstreckte, erstarrte sie.

»Wie ich sehe, möchten Sie ein wenig trainieren.« Eine männliche Stimme. »Frauen sind meist viel zu ängstlich, um Sportgeräte zu benutzen. Aber das ist Unsinn.« Sie blickte auf und sah den gutaussehenden Mann mit den graumelierten Haaren von der Gangway vor sich. Jetzt erschien er ihr viel vitaler. Er trug einen blauen Rollkragenpullover und wirkte nicht mehr so traurig. Die Schatten unter seinen Augen jedoch würden vermutlich nie ganz verschwinden.

»Ich hoffe, dass ich hier keinen Schaden anrichte, aber ich habe solche Maschinen noch nie gesehen«, sagte sie ein wenig verlegen, weil ihr bewusst wurde, welchen Anblick sie bot – rittlings auf dem Gerät wie ein leichtes Mädchen. Wenn Madame jetzt hereinkäme! Aber das war nicht zu erwarten. Und der Mann schien auch nicht besonders entsetzt zu sein.

»Das geht wohl den meisten von uns so«, sagte er. »Nehmen Sie nur dieses elektrische Kamel, das es Ihnen so angetan hat. Wozu Höcker, um Wasser zu speichern, wenn es das Wunder der Elektrizität gibt. Soll ich es einschalten?«

Tess blickte zu ihm hinunter, sah das amüsierte Leuchten in seinen Augen und hielt sich fest. »Also gut«, sagte sie. Ihr stockte der Atem.

Er legte den Schalter um. Das Gerät begann sich zu bewegen,

sie schaukelte vor und zurück, hoch und runter. Sie musste lachen, so absurd kam ihr das alles vor, während sie die Beine an die glatten Flanken aus poliertem Eichenholz presste.

»Fühlt es sich an wie richtiges Reiten?«

»Nein, ganz und gar nicht. Zu Hause bin ich oft geritten.«

»Mit so einem Sattel?«

»Nein, ganz ohne Sattel fühle ich mich freier.« Als sie sich zu Hause über die Feldwege galoppieren sah, kam ihr dieses kleine Abenteuer plötzlich albern vor. »Inwiefern soll das Gymnastik sein?«

»Die Bewegung ist gut für Herz und Lunge. Jedenfalls lautet so die Theorie.«

Bestimmt würde bald jemand hereinkommen. »Schalten Sie bitte ab«, sagte sie.

»Es geht noch schneller.«

»Nein, nein.« Sie warf ihm einen besorgten Blick zu. »Machen Sie sich bitte nicht über mich lustig.«

Er lächelte und schaltete das Kamel ab. Dann streckte er ihr die Arme entgegen. »Darf ich Ihnen herunterhelfen?«

»Nein, danke, das schaffe ich auch allein.« Bevor er noch etwas sagen konnte, glitt sie vom Gerät und strich sich die Röcke glatt.

»Keine Sorge, alles ist völlig in Ordnung«, sagte er. »Möchten Sie einen kleinen Rundgang machen?« Er bot ihr ganz selbstverständlich seinen Arm, so als wäre es das Normalste der Welt. Er war gut gelaunt, und sie ließ sich davon anstecken. Wie gut es tat, zu lachen. Das ist der Squashplatz; spielen Sie Squash? Und hier das türkische Bad. Dort drüben – er deutete in eine andere Richtung – das verrückteste Schwimmbecken, das es gibt. »Wenn man von Wasser umgeben ist, gibt es nichts Wichtigeres, finden Sie nicht auch? Für die Schönen und Reichen ist nichts gut genug.«

»Ich werde eines Tages auch dazugehören«, platzte es aus ihr heraus.

 »Sind Sie sicher, dass Sie das wollen?«, fragte er mit einer Spur echter Neugier, wie ihr schien.

Sie brachte den Mut auf, ehrlich zu antworten. »Ich werde hart arbeiten ... in Amerika ist alles möglich.« Verlegen sah sie ihn an, wandte dann aber den Blick ab. »Vielen Dank«, sagte sie.

»Sie erweisen mir einen Gefallen, wenn Sie mir Gesellschaft leisten. Es ist mir ein Vergnügen, Sie herumführen zu dürfen.«

Die Männer, die sie kannte, sprachen nie so. »Ich dürfte mich hier eigentlich gar nicht aufhalten.«

»Ich habe Sie an der Seite von Lady Duff Gordon gesehen«, sagte er schmunzelnd. »Ich bin Amerikaner, aus dem schnoddrigen Chicago und achte nicht so streng auf die Feinheiten der britischen Konventionen, wie ich es eigentlich sollte. Es hat mir Spaß gemacht.«

»Mir auch«, erwiderte sie.

»Ich hoffe, Sie haben eine angenehme Reise.«

Sie warf einen kurzen Blick auf die Uhr. Es war schon viel zu spät. »Ich muss gehen«, sagte sie und eilte so hastig davon, dass sie beinahe gestolpert wäre. Der Tee! Sie durfte die Sahne nicht vergessen. Während sie zur Schiffsküche lief, dachte sie an die starken Hände des Mannes und wünschte sich, sie hätte sich von ihm herunterhelfen lassen. Bestimmt hätte sie es genossen, diese Hände zu spüren. Wie dumm von ihr, so etwas zu denken. Irgendwann in diesen Tagen, beschloss sie, würde sie herausfinden, was Squash war – und es lernen. Wie hieß er überhaupt? Wieso hatte sie ihn nicht gefragt?

Lucile beobachtete, wie das Mädchen mit raschen Schritten auf sie zukam und dabei ein Silbertablett mit einer Teekanne aus Limoges-Porzellan, einer feinen Tasse, einem kleinen Sahnekännchen und einer weißen Zuckerschale über das Deck balancierte.

»Ein Wunder, dass Sie das geschafft haben«, meinte Lucile,

als Tess das Tablett vor ihr abstellte. »Sind das auch die dünnwandigen Porzellantassen, um die ich gebeten habe?«

»Ja, Madame. Ich habe darauf geachtet.« In Wirklichkeit hatte sie es in der betriebsamen Schiffsküche beinahe vergessen.

»Aus allen anderen schmeckt der Tee wie Spülwasser.«

Mit noch gerötetem Gesicht schenkte Tess den Tee ein und reichte Lucile die Tasse.

»Wie war Ihr Erkundungsgang?«

»Sehr schön. Ich habe viel gesehen. Es gibt sogar einen Gymnastikraum.«

»Davon habe ich gehört. Keine anständige Frau würde sich solch einem Unsinn hingeben.«

Tess errötete noch mehr.

»Bringen Sie das weg.« Lucile deutete auf das Teeservice. »Ich möchte nichts mehr. Ich wünsche, dass Sie in die Kabine gehen und das blaue Kleid bügeln, das ich für das Dinner heute Abend herausgelegt habe. Dann kommen Sie wieder, und wir machen noch einen Spaziergang auf der Promenade.«

Tess nickte beflissen, nahm das Silberbesteck und legte es auf das Tablett. Mit Lady Duff Gordon über das Promenadendeck zu schlendern – näher konnte sie der gehobenen Welt der Modedesignerin wohl kaum kommen. Dabei zu sein, wenn Leute wie John Jacob Astor, ein Multimillionär und der reichste Mann an Bord, freundlich mit Lucile plauderten, war ein Erlebnis, das man keinesfalls verpassen durfte. Sie musste sich beeilen und bahnte sich den Weg über das Deck. Allerdings ließ sie sich von zwei eleganten Herren in Knickerbockerhosen ablenken, die Spielsteine über ein bemaltes Brett schoben. Was für ein Spiel war das? Vielleicht Squash?

In diesem Moment rollte ihr ein Kinderball über den Weg. Sie stolperte, versuchte, sich zu fangen, dann stürzte sie. Die Sahne schwappte aus dem Silberkännchen, Zuckerwürfel rutschten über das Deck, der heiße Tee verbrannte ihr die Finger. Einige

 Frauen, die in der Nähe saßen, sprangen auf und rafften ihre Röcke, um sich zu schützen.

»Tut mir leid«, sagte sie erschrocken. Jemand kicherte.

Madame war aufgestanden und sah kalt auf sie herab. »Machen Sie das sauber, und kommen Sie in meine Kabine. Sofort.« Dann drehte sie sich um und ging.

Tess nahm die Leinendeckchen vom Tablett und begann, die Sahne aufzuwischen.

»Wie eklig sie sich verhält, diese Frau. Machen Sie sich keine Mühe. Wenn Sie erlauben, kümmere ich mich darum.«

Als Tess aufblickte, sah sie einen Seemann, der sich stirnrunzelnd zu ihr hinunterbeugte. Er war etwa in ihrem Alter, hatte ein markantes, gebräuntes Gesicht, kräftige Arme und hielt bereits einen Putzlappen in der Hand. Seine freundlichen Augen waren blau wie das Meer.

Tess stellte alles wieder auf das Tablett, stand auf, wischte die Flecken von ihrem Kleid und rückte es zurecht. »Das ist sehr freundlich von Ihnen«, sagte sie mit erhobenem Kopf. Sie würde sich nicht demütigen lassen – nie mehr. Sie würde dem Kichern Einhalt gebieten, und niemand würde eine Träne bei ihr sehen.

»Gut so! Zeigen Sie ihnen, wer Sie sind«, sagte der Seemann sanft.

Und ob, dachte Tess. Am besten kam sie aus dieser peinlichen Lage wieder heraus, wenn sie ihr Dienstmädchengesicht aufsetzte und sich so mehr oder weniger unsichtbar machte. Sie widerstand dem Impuls, dem Seemann einen Blick zu schenken und ihm leise zu danken. Als sie davonging, schaute er voller Respekt hinter ihr her.

»Unverzeihlich, wie tollpatschig Sie waren«, schleuderte Lucile ihr entgegen. Ihre Stimme glich Hammerschlägen.

»Es tut mir leid, Madame. Ich habe das Geschirr wieder aufgehoben, es ist nichts zerbrochen. Nur die Tasse war angeschlagen ...«

»An Land würde ich Sie auf der Stelle entlassen.«

»Es wird nicht wieder vorkommen, das verspreche ich Ihnen.«

»Sie haben auch versprochen, ein gutes Dienstmädchen zu sein, davon sehe ich bislang allerdings nicht sehr viel. Aber ich kann Sie schließlich nicht einfach über Bord werfen, nicht wahr?«

»Hoffentlich nicht.«

Luciles Mundwinkel zuckten.

»In Wahrheit hätte ich alles versprochen, um mit Ihnen reisen zu können«, sagte Tess. »Ich bewundere Sie schon lange. Sie haben Dinge gemacht, von denen ich nur träumen kann. Wenn Sie einen Schornsteinfeger gebraucht hätten, wäre ich auch irgendwie ein Schonsteinfeger geworden.«

»Ich wollte aber ein Dienstmädchen.«

»Und ich bin kein gutes, und ich will auch keines sein.« O mein Gott, sie hörte geradezu, wie ihr Vater sie schalt, sie solle den Mund halten und gehorchen. Aber sie konnte jetzt auch genauso gut weitermachen und die ganze Wahrheit sagen. »Ich musste mein Elternhaus schon früh verlassen, um als Dienstmädchen zu arbeiten, und ich habe es gehasst. Ich wollte nähen. Entschuldigen Sie, ich bewundere Sie außerordentlich. Aber ich weiß einfach nicht, wie ...«

»Sie Ihre Arbeit machen sollen?«, vollendete Lucile ihren Satz mit scharfer Stimme. Sie sah Tess an. »Ist es das?«

»Bei allem Respekt, das hängt davon ab, um was es sich handelt.« Lieber Gott, hoffentlich empfand Lucile ihre Worte nicht als unverschämt.

Wieder ein Zucken der Mundwinkel. »So, Sie wollen also kein Dienstmädchen sein? Hier ...« Lucile winkte Tess zum Schreibtisch hinüber, wo sie die zugeschnittenen Teile einer Wolljacke ausgelegt hatte. Es war kein allzu wichtiges Stück; wenn das Mädchen es verdarb, wäre es kein großer Verlust. »Beweisen Sie Ihr Können. Nähen Sie das ohne Schnittmuster zusammen. Mit der Hand. Ich komme in einer Stunde zurück, um mir Ihre Arbeit anzuschauen.«

»Ja, Madame.« Während Lucile hinausging, nahm Tess eins der Teile in die Hand. Es war ein lose gewebter Stoff mit einem feinen Karomuster in Kupfer und Grün – sehr gutes Material. So etwas hatte sie noch nie in Händen gehalten. Sie musste sorgfältig arbeiten. Sie *würde* sorgfältig arbeiten, denn das hier war etwas anderes als eine dumme Teetasse. Tess beugte sich über den Stoff, und ihre Finger begannen, feine Stiche zu nähen. Schon atmete sie ruhiger.

Lucile nahm die fertige Jacke und hielt sie mit ausgestreckten Armen hoch, um sie sorgfältig zu begutachten. Tess biss sich vor Anspannung auf die Lippen.

»Offensichtlich sind Sie entschlossen, sich zu beweisen«, sagte Lucile schließlich. Die Abnäher waren perfekt, stellte sie fest – nicht einfach bei einem gemusterten Stoff. »Das ist recht gute Arbeit. Sehr akkurate Stiche.« Sie warf Tess einen prüfenden Blick zu, faltete die Jacke zusammen und steckte sie in ihre Truhe. »Womöglich haben Sie tatsächlich das Zeug zu einer Schneiderin. Sie werden wohl doch nicht Ihr ganzes Leben lang Staub wischen.«

Nur die Andeutung einer Aussicht, mehr nicht. Und dennoch fuhr Tess ein Schauder der Erleichterung bis ins Mark. Lieber Gott, ich danke dir. Wenn Madame noch einmal mit so etwas gedroht hätte wie zuvor, wäre sie aus freien Stücken über die Reling gesprungen.

Lucile sah auf die kleine, mit Edelsteinen besetzte Uhr auf ihrer Kommode. »Genug davon. Holen Sie mein Kleid heraus, meine Gute. Es ist Zeit, mich für das Dinner zurechtzumachen.«

Tess beeilte sich, Luciles Wunsch nachzukommen. Die durchwühlte unterdessen ihr Schmuckkästchen. »Habe ich sie etwa nicht mitgenommen?«, murmelte sie gereizt. »Wo sind sie bloß?«

»Kann ich Ihnen helfen, Madame?«, fragte Tess.

»Ach, da sind sie ja.« Lucile zog einen kleinen Pompadour aus mitternachtsblauem Samt heraus, öffnete ihn und schüttete den Inhalt auf die Kommode. Ohrringe. Sie hielt einen an sich hoch und wandte sich zu Tess. »Schön, nicht wahr?«

Tess war begeistert. So etwas hatte sie noch nie gesehen. Drei untereinander angeordnete blassblaue Steine, die von innen heraus strahlten. Dazwischen befanden sich kleine Diamanten und andere Edelsteine, wahrscheinlich Saphire. »Was ist das?«, fragte Tess schüchtern.

»Mondsteine aus Ceylon. Sehr in Mode.« Lucile legte einen Ohrring an und bewegte sanft den Kopf hin und her. Die Juwelen tanzten und funkelten. »Er gilt als Talisman der Reisenden. Angeblich schützt er vor den Gefahren des Reisens. Das ist zwar völliger Unsinn, aber ich nehme an, es fördert den Verkauf.« Sie steckte den anderen Ohrring an und nahm ihren stets greifbaren Lippenstift.

Das war für Tess das Zeichen, sich zurückzuziehen. »Gute Nacht, Madame, ich wünsche Ihnen ein schönes Dinner«, sagte sie, wandte sich zum Gehen und zog die Tür hinter sich zu.

In den bedrückend engen Abteilen des Zwischendecks, inmitten greinender Kinder und schnarchender Eltern, fiel Tess in jener Nacht in einen unruhigen Schlaf. Alte Erinnerungen zogen durch ihre Träume.

Der Kies knirschte unter den schweren Schritten des Gutsherrn, der sie umkreiste.

»Wie alt?«

»Zwölf«, erwiderte ihr Vater und drehte seine Mütze in den von der Feldarbeit gegerbten Händen. Gestern war die Kuh gestorben. Krank. Jetzt gab es keine Milch mehr für die kleineren Kinder.

»Ihre Zähne?«

»Die sind gesund.«

»Ich kann gut kauen, Sir.«

»Du sagst nur etwas, wenn du dazu aufgefordert wirst.«

»Ja, Sir.«

»Du wirst im Haushalt arbeiten. Das ist nicht leicht. Bist du dazu bereit?«

»Ja, Sir.«

Nebelschwaden zogen auf, und das Weinen ihrer Mutter im Haus wurde immer lauter. Die Hände ihres Vaters zerrten so heftig an der Mütze, dass er sie beinahe zerriss.

»Sie wird kommen.«

Dann war ihre Mutter plötzlich neben ihr, packte sie am Arm und zog sie wieder ins Haus. »Das Kind ist kein Pferd«, schrie sie.

Im Schlafzimmer griff ihre Mutter nach einer Nadel mit Faden auf dem Nachttisch und drückte sie ihr in die Hand.

»Du musst jetzt zwar dein Zuhause verlassen und deinen Unterhalt selbst verdienen. Aber ich habe dir das Nähen beigebracht. Damit kannst du dich aus diesen Verhältnissen befreien. Geh aufrecht, sei stolz.«

Tess fuhr erschrocken hoch. In Wirklichkeit hatte es damals keinen Nebel gegeben. Und wie unterschiedlich die Botschaften ihrer Mutter und die ihres Vaters waren.

»Wie ich höre, ist dein kleines Dienstmädchen heute auf dem Deck gestürzt«, sagte Cosmo, als er und Lucile sich nach dem Dinner zum Schlafengehen fertigmachten. »Hat ein furchtbares Durcheinander angerichtet. Stimmt es, dass ihr ein Seemann zu Hilfe gekommen ist?«

Lucile zuckte mit den Achseln. »Ja, lächerlich. Trotzdem, ich mag sie.«

»Darf ich fragen, warum?«

»Ich weiß nicht, ob du es verstehen würdest.«

»Versuch es.«

»Nicht so wichtig. Vielleicht gibt es da etwas, vielleicht auch nicht.«

»Du hast nicht darauf bestanden, dass sie eine Haube trägt.«

»Als Dienstmädchen ist sie völlig untauglich. Ich weiß nicht, warum ich mir die Mühe machen sollte.«

»Dann richtest du deinen schöpferischen Geist also auf neues, jungfräuliches Material?«

»Mein lieber Cosmo, sie springt, wenn ich etwas von ihr wünsche, egal, was es auch ist. Wenn ich dafür auf die Dienstmädchenhaube verzichte, soll es mir recht sein.«

»Du führst etwas im Schilde, und ich werde schon noch erfahren, was.« Gähnend hievte er sich ins Bett. Sein Seidenschlafanzug raschelte, als er unter das feine Laken schlüpfte. »Wenn die Zeit dafür reif ist, natürlich.«

Lucile erwiderte nichts, beugte sich zu dem Spiegel über dem Schminktisch vor, wischte sich mit ruhiger Hand den purpurfarbenen Lippenstift ab und trug ihre Coldcream auf.

»Tess, suchen Sie bitte aus diesem Durcheinander mein goldenes Seidenkleid heraus, und bügeln Sie es bis zum Dinner.« Lucile deutete auf einen ihrer größeren Schrankkoffer, als Tess am nächsten Morgen zum Dienst antrat. »Ich kann mich doch darauf verlassen, dass Sie es nicht ansengen?«

»Ich würde niemals Ihre Kleider beschädigen, Madame.« Tess wurde rot. Sie öffnete den Schrankkoffer und zog vorsichtig die Kleidungsstücke heraus – schimmernde, herrliche Stoffe. Sie schauderte bei der Berührung des dünnen seidigen Materials. Wie sollte sie es beschreiben? Es fühlte sich an wie schaumige Sahne. Etwas wie diese Stoffe hatte sie noch nie gesehen – fein wie Spinnweben, silbrig, golden, manche blau wie das tiefste Meer, alle kunstvoll gerafft, gefältelt und drapiert. Es war unglaublich!

»Mir scheint, Sie sind überwältigt«, sagte Lucile amüsiert.

»Es ist alles so schlicht und fließend. Eine wunderbare Kollektion.«

»Sie sollen den Körper umschmeicheln, wenn man sich bewegt. Das sehen Sie, nicht wahr?«

»Ja.«

»Ihre Mutter hat Ihnen also das Nähen beigebracht?«

Tess nickte. »Wir haben schwer gearbeitet«, sagte sie stolz, »zugeschnitten, zusammengesteckt und genäht.«

»Und was?«

»Mal ein Hemd für einen Gutsbesitzer, mal ein Kleid für eine Hochzeit oder ein Taufkleid. Alles Mögliche.«

»Bewundernswert. Aber es hat Ihre Mutter nicht aus ihrer Situation befreit, stimmt's?«

»Sie bekam immer wieder ein Baby.«

»Die übliche Falle. Wie kommt es, dass Sie nicht hineingeraten sind?«

»Von Bekannten hörten wir von einer Stellung als Schneiderin in Cherbourg. Mutter wollte, dass ich nicht mit den Dorfjungen in Berührung kam.« Ihr Vater hatte gewusst, dass es sich um eine Stelle als Dienstmädchen handelte, dessen war sie sich sicher.

Lucile lächelte, und zögernd erwiderte Tess ihr Lächeln.

»Eine kluge Frau, Ihre Mutter.«

»Ich habe ihr versprochen, das Beste daraus zu machen, wenn ich meine Chance bekomme.« Tess setzte probehalber das Bügeleisen auf den Stoff. Nicht zu heiß, aber damit kannte sie sich aus. Das goldfarbene Kleid umschmeichelte ihre Finger und glitt sanft auf das Bügelbrett.

»Und genau das machen Sie gerade.«

»Ja, Ma'am.«

»Madame.«

»Ja, Madame.« Merk dir das endlich, schalt sie sich im Stillen. Und wenn Lady Duff Gordon mit Ihre Hoheit angesprochen werden wollte, würde sie dem auch nachkommen.

Lucile sah sie nachdenklich an. »Meine Gute, Regel Nummer eins, wenn man seine Chance nutzen will, lautet: Verschwende keine Zeit auf falsche Bescheidenheit. Sag allen, was du schon geleistet hast, und warte nicht darauf, dass es ein anderer für dich tut. Wussten Sie, dass ich die erste Modeschöpferin bin, die bei Modeschauen lebende Modelle eingesetzt hat?«

»Nein, Madame.« Das Kleid war fertig. Tess hängte es vorsichtig auf einen mit Seide bezogenen Bügel. Sie war ein wenig verwirrt durch Luciles ungezwungenen, beinahe vertraulichen Ton.

»Jetzt wissen Sie es«, sagte Lucile. »Man gewinnt Selbstvertrauen, wenn man etwas völlig Neues macht. Oder etwas, das sonst niemand machen will.«

Ehe sie sichs versah, sprudelten die Worte aus Tess heraus. »Zum Beispiel Teekannen fallen lassen?«

Lucile lachte. »Ich glaube, wir werden gut miteinander auskommen. Aber jetzt möchte ich, dass Sie einen Brief für mich schreiben, damit ich sehe, wie es um Ihre schriftlichen Fähigkeiten bestellt ist.«

»Die sind sehr gut«, sagte Tess mit einem zaghaften Lächeln.

»Gutes Mädchen. Die heutige Lektion haben Sie begriffen.«

Zur Mittagszeit durfte Tess an Deck gehen, um frische Luft zu schnappen. Ein guter Morgen. Im Geiste erstattete sie ihrer Mutter Bericht: Ich bin über die gestrige Katastrophe hinweg, Mutter, Madame und ich führen richtige Gespräche. Das ist zweifellos ein gutes Zeichen.

Ihre Träumereien wurden von den Rufen der Jungen unterbrochen, die auf dem Deck Fangen spielten, und von den Mädchen, die beim Seilspringen vor Vergnügen lachten.

»Miss?«

Verwundert stellte sie fest, dass der traurig aussehende Mann in dem abgetragenen schwarzen Anzug sie meinte. An beiden Seiten hielt er einen kleinen zappelnden Jungen an der Hand.

»Mein Sohn hier« – er schubste eins der beiden Kinder zu ihr hin – »möchte Ihnen etwas sagen. Edmond, sprich.«

Der Junge sah Tess mit flehendem Blick an. »*Je suis désolé*«, flüsterte er.

»Meine Söhne sprechen kein Englisch«, erklärte der Mann entschuldigend. »Aber Edmond weiß, dass Sie gestern über seinen Ball gestolpert sind, und es tut ihm leid. Sein Lieblingsspielzeug, ein Kreisel, ist ins Wasser gefallen, und er wollte etwas Neues ausprobieren. Sie sprechen doch Französisch?«

Tess nickte. Seine förmliche Höflichkeit rührte sie. Es war Mr. Hoffman, hatte ihr jemand gesagt. Ein Witwer mit zwei kleinen Söhnen. Er hielt sich von der Gesellschaft fern und widmete sich mit Hingabe seinen Kindern.

»*Ce n'est pas grave*«, sagte Tess zu dem Kind und registrierte die Erleichterung in seinem Blick. Edmond lächelte sie an, während sein Bruder das Bein seines Vaters umklammerte und sie aus seinem sicheren Versteck beobachtete. Mr. Hoffman nickte dankbar, wusste aber einen Augenblick lang nicht, was er noch sagen sollte. »Edmond und Michel sind in der Regel sehr brav«, meinte er schließlich. »Bitte entschuldigen Sie noch einmal.« Dann drehte er sich auf dem Absatz um. Die Kinder liefen hinter ihm her, fassten ihn an der Hand, und alle drei verschwanden im Schiff.

Es war wieder Zeit für den Tee.

»Er ist nicht heiß genug, Tess.« In Madames Stimme lag ein Hauch von Gereiztheit. »Und der Kuchen ist trocken.«

Tess griff rasch nach der Tasse. »Ich werde das sofort in Ordnung bringen«, sagte sie.

»Und sagen Sie, dass das Küchenpersonal frischen Kuchen bringen soll.«

»Ja, Madame.«

»Und was tun Sie, wenn es keinen gibt?«

»Selbst einen backen«, antwortete sie, ohne zu zögern.

Lucile lächelte. »Das ist die richtige Einstellung. Vergessen Sie den Tee. Gehen wir auf die Promenade.«

»Ich merke, dass Sie mich beobachten, Tess«, sagte sie beiläufig, während sie über das Deck schlenderten. »Was sehen Sie?«

Tess wurde rot. »Manchmal haben Sie etwas Herrschaftliches.«

Lucile lachte und wollte etwas erwidern, blieb dann aber unvermittelt stehen. Eine kleine Gruppe schwatzender Männer und Frauen kam auf sie zu. In deren Mitte eine zierliche Dame mit braunem Haar, eine auffällige junge Frau mit einer lässig geschnittenen Hemdbluse aus weißem Leinen und einem hellroten Jerseyrock, der lebhaft hin und her schwang. Dazu trug sie einen Glockenhut. Die Leute drehten sich nach ihr um, manche raunten sich etwas zu.

»Was macht *die* denn auf diesem Schiff?«, murmelte Lucile.

»Wer ist das?«, fragte Tess, als sie an ihr vorbeigingen. Das gefrorene Lächeln, mit dem die beiden Frauen einander ansahen, war ihr nicht entgangen.

»Noch so eine von diesen Putzmacherinnen, die lächerliche Kombinationen entwerfen und meinen, sie verstünden etwas von Couture. Sie versucht, Aufmerksamkeit zu erregen für ihre sogenannte Sportkleidung. Dabei sind das nur zusammengesuchte Teile, die nicht harmonieren, so wie das, was sie selbst anhatte.« Lucile beschleunigte ihren Schritt, um in ihre Kabine zurückzukehren. Tess beeilte sich mitzuhalten.

Lucile stieß die Kabinentür so heftig auf, dass sie an die Wand schlug und Cosmo, der friedlich in seinem Sessel gesessen und seine Pfeife geraucht hatte, aufschreckte.

»Diese Aufsteigerin aus Manchester, die meine Ideen klaut, ist auf dem Schiff«, sagte sie.

»Kein Grund, sich aufzuregen«, erwiderte Cosmo. »Sie hat doch keinen Penny, um ein Geschäft zu eröffnen. Sie ist keine Konkurrenz ...«

»Keine Konkurrenz? Sie buhlt hier überall um Aufmerksamkeit, um so viele Kontakte zu bekommen wie möglich. Genau wie diese andere Aufsteigerin, diese Chanel.« Lucile nahm ihr Armband ab und schmetterte es auf die Kommode, wobei sie den Spiegel nur um Haaresbreite verfehlte. Der Knall, mit dem die Diamanten aufschlugen, ließ Tess zusammenzucken.

Cosmo blieb gelassen und nahm einen tiefen Zug aus seiner

 Pfeife. »Lucy, du bist unvergleichlich«, sagte er. »Du bist Lady Duff Gordon, und alle auf diesem Schiff wissen, dass keine andere dir das Wasser reichen kann. Also beruhige dich.«

Erst jetzt schien Lucile wieder einzufallen, dass Tess noch dastand. »Tut mir leid für diesen Blick hinter die Kulissen, meine Gute«, sagte sie. »Selbst eine Herrschaft trifft es hin und wieder unvorbereitet. Es gibt immer Leute, die darauf aus sind, einem das Geschäft streitig zu machen, das lernen Sie lieber jetzt als später. Ich habe mir alles selbst erkämpft ...« Sie sah zu Cosmo. »Mit der Unterstützung meines lieben Gatten, versteht sich.«

»Meine Frau übertreibt mal wieder«, meinte er ungerührt. »Wirklich, Liebling, du regst dich viel zu sehr auf.«

Es war, als tauschten sie altbekannte Sätze wie Schauspieler in einem Theaterstück, und Tess war ihr Publikum.

»Ich bin eine erfolgreiche Frau und habe alles erreicht, was ich mir je gewünscht habe. Und ich werde dafür sorgen, dass es auch so bleibt.«

»Hübsch gesagt.« Cosmo legte seine Pfeife in den Aschenbecher. »Ich gehe jetzt hoch und schaue nach, ob wir heute Abend am Kapitänstisch sitzen. Das würde dir bestimmt Freude machen.«

Lucile schenkte ihm ein strahlendes Lächeln. »Wie reizend von dir, Liebling.«

Die angespannte Atmosphäre lockerte sich, und Tess konnte wieder durchatmen. Sie stand schweigend da, während Cosmo sein heiteres, gelöstes Lächeln aufsetzte, Lucile einen flüchtigen Kuss auf die Wange gab, seine Brille nahm und den Raum verließ.

»Man muss sie bei Laune halten.« Lucile seufzte leise, als sich die Tür schloss. »Männer können ganz schön langweilig sein, aber wir brauchen sie. Man muss lernen, sie zu umgehen. Meinen Sie nicht auch?«

Sie konnte nicht ungezwungen darauf antworten, nicht angesichts des großen Rangunterschieds zwischen ihnen. Tess schwieg.

Lucile ging zur Kommode, nahm ihr Armband und warf es achtlos in ihre Schmuckschatulle. »Sie haben meine Frage nicht beantwortet.«

»Ich weiß es nicht, Madame«, sagte Tess schließlich.

»Warum nicht? Wollen Sie mir sagen, dass Sie keine Erfahrung mit Männern haben?«

»Nicht viel.«

»Kommen Sie schon, Tess. Was ist denn mit den Dorfjungen, vor denen Ihre Mutter Sie bewahren wollte?« Lucile öffnete eine goldene Puderdose, und Tess sah, dass ihre Hand leicht zitterte.

»Wie schade, dass diese andere Modeschöpferin hier ist«, sagte Tess. »Aber sie stellt bestimmt keine Bedrohung für Sie dar.«

»Zum einen oder anderen Zeitpunkt ist jeder eine Bedrohung«, erklärte Lucile, während sie sich Nase und Wangenknochen leicht puderte. »Deshalb muss ich sie auf Trab halten. Das ist unabdingbar, Tess. Und bis jetzt hat es auch funktioniert.« Sie sah auf. Ihre Augen waren plötzlich feucht. »Ich weiß, was Sie möchten, und ich werde versuchen, Ihnen zu helfen. Aber dazu braucht man mehr als Talent.«

»Danke«, antwortete Tess.

»Wann bekomme ich also die Referenzen, die Sie versprochen haben?«, fragte Lucile abrupt, wandte sich wieder zur Kommode um und griff nach einem Fläschchen purpurfarbenem Nagellack.

»Referenzen?« Tess konnte sich vorstellen, wie wütend die Hausherrin in Cherbourg war, vor der sie ohne ein Wort geflüchtet war. Sie hätte bestimmt nichts Gutes über sie zu berichten. Es gab keine Referenzen. Sicherlich ahnte Madame das bereits.

Lucile hörte auf, Lack auf ihre Nägel zu tupfen, sah auf und lachte. »Wenn Sie jetzt Ihr Gesicht sehen könnten, Tess! Machen Sie sich keine Sorgen, Referenzen interessieren mich nicht. Ich wollte Sie nur ärgern. Erzählen Sie mir mehr über Ihr Leben. Ich bin neugierig. Es gibt nicht viele junge Frauen, die sich innerhalb einer Minute entscheiden, das Land zu verlassen. Warum haben Sie das getan?«

»Um ehrlich zu sein, ich hatte es geplant. Schon lange.«

»Sind Sie vor irgendwas davongelaufen?«, fragte Lucile leichthin.

»Davor, immer nur Schränke und Toiletten zu putzen. Und für meine eigentliche Arbeit nicht bezahlt zu werden.«

»Bedauern Sie es?«

»Nicht im Geringsten!«, erwiderte Tess mit solcher Leidenschaft, dass Lucile erneut auflachte.

»Das ist gut. Im Kopf schneidere ich aus Ihnen nämlich bereits etwas Neues. Was halten Sie davon? Wir nähen gemeinsam eine andere Tess Collins. Vielleicht finden wir eine Möglichkeit, Ihre Künste als Schneiderin zu verfeinern.«

»Ich werde mir alle Mühe geben. Ganz bestimmt.«

»Davon bin ich überzeugt.« Lucile hielt sich die Hand vor den Mund, weil sie gähnen musste. »Wenn es Ihnen nichts ausmacht, möchte ich mich jetzt ein wenig ausruhen.«

Tess ließ sich dieses Gespräch wieder und wieder durch den Kopf gehen. Konnte sie sich noch an alles erinnern? Hatte sie Madame richtig verstanden? Offenbar, so schien es, hatte sie Tess ein Versprechen gegeben – es sei denn, Tess hatte sich von ihren Erwartungen überwältigen lassen und zu viel in Luciles Worte hineininterpretiert. Doch sie konnte es spüren, das Wohlwollen, das sie ihr entgegengebracht hatte. Warum sonst hätte Madame dem Purser mitteilen sollen, sie wünsche, dass Tess eine Kabine auf dem A-Deck zugeteilt bekommt? Sicher, sie wollte sie mehr Stunden in ihrer Nähe haben, trotzdem war es aufregend. Tess war die Treppen zu ihrer schmalen Liege auf dem Zwischendeck hinuntergelaufen – eine von vielen, die dicht beieinanderstanden –, wo sie ihre wenigen Besitztümer unter die Matratze gesteckt hatte. Dann hatte sie sich an einem Mann vorbeigequetscht, der dicken Schleim in ein Taschentuch hustete, und sich die Ohren zugehalten, um nicht das laute Gezänk zweier Frauen mit anhören zu müssen, die sich um eine Decke stritten. Trotzig holte sie tief Luft: Schluss mit den abgestandenen Gerüchen dieses dunklen, fensterlosen Raums.

»Sie verlassen uns?«, fragte das Mädchen auf der benachbarten Pritsche mit einer Spur von Enttäuschung in der Stimme. »Man hat ja nicht viel von Ihnen gesehen, aber Sie sind in meinem Alter, und ich dachte, wir könnten uns ab und zu ein bisschen unterhalten. Ich fahre zu meinem Onkel an einen Ort, der Bowery heißt. Wissen Sie etwas darüber? Ich werde in seinem Saloon arbeiten. Aber er sagt, in Amerika ist das nichts Anrüchiges. Ich habe noch Äpfel. Möchten Sie einen?«

Tess schüttelte den Kopf und lächelte. »Jetzt nicht. Vielleicht später.«

»Ich glaube nicht, dass Sie jemals wieder hier herunterkommen werden, wenn Sie erst mal oben sind.«

Sie hatte recht. Tess spürte, wie ihre Wangen zu glühen begannen. »Auf Wiedersehen«, sagte sie. »Vielleicht begegnen wir uns in New York wieder.«

Titanic
Sonntag, 14. April

Der vierte Tag war herrlich. Madame hielt ihren Nachmittagsschlaf, und Tess genoss es, Zugang zum Deck der ersten Klasse zu haben. Sie durfte Madames Liegestuhl benutzen und konnte all die privilegierten Menschen betrachten, die lachend und schwatzend vorbeischlenderten, Leute, deren Namen sie sich noch einprägen musste. Nie zuvor in ihrem Leben war sie an einem Ort gewesen, an dem alle in solch ausgelassener und entspannter Stimmung waren. Wenn sie weiterhin in deren Welt leben wollte, musste sie noch einiges lernen.

Da sah sie, wie John Jacob Astor und seine Frau auf sie zuschritten. So ein elegantes Paar! Die langen, zarten Finger von Mrs. Astors linker Hand ruhten sanft in der Armbeuge ihres Mannes, ihr Gesicht war der bald untergehenden Sonne zugeneigt und schien im Licht zu baden. Tess konnte den Blick nicht von den beiden wenden. Gebannt betrachtete sie, wie die ganz Reichen an Bord gekleidet waren. Er trug eine Hose mit makelloser Bügelfalte und eine Mohairstrickjacke über einem frischen Hemd mit Krawatte. Sie dagegen schien für solche Zwanglosigkeit nicht viel übrig zu haben – ihr blassgrünes Kleid aus Kordsamt, das so wunderbar zu ihrer strahlenden Haut und ihrem weichen, schokoladenbraunen Haar passte, zog die neidischen Blicke der anderen auf dem Deck flanierenden Damen auf sich. Die Männer, die dem Paar entgegenkamen, nickten zum Gruß, und manche schienen bei Mr. Astors Anblick nicht weniger neiderfüllt. »Da hat er ja einen tollen Fang gemacht nach diesem unschönen Scheidungsskandal«, murmelte man sich zu.

Ein wenig später waren die anderen Passagiere bereits alle in ihren Kabinen verschwunden, um sich für den Abend vorzubereiten. Im ersten Schein des zweifellos spektakulären Sonnenuntergangs versuchte Tess, das schwanengleiche Dahingleiten von Mrs. Astor nachzuahmen, konnte aber ihre raschen Schritte nicht wirklich zügeln. Wie gelang es dieser vom Glück begünstigten Frau nur, so leichtfüßig dahinzuschweben?

Sie hörte ein Glucksen und blickte sich um. Ein Seemann beobachtete sie. Es war derselbe, der wie selbstverständlich den von ihr verschütteten Tee aufgewischt hatte. Hoch gewachsen, etwa in ihrem Alter, ein bisschen hager, aber mit kräftigen Schultern. Er hatte sein widerspenstiges Haar sorgfältig zur Seite gekämmt. Und sein Blick war genauso warm und wach, wie sie ihn in Erinnerung hatte – ein Blick, der kaum etwas übersah. Außerdem waren die Augen wirklich blau wie das Meer.

»Nicht schlecht. Aber am besten sieht es aus, wenn Sie auf Ihre eigene Art gehen«, sagte er. »Sie wollen schließlich nicht auf die Nase fallen, oder?«

Tess reckte das Kinn hoch. »Das passiert mir nicht«, sagte sie entschieden. Dann fügte sie etwas weicher hinzu: »Ich danke Ihnen, dass Sie gestern den Schlamassel, den ich angerichtet habe, beseitigt haben.«

»Sie haben die Situation gut gemeistert. Ein angemessener Abgang, und niemand hat danach noch gekichert.«

»Meine Mutter hat mir den Rat gegeben, den Kopf stets hochzuhalten.«

Er nickte. »Sobald man ihn beugt, drückt ihn irgendjemand noch weiter hinunter. Lassen Sie sich von diesen Leuten nicht täuschen. Das sind einfach nur reiche Angeber.«

»Mrs. Astor besitzt aber echte Anmut.«

»Vielleicht, aber die haben Sie auch«, sagte er sanft und musterte ihr Gesicht. »Sie wissen es nur nicht.« Er trat einen Schritt auf sie zu und bot ihr seinen Arm. »Wollen wir einen kleinen Spaziergang machen?«, fragte er und grinste neckisch.

Nach kurzem Zögern willigte sie ein. Sie waren mittlerweile die Einzigen auf dem Deck. Ein orangegoldenes Licht färbte den strahlenden Himmel. Sie gingen eine Weile, dann wechselte er plötzlich lachend in einen Tanzschritt und zog sie mit. Freude wallte in ihr auf. Sie durfte sich dem hingeben, nicht wahr? Ein paar Sekunden lang durfte sie es doch genießen …

Nur einen Augenblick, noch einen kurzen Augenblick. Als sie stehenblieben, legte er den Finger an die Lippen. »Es war mir eine Ehre, Ma'am«, sagte er mit einem Hauch von Übermut. »Sehen Sie? Sie können auch schweben. Ich sage es bestimmt nicht weiter.«

Mit diesen Worten machte er sich wieder an seine Arbeit, hob pfeifend eine schwere Seilrolle auf und warf sie sich über die Schulter.

Ein Dorfjunge, dachte Tess, während sie sich über die Reling beugte und dem Tanz der Lichter auf dem Wasser zusah. Nur eben in der seefahrenden Variante und mit mehr Witz als die meisten anderen. Und schönen Augen.

So stand sie lange da und blickte wie hypnotisiert auf die schier grenzenlose Weite des Meeres, das bis zum feurig roten Horizont reichte. Ein Verlangen erfüllte sie – wonach, konnte sie nicht sagen. Aber wenn sie lauschte, hörte sie wieder das verlockende, melancholische Pfeifen der Züge, die sich in ihrer Kindheit aus dem Tal hinaus in eine größere Welt gewunden hatten. Wie sehr hatte sie sich gewünscht, einmal in einem dieser Züge zu sitzen. Die meisten Leute hatten nur missbilligend oder ärgerlich die Lippen zusammengepresst, wenn sie davon sprach, eines Tages wegzugehen. Zum Glück hatte sie schon früh erkannt, dass sich in vielen Fällen Angst dahinter verbarg. Damals hatte sie sich geschworen, niemals Angst zu haben.

Tess aß allein in ihrer Kabine und lauschte den leisen Klängen des Schiffsorchesters, das im Speisesaal der ersten Klasse spielte. Gegen zehn Uhr ging sie hinaus aufs Deck, um noch ein wenig unter den Sternen auf und ab zu gehen. Sie genoss die Einsamkeit, konnte aber der Versuchung nicht widerstehen, einen Blick in den Speisesaal zu werfen. Wie groß er war. Er nahm die ganze Breite des Schiffs ein. Die Wände und die zierlichen Säulen waren cremeweiß, die Stühle mit prächtigem smaragdgrünem Samt bezogen. Weingläser funkelten im Schein der schlanken weißen Lampen, die auf allen Tischen standen. Ihr Licht wurde von den großen Bogenfenstern reflektiert, die den Blick auf das D-Deck eröffneten. Wie schön der Anblick war. All diese selbstbewussten, wohlhabenden Männer und Frauen, die meisten in Abendkleidung, die lachten und Brandy tranken. Tess begann, sich die einzelnen Lebensgeschichten auszumalen.

Da war das Paar, das vor ihr an Bord gegangen war und jetzt allein an einem Tisch saß. Die beiden steckten die Köpfe zusammen und murmelten sich etwas zu. Tänzer, hatte Madame ihr erklärt – Jean und Jordan Darling –, rank, schlank und schön. Die beiden kehrten für eine Aufführung am Broadway nach

Amerika zurück und waren, wie alle meinten, aufrichtig ineinander verliebt. »Sie haben ihre Glanzzeit mehr oder weniger hinter sich«, hatte ihr Madame in nüchternem Ton erklärt. »Ich habe Jean mehrmals für ihre Auftritte ausgestattet, aber ich vermute, dass sie sich meine Dienste nicht mehr leisten kann.« Und dann war da dieser gutaussehende Mann, dem sie im Gymnastikraum begegnet war. Er trug einen Frack und kam vom Kapitänstisch. Er musste ebenfalls eine bedeutende Persönlichkeit sein. Sein Name, hatte Madame gesagt, als sie ihr die wichtigen Leute an Bord genannt hatte, war Jack Bremerton. »Ein Millionär aus Chicago. Niemand weiß so recht, wie er zu seinem Vermögen gekommen ist. Bankgeschäfte oder etwas ähnlich Dubioses. Mehrere Ehen. Gerüchten zufolge lebt er schon wieder in Trennung.«

Plötzlich streifte sie ein Kellner mit einem Tablett voller Gläser und brachte sie aus dem Gleichgewicht. Er stolperte, und mit schrecklichem Scheppern fiel ihm das Tablett aus den Händen. Genau in diesem Augenblick trat der Direktor der White Star um die Ecke, den Kopf zu einem der Schiffsoffiziere gewandt, mit dem er sich unterhalten wollte. In seinem Frack sah er erst recht aus wie ein abgezehrter Kranich. Das Tablett krachte auf den Boden, die Gläser zerbarsten, und Brandy spritzte auf Bruce Ismays Anzug.

»Es war ihre Schuld, Sir«, rief der Steward geistesgegenwärtig und deutete auf Tess. »Erst gestern hat sie ein ganzes Teeservice fallen lassen.«

»Was sind Sie doch ungeschickt, junge Frau«, blaffte der Offizier. »Guter Gott, Sie sind ja tatsächlich die Person, die das ganze Durcheinander verursacht hat. Können Sie nicht besser auf Ihre Schritte achten?«

»Es tut mir leid«, erwiderte Tess überrascht.

»Sie müssen sich bei Mr. Ismay entschuldigen. Schließlich ist er, falls Sie es nicht wissen sollten, der Direktor dieser Schifffahrtsgesellschaft«, sagte der Offizier. »Sie sind das Dienstmädchen von Lady Duff Gordon, nicht wahr? Sicher hat man Ihnen gutes Benehmen beigebracht.«

»Ich entschuldige mich nicht, Sir. Ich habe nichts falsch gemacht. Es tut mir leid, was passiert ist, aber ich bin nicht dafür verantwortlich.«

»Damit kommen Sie nicht durch, junge Frau. Ich werde mit den Duff Gordons über Ihr Verhalten sprechen müssen.«

»Ich habe nichts getan«, entgegnete Tess bestürzt.

Plötzlich mischte sich aus der Dunkelheit von der Reling her eine Stimme ein. »In Wirklichkeit ist das Benehmen der jungen Dame weit besser als das Ihre, und ich vermute, ihr Gleichgewichtsgefühl ist es auch. Ich denke, Sie sollten sich bei *ihr* entschuldigen, Herr Offizier. Schelten Sie alle jungen Frauen? Oder nur Dienstmädchen?«

Verlegen wandte sich der Offizier dem Steward zu. »Holen Sie einen Lappen, und machen Sie das hier sauber.« Während der Steward davoneilte, gingen der Offizier und Ismay weiter, und Tess hörte, wie er sagte: »Diese Leute, die in letzter Minute angeheuert werden, wissen Sie ...«

»Das war eine hübsche Vorstellung, nicht wahr?«

Tess blickte sich um. Es war der geheimnisvolle Mr. Bremerton. Elegant und gutaussehend lehnte er an der Reling aus Teakholz.

»Diensteifrige kleine Leute in einer Machtposition – eine der Plagen dieser Welt.« Er schüttelte den Kopf. »Das hat mal wieder gezeigt, dass man durch eine gehobene Stellung nicht automatisch zum Gentleman wird. Durch Abendkleidung auch nicht, wenn wir schon dabei sind. Aber das wissen Sie hoffentlich selbst.«

Das wusste sie, aber es wäre wohl nicht klug, es so direkt zu sagen. »Ich möchte keine Schwierigkeiten haben«, sagte sie.

»Sie haben sich nicht einschüchtern lassen. Dafür braucht man Rückgrat.«

»Ich musste mich verteidigen.«

»Sonst?« Er sah sie aufmerksam an.

»Sonst wäre es wieder passiert.« Und immer wieder. Es hatte keinen Sinn, es zu erklären.

Er machte eine leichte Verbeugung. »Sehr klug. Ich freue mich, Sie zu sehen. Nach unserer Begegnung im Gymnastikraum habe ich mir die ganze Zeit gewünscht, ich hätte Sie nach Ihrem Namen gefragt. Darf ich das jetzt nachholen?«

Sie konnte sich ein Lächeln nicht verkneifen.

»Tess Collins.«

Er musterte sie. »Angenehm, Miss Collins. Da wir uns anscheinend immer wieder begegnen, möchte ich mich ebenfalls vorstellen. Ich bin Jack Bremerton, und ich habe eigentlich gar nicht das Recht, andere zu beurteilen. Was halten Sie bis jetzt von dieser Reise?«

»Es ist wunderbar, Mr. Bremerton«, antwortete sie und trat zu ihm an die Reling. »Ein Fest für Augen und Hände.«

»Hände?«

»Ich lasse sie gern über all die Vorhänge, die seidenen Tischdecken und die anderen wunderbaren Stoffe wandern. Dann stelle ich mir vor, wie ich sie verwenden, zuschneiden und zusammennähen würde.«

»Das klingt, als würden Sie gern selbst Mode entwerfen.«

»Eines Tages werde ich das tun.« Allein die Tatsache, dass sie es zu diesem Fremden sagte, stärkte ihre Zuversicht.

»Eine Dame, die auf eigenen Füßen stehen will, hat eine Würde, die sie weit bringen wird. Übrigens, nennen Sie mich doch bitte Jack.«

»Das wäre mir nicht sehr angenehm, Mr. Bremerton.« Im Kopf aber probierte sie es aus. *Jack.*

»Ich akzeptiere das, Miss Collins.« Er lächelte. »Ich hoffe, Sie ändern irgendwann Ihre Meinung. Ist das nicht ein großartiger Abend? Schauen Sie nur, die Sterne.«

»Sie sind herrlich.« Sie standen so nah beieinander, dass sie den leichten Moschusgeruch seines Rasierwassers riechen konnte. War das alles nur ein Traum? Unterhielt sich dieser beeindruckende Mann tatsächlich mit ihr?

»Es ist ein Vergnügen, sie mit Ihnen zusammen anzusehen.« Er blickte zum Speisesaal hinüber. »Da drinnen geht es nämlich furchtbar steif zu, wissen Sie. Nach der Entenbrust bin ich gegangen. Ich mag keine Feigen. Und auch keinen Martini mit Auster. Von hier draußen sieht es hübsch aus, aber wenn man mitten drin ist, verliert es seinen Glanz.«

»Ich habe dort keinen Zutritt.«

»Ja, so heißt es.« Er schien darüber nachzudenken. »Sind wir uns einig?«

»Was meinen Sie?«

»Dass eine Clique von Snobs Ihnen den Eintritt in diese stocksteife Gesellschaft verwehrt.«

»Sie können Regeln aufstellen, wie sie wollen. Ich muss mich damit abfinden.«

»Da bin ich aber anderer Meinung.«

Sie schauderte. Konnte sie ihm womöglich sagen, dass sie im Herzen, ganz verborgen, denselben rebellischen Gedanken hegte?

Er bot ihr den Arm und sah sie gespannt an, obwohl sein Blick nichts verriet. Bevor sie protestieren konnte, führte er sie durch die Glastüren direkt in den zauberhaften Speisesaal. Mit einer leichten Handbewegung umschrieb er den Raum. »Nun, Miss Collins, soll ich uns zwei Gläser Champagner bringen lassen?«

Wie weich der Teppich war. Sie brauchte nur die Hand auszustrecken, um einen der samtbezogenen Stühle zu berühren, konnte die vielen Parfüms riechen, sah die goldverzierten Teller mit exotischen Gerichten, lauschte dem unbeschwerten Plaudern, das durch die Menge wogte, und dem perlenden Gelächter. Weißgekleidete Kellner liefen beflissen zwischen den Tischen hin und her, Diamanten funkelten, in den Kristallgläsern brach sich das Licht, Männer beugten sich über Frauen in tief ausgeschnittenen Kleidern. Das Orchester spielte eine Weise, die sie zwar nicht kannte, die aber so schön war, dass sie sie nie mehr vergessen würde. Sie war völlig überwältigt.

Als sie ihren Blick durch den Raum schweifen ließ, entdeckte sie Cosmo und Madame. *Was, wenn sie sie hier sahen?*

Rasch drehte sie sich um und ging zurück zur Tür. »Ich kann hier nicht bleiben«, sagte sie. Ihre Wangen glühten.

Bremerton erhob keine Einwände, sondern folgte ihr zurück aufs Deck. »Ich liebe es, Wetten abzuschließen, Miss Collins«, sagte er leise, als sie wieder unter freiem Himmel standen. »Nachdem ich gesehen habe, wie Sie sich gegen diesen Tölpel behauptet haben, möchte ich, wenn Sie gestatten, eine Vorhersage machen. Sobald Sie in Amerika sind, wird Ihnen kein Speisesaal mehr verschlossen bleiben. Und Sie werden nicht mehr lange ein Serviertablett tragen.«

»Vielleicht werde ich damit beschäftigt sein, Squash spielen zu lernen«, erwiderte sie, plötzlich voller Mut.

Er lachte. »In meinem Land ist das leider gar nicht besonders populär.« Nachdenklich fügte er hinzu: »Ich bin froh, nach Hause zurückzukehren. Nichts für ungut, aber ich habe genug von Europa. Zu schwerfällig. Entwickelt sich zu langsam.«

»Was machen Sie beruflich?«, fragte sie zaghaft.

»Im Moment baue ich Zweigstellen für den Verkauf des T-Modells auf.«

Sie sah ihn fragend an. Ein Automobil, erklärte er. Besser gesagt, das Automobil schlechthin. Das ideale Fahrzeug für die breite Masse, und Henry Ford, der es entwickelt habe, sei ein Genie. Er plane eine Montagestraße, so dass schon bald alle neun Minuten ein Auto produziert werden könne.

»Erstaunlich.« Eigentlich sollte sie sich bald verabschieden. Aber sie mochte noch nicht gehen.

»Ich bin ins Plaudern gekommen«, sagte er nachdenklich, während er auf das schwarze Meer blickte. »Vielleicht liegt es an den Sternen. Gibt es in New York einen jungen Mann, der auf Sie wartet?«

Sie schüttelte den Kopf. »Nein. Aber das brauche ich auch nicht. Madame wird mir helfen, Arbeit zu finden.«

»Darauf wette ich. Übrigens, ich bin auch kein Squash-Spieler. Ich wünsche Ihnen noch einen schönen Abend. Wir sollten wieder einmal miteinander plaudern.« Er berührte kurz und sanft ihre Hände. Dann verabschiedete er sich und ging davon.

Sie machte sich auf zu ihrer Kabine, hielt aber inne und drehte sich noch einmal um. Jack war ebenfalls stehengeblieben.

»Gute Nacht«, sagte er.

»Gute Nacht.« Sonst fiel ihr nichts ein. Sie nahm noch einen tiefen Zug von der frischen Nachtluft, dann ging sie in ihre Kabine. Sie hatte ein Gespräch mit einem Gentleman geführt, der ihr nicht mit einem Fingerschnippen Aufträge erteilte oder ihr unter die Röcke grapschte. Mit einem Herrn, der Schliff hatte, der Manieren besaß und sie mit Respekt und auf Augenhöhe behandelte. Außerdem war er reich. Wie es wohl war, reich zu sein? Sie wollte sich unbedingt wieder mit ihm unterhalten. Er schien ein kultivierter Mann zu sein, der viel mehr von Literatur, von Musik und Spielen verstand als sie. Wenn es nicht unschicklich gewesen wäre, wäre sie am liebsten noch länger dort mit ihm stehengeblieben. Ihr ging der verwegene Gedanke durch den Kopf, dass er dasselbe empfand.

Sie lief die Treppe hinunter und tröstete sich mit der Vorfreude auf ein ganz besonderes Vergnügen – in ihrer Kabine lag ein Kleid, so schön, wie sie sich es kaum jemals hätte ausmalen können. Und es gehörte ihr.

Kurz bevor Lady Duff Gordon zum Essen gegangen war, hatte sie ein bezauberndes, sorgfältig in hauchdünnes Papier gewickeltes Seidenkleid aus ihrem Schrankkoffer geholt und es Tess überreicht. Der Stoff war federleicht, wie ein Hauch, ein kunstvolles Gewebe, dessen Farbspektrum sich von blassestem Lavendel am Oberteil bis zu königlichem Purpur am Rocksaum erstreckte. »Hier, meine Liebe, etwas Hübsches und Elegantes für Sie«, hatte sie gesagt.

Tess war verblüfft. »Für mich?«

Lady Duff Gordon, die sehr mit sich zufrieden schien, war bereits auf dem Weg nach draußen. »Warum nicht?«, hatte sie über die Schulter geträllert. Nur der intensive Duft ihres Parfüms blieb zurück.

Tess hielt das Kleid ins Licht und betrachtete die äußerst kunstvolle Verarbeitung. Dann tauchte sie in ihr Märchen ein. Sie zog das Kleid an und drehte sich zur Musik, stellte sich vor, sie befände sich zusammen mit Jack Bremerton auf der Tanzfläche. Wenn ihre Mutter sie jetzt sehen könnte, hier, in diesem Augenblick, am Tor zu einem neuen Leben voller ungeheurer Möglichkeiten. Sie musste nach Hause schreiben, sobald sie in New York angekommen waren. Auf dem Kai in Cherbourg hatte sie einem der Angestellten von Madame noch schnell ihre Heimatadresse aufgeschrieben und ihn gebeten, ihre Eltern über ihre Abreise zu informieren. Aber er hatte verächtlich gewirkt. Jetzt, kurz vor Mitternacht, fragte sich Tess, als sie in den Schlaf sank, ob die Nachricht überhaupt übermittelt worden war … Die Augen fielen ihr zu. Damit konnte sie sich auch noch am nächsten Morgen befassen.

2

Es war kaum mehr als ein Schlag. Ein leichter Ruck nur, mehr nicht. Nichts Beunruhigendes. Anfangs hielt das Brummen der Schiffsmotoren noch an. Dann trat plötzlich Stille ein. Die Maschinen arbeiteten nicht mehr.

Tess fuhr aus ihrem Tiefschlaf hoch und stützte sich auf den Ellbogen. Sie überkam dieses seltsame Gefühl, wenn man weiß, dass etwas nicht stimmt. Prickeln auf der Haut, verkrampfte Muskeln. Schon einmal war sie mit so einem Gefühl aufgewacht, damals, als das letzte Baby ihrer Mutter gestorben war. In jener Nacht hatte sie ein leises, müdes Wimmern in Alarm versetzt. Heute war es dieser Schlag. Auf der Stelle war sie hellwach, sie sprang aus dem Bett und zog sich rasch an. Was immer gerade vor sich ging, es war besser, sich anzuziehen und vorbereitet zu sein.

Nur ein paar Kabinen entfernt erstarrte Bruce Ismay, als er das Geräusch hörte. Er kannte den Motorentakt der meisten Schiffe, und etwas war befremdlich bei diesem Stoß. Wahrscheinlich unbedeutend, aber irgendwie gefiel es ihm nicht. Er schaute auf seine Taschenuhr. Sie konnten keine Verzögerung gebrauchen, wenn sie den Rekord halten wollten. Er beschloss, an Deck zu gehen und Kapitän Smith aufzusuchen, nur, um sich zu vergewissern, dass alles in Ordnung war.

Jean Darling rüttelte ihren Mann wach. Sie fror und zitterte, hatte etwas Schreckliches geträumt. Irgendjemand hatte sie verfolgt, sie war gerannt und ausgerutscht, und dann war dieser Ruck gekommen – als ob auch das Schiff erzitterte. Jordan legte den Arm um sie und versuchte, sie zu sich in die Kissen zu ziehen. Doch sie sperrte sich.

»Jordan, lass uns aufstehen«, flüsterte sie.

»Aber warum denn?«

»Ich möchte anständig gekleidet sein, für alle Fälle.«

Er lachte. »Das ist ja eine ganz neue Art, mir zu sagen, dass dich die Anwesenheit von Lucile Duff Gordon auf diesem Schiff einschüchtert.«

Auch Jack Bremerton hatte es gemerkt, aber es kümmerte ihn nicht. Er saß in seiner Kabine am Schreibtisch und war in einen Stapel Dokumente vertieft, die er mitgenommen hatte. Er konnte das Ende der Überfahrt kaum erwarten, wünschte sich nichts sehnlicher, als sich endlich in die Arbeit für Ford zu stürzen und nach Kalifornien zu kommen, weg von dem leidigen Elend seines Privatlebens. Vermutlich bewies er damit nur, dass seine baldige Exfrau recht hatte, wenn sie ihm vorwarf, er laufe immer davon. Sie bekam eine Menge Geld von ihm, und er entschuldigte sich bei ihr – im Gegensatz zu dem Wichtigtuer, der am Abend das junge Dienstmädchen zurechtgewiesen hatte. Eine interessante junge Frau. Immer wieder musste er an die volle, weiche Haarpracht denken, die das Gesicht mit den lebhaften Augen und der zart schimmernden Haut umrahmte. Und dann ihr entschiedenes Auftreten. Wahrscheinlich konnte sie mehr als die meisten dieser Heuchler auf dem Schiff, ohne dass sie sich darüber im Klaren war. So jung und erfrischend. Sie machte ihm schmerzlich bewusst, dass er kurz vor der Lebensmitte stand.

Lucile merkte es, als sie sich nach der Rückkehr vom Dinner über ihre Kommode beugte, um die Mondsteinohrringe abzunehmen. Sie sah, dass das Parfüm im Flakon kurz in Bewegung geriet. Wenn Cosmo nicht schon im Bett gelegen hätte, hätte sie ihn darauf aufmerksam gemacht. Wie konnte er bloß so schnell einschlafen? Sie hasste es, wenn er schnarchte. Einen Augenblick zögerte sie, betastete die Ohrringe und wartete, ob es einen weiteren Ruck geben würde. Doch alles schien bestens. Trotzdem schob sie, ohne zu wissen, warum, die Schmuckstücke in das Samtsäckchen und steckte es in den Schuh.

Zunächst wurde diskret an die Tür der Duff Gordons geklopft.

»Ma'am, wir hatten einen kleinen Unfall«, sagte der Steward, der draußen stand. »Keine Sorge. Wir sind mit einem Eisberg zusammengestoßen, aber es ist nichts passiert. Trotzdem möchten Sie vielleicht an Deck kommen.«

Lucile ließ sich nicht einen Augenblick täuschen. Der Steward wusste gar nichts. Er plapperte nur dahin, um sie zu beruhigen.

»Zieh dich an, Cosmo«, sagte sie und rüttelte ihren Mann an der Schulter. »Und leg deine Schwimmweste an. Ich gehe und wecke Tess.«

Während sie sich ihre Schwimmweste zuband und leise über die plumpe Form schimpfte, klopfte es an der Tür. Es klang dringlich. »Wir müssen uns beeilen«, sagte Tess, als Lucile ihr öffnete. Sie gab sich keine Mühe, die besorgt gefaltete Stirn zu glätten. Eigentlich stand es ihr nicht zu, die Duff Gordons zur Eile anzutreiben, aber in diesem Augenblick zählten solche Konventionen nicht.

»Cosmo ist schuld. Er tut so, als hätte er alle Zeit der Welt«, blaffte Lucile.

Der Gang füllte sich rasch mit Menschen, die noch ihre Nachtmützen und Pyjamas trugen und mit ihren Schwimmwesten ziemlich komisch aussahen. Und nirgendwo waren die üblichen Accessoires wie etwa silberne Zigarettenspitzen zu sehen. Ohne ihre elegante Kleidung machten sie einen recht normalen Eindruck, dachte Tess flüchtig.

Schließlich erschien auch Cosmo und stopfte noch rasch die Zipfel seines Hemds in die Hose.

»Hier lang«, sagte Tess und drängte sie zur Treppe. Widerstandslos folgten ihr Cosmo und Lucile und schlossen sich der freundlich murmelnden Menge an, die sich langsam zum Deck hochschob. Die meisten schwatzten entspannt, wenn auch ein wenig verstimmt, miteinander. Einige Passagiere beklagten sich, dass sie nach dieser albernen Übung, oder was immer das auch sein sollte, nicht wieder einschlafen können würden. Wie ärgerlich. Als sich ein englischer Chirurg höflich bei Lucile erkundigte, ob sie nach dem Dinner im Salon das spannende Pokerspiel beobachtet habe, murmelte sie freundlich eine Antwort. Daraufhin wandte er sich zu seinem Begleiter, der immer noch seinen Frack trug: »Sag mal, statten wir dem Gymnastikraum nach dem Frühstück einen Besuch ab? Ich hoffe, sie servieren wieder diese Pfannkuchen. Die Kinder waren davon begeistert.«

Direkt hinter Lucile ging Mrs. Brown, die Frau ohne Kinderstube, wie sie sie genannt hatte, die in einem Ort namens Leadville ein Vermögen mit Goldminen gemacht hatte. Der Anblick ihrer Mitpassagiere in den hastig zusammengesuchten Kleidungsstücken brachte sie zum Lachen. »Hier kann man einen Viscount ja nicht mehr von einem Herzog unterscheiden«, dröhnte sie. »Die Unterhosen sehen alle gleich aus!«

Niemand lachte. Hingegen hörte man hier und da missbilligendes Schnalzen, das, so schien es Tess, Mrs. Brown galt.

Inzwischen waren sie oben auf der Treppe angelangt.

Anfangs schien alles ruhig. Die Menschen drängten sich zitternd auf dem Deck zusammen und riefen sich aufgeregt Informationen zu. »Wir sind mit einem Eisberg zusammengestoßen«, sagte ein Junge in die Menge. Er hielt einen großen Brocken Eis in der Hand und zeigte ihn herum. »Hier. Ich habe ein Stück abgebrochen, als wir vorbeifuhren. Unten haben das alle gemacht. Es war ein Spiel.«

Während die Minuten verstrichen und niemand zu wissen schien, was man tun sollte, bemerkte Tess, dass sich auf dem rutschigen Deck Männer von der Mannschaft Anweisungen zuriefen und sich bemühten, Seile zu entrollen und Segeltuchabdeckungen zu entfernen.

Rettungsboote. Sie ließen Rettungsboote zu Wasser.

Wie auf ein Zeichen begannen die Leute, zu rempeln und sich gegenseitig wegzuschieben. Sie strebten zur Reling und schauten hinunter aufs Meer. Was sie sahen, ließ sie aufschreien. Plötzlich war die salzige Meeresluft mit dem beißenden, dumpfen Geruch menschlicher Angst durchsetzt.

Minuten vergingen. Tess schauderte. Das hier war keine Übung, kein Scherz. Ihr Herz schlug unerträglich schnell. Sie versuchte nachzudenken. Matrosen, die Jacken aufgerissen, die Gesichter gerötet und mit gehetztem Blick, brüllten Anweisungen in die wachsende Menge der Passagiere. Manche fuchtelten ziellos mit Gewehren herum. Tess hörte einen Schuss, Leute begannen zu schreien. Mütter hoben wimmernde Kinder in Rettungsboote, die an windigen Aufhängungen hoch über der Wasserfläche schwebten. Eins nach dem anderen schwenkten sie über den Schiffsrand, um mit Passagieren beladen herabgelassen zu werden.

Achtern sah Tess in der Ferne eine schroff aufgetürmte Eismasse, düster und kalt, die langsam in der Dunkelheit verschwand. Jetzt gab es keinen Zweifel mehr: Sie mussten sehen, dass sie in ein Rettungsboot kamen. Aufgeregt blickte sie sich um, stellte aber mit sinkendem Mut fest, dass auf diesem Teil des Schiffes bereits keine mehr vorhanden waren.

»Ich sehe am Bug nach«, sagte sie zu Lucile und Cosmo, die beide hilflos dastanden. Über den Lärm der Menge hinweg rief Lucile ihr hinterher. Aber Tess schenkte ihr keine Beachtung, lief so schnell sie konnte, rutschte aus, stolperte, schlängelte sich durch die Menge.

Am Bug war das Chaos noch größer. Soweit sie sehen konnte, waren die ausgesetzten Rettungsboote bereits voll. Eine Frau versuchte, sich einen Platz zu erkämpfen, und schrie laut auf, als das Boot ausschwenkte und ohne sie zu Wasser gelassen wurde.

»Die ist ja verrückt. Ich werde jedenfalls nicht in ein so windiges Ding steigen«, erklärte eine andere und zog ihren Mantel über dem Abendkleid aus smaragdgrüner Seide zusammen. »Dieses Schiff kann nicht sinken. Das hat mein Mann gesagt. Er kennt sich aus in solchen Dingen.« Tess beachtete sie nicht.

Voller Entsetzen sah sie zu, wie sich die Situation weiter zuspitzte. Jean und Jordan Darling, Hand in Hand, debattierten mit einem der Matrosen, die die Leute in die Rettungsboote einwiesen. »Nur Frauen!«, brüllte er und schob Jordan zur Seite. Panik war ausgebrochen, niemand hielt sich noch an die Regeln. Offenbar hatten alle gleichzeitig gemerkt, dass das Schiff immer mehr in eine beängstigende Schieflage geriet und es für die sich auf dem Deck drängenden Menschen nicht genügend Rettungsboote gab. Auf der verzweifelten Suche nach einem Platz rannten manche vom Heck zum Bug und wieder zurück. Tess sah, wie Bruce Ismay schweigend in ein Boot stieg. Er hielt den Kopf gesenkt, um sich nicht den Blicken derer auszusetzen, denen man die letzten Plätze verweigert hatte. Jack Bremerton übergab ein wild um sich schlagendes, weinendes Kind in die flehend ausgestreckten Arme einer Frau in einem der Rettungsboote. Er tat es vorsichtig, fast zärtlich, mit ruhigen Bewegungen und traurigem Blick.

»Mr. Bremerton!«, rief Tess.

Er drehte sich um. Als er sie entdeckte, weiteten sich seine Augen. »Sehen Sie zu, dass Sie in ein Boot kommen!«, schrie er. »Gehen Sie nach steuerbord!« Dann verlor sie ihn in der wogenden Menge aus dem Blick.

»Beruhigen Sie sich, es sind bereits Schiffe zu unserer Rettung unterwegs!«, brüllte ein Matrose.

»Habe ich's nicht gesagt?«, zischte eine vor Kälte zitternde Frau ihrem Mann zu, ohne den Triumph in ihrer Stimme zu verbergen. »Sie kommen, um uns zu holen. Hier sind wir sicherer als in den Booten. Es ist doch so, oder?« Er antwortete nicht, schlang nur schweigend die Arme um sie. Währenddessen wurden immer mehr Boote zu Wasser gelassen.

Tess drehte sich um und lief zurück. Wenn es überhaupt noch eine Möglichkeit gab, vom Schiff herunterzukommen, dann am Heck.

Als sie sich auf dem mittlerweile schräg stehenden Deck zurückgekämpft hatte, war Lucile bereits aktiv geworden und zerrte an einem Seil. Es war an einem riesigen zusammengelegten Stück Segeltuch befestigt – das Einzige, was noch einem Rettungsboot glich, auch wenn es nicht besonders sicher und stabil aussah. Tess lief zu ihr, um es festzuhalten.

»Hier ist ein Boot. Warum lassen Sie es nicht herunter?«, brüllte Lucile den Offizier an, der neben ihr stand.

Er antwortete nicht. Lucile funkelte ihn wütend an. Inzwischen gab niemand mehr Anweisungen. Alle rannten herum und schrien, Familien wurden auseinandergerissen, und die gehetzten Matrosen schienen nicht zu wissen, was sie tun sollten.

»Hören Sie mich nicht, Herr Offizier? Sie haben hier doch die Leitung, oder?«

Offizier Murdoch drehte sich ruckartig um. »Ja, Ma'am«, sagte er. Seine Stirn glänzte vor Schweiß, und die Augen schienen aus den Höhlen hervorzutreten.

»Hier gibt es ein absolut taugliches Boot, und ich möchte da hinein«, erklärte sie. Selbst in diesem Chaos war sie eine beeindruckende Gestalt.

»Rettungsboot Eins? Das ist nicht sicher. Es ist zusammenfaltbar und nicht stabil«, erwiderte er.

»Unsinn, es schwimmt, oder? Ist das nicht die Hauptsache?«

Er zögerte. »Sullivan«, rief er schließlich einem hochgewachsenen Matrosen mit pockennarbiger Haut zu, »machen Sie das Boot für Lady Duff Gordon fertig! Ich übertrage Ihnen die Verantwortung auf dem verfluchten Teil!«

Lucile stieg als Erste ein und winkte Tess und Cosmo zu sich. Tess hievte sich auf die Reling und sah sich um. Zwei Frauen kamen herbeigerannt. Die eine war in ein bodenlanges Tuch gehüllt.

»Steigen Sie ein«, rief Murdoch ihnen zu. Sie kletterten an Bord, und erst als die Kleinere der beiden aufblickte, sah Tess, dass es Jean Darling, die Tänzerin, war. »Sind hier noch Frauen?«, brüllte Murdoch.

Eine Weile rührte sich niemand, dann sprangen plötzlich ein paar Seeleute rangelnd und wild durcheinander zu den Menschen im Boot.

»Ihr Mistkerle! Kann jemand von euch rudern?«, schrie der erschöpfte Offizier. »Bonney, Sie können es, also steigen Sie ein!«

»Ich habe hier zu tun. Schicken Sie jemand anderen mit!«, erwiderte der gerufene Bonney, während er die Seile des Rettungsboots löste.

Tess erhaschte einen kurzen Blick auf den Mann. Es war der Seemann, der erst vor ein paar Stunden mit ihr über das Deck getanzt war.

»Tun Sie, was ich Ihnen sage! Das ist ein Befehl!«

Bonney zögerte.

»Ich sagte: *Steigen Sie ein!*«

Bonney sprang. Er landete auf allen vieren, richtete sich auf, sah, dass Tess schwankend auf der Reling stand, und reichte ihr die Hand. »Um Himmels willen, schnell …«

Inzwischen sank die *Titanic*, die Bugspitze nach vorn geneigt, mit zunehmender Geschwindigkeit.

»Nun machen Sie schon!«, keuchte Lucile wütend. »Lassen Sie das Ding endlich zu Wasser. Mir ist schon ganz schlecht!« Als das Boot hin und her schwankte, hielt sie sich den Magen. Ihr Gesicht war kreidebleich.

»Ja, Ma'am«, sagte der Offizier. »Lassen Sie das verdammte Boot zu Wasser«, brüllte er. »*Sofort!*«

»Warten Sie, junge Frau!«

Tess, die gerade ins Boot springen wollte, drehte sich um. Der Witwer mit dem traurigen Gesicht, Mr. Hoffman, stolperte mit seinen beiden Söhnen auf sie zu. »Nehmen Sie meine Kinder mit. Retten Sie sie. Bitte!« Sein Haar war feucht von der Gischt und klebte auf seiner Stirn. Er sah sie flehentlich an.

Tess streckte den Kindern die Arme entgegen, aber Michel klammerte sich weinend an seinen Vater. Mr. Hoffman löste seinen Griff mit Gewalt, dann schob er ihn zu Tess hinüber. Als sie beide Jungen hatte, konnte sie endlich ins Boot springen. Sie drehte sich um.

Zu spät. Rettungsboot Nummer eins sank bereits in die Tiefe. Es war fast leer und schaukelte heftig. Alles Weitere lief vor ihr ab wie ein schlechter Traum. Bonney rief ihr mit ausgestreckten Armen zu: »Springen Sie! Springen Sie!«

Tess wankte. Nein, nicht mit zwei verängstigten Jungen. Es war zu spät. Das Rettungsboot war bereits etwa fünfzehn Meter weit herabgelassen. Sie blickte in das entsetzte Gesicht von Lucile. Es war vorbei, nicht wahr? Es war alles vorbei ...

»Was stehen Sie noch da und starren? Nehmen Sie das da.« Murdoch schob sie in Richtung eines Boots, das noch nicht ganz startklar war, weil sich seine Seile verheddert hatten. »Sie haben nicht mehr viel Zeit, bis wir es in Gang gebracht haben.«

Tess schlitterte und stolperte über das Deck, aber es gelang ihr, die beiden Jungen festzuhalten. Das Boot war voll besetzt mit Frauen und Kindern.

»Kein Platz, hier ist kein Platz mehr!«, rief ein Matrose.

»Aber ja doch.« Die vollbusige Mrs. Brown schob ihn beiseite und streckte Tess die Arme entgegen. »Reichen Sie mir die Kinder, und springen Sie!«, befahl sie.

Tess gehorchte. Zweimal ein beherztes Loslassen und dann der Sprung – mit geschlossenen Augen. Schon begann das Boot seine mehr als zwanzig Meter lange Fahrt hinab von dem krängenden Schiff. Schaukelnd und ruckend sank es an den Decks der zweiten und dritten Klasse vorbei. Leute sahen sie mit leeren Blicken an, die Gesichter bleich vor Entsetzen, als ob sie in eine andere, ferne Welt schauten, in der es noch eine Zukunft gab.

Doch dann meldeten sich laute Stimmen.

»Nehmen Sie mein kleines Mädchen mit, nehmen Sie es!«, schrie ein Mann, der sein Kind in den Armen hielt.

»Sie lassen uns im Stich!«, kreischte eine Frau und deutete vorwurfsvoll auf die Menschen im Rettungsboot.

Tess hätte einige von ihnen berühren können. *Warum war sie nicht bei ihnen?* In den Augen des Mannes, der sein Kind im Arm hielt, leuchtete ein Hoffnungsschimmer auf. Ihre Blicke trafen sich. Er war noch jung und wirkte erschöpft, vielleicht ein Bauer. Blaue Augen, ein ungepflegter Bart. Das Mädchen hatte ein schlaffes gelbes Band im Haar, das ihr ins Gesicht fiel und das sie immer wieder zurückschob. Die Augen waren weit aufgerissen vor Angst.

»Um Gottes willen, nehmen Sie sie!«, schrie der Vater und hielt das Kind hoch, während er Tess unverwandt ansah.

Tess sagte den beiden Jungen, sie sollten sich aneinander festhalten, dann lehnte sie sich vor und streckte die Arme aus, so weit sie konnte. Die Hände des Kindes waren weich und rund wie Pfirsiche.

»Aufpassen«, brüllte Murdoch von oben, als er über die Reling blickte. »Stoßen Sie sich ab. Lassen Sie sich nicht anfassen, sonst kippen Sie um!«

Ein Matrose schlug mit der Faust kräftig gegen die Bordwand, so dass das Rettungsboot ausschwang. Die Chance war vertan. Tess verbarg das Gesicht in den Händen, während sie auf das schwarze Wasser hinuntersanken.

Sie erwartete einen Schlag. Aber das Meer war erstaunlich ruhig, und das Boot setzte ganz sanft auf. Langsam entfernte es sich von der *Titanic*. Vom A-Deck drang noch immer Musik durch die kalte, stille Luft herüber. Tess hatte die Musiker bereits während der unruhigen Fahrt nach unten erspäht. Traurig spielten sie weiter, an die Liegestühle gelehnt, um nicht das Gleichgewicht zu verlieren.

»Gelobt sei Gott, wir haben es geschafft«, rief einer der Matrosen.

Es dauerte eine Weile, bis ihnen auffiel, dass niemand an den Rudern saß. Es kam zu einem lautstarken Wortwechsel zwischen den Matrosen.

»Wer übernimmt die Ruder?«, brüllte einer.

»Ich bin kein Ruderer. Wer hat überhaupt bestimmt, dass du hier das Sagen hast?«, sagte ein anderer.

»Jemand muss rudern, du verdammter Idiot«, erwiderte eine heisere Stimme. »Der Offizier an Deck hat mir das Kommando übergeben, also los, an die Ruder.«

»Ich habe noch nie gerudert«, brüllte der andere zurück. »Mein Gott, werden wir untergehen?« Selbst hier auf dem Meer roch seine Kleidung noch nach Tabak und Schweiß.

»Du meine Güte.« Mrs. Brown kämpfte sich vor, packte ein Ruder und bedeutete Tess mit einer Geste, die andere Seite zu übernehmen. »Zeigen wir diesen Feiglingen, was es heißt, seine Arbeit zu machen!«

Tess umfasste den Griff des Ruders und schob es nach vorn. Sie war oft genug über den Teich beim Gutshaus gerudert; das hier würde sie schaffen. »An die hinteren Ruder!« rief sie den Matrosen zu.

Leise fluchend setzte sich ein Mitglied der Schiffsmannschaft an die beiden hinteren Ruder. »Diese verdammten Dinger! Sie wiegen mindestens eine Tonne«, brummte er. »Aber wir müssen hier weg, bevor uns das Schiff in die Tiefe zieht.«

Tess blickte zur *Titanic* zurück. Das riesige Schiff kippte langsam weiter nach vorn, so dass das Heck immer höher in die Luft ragte – ein unglaublicher Anblick. Sie sah menschliche Gestalten, die auf den Decks hin und her liefen oder ins Meer sprangen. Die Gesichter waren nicht mehr zu erkennen.

»Schneller«, keuchte sie. Sie tauchte das Ruder ein und zog es, so fest sie konnte, durch das Wasser. Dabei spannte sie ihre Rückenmuskeln bis zum Zerreißen. Plötzlich gab es einen Stoß. Tess blickte ins Meer – ein menschliches Gesicht.

Eine Frau, deren Röcke sich um ihren Körper blähten, hielt sich mit einer Hand an dem Ruder fest und umfasste mit der anderen einen Gegenstand, der aussah wie ein Bündel Lumpen. »Wir müssen ihr helfen!«, schrie Tess, ließ das Ruder los und legte sich flach hin. Als sie die Frau packte, schaukelte das Boot heftig.

»Halten Sie sie fest. Ich habe sie!« Mrs. Brown tauchte ihre erstaunlich starken Arme ins Wasser. Gemeinsam hievten sie die Frau ins Boot. Dabei sank es durch das zusätzliche Gewicht noch ein wenig tiefer. Es war überbesetzt. Würden sie womöglich untergehen? Aber dann stabilisierte es sich, und Tess griff wieder nach ihrem Ruder.

Die *Titanic* ragte jetzt fast senkrecht in den sternenerleuchteten Nachthimmel, ein vertikal aufstrebender Pfeil, wie ein Balletttänzer auf einer Zehenspitze. Noch immer funkelten die Lampen in den Kabinen und auf den Decks, und die noch brennenden Lichter des bereits abgesunkenen Schiffsteils verliehen dem schwarzen Meer einen unheimlichen grünen Schein – ein seltsam schöner Anblick.

»Sie sinkt. Rudert, sonst reißt sie uns mit in die Tiefe!«, brüllte eine Stimme vom Heck des Rettungsboots. Diesmal packten die Matrosen hastig die hinteren Ruder, ohne sich zu beschweren.

»O mein Gott!«, schrie eine matronenhafte Frau mit weißem Haar und drückte mit ihrem Stoßgebet aus, was sie alle empfanden. Mit dem Bug voran sank die *Titanic* langsam in die Tiefe. Wie zerbrochene Puppen stürzten Menschen von den Decks und schlugen, wild mit den Armen fuchtelnd, auf der Wasserfläche auf. Es gab ein gewaltiges, lautes Knacken – dann war die *Titanic* mit einem einzigen riesigen Schluck vom Meer verschlungen. Gleichzeitig verlosch alles Licht, so dass die Menschen in den Rettungsbooten von völliger, lediglich durch das kalte Funkeln der Sterne gemilderter Schwärze umgeben waren.

Kein Strudel, der sie mit sich riss – wie waren sie dem entronnen? Die Rettungsboote schwammen auf einer völlig ruhigen See, so glatt, dass sich die Sterne darin spiegelten.

»Es ist zwei Uhr zwanzig«, sagte ein Matrose mit heiserer Stimme. »Fünfzehnter April.« Seltsam, dass jemand in diesem Augenblick die Weitsicht besaß, auf seine Uhr zu schauen.

Und dann stieg vom Wasser ein unvergesslicher, schriller Ton auf. Er glich dem Heulen eines grimmigen Windes, der ein gemütliches Haus umtost, diesem unheimlichen Geräusch, das einen im Bett erzittern lässt, obwohl man dankbar feststellt, in Sicherheit zu sein.

»Mein Mann ist dort draußen«, klagte die Frau mit dem weißen Haar. »Er muss dort sein.«

»Nicht nur Ihrer«, sagte leise eine andere Stimme.

Allenthalben hilfloses Schweigen. Aus Angst, das Boot könnte kentern, wagte niemand, sich zu rühren.

Tess wandte sich der ruhigen Gestalt der Frau im hinteren Teil zu. Hatte sie sich überhaupt bewegt, seit sie sie aus dem Wasser gezogen hatten? Als Tess vorsichtig versuchte, sie umzudrehen, sah sie, dass sie nicht ein Lumpenbündel umklammert hielt, sondern ein Baby in einer Decke, das vielleicht noch eine Stunde zuvor sicher und geborgen in einer Wiege geschlafen hatte. Zweifellos fror das Kind. Tess zog ihre Jacke aus. Doch da dämmerte ihr bereits, dass das Baby tot war.

Tess blickte in das kleine Gesicht mit dem silbrigen Haarschopf. Man konnte nicht erkennen, ob es ein Junge oder ein Mädchen war. Dann sah sie zu der Mutter. Sie regte sich nicht. Irgendwie war sie erleichtert, als sie feststellte, dass die Frau ebenfalls tot war. So blieb ihr der Schmerz erspart, um ihr Kind zu trauern. Tess wickelte das Baby in ihre Jacke und legte es in die Arme seiner Mutter. Ihr war nach Weinen zumute, doch es kamen keine Tränen.

3

Redaktion der *New York Times*
New York
Montag, 15. April, 1 Uhr 20 Ortszeit

Nächtliche Stille hatte sich über das Redaktionsbüro gesenkt. Das Geschrei, das Hin-und-her-Laufen und das Klappern der Schreibmaschinen, das gewöhnlich kurz vor Redaktionsschluss zu einem Höhepunkt anschwoll, all das war zum Erliegen gekommen. Carr Van Anda, ein ruppiger, korpulenter Mann, der wie kein anderer in letzter Minute einen neuen Artikel aus dem Ärmel schütteln konnte, gestattete es sich nur selten, seine Gedanken schweifen zu lassen. Doch als der Chefredakteur der *New York Times* jetzt den Blick über sein Reich wandern ließ, konnte er sich des Eindrucks nicht erwehren, dass seine Erschöpfung auch auf diesen schmuddeligen Raum übergegriffen hatte.

Zigarettenstummel lagen auf dem Fußboden, überall waren zusammengeknüllte Blätter verstreut, die ihr Ziel, einen Papierkorb, verfehlt hatten und jetzt herumlagen wie schmutzige Schneebälle. Nur wenige Redakteure saßen noch über ihren Schreibtisch gebeugt. Er mochte die Leute von der Spätschicht; meist hatten sie eine Flasche Bourbon in einer halb aufgezogenen Schublade stehen, aus der sie im Lauf der Nacht hin und wieder in aller Ruhe einen Schluck nahmen. In manchen Spätschichten hatte er nichts dagegen gehabt, auf einen oder zwei Züge aus der Flasche eingeladen zu werden. Doch in dem erhöhten Tempo der letzten vierundzwanzig Stunden waren, zumindest bei den altgedienten Redakteuren, keine Flaschen zu sehen. Keiner konnte es sich leisten, am Abend der Vorwahlen die Zügel schleifen zu lassen. Jetzt waren die Zahlen da und die

 Morgenausgabe in trockenen Tüchern. Der Kampf würde noch spannend werden. Roosevelt hatte sich an diesem Abend Pennsylvania geholt, doch Taft hatte noch einige Asse in der Hinterhand. Die beiden Männer waren sich spinnefeind und spalteten die Wählerschaft der Republikaner, was den Demokraten zweifellos einen gewaltigen Vorteil verschaffte. Und der Zeitung eine ganze Reihe guter Storys.

Van Anda beäugte eine Flasche, die verstohlen aus der Schublade seines Lokalredakteurs hervorlugte, lehnte sich in seinem Stuhl zurück und genoss die Vorfreude auf die Zigarre, die er sich gleich anstecken würde. Endlich konnte er durchatmen.

»Dies ist gerade hereingekommen, Mr. Van Anda.« Der Nachtbote, der noch bleicher schien als gewöhnlich, drückte dem Chefredakteur eine Drahtlosdepesche in die Hand. Van Anda überflog die Nachricht. Sie stammte von der Marconi Station in Neufundland.

»Hast du das gelesen?«, fragte er.

»Ja, Sir.« Der Junge traute sich offenbar nur zögernd, etwas dazu zu sagen. »Die *Titanic* ist das größte Schiff der Welt. Wie kann es sein, dass sie einen Eisberg rammt?«

»Alles ist möglich, mein Sohn.« Himmel, einige dieser grünen Jungs wollten offenbar einfach nicht verstehen, dass derartige Ereignisse das A und O des Zeitungsgeschäfts waren. »Jetzt besorg mir erst mal alles, was wir im Archiv über das Schiff haben. Warte …«, er hob die Hand, »… und alles über Kollisionen mit Eisbergen.«

Inzwischen erhielten sie aus dem Telegrafieraum im Stockwerk über ihnen die neuesten Meldungen. Eine nach der anderen schepperten die Metallkartuschen der Rohrpost aus dem Schacht in einen Korb. Mit jeder Meldung erfuhren sie neue Einzelheiten über die Entwicklung der Katastrophe. Sie schrieben einen neuen Aufmacher für die Titelseite der Morgenausgabe, die Redakteure verfassten hektisch weitere Texte, und die Setzer mussten noch einmal an die Arbeit und warteten auf Anweisungen.

Nachdem Van Anda eine Meldung gelesen hatte, hob er den Kopf und lauschte. Es kam nichts mehr durch die Rohrpost.

»Ist das alles?«, fragte er.

Niemand antwortete.

Er starrte auf den Text in seiner Hand. Es war der von der *Titanic* um 0 Uhr 27 abgesetzte Funkspruch, in dem im Schifffahrtscode um Hilfe gebeten wurde. Er brach mitten im Satz ab.

»Ist fast schon eine Stunde her«, murmelte er, während er die Akten aus dem Archiv durchblätterte und zugleich lauschte, ob nicht eine weitere Kartusche hereindonnerte. Sein besonderes Augenmerk richtete er auf die technischen Daten der *Titanic*, vor allem auf die Anzahl der Rettungsboote, die er wieder und wieder durchzählte. Wie immer sich die Sache auch entwickeln mochte, sie würden nicht reichen. Diese Dummköpfe – ein derart mit allem Luxus ausgestattetes Schiff, und dann nicht genügend Rettungsboote!

Van Anda schritt nachdenklich durch den Raum. Wie konnte es sein, dass seit einer ganzen Stunde nichts mehr von der *Titanic* gekommen war? Er ging zu dem Redakteur, der den Artikel schrieb. »Wir nehmen einen anderen Aufmacher«, sagte er schließlich. »Von wegen ›Es steht zu befürchten‹. Schreiben Sie, das Schiff ist gesunken.«

»Ist das denn sicher?«, fragte der Redakteur, dem der Mund offen stehen blieb.

Van Anda seufzte. Er war lange genug im Geschäft, um sich auf seinen Instinkt verlassen zu können und keine Begründung für seine Ansicht liefern zu müssen.

»Ich weiß es«, sagte er und begab sich wieder zu seinem Schreibtisch. Es war Zeit für seine Zigarre. Doch dann fiel ihm noch etwas ein. »Rufen Sie Pinky Wade her. Wenn es Überlebende gibt, will ich sie darauf ansetzen. Sie soll alles andere liegen lassen.«

»Das wird ihr aber gar nicht gefallen«, wandte der Redakteur ein.

Sie würde toben. Aber sie war seine beste Kraft, wenn es um Geschichten aus dem Leben ging. Er wollte sie dabeihaben, auch wenn er sie dafür von dem Artikel über Irrenanstalten abziehen musste.

»Ich weiß, bei so was fehlt ihr das Abenteuer. Trotzdem, rufen Sie sie her.«

Atlantik
Montag, 15. April, 2 Uhr 45 Ortszeit

Es gab keine Zeit mehr, sie war von der Strömung fortgetragen worden. Und es war kalt, entsetzlich kalt. Beißender Frost kroch Tess in die Knochen, und an ihren Fingerspitzen und hinter den Ohren bildeten sich Eiskristalle. Die Kälte war so unerträglich, dass allein schon das Atmen schmerzte. Tess hatte das Gefühl, als schwebe das Rettungsboot auf einer Luftblase irgendwo am Himmel statt auf dem schwarzen Meer. Wo war der Horizont? Niemand machte sich mehr die Mühe zu rudern. Die Hilferufe, die aus dem Meer zu ihnen drangen, wurden immer leiser. Unter großen Anstrengungen versuchte Tess, das eisige, durch den Boden sickernde Wasser aus dem schon halb gesunkenen Boot zu schöpfen. Auch Mrs. Brown schien erkannt zu haben, dass die Lage ernst war. Ihr Boot lag tief im Wasser und konnte jeden Augenblick kentern. Schon die kleinste Gewichtsverlagerung reichte, und sie würden untergehen. Als die letzten Schreie verstummten, hörte sie auf, Wasser zu schöpfen. Nun trieb das Rettungsboot träge im Kreis. Ein Matrose begann eine traurige Melodie zu pfeifen. Sie zog Edmond und Michel zu sich heran und rieb ihnen die Arme, um sie zu wärmen.

»*Merci*«, flüsterte Edmond.

»Vielleicht hilft es ein bisschen«, erwiderte sie. Ihre Kleider waren inzwischen gefroren.

Auf der schwarzen Oberfläche des Meeres sah sie unzählige

verschwommene weiße Flecken. Nach einer Weile erkannte sie, dass es die Gesichter der Toten waren, die auf dem Meer trieben – nicht ertrunken, sondern erfroren. Es war wie ein riesiger Friedhof, und die Gesichter die Grabsteine. Die Toten starrten aus blicklosen Augen in den Himmel. Irgendwann sanken sie einer nach dem anderen in die Tiefe. Schließlich umgab sie nur noch das glatte Meer, in dem sich die funkelnden Sterne spiegelten. Als das Rettungsboot über die schimmernden Lichtpunkte glitt, entstand ein fast magischer Sog, als wären sie in einen kindlichen Märchentraum geraten.

Tess konnte das Gesicht des Mannes nicht vergessen, der ihr das Mädchen mit der gelben Haarschleife entgegengestreckt hatte. Es hatten nur Sekundenbruchteile gefehlt. Ihre Arme und Hände waren stark, sie hätte das Kind packen, an sich drücken und ins Rettungsboot heben können. Es hätte sich an ihr festgeklammert, seine Ärmchen um ihren Hals geschlungen, und der Vater und sie hätten einander angesehen. Erleichterung wäre auf seinem Gesicht zu lesen gewesen, und sie hätte ihm wortlos versprochen, es zu beschützen und bei ihm zu bleiben … Tess spielte das Geschehen in dieser endlosen Nacht wieder und wieder durch. Gehörte das Kind jetzt zu all denen, die mit blicklosen Augen zu den Sternen aufsahen?

Washington, D.C.
Montag, 15. April, 7 Uhr Ortszeit

Die aufgehende Sonne ließ den Himmel im Osten Washingtons in zahllosen Orange- und Goldtönen erstrahlen und hob die eleganten Konturen des Kapitols hervor. Hatten die Gründerväter es mit Bedacht so gewählt, weil sie wussten, welch bezaubernden Anblick es an einem milden Frühlingsmorgen bot? Das fragte sich William Alden Smith, während er aus dem Fenster seines Büros im dritten Stock des Senate Office Building blickte. Er war ein Abgeordneter aus Michigan, ein etwas klein geratener Mann, der von freundlicheren Kollegen als naiver, aber grober Vertreter des Mittleren Westens angesehen wurde. Noch einen Augenblick, dann würde er sich wieder mit den rechtlichen Fragen des Eisenbahnbaus in Alaska befassen. Nicht, dass es damit irgendwelche Probleme gäbe. Doch er gefiel sich in der Rolle eines Mannes, der sich mit besonderer Sorgfalt in Details vertiefte, was vielen seiner Kollegen zuwider war. Der Anblick des Kapitols kurz nach Sonnenaufgang berührte etwas in ihm. Er kam stets gern früh ins Büro. Wenn er an der Wache vorbeiging, den Männern guten Morgen wünschte, von ihnen begrüßt wurde – zu dieser Zeit gab es noch keine Wettstreiter –, empfand er die Genugtuung, sich im Zentrum der Macht eine Nische erobert zu haben.

Er hörte ein hastiges, dringliches Klopfen, dann wurde die Tür geöffnet, noch ehe er dazu aufgefordert hatte. »Haben Sie es schon gehört, Senator?« Einer seiner Praktikanten trug eine Ausgabe der *New York Times* vor sich her wie ein Schild. »Es heißt, die *Titanic* sei gesunken.«

Smith griff nach der Zeitung und las die Schlagzeile.

»Die White Star Line dementiert die Meldung der *Times*«, sagte der Praktikant nach einem kurzen Blick auf seine handgeschriebenen Notizen. »Sie behaupten, alle Passagiere seien in Sicherheit und das Schiff werde in den Hafen geschleppt. Das meldet auch der *Syracuse Herald*, und die meisten anderen Zeitungen spotten über die *Times*. Andererseits hat man seit der letzten Nacht um halb eins keinen Funkspruch mehr vom Schiff empfangen.«

»Idioten!«, konstatierte Smith scharf. Er kannte Van Andas Ruf. Wenn der Chefredakteur der *New York Times* schrieb, das Schiff sei gesunken, dann war dem auch so. Auf der Passagierliste sah er eine ganze Reihe bekannter Namen. Astor, Guggenheim – o Gott, sogar Archie Butt, Tafts Berater im Weißen Haus. »Legen Sie mir alle Meldungen vor!«

Nachdem sein Praktikant den Raum verlassen hatte, trat Smith wieder ans Fenster. In der Scheibe betrachtete er sein Spiegelbild. Vielleicht war er nicht gerade der beeindruckendste Abgeordnete in Washington und ganz bestimmt nicht der aufregendste, doch er wusste verdammt gut, dass die Menschen im Land nach dieser Katastrophe mehr als nur schöne Worte aus der Hauptstadt hören wollten. Sie würden sich jetzt alle gegenseitig zu übertrumpfen versuchen – die Kongressabgeordneten würden große Reden schwingen und hohle Gesetzesvorschläge einbringen, die nichts bewirkten. Die übliche kopflose Reaktion eben.

Wie immer fesselte ihn beim Anblick des Kapitols die bronzene Freiheitsstatue, die die schimmernde weiße Kuppel krönte. Seine Empörung wuchs. Das hier war nicht nur eine Katastrophe, sondern auch ein unfassbarer Skandal, und es hätte eigentlich nicht geschehen dürfen. Man müsste eine Untersuchungskommission einrichten, um diese Tragödie zu analysieren und den Ursachen auf den Grund zu gehen. Wenn er schnell genug vorging, könnte er vielleicht die Leitung übernehmen.

Atlantik
Montag, 15. April, Sonnenaufgang

Mein Gott, es war so kalt. Tess hatte inzwischen kein Gefühl mehr in ihren Füßen und Fingern. Um sie herum herrschte Totenstille. Man hörte nicht einmal mehr ein Klagen oder Stöhnen von anderen Passagieren, als das Boot zwischen Meer und Himmel dahinglitt.

Doch plötzlich durchbrach ein heiserer Schrei die beklemmende Stille – einer der Matrosen hatte im Morgengrauen ein Schiff entdeckt. Als Tess in die Dämmerung spähte, sah sie zum ersten Mal auch andere Rettungsboote. Menschen erwachten zum Leben, riefen sich Namen zu, Frauen schrien mit gellender Stimme nach ihren Kindern oder ihrem Ehemann. Bist du da? Antworte bitte. Bitte, sag doch was! Eine Stimme rief unentwegt: »Ist meine Amy in Ihrem Boot? Amy, Amy! So antworte doch! Hier ist deine Mutter.« Tess wartete auf den Ruf des Mädchens, aber er kam nicht.

Dann tauchte ein Schiff aus der Dämmerung und hielt direkt auf sie zu. Tess blinzelte, konnte den Namen auf dem Rumpf aber trotzdem nur mit Mühe lesen – *Carpathia*. Es war also keine Einbildung. »Wir haben es geschafft«, sagte Mrs. Brown leise. Tränen der Erleichterung rannen ihr über die Wangen, ehe sie gefroren.

Sie gehörten zur zweiten Gruppe von Überlebenden, die an Bord genommen wurden. Man senkte Taschen aus Leinwand zu einem drangvoll engen Rettungsboot hinab, und Mütter schoben ihre widerspenstigen, verängstigten Kinder hinein. Sie sprachen den Kleinen Trost und Mut zu, dann vertrauten sie ihr Schicksal den Matrosen oben auf Deck an. Tess ließ Michel und Edmond gemeinsam in eine Tasche steigen, sie brachte es nicht übers Herz, sie auch nur für einen Augenblick zu trennen. Zugleich wünschte sie, ihre wenigen Brocken Französisch reichten aus, um sie zu beruhigen. Als Nächstes waren die erschöpften Frauen an der Reihe. Sie hingen schlaff in den Seilen, die man ihnen um den Leib gebunden hatte, ehe man sie langsam nach oben zog.

Als Tess an der Reihe war, befestigte sie das Seil um ihre Taille, zog es straff und wandte sich dann an den Matrosen, der anfangs beim Rudern geholfen hatte. Mit dem Kinn wies sie auf die reglosen Gestalten auf dem Boden des Rettungsboots. »Bitte helfen Sie mir«, sagte sie, »und sorgen Sie dafür, dass man sie nicht einfach über Bord wirft.«

»Sollen wir sie etwa hochziehen, um sie anschließend auf See zu bestatten?«, fragte er überrascht.

»Ja.«

»Das ist grotesk. Dazu gebe ich mich nicht her.«

»Doch, das werden Sie«, entgegnete sie leise, aber mit fester Stimme. »Keiner von ihnen soll im Stich gelassen werden. Sie kümmern sich darum, nicht wahr?«

Er zögerte. »Ich schicke sie als Letzte hoch«, versprach er.

Dann wurde Tess nach oben gezogen. Ihr Körper stieß dabei einige Male an den Schiffsrumpf. Als sie hochblickte, sah sie Dutzende von Menschen, die staunend zuschauten. Es war so ungeheuer schön, sie zu sehen, ihre Gesichter, ihre raschen Bewegungen, voller Leben. Mit einem letzten Ruck hievte man sie über die Reling an Deck. Ihre Beine waren so taub, dass sie zusammenknickten. Eine Frau in einem Wettermantel fing sie auf.

»Ist ja gut, meine Liebe«, murmelte sie. »Das wird schon wieder. Wir sind ja so froh, dass unser Kapitän rechtzeitig herkommen konnte. Sind das Ihre Kinder? Sie sprechen kein Englisch, nur Französisch.« Dabei wies sie auf Michel und Edmond, die sich an Tess' Röcke klammerten.

»Nein, sie sind nicht von mir. Ich fürchte, ihr Vater hat es nicht geschafft.«

»Ich werde mich um sie kümmern, ich bin Französin.« Ihr Blick glitt an Tess vorbei aufs Meer. Neugierig betrachtete sie das nächste Rettungsboot, das gegen den Schiffsrumpf stieß. »Auf den ersten Booten haben sich die Menschen in furchtbarer Enge gedrängt, aber dieses hier ist fast leer. Seltsam, nicht wahr? Wie kommt das?«

Tess folgte ihrem Blick, und ihr Herz machte einen Sprung. Dort war es, das Boot mit den Duff Gordons – sie waren gerettet. Gerade half ein Matrose Lucile, das Seil anzulegen. Sie würde jeden Augenblick an Bord sein. Tess zitterte vor Erleichterung.

Dort war auch dieser Seemann namens Bonney. Ihre Blicke trafen sich. Als sie ihm winkte, grinste er übers ganze Gesicht. Dann entdeckte sie Jean Darling. War das etwa ihr Mann neben ihr? Cosmo stützte sich auf die Schulter eines Matrosen und versuchte sich aufzurichten. Lucile hing währenddessen schaukelnd am Seil und wurde nach oben gezogen. Sie waren alle gerettet. Tess winkte. Noch immer war ihr ganz schwindelig vor Erleichterung. Als Lucile auf die Planken der *Carpathia* trat, lief Tess auf sie zu und umarmte sie überschwänglich.

»Ach, meine Gute«, hauchte Lucile. Sie klopfte ihr leicht auf den Rücken, dann eilte sie davon.

Weitere Rettungsboote ruderten zur *Carpathia*, und immer mehr Menschen wurden mit den Seilen nach oben auf das Schiff gehievt. Vergeblich hielt Tess Ausschau nach Jack Bremerton. Sie sah traurige und verstörte Fremde, die die Nähe von Mitreisenden suchten oder lieber abseits standen. Was sie einte, war Sprachlosigkeit, als wäre ihr Leben jetzt ohne Plan und Sinn.

Plötzlich begann Lucile zu klatschen, als wäre vor ihren Augen gerade ein besonders dramatisches Theaterstück zu Ende gegangen. »Lasst uns feiern, dass wir es geschafft haben und in Sicherheit sind«, verkündete sie der kleinen Gruppe aus Rettungsboot Eins. Sie rief den Kapitän der *Carpathia* und bat ihn mit fast heiterer Stimme: »Kapitän, ich habe einen dringenden Wunsch, den Sie mir gewiss nicht abschlagen werden. Könnte einer Ihrer Männer eine Aufnahme von uns allen machen, die gemeinsam im Rettungsboot waren? Sie haben doch sicher eine Kamera, oder?«

Verdutzt nickte der Kapitän und winkte einen Offizier herbei. Mit einem derartigen Anliegen hatte er offenbar nicht gerechnet. »Der Schiffsarzt wird Ihnen helfen, Madame«, sagte er.

Cosmo, der eingefallen und erschöpft wirkte, wandte sich an Tess. »Lucile möchte eine kleine Zeremonie, um unsere Rettung zu feiern. Sie will auch Sie auf dem Foto haben«, murmelte er. »Ziehen Sie doch bitte wieder ihre Schwimmweste an, ja?«

Tess starrte Sir Cosmo ungläubig an, dann wanderte ihr Blick zu der durchweichten Weste, die sie noch in der Hand hielt. Die sollte sie jetzt wieder überstreifen? Über Cosmos Schulter sah sie, dass Madame ihr strahlend und mit leuchtenden Augen Zeichen gab. Aber Tess meinte noch etwas anderes zu erkennen. Angst?

»Ich weiß, sie ist eklig, so kalt und feucht. Trotzdem, ziehen Sie sie an! Das wird ein wunderbares Foto«, erklärte sie. »Kommen Sie, meine Gute, ein Bild für die Nachwelt. Unsere unerschütterliche kleine Mannschaft hat es verdient, dass sie in die Annalen eingeht.«

Neben Lucile standen aufgereiht die Männer aus ihrem Boot, noch immer in Schwimmwesten. Einer von ihnen, der hoch aufgeschossene Hagere mit der schlechten Haut, Sullivan mit Namen und Kommandant im Rettungsboot Eins, brüstete sich seines Mutes. Aber keiner der anderen hörte ihm zu.

Tess musterte Bonney. Er stand wie versteinert an der Seite und beobachtete die Szene mit einem undurchdringlichen Ausdruck. Ohne Lucile aus den Augen zu lassen, zog er mit bewussten Bewegungen die Schnüre seiner Schwimmweste auf und ließ das feuchte Bündel in eine Abfalltonne gleiten.

»Ich werde mich an dieser selbstgefälligen Zeremonie nicht beteiligen. Nicht, nachdem so viele Menschen gestorben sind«, sagte er mit lauter Stimme, die über das ganze Deck hallte.

Luciles Lächeln schwand. »Schlimmer als Ihre Grobheit ist nur Ihre Arroganz«, blaffte sie.

»Das ist wohl eher Ihr Gebiet.«

»Wie können Sie es wagen!«

»Sie wissen ganz genau, was ich meine!«

Mit einem harten, entschlossenen Funkeln in den Augen wandte Lucile sich ab. »Tess?« Sie gab ihr Zeichen, sich zu den müden Männern der Schiffsmannschaft zu stellen, von denen sich einige offenbar peinlich berührt fühlten.

»Machen Sie nur«, rief Tess rasch. »Ich war schließlich nicht in Ihrem Boot.«

»Nun denn.« Lucile wandte sich ab und nahm ihren Platz im Mittelpunkt der Gruppe ein. Inzwischen war auch der Schiffsarzt der *Carpathia* mit einigem Widerstreben, doch letztlich aus Respekt für die berühmte Lady Duff Gordon erschienen und baute die Kamera auf. Die anderen an Deck, die die Ereignisse beobachteten, wurden still.

»Und jetzt – bitte lächeln«, kommandierte Lucile.

Das Klicken der Kamera wirkte grob und laut. Kaum hatte er seinen Auftrag erfüllt, eilte der Schiffsarzt schon wieder fort.

Sir Cosmo drehte sich zu den Matrosen um, ging die Reihe ab und sprach mit jedem Einzelnen von ihnen ein paar leise Worte. Er klopfte dem einen auf die Schulter, schüttelte dem anderen die Hand. Aus Dankbarkeit zweifellos, nach der gemeinsam überstandenen Gefahr. Ein paar gemurmelte Worte für jeden.

»Er denkt wohl, sie wären seine private Rudermannschaft«, stieß ein Zuschauer hervor. »Die Schönen und Reichen, die ein Boot für sich allein ergattert haben.« Tess wandte sich in Richtung der Stimme, doch sie hatte sich schon wieder in den Chor der leisen Seufzer eingereiht.

Noch immer kamen Rettungsboote, und das Deck füllte sich mit einem bunten Gemisch von Überlebenden. Ob abgerissen und ärmlich, ob berühmt und prächtig, für Tess sahen jetzt alle gleich aus. Ihre Gesichter waren bleich und ausdruckslos, und sie war sich sicher, dass ihres nicht anders aussah. Erneut hielt sie Ausschau nach Jack Bremerton. Ein Mann wie er musste doch sicherlich einen Weg gefunden haben, von Bord zu kommen. Oder vielleicht doch nicht?

Während sie über die Reling nach unten blickte, entdeckte sie Mrs. Astor, die gerade in einem schwingenden Bootsmannstuhl nach oben gehievt wurde. Die offenen Haare kringelten sich um ihre Schultern, und sie wirkte kränklich und schwach. Einige Matrosen schnitten fast schon bewusstlosen Geretteten die Schwimmwesten vom Leib, und Stewards verteilten Becher mit heißem Kaffee und Brandy. Entsetzt, meist jedoch voller Mitleid betrachteten die Passagiere der *Carpathia* die Überlebenden des Unglücks. Einige Frauen klammerten sich an die Reling, blickten tränenüberströmt aufs Meer hinaus in der Hoffnung, im nächsten Rettungsboot den vermissten Ehemann oder das fehlende Kind zu finden.

Eine von ihnen stand mit unbewegtem Gesicht da und starrte tränenlos in die Ferne. Die Frau eines der Köche auf der *Titanic*, flüsterte man sich zu. »Es gibt noch ein Rettungsboot«, erklärte sie jedem, der bereit war, ihr zuzuhören. »In dem sind meine Kinder.« Sie wollte keine warme Kleidung haben, kein heißes Getränk, nichts zu essen. Sie stand einfach nur reglos da und suchte den Horizont ab.

Tess ließ sich erschöpft auf die Decksplanken sinken. Sie brauchte Ruhe und wollte mit niemandem sprechen. Was am Tag zuvor noch ihre Welt gewesen war, gab es nicht mehr: keine schönen Kleider, die ausgepackt oder gebügelt werden mussten, kein silbernes Teeservice, keine Spaziergänge auf dem Promenadendeck – all diese Nichtigkeiten, die so eine große Bedeutung zu haben schienen. War es wirklich erst gestern gewesen?

Da fiel ein Schatten auf sie.

»Ich weiß nicht einmal, wie Sie heißen«, sagte Bonney leise.

Überrascht sah sie hoch und betrachtete zum ersten Mal genauer den Mann, der einige sorgenfreie Minuten mit ihr geteilt hatte. Dunkle Stoppeln bedeckten sein Gesicht und ließen die Linien und Falten deutlicher hervortreten, so dass er älter aussah als der Dorfjunge, dem sie gestern begegnet war. Er trug ein trockenes Flanellhemd, aber, als wollte er der Kälte spotten, keinen Pullover. In den Fingern hielt er eine Zigarette, an der er mit entschlossener Wildheit sog. Die unerbittlichen, harten Gesichtszüge waren ihr zuvor nicht aufgefallen. Wie er sich verändert hatte! Kein übermütiges Grinsen, keine weiche Linie der Schultern. Doch letztlich waren sie beide nicht mehr die, die sich auf dem Promenadendeck der *Titanic* kennengelernt hatten.

»Tess Collins. Und Sie?«

Er schnippte die Asche von der Zigarette in seiner rechten Hand und sah ein bisschen beunruhigt zu ihr hinunter. »Jim. Jim Bonney. Ich habe mir gestern Nacht Sorgen um Sie gemacht.«

»Und ich mir um Sie.« Sie lächelte traurig.

»Ich möchte Sie etwas fragen.«

»Ja?«

»Ein Matrose aus Ihrem Rettungsboot hat mir erzählt, dass er auf Ihre Anweisung hin einige Tote aus dem Wasser gezogen hat. Sie wollen ein Gebet für sie sprechen. Stimmt das?«

»Ich möchte sie nur sehen.«

»Gut. Dann kommen Sie mit.«

Sie kämpfte sich auf die Füße, obwohl sie eigentlich zu durchgefroren und steif war, um aufrecht zu stehen.

Die Toten lagen in einem für sie reservierten Raum auf dem Boden – etwa ein Dutzend verhüllter Gestalten, die auf ein paar vom Kapitän gesprochene Worte warteten, ehe man sie still dem Meer übergeben würde. Bonney zeigte auf eine von ihnen. »Ich habe das Baby zurück in ihre Arme gelegt«, sagte er.

»Gut. Das ist sein richtiger Platz.«

»Ich kann Ihnen bei Ihren Gebeten nicht helfen. Ich bin nicht gläubig.«

»Immerhin war es Ihnen so wichtig, dass Sie mich geholt haben.«

»Wollen Sie jetzt beten? Wenn ja, gehe ich hinaus.«

»Ich möchte mich nur verabschieden. Ich war bei der Beerdigung meiner Schwester dabei. Ich glaube, ich weiß, was zu tun ist.« Ihre Lippen bebten. Sie war so durchgefroren, so müde. Und den Tränen nahe.

»Dann helfe ich Ihnen«, sagte er mit sanfter Stimme.

»Weil ihre Lieben und Angehörigen es nicht tun können.«

»Ich fange an, wenn es Ihnen recht ist.«

Tess nickte.

Er räusperte sich. »Gehet hin in Frieden. Wir würden euch

das Leben geben, wenn es in unserer Macht läge. Wenigstens aber könnt ihr die Reise, die vor euch liegt, gemeinsam antreten.«

»Das kommt einem Gebet schon recht nahe.« Dankbar blickte Tess in sein verschlossenes Gesicht.

»Und jetzt Sie.«

»Ich wende mein Gesicht der aufgehenden Sonne zu«, flüsterte Tess. Sie hatte die Worte aus irgendeinem abgelegenen Winkel ihres Gedächtnisses hervorgeholt. »Erbarme dich ihrer, o Herr!«

Es war dämmrig im Raum. Schon bald würde man weitere Tote aus den Rettungsbooten hereinbringen. Bonney wandte sich zum Gehen.

»Warten Sie.« Tess kniete sich neben die Tote und schlug das Handtuch zurück, das ihr Gesicht bedeckte. Glatte, kräftige Züge, lange, dunkle Wimpern.

»Wir sollten jetzt ...«

»Ich möchte mir ihr Gesicht einprägen.«

Schweigend blieben sie noch einen Augenblick nebeneinander stehen, dann wandten sie sich um und gingen hinaus. Nachdem sie die Tür geschlossen hatten, umfasste Bonney in einer unbeholfenen Geste der Zärtlichkeit kurz ihre Schulter.

An Deck bildete sich unter den Überlebenden langsam eine gewisse, wenn auch fließende Ordnung heraus. Es entstanden kleine Gruppen, die sich wie Clans aneinanderklammerten. Murmelnd und unter Schluchzen erzählte man von den Momenten der Gefahr und von raschen Entscheidungen.

Jim Bonney lachte heiser auf. »Jetzt kommt die Abrechnung«, sagte er.

»Wie meinen Sie das?«

»Sehen wir mal, wie es weitergeht. Wir können ohnehin nichts tun. Ich bin jedenfalls froh, dass wir uns wieder getroffen haben, auch wenn die Umstände nicht besonders glücklich sind.«

Als Lucile auf sie zukam – nicht ohne ihm einen wütenden Blick zuzuwerfen –, ging er davon.

Tess blieb unentschlossen stehen, dann stellte sie sich zu Lucile.

Jean und Jordan Darling hatten sich aus der Gruppe der Überlebenden gelöst und schmiegten sich aneinander. Alle Unbeschwertheit und Fröhlichkeit war von ihnen gewichen. Jean streckte die Hand aus, als Lucile vorbeikam, und legte sie ihr sanft auf den Arm. »Bitte, Lucile! Was hättest du denn getan?«

Lucile antwortete mit einem bitteren Lächeln. »Ganz bestimmt nicht meinen Mann mit einem Tischtuch verhüllt, um ihn als Frau zu verkleiden. Du bist eine Betrügerin, und dein Mann ist ein Feigling.«

Jean Darling schlug die Hände vors Gesicht, als die anderen ihnen die Köpfe zuwandten. Tess war im ersten Augenblick entsetzt, empfand dann aber Mitleid mit der Frau.

»Deiner etwa nicht?«, stieß Jean hervor.

Lucile ließ sich nicht in die Enge treiben. »Wir haben uns nichts erschlichen. Das ist ja wohl ein Unterschied.«

Jean Darling ließ die Hände sinken und sah Lucile in die Augen. »Dann wäre er jetzt tot, und das hätte ich nicht ertragen.«

»Was für ein armseliges Verhalten.« Lucile wandte sich ab.

»Und was hast du getan?«, rief Jean ihr herausfordernd nach.

»Ja, was, meine gute Jean?«, fragte Lucile ruhig. »Willst du mir vorwerfen, dass du und dieser Gatte von dir noch am Leben seid, weil ich dafür gesorgt habe? So ist es nämlich, wie du weißt.« Dann sprach sie Tess an, die noch immer wie gebannt auf Mrs. Darlings schmerzverzerrtes Gesicht starrte. »Tess, Sie können doch bestimmt jemanden von der Mannschaft auftreiben, der uns ein bisschen Tee bringt. Und zwar jetzt gleich, ja?«

Die alten Muster wurden wieder aktiv. »Gewiss, Madame«, erwiderte sie. Man schickte sie fort, damit sie nicht hörte, wie sich das Gespräch zwischen den beiden weiterentwickelte. Irgendwas war in dem Rettungsboot geschehen, das sie wahrscheinlich nie erfahren würde. Ihr wurde unbehaglich zumute.

Die Frau des Kochs wandte den Blick und hielt Tess am Rock fest. »Meine Tochter ist zehn«, sagte sie, »und sehr klug. Sie kann schon auf ihren Bruder aufpassen. Er ist fünf. Bald werden sie hier sein. Ich freue mich schon darauf!«

Tess drückte der Frau die Hand. Es gab nichts, womit sie sie hätte trösten können. Rasch ging sie weiter.

Als die Sonne am Himmel höher stieg, wurde es wärmer. Tess servierte zwei nicht zueinander passende Tassen und eine Kanne mit rasch zusammengebrautem Tee, doch Madame beschwerte sich nicht. Später verkroch sie sich hinter einem Schornstein und kauerte sich zusammen. Sie hoffte, unentdeckt zu bleiben, denn sie wünschte sich nichts sehnlicher, als allein in der Sonne zu sitzen. Ihre Gedanken wanderten zurück zu Jack Bremerton, seiner ruhigen Entschlossenheit, als er das Kind ins Rettungsboot gereicht und dabei zu ihr aufgesehen hatte, zweifellos besorgt, dass sie noch immer in Gefahr schwebte. Unmöglich, dass er nicht mehr am Leben war.

»Wie ich höre, waren sie gut am Ruder.«

Tess sah auf. Jim Bonney. »Ich bin an einem See aufgewachsen. Da lernt man so etwas«, antwortete sie.

»Sie haben sich gewaltig in die Riemen gelegt, heißt es. Das wundert mich nicht.«

»Warum?«

Er sah zu ihr herunter. »Wegen Ihrer Hände. Sie müssen viel Sonne abbekommen haben. Haben Sie auf dem Land gearbeitet?«

Ganz automatisch zog Tess die Ärmel der Strickjacke über ihre Finger.

Er sprach rasch weiter. »So habe ich das nicht gemeint. Kein Grund, sich zu schämen. Darf ich Ihnen Gesellschaft leisten?«

Als Tess nickte, setzte er sich neben sie. »Wenn Sie nicht gerade Seemann sind, was sind Sie dann?«, fragte sie.

»Bergmann in einer Kohlengrube – das war ich jedenfalls.« Er nahm einen langen Zug von seiner Zigarette. »Bis vor drei Jahren. Damals haben wir den großen Streik begonnen. Erinnern Sie sich?« Er sah sie erwartungsvoll an.

Verschwommene Bilder von früher kamen ihr in den Kopf. Ist doch alles nur Politik, pflegte ihr Vater beim Abendessen zu sagen. Unzufriedene, die bei der Regierung mehr Geld herausschinden wollen. Sie sollten dankbar sein, dass sie überhaupt Arbeit haben, anstatt Unruhe zu stiften. Dann schlug er mit dem Löffel an den Teller und wiederholte den Satz, den Blick auf Tess gerichtet. Er ließ sie spüren, dass er damit auch sie meinte, denn sie war die Unruhestifterin, diejenige, die fortwollte.

»Ja, ich erinnere mich«, sagte sie.

»Ich war Streikführer«, erklärte er. »Als die Besitzer einlenkten, bekamen die Leute bessere Löhne. Gewerkschaftsarbeit – das ist meine Berufung.«

»Und warum in Amerika?«

»Weil man dort weiterkommt. Und weil sie dort etwas gilt.« Bonney trat nach einem Stück Treibholz, das vom Wind über das Deck getrieben wurde, dann schnipste er rasch und routiniert seinen Zigarettenstummel über die Reling. »In den Vereinigten Staaten gibt es noch viel zu tun für Gewerkschaftler. Besonders im Westen. Außerdem« – plötzlich begann er zu lächeln – »redet einem dort niemand hinein. Man kann sich das Leben so einrichten, wie es einem gefällt. Dort gibt es dieses verdammte Klassensystem nicht, das einen nicht nach oben kommen lässt.«

»Sind Sie einer von diesen – wie heißen sie noch – Bolschewiken?«

»Nein«, erwiderte er, »obwohl ich sie auch nicht ablehne. Diesen Kerl namens Wladimir Lenin zum Beispiel.« Er sah sie neugierig an. »Ein Russe. Haben Sie schon von ihm gehört?«

Tess schüttelte den Kopf. Es gab so vieles, was sie nicht wusste.

»Und was ist mit Ihnen? Warum wollen Sie auswandern?«

»Weil ich es hasse, Rinder und Schweine zu füttern und reichen Leuten die Wäsche zu waschen, und weil ich es nie mehr machen möchte.«

Er lachte auf. »Dann geht es uns ähnlich. Was haben Sie vor?«

»Ich weiß nicht«, sagte sie. »Das entscheidet Madame.«

»Warum nennen Sie sie so?«

Tess zögerte. Weil man es ihr so befohlen hatte, müsste sie eigentlich antworten. Aber das wollte sie nicht sagen.

»Es ist nur für die Reise.«

»Und was dann?«

»Keine Ahnung«, gab Tess zu. »Vielleicht wird sie mich in ihrem Atelier beschäftigen. Es gefällt mir, Kleider zu entwerfen und zu nähen.«

»Sind Sie gut?«

»Sehr gut«, sagte sie ganz unbescheiden.

»Dann viel Glück. Sie ist eine arrogante Person.« Seine Stimme verriet nichts.

»Sie war gut zu mir.«

»An ihr zeigen sich die Fehler des englischen Klassensystems.« Seine Worte klangen jetzt scharf und zornig.

»Warum sagen Sie das? Sie hat es ganz allein mit harter Arbeit nach oben geschafft.«

»Und durch die Heirat mit einem Adligen. Dadurch bekam sie nämlich den Freibrief, anderen Menschen mit Missachtung zu begegnen.«

»Ich weiß, wie arrogant sie sein kann. Aber sie hat auch andere Seiten.« Tess schob die Erinnerung an Jean Darlings Gesicht beiseite. Damit wollte sie sich später befassen.

Bonney betrachtete sie einen Augenblick, dann zündete er sich eine neue Zigarette an, seine Hand schützend um die Flamme des Zündholzes gehalten. »Warum haben Sie sich nicht zu der Aufnahme gestellt, wie sie es wünschte.«

 »Es erschien mir nicht richtig«, erklärte sie gedehnt.

»Mit eigenständigem Denken werden Sie bei ihrer Arbeitgeberin nicht weit kommen.«

»Es ist die einzige Art, wie ich denken kann.« Tapfere Worte. Wenn sie nur wahr wären.

»Machen Sie sich nichts vor.«

Tess spürte plötzlich, wie müde sie war. Sie fühlte sich seinen entschiedenen Ansichten nicht mehr gewachsen. »Ich versuche nur, meine Arbeit zu tun, ob Sie das für richtig halten oder nicht. Ich will nicht mit Ihnen streiten.«

»Und ich will Ihnen nicht die Courage nehmen. Abgesehen davon ärgere ich mich über mich selbst.«

»Weshalb?«

»Wegen der Vorfälle im Rettungsboot. Ich hätte mich ihr gegenüber durchsetzen müssen.«

»Wieso? Was ist passiert?«

»Ist Ihnen nicht aufgefallen, wie leer das Rettungsboot war? Und wissen Sie warum? Weil sie nicht zugelassen hat, dass wir Überlebende aufnehmen.«

Tess schlug vor Entsetzen die Hände vors Gesicht.

»Abscheulich, nicht wahr? Wir hätten einige Menschen retten können.«

»Aber vielleicht drohte Ihr Boot zu kentern. Bei uns wäre es beinahe so weit gekommen.«

»Und trotzdem haben Sie die Frau mit dem Baby aus dem Wasser gezogen, nicht wahr? Ihre Madame war dazu nicht bereit.«

»Aber …« Tess dachte an das unheimliche schwarze Wasser, wie sehr sie sich alle davor gefürchtet hatten. Gewiss war es Madame nicht anders ergangen. »Sie hatte sicher gute Gründe. Außerdem hat der Offizier doch davor gewarnt, das Boot sei nicht stabil. War das vielleicht der Grund?« Sie merkte, dass es schon fast flehend klang.

»Ich kann nicht glauben, was Sie da sagen.« Er sah sie mit

hartem Blick an. »Sind Sie so blind, dass Sie die Frau verteidigen? Ich könnte noch weitaus mehr über sie berichten.«

»Aber sicherlich nichts, was man Madame vorwerfen kann. Jeder hat getan, was in seinen Möglichkeiten lag.«

»Da sagen Sie es wieder, dieses ›Madame‹. Gut, ich sehe schon, worauf es hinausläuft.« Er spuckte über die Reling ins Wasser.

Tess fand es widerlich, wenn Männer spuckten. »Aha. Und was wäre das?«

»Das möchte ich nicht sagen.«

»Dann ist es einfach nur eine unbegründete Anschuldigung.« Ihr Herz schlug schneller, als ihr lieb war.

Er schob das Kinn vor, und seine Lippen wurden schmal. »Kann sein«, sagte er. »Ich sehe, wo Sie stehen. Man beißt die Hand nicht, die einen füttert.«

»Wie schrecklich, so etwas zu sagen!«, brach es verletzt und empört aus Tess hervor. Zum ersten Mal, seit sie an Bord der *Carpathia* war, rannen ihr Tränen über die Wangen.

Er trat seine Zigarette aus, dann schlug er die Faust in seine Handfläche. »Verstehen Sie doch. Ich bin wütend, und ich rede zu viel. Ich will nicht ...«

»Seht mal!« Jemand, der am Bug des Schiffes stand, streckte die Hand aus. »Wir fahren an dem verfluchten Ding vorbei. Hier sind wir gesunken.«

»Ach«, rief ein Passagier der *Carpathia* fast schon fröhlich. »Ich wollte schon immer mal einen Eisberg sehen.«

Ohne ein Wort standen Tess und Jim auf und liefen zur Reling. Warum fühle ich mich von diesem Ungetüm angezogen, dachte Tess flüchtig. Eigentlich will ich ihn gar nicht sehen, aber ich kann nicht widerstehen.

Und da war er – mächtig, riesig, viel höher als ihr Schiff, dieses wunderschöne, böse Element der Natur. Und wahrlich furchteinflößend, wie die Strahlen der Sonne seinen schimmernden grünen Kern aufleuchten ließen.

»Schauen Sie nur, da drüben!«, rief jemand.

 Zur Rechten des Eisbergs sah man auf der blauen Wasserfläche des Meeres einen breiten, trübbraunen Wirbel, so deutlich von der Umgebung abgegrenzt, als wäre er auf das blaue Meer gemalt worden. Es dauerte eine Weile, bis ihnen klar war, um was es sich hier handelte.

Vor ihnen schwamm das Treibgut der *Titanic*, eine Zusammenballung von Gegenständen und persönlichen Besitztümern von Menschen, die ihr Leben verloren hatten. Ein Babyhäubchen, eng verschlungen mit einem langen weißen Damenhandschuh. Teile und Bruchstücke nicht mehr kenntlicher Dinge, die sich umtanzten und ineinander verschlangen. Sessel, deren Beine nach oben ragten, fein geschnitzte Stühle und Tische, umgedreht oder auf der Seite, Schachteln, einzelne Kleidungsstücke, ein langer roter Seidenschal, der sich auf dem Wasser wand wie eine Seeschlange – alle Arten von schwimmfähigem Material, zusammengeballt zu einem dichten Fleck, der sich von der *Titanic* gelöst hatte. Tess betete inständig, keine gelbe Haarschleife zu entdecken.

»Es tut mir leid, was ich zu Ihnen gesagt habe«, murmelte Jim. »Bitte entschuldigen Sie.«

Ohne langes Überlegen legte Tess ihre Hand auf der Reling über seine. Er zog sie nicht fort, sondern drehte sie um und verschränkte die Finger mit ihren. Keiner sprach, während das Schiff an der Stelle vorbeifuhr.

»Wissen Sie etwas über die beiden?« Die Französin wies mit dem Kinn auf die Buben, die in der Nähe der Kapitänskajüte unter einer Decke schliefen.

»Ihr Vater, Mr. Hoffman, ist Witwer.«

»Ich fürchte, er hat es nicht überlebt. Jemand, der gesehen hat, wie er die Jungen in Ihre Obhut gab, hat gehört, wie er rief: ›Sagen Sie meiner Frau, dass ich sie liebe!‹«

»Aber er ist verwitwet!«

»Tja, dann sind sie jetzt Waisen«, stellte die Frau traurig fest.

»Wir müssen warten, bis wir an Land gehen, dann suchen wir ihre Angehörigen. Haben Sie trotzdem vielen Dank – wenigstens wissen wir, wie sie heißen.«

»Ich habe sie mit Kreiseln spielen sehen«, sagte Tess, während sie Michel sanft über die Wange strich. »Gibt es hier an Bord Kinderspielzeug?«

»Ich glaube nicht, dass jemand so etwas dabeihat.«

»Dann werde ich etwas finden«, erklärte Tess. Endlich eine sinnvolle Aufgabe.

Der Tag schleppte sich dahin. Tess suchte die Decks ab, musterte jedes Gesicht, in der Hoffnung, Jack Bremerton zu finden. Schließlich hatte sie die Kraft, zur Brücke zu gehen und um die offizielle Liste der Überlebenden zu bitten. Rasch überflog sie die Namen, dann las sie sie noch einmal genauer. Er stand nicht darauf. Jack Bremerton hatte nicht überlebt. Selbst mit offenen Augen sah Tess sein markantes Profil vor sich und hörte die Wärme in seiner Stimme, als sie sich am letzten Abend auf der *Titanic* unterhalten hatten. Fast meinte sie, seine Nähe zu spüren. Sie konnte nicht glauben, dass er wirklich tot sein sollte.

Sie gab die Liste zurück, wandte sich ab und ging.

»Am besten, Sie kommen herein, Tess. Ich glaube, meine Frau möchte mit Ihnen sprechen«, sagte Sir Cosmo. Er sah sie beinahe mitleidig an, als er sich leicht verbeugte und ihr die Tür zu der Kajüte aufhielt, die der Kapitän den Duff Gordons überlassen hatte.

Madames Blick verriet Unheil, als Tess eintrat.

»Was haben Sie zu Ihrer Verteidigung vorzubringen?«, herrschte sie Tess an.

»Wie bitte?«

»Spielen Sie hier nicht die Unschuldige. Ich wollte Sie auf dem Foto haben. Warum haben Sie sich so brüsk geweigert?«

»Ich wollte nicht unhöflich sein, aber ich fand, dass ich nicht dazugehörte.«

»Unsinn. Sie sind meine Angestellte. Und wenn ich sage, dass Sie dazugehören, dann ist das so.«

»Es kam mir irgendwie unangemessen vor – vielleicht war es zu früh.« Damit hatte sie, Luciles Gesichtsausdruck nach zu urteilen, genau das Falsche gesagt.

»Wollen Sie etwa mein Urteilsvermögen in Frage stellen?« Luciles Stimme verhärtete sich, sie klang verletzend scharf. »Wer glauben Sie eigentlich, dass Sie sind? Ausgerechnet jemand wie Sie? Ein kleines Dienstmädchen vom Lande, aus dem ich erst noch etwas machen muss? Vergessen Sie das nicht. Sie tun, was ich sage, ist das klar?«

»Ja, Madame. Ich wusste nicht, dass Ihnen so viel daran liegt«, stammelte Tess. Sie brachte die Worte kaum heraus.

»Sie brauchen nichts zu wissen. Sie sollen *gehorchen*. Jedenfalls, wenn Sie für mich arbeiten wollen.«

Sie musste von jetzt an genau aufpassen, nicht mehr das Falsche zu sagen. »Das wünsche ich mir sehr«, sagte sie. »Ich werde mir Mühe geben.«

Lucile lachte schrill auf. »Ich kann es nicht durchgehen lassen, dass Sie mir in Gegenwart all dieser Menschen den Gehorsam verweigern. Ist Ihnen das klar?«

»Es tut mir leid«, sagte Tess.

Luciles Blick glitt abschätzig über das steif dastehende Mädchen. Dann flackerte ihr Gesicht auf. »Heißt das, Sie werden mir nicht noch einmal widersprechen?«

»Nein, Madame. Ganz bestimmt nicht.«

»Und wer sagt Ihnen, was Sie zu tun haben?«

»Sie, Madame.« Tess hielt die Luft an. Sie hasste diesen Schauder, der sie bei dieser ihr abverlangten Unterwürfigkeit überfiel. In England würde sie jetzt einen Knicks machen müssen. Doch das war ein für alle Mal vorbei. Trotzdem bebte sie innerlich, gleichermaßen vor Zorn und vor Scham.

»Was hat man Ihnen über unser Boot berichtet? Irgendetwas, das Ihnen nicht gefiel? Haben Sie sich deshalb geweigert, die Schwimmweste für das Foto anzulegen?«

»Nein, natürlich nicht. Ich weiß gar nichts. Ich war ja nicht dabei.«

Luciles Stimme traf sie wie eine Peitsche. »Ich habe Sie im Gespräch mit diesem Seemann gesehen. Er hat sich im Rettungsboot nicht gerade als unser Freund gezeigt. Vergessen Sie nicht, Tess, er ist ein Lügner, der aus einer reißerischen Geschichte Kapital schlagen will.«

Erstaunlicherweise verzogen sich die Wolken ebenso schnell wieder, wie sie gekommen waren, und Lucile entließ sie mit einer flüchtigen Handbewegung. »Ich bin müde. Bringen Sie mir Tee. Aber heiß diesmal. Ich nehme an, der Kapitän weiß inzwischen, wer ich bin.«

»Ja, gewiss«, erwiderte Tess erstaunt und erleichtert.

»Gewiss, Madame!« Lucile bedachte sie mit einem strahlenden Lächeln. »Husch, husch, meine Gute. Und schauen Sie mich nicht so an, als hätte ich Ihnen den Kopf abgerissen. Hoffentlich sind Sie morgen nicht mehr so unleidlich.«

Die Stunden, die Tage vergingen langsam. Wenn Lucile ihr eine Weile frei gab, zeigte Tess den anderen Frauen, wie sie aus Segeltuch Hemden und Mäntel für die Kinder nähen konnten. Die meisten der Kleinen trugen noch immer Kleider und Jacken, die vom getrockneten Meerwasser ganz steif waren. Einige waren aus dem Bett gerissen und ohne Schuhe in die Rettungsboote gesetzt worden. »Ich spüre meine Zehen nicht mehr«, wimmerte ein Junge. Tess kniete sich hin und rieb seine kleinen Füße, bis wieder Farbe in sie zurückkehrte.

Hin und wieder hörte man ein Lachen oder sah Kinder miteinander spielen.

Am zweiten Tag beobachtete Tess, wie einige Kinder sich um Jim scharten, der auf Deck saß und Figürchen aus Abfallholz für sie schnitzte.

»Wie schön die sind«, sagte Tess, als sie sich vorbeugte, um sein Werk zu begutachten. Seine Finger waren lang und äußerst geschickt. Gar nicht wie die eines Bergarbeiters.

»Danke. Ein Onkel von mir war Holzschnitzer und hat es mir beigebracht. Leider hat es nicht gereicht, um mir damit mein Geld zu verdienen.« Er sah lächelnd zu ihr auf. »Wollen Sie mitmachen?« Zweifellos fühlten sich die Kinder von seiner unbeschwerten, freundlichen Art angezogen.

Ohne lange zu überlegen, setzte sich Tess zu ihnen, während er Bestellungen von den Kindern entgegennahm. Wer möchte einen Bären? Oder eine Maus? »Aha, der Bär hat gewonnen«, erklärte er einem zierlichen Mädchen mit einem traurigen, verhärmten Gesicht, auf dem sich auf der Stelle ein Strahlen ausbreitete. Die anderen beobachteten schweigend, wie sich unter seinen Fingern in dem weichen Stück Holz die Umrisse des Tieres abzeichneten – fast schon wie durch Zauberhand. »Was meinst du?«, fragte er das Mädchen. »Kann man das als Bären durchgehen lassen?«

Sie schwieg, lächelte aber und blickte mit großen dunklen Augen zu ihm auf, als er ihr die Figur vorsichtig in die Hand legte.

»Das ist jetzt dein Talisman«, sagte er leise. Nach einer Weile wandte er sich zu Tess. »Hat sie Ihnen zugesetzt?«

»Sie hat getobt vor Wut. Sie hatten recht.«

»Sie baut an ihrer Verteidigung.«

»Wozu?«

»Weil sie die brauchen wird.«

Über eine Stunde saßen sie beieinander. Jedes Mal, wenn Jim ein Tier fertig gestellt hatte, streckte Tess die Hand aus und strich über die weiche neue Figur. »Damit geben Sie ihr die magische Kraft«, sagte er grinsend. Tess lachte. Es fiel ihr schwer, diese sonnendurchflutete kleine Insel des Frohsinns, die er inmitten all der Trauer geschaffen hatte, zu verlassen.

»Können Sie auch einen Kreisel schnitzen?«, fragte sie gespannt.

»Aber sicher. Für Sie?« Seine Augen funkelten.

»Für zwei kleine Jungs, die etwas zum Spielen brauchen.«

Er stellte keine weiteren Fragen. »Geben Sie mir ein paar Stunden Zeit.«

Inzwischen fröstelte es alle, wenn sie die Frau des Kochs sahen. Immer wieder machte sich jemand die Mühe, sie sanft zu ihrer Kajüte zu führen. Ruhelos und verzweifelt, wie sie war, kehrte sie jedoch umgehend wieder an die Reling zurück und richtete ihren Blick auf den Horizont. »Bald werden sie hier sein«, sagte sie leise. »Meine Kinder sind in einem Boot. Sie rudern nur ein bisschen langsamer.« Es schien, als würde ihr Gesicht leuchten. Und in ihren Augen lag ein seltsames Glitzern.

»Offensichtlich hat sie einen schwachen Charakter«, sagte Lucile, als Jean Darling mit einem Korb Brot für ihren Mann an ihnen vorbeikam. »Mit mir hat sie es sich ein für alle Mal verdorben. Und wenn sich das Täuschungsmanöver ihres Mannes herumspricht, werden sich auch alle anderen von ihr abwenden.« Lucile wischte ein paar eingetrocknete Rosinen von ihrem Teller auf den Boden.

Automatisch bückte sich Tess, sammelte sie auf und warf sie in hohem Bogen über die Reling. Allmählich lerne ich es wohl, dachte sie, meine Gedanken für mich zu behalten. Aber im Grunde hatte sie das immer schon getan. Blieb noch die Frage, wieso sie so selbstverständlich mit dieser unterwürfigen Geste reagierte. Vielleicht, um zu verbergen, was in ihr vorging. Zu gern hätte sie gewusst, warum Lucile die Darlings so sehr verachtete.

Immer diese Träume – dunkel und voller Schmerz. Es war schon spät gewesen, als sie in der vergangenen Nacht an Luciles Tür geklopft hatte. Cosmo war oben bei dem Funker gewesen, um Telegramme aufzugeben, darunter auch eins von Tess an ihre Mutter. Sie hatte erwartet, Lucile allein anzutreffen. »Ich habe Ihnen noch eine Decke gebracht, damit Ihnen nicht kalt wird«, sagte Tess, als sich die Tür öffnete.

 »Das ist nicht nötig«, entgegnete Lucile verärgert. »Ich bin müde und brauche keine zusätzliche Decke oder sonst was.« Sie hatte einen abgetragenen Pullover über ein Nachthemd aus Flanell gezogen, das jemand gespendet hatte, eine Kombination, in der sie seltsam verletzlich wirkte. »Gehen Sie zu Bett. Warum schlafen Sie noch nicht?«

»Ich kann nicht«, sagte Tess.

»Warum denn nicht?«

»Ich träume ständig, dass das Schiff untergeht.«

»Das ist vorbei, und wir sind gerettet. Am besten schließen wir ein für alle Mal damit ab«, erklärte Lucile mit resoluter Stimme. Aber ihr Blick flatterte. »Na gut, kommen Sie herein.« Sie hielt Tess die Tür auf.

Tess trat ein. Eine winzige Kajüte, schlicht und nackt. Hier fehlte mehr als nur der Luxus.

»Haben Sie denn nicht immer noch ein bisschen ... Angst?« flüsterte Tess.

Lucile erstarrte. Ihr Gesicht schien zu zerfallen, aber dann gab sie sich einen Ruck, und es wurde wieder straff und ausdruckslos. »Angst habe ich ständig«, erklärte sie.

»Wirklich?«

»Vor Wasser«, fügte Lucile rasch hinzu. Sie setzte sich hin und verschränkte die Hände. »Als ich zehn war, bin ich beinahe ertrunken«, sagte sie langsam. »Ich habe gesehen, wie die Menschen am Strand gafften. Niemand hat versucht, mich zu retten. Ich habe geschrien und geweint, aber keiner kam.« Sie hätte Tess ebenso gut die Einkaufsliste vorlesen können, so sachlich und ungerührt klang ihre Stimme.

»Ein Mann hatte immerhin so viel gesunden Menschenverstand, auf einen Felsen im Meer zu klettern und mir ein Seil zuzuwerfen. Ich konnte mich daran festhalten und wurde an Land gezogen. Ich spreche sonst nicht darüber. Hoffentlich ist Ihnen klar, dass ich nie wieder ein Wort davon hören will.«

»Sie müssen Todesangst ausgestanden haben«, sagte Tess, als sie sich die Panik eines ertrinkenden Kindes vorstellte.

»Nein, das würde ich mir nicht gestatten. Kommen Sie.« Lucile klopfte auf die durchgelegene schmale Matratze.

Tess setzte sich, und Lucile nahm ihre Hand. Sie waren sich so nahe, dass Tess einen Hauch von Luciles geliebtem Jasminparfüm riechen konnte, das jetzt auf dem Grund des Meeres lag.

»Sie werden schon noch begreifen, dass man niemals stehenbleiben darf.« Lucile klang jetzt beinahe sanft. »Das werden Sie, Tess. Ich habe gelernt, keine Angst zu zeigen, Verantwortung zu übernehmen, für mich einzustehen und stark zu sein. Ist es nicht das, was Sie auch wollen?«

»Ja.«

Lucile drückte ihre Hand so fest, dass Tess vor Schmerz beinahe aufgesprungen wäre. »Sie müssen darauf achten, dass Ihnen niemand wehtun kann, meine Gute. Es kommt darauf an, dass wir unsere nächsten Schritte vor Augen haben und unseren Blick nicht auf das richten, was hinter uns liegt.« Sie zögerte einen Moment, dann sagte sie: »Ich habe etwas für Sie.«

Sie griff in die Tasche des ausgebeulten Pullovers und zog den kleinen Pompadour aus Samt hervor. »Hier«, sagte sie, »das schenke ich Ihnen für Ihre Zukunft.«

Tess zog den Beutel auf und schnappte nach Luft. Überwältigt ließ sie Luciles Ohrringe mit den Mondsteinen in ihre Hand gleiten, die selbst in diesem engen, fensterlosen Raum noch schimmerten. »Das kann ich nicht annehmen«, sagte sie.

»Es soll eine Entschädigung sein, meine Gute. Sie haben mich so oft gerettet, und ich habe zu Hause noch viel mehr von dieser Art. Schmuck hat etwas Tröstliches.«

Es kam so unerwartet, dass Tess nicht wusste, was sie sagen sollte. Sanft legte sie Ohrringe und Beutel zurück auf Luciles Schoß. »Das ist nicht nötig. Eigentlich wollte ich Ihnen nur sagen, dass mich das Ganze irgendwie verändert hat«, erklärte sie. »Damit Sie es auch wirklich wissen … und für den Fall, dass Sie ebenfalls Albträume haben. Sie haben mich getröstet. Das ist alles, was ich wollte.« Unsicher forschte sie in Luciles Gesicht. Hatte sie Madame damit beleidigt?

»Fürchten Sie etwa, dass ich meine Meinung ändere und die Ohrringe zurückfordere?«

»Nein, das ist es nicht.«

»Tja, dann vielleicht irgendwann später.« Lucile ließ die Ohrringe zurück in den Samtbeutel gleiten und steckte ihn wieder in ihre Tasche. »Was unseren Umgang mit Angst betrifft – wir sind, wer wir sind, das können wir nicht ändern. Aber ich denke, für heute machen wir Schluss.«

Tess mochte noch nicht gehen. Sie wollte nicht, dass dieser kurze Augenblick der Nähe vorüber war. »Wann haben Sie beschlossen, Schneiderin zu werden und Mode zu entwerfen?«, fragte sie spontan.

Lucile blinzelte, offenbar überrascht von der Frage. »Als ich für meine Puppen Kleider nähte«, sagte sie schließlich.

»Das habe ich auch, für eine Stoffpuppe, die mir meine Mutter gemacht hatte.«

Lucile schien an weiteren Gemeinsamkeiten nicht mehr interessiert. »Wir waren alle mal Kinder, meine Gute. Jetzt gehen Sie schlafen, und morgen früh kommen Sie gleich zu mir. Auf uns wartet Arbeit.«

Als sich Tess am nächsten Morgen an Luciles Schreibtisch setzte, versuchte sie, so geschäftsmäßig wie möglich zu wirken. Sie zog Kladde und Stift aus der Schublade und breitete sie vor sich aus. Wenn sie einen Nachhall der Nähe des vergangenen Abends erwartet hatte, wurde sie enttäuscht.

Lucile schritt durch den Raum und sprach von den Depeschen, mit denen sie den Kontakt zu ihren Ateliers in London, Paris und New York aufrechterhielt. Überall seien Defilees ihrer Frühjahrskreationen geplant, sagte sie nicht ohne Genugtuung. Daher gebe es viel zu regeln, zumal es eine Weile dauern werde, bis sie die auf der *Titanic* verlorenen Kleider neu gefertigt hätten. Nichts dürfe einen Schatten auf die Modenschau in New York werfen. Sie sprach schnell und erteilte ihre Anweisungen, die sich Tess notierte. Kundinnen mussten benachrichtigt, hofiert und zusammengetrommelt werden. Beabsichtigte Mrs. Wharton weiterhin, das korallenfarbene Nachmittagskleid zu erwerben, von dem sie in London so begeistert gewesen war? Was war mit den Mannequins? Waren sie alle bereit?

»Die Berichterstattung über das Unglück wird letztlich sogar eine Werbung für uns sein, nehme ich an«, sagte sie. Ihre Stimme wurde leiser, als sie den Blick auf Tess ruhen ließ, die schweigend weiterschrieb. Dann begann sie mit ihren lackierten Fingernägeln auf die Tischplatte zu trommeln.

»Mir ist aufgefallen, meine Gute, dass Sie Ihre freie Zeit oft mit diesem abscheulichen Seemann verbringen. Da Ihre Mutter nicht hier ist, möchte ich Sie warnen. Sie könnten etwas Besseres haben.«

Tess spürte, wie ihre Wangen heiß wurden. Sie öffnete den Mund, um zu antworten, doch Lucile war schneller.

»Und wenn wir schon dabei sind, können wir auch gleich über Ihre Zukunft sprechen. In New York werde ich kein Dienstmädchen brauchen, da habe ich schon zwei.«

Sie sprach in einem kühlen, geschäftsmäßigen Ton, der Tess erschreckte. Sie machte sich auf das Schlimmste gefasst. Jetzt bekam sie die gefürchtete Quittung für ihren Ungehorsam.

»Aber ich dachte ...«

»Ich weiß, die Arbeit in meiner Firma, von der ich gesprochen habe. Sie sind eine gute Knopflochnäherin, das weiß ich.« Lucile seufzte und begann wieder, in der Kabine auf und ab zugehen.

»Ich kann aber viel mehr«, fuhr Tess auf. »Ich bin gut und könnte Ihnen eine echte Hilfe sein. Ich ...«

»Wenn Sie jetzt Ihr Gesicht sehen könnten, Tess! Keine Sorge, ich mache nur Spaß. Ich werde schon einen Platz für Sie finden. Sie sind klug und schnell von Begriff. Sehen wir mal, wie Sie sich im Geschäft machen. Für den Anfang. Warum schauen Sie mich so an?«

»Weil ich es nicht verstehe. Manchmal kommt mir das alles so vor, als wäre ich Teil eines Spiels.«

»Eines Spiels? Also, ich muss schon bitten. Ein Spiel!« Luciles helles Lachen tanzte durch den Raum. »Setzen Sie sich einen Augenblick hin. Ich möchte Ihnen eine Vorstellung davon vermitteln, was uns erwartet, wenn wir heute Abend anlegen. Wir sind jetzt nämlich alle berühmt.«

Tess war sich nicht ganz klar, was das bedeutete. Erst allmählich hatte sie erkannt, dass das Schicksal der »unsinkbaren« *Titanic* die Aufmerksamkeit der ganzen Welt auf sich gezogen hatte, die Zeitungen bereits nach Einzelheiten forschten, Untersuchungen geplant waren und sich sogar der Kongress der Vereinigten Staaten mit dem Unglück befasste. Zwischen der *Carpathia* und dem Festland herrschte reger Funkverkehr. Tess dachte, ihre Erlebnisse seien eine Tragödie, die nur jeden Einzelnen allein beträfe. Jetzt aber sah sie, wie naiv und falsch ihre Annahme gewesen war.

»Es wird viel Wirbel geben«, warnte Lucile sie vor. Tess solle den Reportern nach Möglichkeit aus dem Weg gehen. Sie seien Aasgeier und würden jeden in ihre Fänge locken, der ihre Tricks nicht kenne. Deshalb wollten sie und Sir Cosmo mit ihnen sprechen. Ihr New Yorker Büro werde Droschken mit Fahrern schicken, die sie vom Kai zum Waldorf-Astoria bringen würden, Tess solle also in ihrer Nähe bleiben und sich nicht von ihnen entfernen. Wenn sie es genau bedenke, könnten sie unterwegs im Atelier vorbeischauen. Madame war sicher, dass dort die Mannequins bereits auf sie warteten. »Und wenn Sie erst mal das Hotel gesehen haben, meine Gute«, erklärte sie fröhlich, »werden Sie umfallen.«

Tess zuckte zusammen. »Ich werde dafür sorgen, dass alles bereit ist«, sagte sie und machte Anstalten, die Kabine zu verlassen.

Aber offenbar hatte Lucile den Schatten gesehen, der über ihr Gesicht gehuscht war.

»Ach, übrigens habe ich den Namen der Familie vergessen, für die Sie in Cherbourg gearbeitet haben«, sagte sie. »Wie hießen sie noch gleich?«

»Wir haben nie über sie gesprochen.« Tess wusste ebenso gut wie Lucile, dass der Name nie gefallen war.

»Das mag sein.« Madame musterte sie nachdenklich. »Andererseits …«

Was sollte dieses Katz-und-Maus-Spiel? Sie brauchte nichts zu sagen, entschied sich aber, die Gelegenheit zu nutzen. »Sie waren gestern Abend gütig zu mir«, sagte sie. »Sie haben mich getröstet, und dafür bin ich Ihnen sehr dankbar.«

Wieder veränderte sich Luciles Gesichtsausdruck. »Das ist eigentlich nicht meine Art«, sagte sie nach einer Weile. »Sie haben mich dazu gebracht.«

Ein kurzes Schweigen beiderseits, dann war der Moment wieder vorüber.

»Dafür verstehe ich mich auf Scheinwelten, und in so eine werden wir jetzt eintreten. Also stellen Sie sich darauf ein, ich werde es nicht noch einmal anmahnen.« Madame lächelte, ihre Augen funkelten. »Sie werden sich fühlen wie Alice im Wunderland.«

Pennsylvania Station
New York
Donnerstag, 18. April, 7 Uhr

Pinky Wade saß zusammengesunken auf ihrem Platz und starrte durch die schmierigen Fensterscheiben, als der Zug langsam in den Tunnel unter dem neuen Bahnhof Pennsylvania Station einfuhr. Es war ein riesiges Bauwerk mit hohen Bögen und einer prächtigen verglasten Decke, getragen von prunkvollen Säulen aus rosa schimmerndem Granit. Als der Schaffner durch den Waggon ging und laut »New York City, Endstation!« rief, fuhr sie leicht zusammen. Rasch griff sie nach ihrem Beutel, der nichts weiter enthielt als eine frische Hemdbluse und ihre Toilettenartikel. Pinky Wade brüstete sich stolz, stets nur mit leichtem Gepäck zu reisen.

Sie stieg aus dem Zug und begab sich zur Treppe. Erwartungsvoll blickte sie dabei zu der Glasdecke hinauf. Das Licht brach hindurch, tanzte auf den Köpfen der eiligen Fahrgäste und spiegelte sich in den polierten Flächen. Gewöhnlich freute sie sich über die elegante Passage vom Bahnsteig zum Warteraum über die schimmernden Bodenplatten aus Travertin-Marmor. Dann stellte sie sich vor, sie wäre in einem großartigen Palast. Heute aber stand ihr der Sinn nicht nach solchen Träumen. Sie war müde und schlecht gelaunt, sie ärgerte sich über die Anweisung der *Times*, sich in der Redaktion einzufinden. Halbherzig strich sie sich über die Frisur, über das strähnige, mit ein paar Nadeln zusammengesteckte Haar. Dann blickte sie auf ihre Schuhe. Van Anda würde wohl ein paar Scherze über ihre Rocklänge machen, die sich inzwischen einige Zoll über ihren Fußgelenken bewegte. Aber was sollte sie sonst tragen, wenn sie arbeitete?

Als sie an einem riesigen goldgerahmten Spiegel vorbeikam, blieb sie stehen und betrachtete sich darin. Kein Wunder, ihre Verärgerung war ihr ins Gesicht geschrieben. Wie konnte Van Anda sie von ihren Recherchen über Irrenhäuser abziehen und sie zu Interviews mit Überlebenden schicken? Sie fühlte sich nicht wohl dabei. Er war ein guter Chef, hielt ihr bei den meisten Aufträgen den Rücken frei, doch letztlich hatte er die gleiche Einstellung wie jeder andere Mann im Zeitungsgewerbe: Wenn es um das Menschliche und um Gefühle geht, dann schick eine Frau, dafür sind unsere Reporterinnen da. Wäre sie als Passagier auf der *Titanic* gewesen, hätte sie wirklich eine interessante Story gehabt. Nun aber musste sie sich mit der simplen Aufgabe begnügen und aus den Geretteten Geschichten hervorlocken, die das Leben schreibt.

Ihr Ärger wuchs mit jedem Schritt. Manchmal fragte sie sich, warum sie immer noch als Reporterin arbeitete. Ob ihr Vater jemals zugeben würde, dass er stolz auf sie war? In ihrer Kindheit hatte er sie oft wegen ihrer Klugheit gelobt, später bekam sie jedoch immer wieder kleine scharfe Bemerkungen zu hören: Die meisten Frauen in deinem Alter sind längst verheiratet. Willst du denn keine Familie gründen? Pinky blieb wieder stehen und wühlte in ihrer Tasche nach dem Geld fürs Taxi. Sie hatte mehr Freiheiten als die meisten Frauen, und vielleicht gefiel ihm nicht, dass sie an ihrer Arbeit dasselbe heimliche Vergnügen hatte wie einst er selbst. Wenn sie Misshandlungen in einem Waisenhaus offenlegte oder ein Irrenhaus zu Reformen zwang, spürte sie ihre Macht. Doch im Grunde konnte sie noch immer von einer wichtigen Story abgezogen werden wie ein Kind, das man von der Bonbonschachtel fortzerrt.

Sie seufzte, als sie aus dem Bahnhof ins Freie trat und sich in die Schlange der Menschen einreihte, die auf ein Taxi warteten. Wenigstens musste man sich nicht mehr mit Pferdedroschken begnügen.

Redaktion der *New York Times*
New York
Donnerstag, 18. April, 10 Uhr

Van Anda hatte in den letzten drei Tagen kaum geschlafen, aber das machte ihm nichts aus. Die anderen Zeitungen im Land mussten jetzt kleine Brötchen backen. Nur die *Times* hatte die Nerven besessen, die Story vom Untergang der *Titanic* zu bringen, ehe die Leute von der White Star Line nach tagelangem Leugnen das Unglück endlich bestätigten. Noch nie zuvor hatte er einen solchen Coup gelandet, und er war nicht gewillt, seinen Vorsprung wieder zu verlieren. An diesem Abend sollte die *Carpathia* einlaufen, und seine Vorbereitungen auf das Ereignis waren nahezu perfekt. Er hatte in einem Hotel in der Nähe des Hafens eine ganze Etage für seine Reporter gemietet, die bereits in den Startlöchern saßen. Ein Dutzend Telefone mit einer Direktleitung zur Redaktion waren auch schon installiert. »Wir waren die Ersten, und wir bleiben die Ersten«, rief er den aufgeregten Journalisten in den Redaktionsräumen stolz zu.

»Guten Morgen, Carr.«

Als er aufblickte, stand Pinky Wade vor ihm, die Arme vor der Brust verschränkt und die Stirn in Falten gelegt. Schmunzelnd stellte er fest, dass ihre Röcke schon wieder um ein paar Zoll kürzer geworden waren. Mit ihrem frischen Teint und den leuchtenden Augen war sie recht hübsch, und ihr Lachen ging oft in ein fröhliches Perlen über. Außerdem war sie ausgesprochen wandlungsfähig, eine Eigenschaft, die ihr bei den verdeckten Recherchen zu Hilfe kam. Sie war mutig, dreist und hatte eine feste Meinung. Wenn sie nicht so ein freches Mundwerk hätte, hätte sie vielleicht sogar Einzug in eines dieser vornehmen Häuser an der 5th Avenue halten können und würde jetzt zum Tee laden. Man hatte bei ihr das Gefühl, als verschließe sie ein ungeheures Energiereservoir in ihrem Inneren, das jeden Augenblick hervorzubrechen drohte. Niemand konnte einer guten Story so viel abgewinnen wie Pinky Wade.

»Sie werden zum Kai runterfahren, wenn das Schiff anlegt«, erklärte er ohne weitere Einleitung. »Kümmern Sie sich nicht nur um die erste Klasse, sondern auch um das Zwischendeck. Nehmen Sie die Sachen einfach auf. Wir bauen die Teile dann zusammen. Wann haben sie den Eisberg gesehen? Wann wurde ihnen klar, was ihnen bevorsteht? Je mehr Einzelheiten, desto besser. Besorgen Sie mir Geschichten, wie jemand um Haaresbreite davongekommen ist. Ich brauche …«

»Carr! Guten Morgen …«

Van Anda sah, dass sie diesmal wirklich wütend war.

»Guten Morgen, Pinky.«

»Warum ich?«, fragte sie.

»Weil Sie die beste Reporterin für diese Art von Artikel sind, die ich kenne. Tut mir leid, dass Sie sich dafür nicht in Gefahr begeben müssen. Ich werde versuchen, Sie später dafür zu entschädigen.«

Gegen ihren Willen musste sie grinsen. Immerhin hatte er Humor.

»Ich möchte aufs Schiff, ehe es anlegt«, sagte sie.

»Prima. Wenn Sie eine Möglichkeit finden, habe ich nichts dagegen.«

Washington, D. C.
Donnerstag, 18. April, 15 Uhr 30

Senator Smith erreichte in letzter Sekunde den Zug, der gerade die Union Station verließ. Als er sich, die mit Unterlagen vollgestopfte Aktentasche unter den Arm geklemmt, auf die untere Stufe schwang, setzte sich der Zug bereits in Bewegung. Seine beiden Praktikanten sprangen hinterher.

»Damit haben Sie bei den Reportern sicher Eindruck gemacht«, sagte der eine und zeigte auf den Schwarm Männer mit Kamera und Notizblock, die inzwischen auf dem Bahnsteig immer kleiner wurden.

Insgeheim war Smith erfreut, als er die atemlos und irgendwie ehrfürchtig vorgetragenen Worte seines Praktikanten hörte. Er hatte ihnen gezeigt, was Courage ist, und alles war glatt über die Bühne gegangen. Natürlich machte es ihm seine Position im Wirtschaftsausschuss leichter. Sein Antrag auf eine Untersuchungskommission unter seinem Vorsitz war im Senat durchgegangen wie ein heißes Messer durch die Butter, wie man im Mittleren Westen zu sagen pflegte. Er würde die Befragungen in New York durchführen, nicht in Washington, und zwar im zentral gelegenen Waldorf-Astoria. Dort würde er mehr Zeugen vorfinden und zugleich auch noch Zeit sparen. Am nächsten Vormittag würde das Spektakel beginnen.

Der Senator ließ sich auf einen Platz sinken und warf bestimmt zum zwanzigsten Mal einen Blick auf seine Uhr. »Wir müssen an Bord der *Carpathia* gelangen, ehe sie anlegt«, erklärte er seinen Assistenten. »Die Leute von der White Star Line werden sich aus dem Staub machen, wenn wir ihnen nicht unverzüglich eine Vorladung unter die Nase halten und die Ermittlungen einleiten. Besonders dieser windige Ismay.«

»Glauben Sie, dass sie es waren, die die falschen Depeschen lanciert haben, in denen der Schiffsuntergang dementiert wurde?«, fragte einer der beiden jungen Männer.

»Ganz sicher.« Wenn er an all die Menschen dachte, die sich auf den Weg nach Halifax gemacht hatten, um Freunde und Angehörige zu begrüßen, nachdem ihnen versichert worden war, die *Titanic* sei außer Gefahr, wurde er wütend. Was für eine feige und grausame Lüge! Und wozu? Hatten die Verantwortlichen der White Star Line damit Zeit gewinnen wollen, um ihre Haut zu retten?

Stirnrunzelnd lehnte er sich zurück. Er hatte sein Blatt geschickt ausgespielt. Niemand im Kongress hatte schneller reagiert als er. Und während Smith den Blick auf die vorbeiziehende Landschaft richtete, hoffte er, dass dies die Krönung seiner Laufbahn als Staatsdiener sein würde. Vorausgesetzt, der Zug kam rechtzeitig an.

Bedächtig fuhr die *Carpathia* auf den New Yorker Hafen zu. Gegen siebzehn Uhr kamen die Passagiere an Deck, stellten sich an die Reling und warteten sehnsüchtig, endlich die Küste zu erblicken. Jetzt am Abend wurde die Luft frischer, und Tess zog sich ihre Jacke enger um den Leib. Sie sah die Frau des Kochs, die inzwischen auf dem Deck hin und her lief und die Leute am Arm packte. »Haben Sie meine Kinder gesehen? Sind sie gerade beim Abendessen?«, wiederholte sie ein ums andere Mal. »Richten Sie ihnen bitte aus, dass ich auf sie warte. Wenn sie nicht bald kommen, muss ich selbst los und sie suchen.«

Jim stand allein da, rauchte eine Zigarette und starrte in Richtung der Küste, die sich bald zeigen würde.

Tess blickte sich um, konnte Lucile jedoch nirgends entdecken. »Werden Sie abgeholt?«, fragte sie scheu, während sie sich neben ihn an die Reling schob. Ihr war elend zumute. Sobald sie an Land waren, würden sie wahrscheinlich wieder Fremde füreinander sein.

»Auf mich wartet niemand«, meinte er achselzuckend. »Die Leute von der White Star Line sagen, sie wollen uns irgendwo unterbringen, solange man das Unglück untersucht. Warten wir's ab. Ismay hat andere Pläne.« Er sah sie an und schien in ihrem Gesicht nach irgendetwas zu suchen. »Ich habe gehört, ein US-Senator will demnächst an Bord kommen und dann sofort Offiziere und Mannschaft befragen«, sagte er.

»Der Kapitän meint, der Untersuchungsausschuss der Regierung wird morgen die Ermittlungen aufnehmen.«

Jim lachte scharf auf. »Dann haben jetzt also die Politiker die Sache übernommen. Tut mir leid, aber wahrscheinlich werden wir einmal mehr den Tanz raffsüchtiger Geschäftsleute erleben, die Ausreden für ihre Fehler erfinden. Es wird so laufen wie immer – keiner hat Schuld. Sie scheren sich nicht um das Schicksal der armen Wichte im Zwischendeck oder um die Männer unten im Maschinenraum. Die Heizer dort – sie hatten nicht die geringste Chance.«

»Kannten Sie dort jemanden?«, fragte sie aufs Geratewohl.

»Er war mein Freund. Ein guter Mann. Wir wollten zusammen in den Westen gehen. Er hat die Dampfkessel befeuert, als wir den Eisberg rammten. Manchmal denke ich, ich hätte mit ihm da unten Kohle schaufeln sollen, aber ich konnte keine Kohle mehr sehen. Ich habe ihm erklärt, dass mich keine zehn Pferde mehr dazu bringen würden.«

»Es tut mir leid.«

Das war zwar völlig unzureichend, schien ihn aber nicht zu stören.

»Von diesen Männern hatte keiner eine Chance. Wir anderen, wir werden weiterleben und Neues entdecken. Dort an Land wird sich niemand für sie interessieren oder ihrer gedenken. Ich hätte bei ihnen sein und mit ihnen untergehen sollen.«

»Sie wurden im Rettungsboot gebraucht, denn Sie waren der Einzige, der rudern konnte und wusste, was zu tun war«, warf Tess rasch ein. »Sie haben einfach nur Ihre Arbeit getan. Ich weiß, wie schwer es ist, am Leben zu sein, wenn alle anderen gestorben sind. Mir geht es genauso.«

Langsam breitete sich ein Lächeln auf seinem Gesicht aus. »Ist schon gut, Tess. Ich glaube, es gibt hier an Bord Trauer und Schmerz genug. Wir sollten uns nicht noch mehr davon wünschen.«

»Und mit Ihren Schnitzereien haben Sie die Kinder getröstet«, sagte sie leise. »Dafür bewundere ich Sie.«

»Was hat das schon geholfen?«, entgegnete er. »Das Mädchen, für das ich den Bären gemacht habe, zum Beispiel hat beide Eltern verloren. Sie hat jemandem im Rettungsboot ihren Namen gesagt und dann kein Wort mehr gesprochen. Dafür ist sie die ganze Zeit hinter mir hergelaufen und hat mir stundenlang beim Schnitzen zugesehen.«

Tess holte tief Luft, wünschte sich, sie könnte ihren Kummer vertreiben. Niemand, der nicht dabei gewesen war, würde sie verstehen.

»Die Kinder haben mir geholfen, die schwere Zeit der letzten Tage zu überstehen. Die Kinder und Sie«, sagte er verlegen. Er zögerte, doch dann griff er in seine Tasche, zog etwas hervor, legte es in ihre Hand und schloss sanft ihre Finger darüber.

»Das ist für Sie. Vielleicht nicht gerade das Andenken, das Sie sich wünschen würden, aber es ist entstanden, ohne dass ich viel darüber nachgedacht habe. Nur eine kleine Schnitzerei.« Er lächelte. »Willkommen in Amerika, Tess. Ich hoffe, wir sehen uns wieder. Adieu.«

»Jim!« Zum ersten Mal rief sie ihn beim Namen.

Aber er legte den Finger an die Lippen, wie er es bei ihrem Spaziergang auf dem Deck der *Titanic* getan hatte, und wandte sich ab.

Tess öffnete die Hand. Darin lag ein sorgfältig geschnitztes kleines Rettungsboot. Und als sie im Dämmerlicht genauer hinsah, erblickte sie im Boot zwei kleine Figuren, die beide, wie es schien, ein Ruder führten. Als sie aufsah, um sich bei Jim zu bedanken, war er fort.

Auch die Frau des Kochs war nicht mehr zu sehen. Gerade noch hatte sie an der Reling gestanden. Jetzt aber hatte sie sich auf die Suche nach ihren Kindern begeben. Sie war ins Meer getaucht.

4

Carpathia
Donnerstag, 18. April, 21 Uhr

Sie hatte es sich schwieriger vorgestellt. Dabei hatte Pinky lediglich einen netten Hafenarbeiter beschwatzen müssen, um herauszufinden, dass eine Barkasse zur *Carpathia* hinausfahren würde, bevor diese dann in den Hafen einlaufen und anlegen würde. Ein wichtiger Senator aus Washington wollte noch an Bord mit den Passagieren sprechen. Das musste William Smith sein, der Abgeordnete aus Michigan, den man zum Leiter der Untersuchungskommission des Senats bestimmt hatte. Schon morgen sollte sie mit ihrer Arbeit beginnen. Und das versprach richtig interessant zu werden. Dann galt es nur noch, zur richtigen Zeit am richtigen Ort zu sein.

Als Senator Smith schweißgebadet vom Bahnhof herbeigeeilt kam, stand sie bereit, bekleidet mit einer Hose, die sie einem Botenjungen abgeschwatzt hatte, ihre langen Haare unter eine Kappe gestopft, so dass sie aussah wie ein Hafenarbeiter. Ein kleiner Menschenauflauf, Hallo-Rufe und hier und da ein »Willkommen, Sir«, einige an die Mannschaft gerichtete Befehle, alles ausgesprochen hastig. Smith und zwei beflissen wirkende Assistenten stiegen in den Schlepper. In solchen Momenten, das wusste Pinky aus Erfahrung, musste man den Anschein erwecken, als würde man dazugehören. Nur der Amateur verriet sich durch sein Zögern.

Pfeifend hüpfte sie im Schutz der Dunkelheit in das Boot. Sie konnte nur hoffen, dass sich das ganze Unternehmen am Ende auch auszahlte.

Der Kapitän der Barkasse warf den Motor an und steuerte langsam auf die *Carpathia* zu. Oben an Bord des Dampfers sah Pinky Gruppen regennasser Passagiere stehen, die sich über die Reling beugten wie Trauernde bei einer Seebestattung. Sie schwiegen; nicht einmal das Weinen oder Jammern eines Kindes durchbrach die Stille. Eine ganze Weile hörte man nur das sanfte Klatschen der Wellen gegen den Bug der Barkasse. Dann zischte plötzlich ein Blitz über den Himmel, Donner grollte.

Pinky erwog, sich näher an Smiths Assistenten heranzuschleichen. Vielleicht würde sie erfahren, was sie vorhatten. Doch sie konnte den Blick nicht von den reglosen Gestalten an Bord der *Carpathia* wenden. Ganz langsam schob sich die Barkasse weiter vor, bis man fast den Rumpf des Schiffs berühren konnte.

In diesem Augenblick leuchteten etliche Lampen auf, und man sah, dass weitere Boote auf die *Carpathia* zusteuerten. Blitzlichter. Rufe.

»Hallo, Sie da oben!«, schallte eine Stimme durch ein Megafon. »Sind Sie von der *Titanic*? Will uns jemand von Ihnen erzählen, was passiert ist? Kommen Sie runter, wir kümmern uns um Sie!«

Pinky grinste. Sie kannte den Mann, es war ein Reporter der *World*, ein eingebildeter Geck ohne Hirn. Glaubte er wirklich, die Menschen dort oben würden sich von seinem lärmenden Getue dazu bewegen lassen, vom Schiff zu kommen und in sein kleines Boot zu steigen? Sich an Bord zu schleichen war die beste Strategie, um vor den anderen da zu sein, aber auf diesen Gedanken war er wohl nicht gekommen. Das machte die Sache für Pinky leichter.

Während ihre Mitstreiter die Aufmerksamkeit der schweigenden Zuschauer an Deck weiter mit ihren Rufen zu gewinnen versuchten, kletterte sie hinter Smith und seiner Entourage eine Trittleiter hinauf, betrat das Schiff und stahl sich unbemerkt in eine dunkle Ecke. Sie war sich sicher, niemand hatte sie gesehen.

Tess verfolgte, wie die Neuankömmlinge an Bord stiegen, als sie eine Gestalt sah, die sich aus der Gruppe löste und hinter einen Schornstein duckte. Warum wollte sich jemand verstecken? Als sie über das Deck ging, um nachzusehen, fand sie eine Frau in einer Arbeitshose, die leise mit sich selbst sprach, während sie sich vergeblich mühte, ihr langes dichtes Haar unter eine Kappe zu schieben.

»Können Sie mir helfen. Mein Haar will mir nicht gehorchen«, bat sie ungeduldig, als sie Tess näher kommen sah.

»Wer sind Sie?«, fragte Tess.

»Offenbar ein ungebetener Gast. Bitte!«

Vielleicht lag es an der selbstverständlichen und energischen Art, mit der sie ihr Anliegen vortrug. Tess jedenfalls trat näher und bemühte sich, Pinkys widerspenstige Locken im Nacken unter die Kappe zu schieben. Es kostete sie Mühe, nicht zu lachen. »Sie sehen albern aus«, sagte sie.

»Das würden Sie auch, wenn Sie sich als Mann verkleidet hätten. Ich hätte diese wüste Mähne einfach abschneiden sollen.«

»Also, wer sind Sie?«, fragte Tess noch einmal.

»Ich muss wohl oder übel damit herausrücken, nehme ich an. Ich heiße Sarah Wade, aber in der Regel nennt man mich Pinky.«

»Und warum verstecken Sie sich in dieser dunklen Ecke?« Tess trat einen Schritt zurück, um diese rätselhafte Frau genauer betrachten zu können. Dabei stolperte sie über eine Taurolle, und Jims Schnitzerei rutschte aus ihrer Tasche, fiel auf die Decksplanken und kullerte auf die Schiffskante zu. Mit einem Aufschrei setzte sie ihm nach.

Pinky war schneller. Sie machte einen Satz und erwischte das Holzstück gerade noch, ehe es ins Meer fallen konnte. Schweigend richtete sie sich auf und gab es Tess zurück. Mit zusammengekniffenen Augen musterte sie das kleine Kunstwerk.

»Ein Boot?«, fragte sie neugierig.

»Ja. Danke.« Tess griff sich die Schnitzerei und schob sie in ihre Tasche zurück.

»Um Ihre Frage zu beantworten: Ich bin Reporterin und möchte mit Überlebenden der *Titanic* sprechen. In diesem Aufzug konnte ich leichter aufs Schiff gelangen. Habe ich Sie erschreckt?«

»Eigentlich nicht.«

Pinky schien fast enttäuscht. »Wirklich? Na gut. Sie finden also, dass ich albern aussehe.«

»Ein bisschen. Wie ist es Ihnen gelungen, in der Barkasse unerkannt zu bleiben?«

»Männer sind gewöhnlich keine guten Beobachter, habe ich festgestellt.«

»Es sei denn, wir tragen Röcke«, ergänzte Tess.

»So ist es. Und dann sehen sie besonders genau hin.«

Tess lachte. Diese kecke junge Frau gefiel ihr. »Sind Hosen bequemer als Röcke?«, erkundigte sie sich.

»Natürlich, sie lassen einem mehr Freiheit. So ähnlich wie türkische Hosen, aber besser.« Pinky betrachtete Tess' ausgebeulten, abgetragenen Pullover, der aussah, als stammte er aus einer Lumpensammlung. »Offenbar waren Sie auf der *Titanic*. Stimmt das?«

»Ja«, antwortete Tess. Ihr Lächeln verlosch. Diese Frage kam von jemandem aus einer fremden, einer sicheren Welt, aus der sie vor Tagen hinausgestoßen worden war.

»Es muss furchtbar gewesen sein.«

»Ja«, sagte Tess noch einmal. Sie fühlte sich unwohl und musste sich beherrschen, um nicht davonzulaufen.

»Wollen Sie mir berichten, was Sie erlebt haben?«

»Erzählen Sie mir zuerst von sich.«

»Ich arbeite für die *New York Times*, also eine seriöse Zeitung, kein Skandalblatt. Sagt man jedenfalls.« Nach einem Augenblick fügte sie hinzu: »Sagen die meisten, meine ich.«

»Warum soll ich Ihnen das glauben?« Tess hatte die Zeitungen vor Augen, die sie aus Europa kannte.

»Das wäre auch ein bisschen naiv. Viele Leute finden es anstößig, was wir machen. Sie halten es für Blendwerk, mit dem wir die Menschen in die Irre führen, und manchmal haben sie damit auch recht. Ich möchte einfach nur Ihre Geschichte hören. Ich kenne Sie nicht. Aber ich bin froh, dass Sie gerettet wurden, und das, so versichere ich Ihnen, meine ich wirklich ehrlich. Wie heißen Sie?«

»Tess Collins. Und nennen Sie mich bloß nicht Tessie.«

Ein Mädchen, das gleich so empfindlich reagierte, arbeitete vermutlich als einfache Angestellte. »Wie kamen Sie auf die *Titanic*?«, erkundigte sich Pinky. Sie versuchte, keine Eile durchklingen zu lassen. Sie durfte allerdings auch keine Zeit verschwenden, wenn sie noch weitere Interviews bekommen wollte, ehe Smith und seine Leute sie erwischten.

»Ich wurde für die Reise als Dienstmädchen angestellt und hatte großes Glück.«

»Glück? Warum?«

»Weil ich eine Kabine in der ersten Klasse bekam, dort, wo sich die Rettungsboote befanden.«

Pinky wartete. Auf diese Weise erfuhr sie in der Regel am meisten.

»Viele sind ertrunken, weil sie keine Möglichkeit hatten, in die Boote zu kommen«, erklärte Tess.

»Es gab nicht genügend, nicht wahr? Das hat man sich jedenfalls erzählt.« Pinky zog Notizblock und Bleistift heraus und begann zu schreiben. »Wie wurden Sie gerettet?«

»Ich kam in eines der letzten Boote. Ich hatte zwei Kinder im Arm. Ihr Vater hat mich gebeten, sie mitzunehmen.«

»Und er? Hat er überlebt?«

»Nein.«

Das war gut für die atmosphärische Dichte. »Bei wem arbeiten Sie als Dienstmädchen?«

Tess erstarrte. »Das bin ich nur für die Dauer der Reise.«

»Entschuldigung.« Taktisch klug an die Sache heranzugehen kostete Zeit; Zeit, die sie nicht hatte. »Und bei wem …«

»Bei Lady Lucile Duff Gordon.«

»Der Modeschöpferin?«

»Ja.«

»War sie ebenfalls in Ihrem Rettungsboot?«

»Nein. Aber andere Leute können Ihnen sicher interessantere Dinge erzählen.« Plötzlich fiel Tess ein, dass sie gegen Luciles Anweisungen verstieß und sich damit womöglich Ärger einhandelte. Sie würde von jetzt ab nichts mehr sagen. Diese Reporterin sollte sie in Ruhe lassen.

»Es tut mir leid. Sie finden es sicherlich grob, dass ich Sie so mit meinen Fragen überfalle.« Doch Pinky war noch nicht fertig. »Wenn sich die Rettungsboote alle auf dem Oberdeck befunden haben, dann haben wohl auch vorwiegend Passagiere aus der ersten Klasse überlebt?«

Tess sah wieder die Menschen aus dem Zwischendeck vor sich. »Das nehme ich an«, antwortete sie. »Die anderen haben es zum Großteil nicht mehr rechtzeitig zu den Booten geschafft.«

»Dann hatten Sie also doppeltes Glück.« Pinky schrieb schneller. Hier war sie wieder, diese vermaledeite Klassentrennung. Das würde sicher einen eigenen Artikel abgeben, über die bevorzugte Behandlung der Reichen gegenüber den Armen. Sie hatte noch keine Zahlen gesehen, doch sie war schon jetzt überzeugt, dass mehr Menschen aus der ersten Klasse gerettet worden waren als aus dem Zwischendeck. Eine gewissenlose Welt war das. Den Stift noch gezückt, hielt Pinky plötzlich inne. »Warum waren Sie nicht im selben Boot wie Lady Duff Gordon?«

»Weil es zu Wasser gelassen wurde, ehe ich einsteigen konnte.«

»Wie das? War es schon voll?«

Tess zögerte. »Nein. Ich weiß nicht, wie es dazu kam.«

»Und wie viele Menschen waren in dem Boot?«

»Ungefähr zwölf.«

Die Bruchstücke fügten sich erstaunlich rasch zusammen, und das gleich bei ihrem ersten Versuch. Die herrschaftlich auftretende Lucile Duff Gordon, die gar nicht so nette Altmeisterin der Modewelt, diese in der ganzen Welt bekannte Repräsentantin der Reichen, hatte sich in einem halb leeren Boot gerettet. Pinky klappte ihren Notizblock zu. Sie hätte gern noch weitere Fragen gestellt, aber sie musste noch andere Passagiere ansprechen, ehe Senator Smith seine Vorladungen aushändigte. Und wenn sie nicht in der Barkasse wieder an Land zurückkehrte, würde sie nach dem Anlegen der *Carpathia* in der Menschenmenge steckenbleiben.

»Ich denke, Sie haben mir sehr geholfen«, sagte Pinky, während sie Notizblock und Stift in ihre Tasche zurückschob. »Ich freue mich, Sie kennengelernt zu haben.« Sie wandte sich zum Gehen, drehte sich dann aber noch einmal um. »Viel Glück!« Dabei streckte sie die Hand aus. »Vielleicht treffen wir uns einmal an Land wieder.«

»Vielen Dank, dass Sie meine Schnitzerei gerettet haben«, sagte Tess spontan.

»Gern. Vielleicht erzählen Sie mir beim nächsten Mal die Geschichte, die dahintersteckt.«

»Welche Geschichte?«

»Es gibt immer eine Geschichte«, sagte Pinky im Gehen. Sie huschte hinter einen Schornstein und verschwand im Gedränge.

Das Schiff schob sich langsam voran. Bald konnten die Passagiere an Bord die Menschen am Kai sehen, die auf sie warteten. Wie sie so schweigend dastanden, wirkten sie fast wie ein Abbild ihrer selbst. Es schienen Tausende zu sein. In dicke, dunkle Mäntel gehüllt, die Männer mit Bowlern auf ihren Köpfen, von denen der Regen auf die Mantelkragen tropfte, standen die Familienangehörigen in alphabetischer Reihenfolge unter großen Schildern in der Warteschlange. Aber das Bemühen, die Begegnung der Überlebenden mit ihren Familienangehörigen auf geordnete Weise durchzuführen, schien zum Scheitern verurteilt.

Die ersten rauen Stimmen riefen Namen, hofften auf eine Antwort. Beim Anblick der sich nähernden *Carpathia* brachen Frauen in Tränen aus, Menschen drängten nach vorn. Ärzte in weißen Kitteln und Schwestern mit gestärkten Hauben schoben sich durch die wartende Menge, um ausgerüstet mit Riechsalz und kalten Kompressen zur Stelle zu sein, falls jemand einen Ohnmachts- oder Herzanfall erlitt. Es stand wohl einigen bevor, mit der Tatsache konfrontiert zu werden, vergeblich gewartet zu haben. Die Angst schlängelte sich wie eine furchterregende Neuigkeit vom einen zum anderen.

Senator Smith stand auf der Brücke der *Carpathia* und betrachtete die Menschenmenge am Kai jenseits der schwarzen Wasserfläche. Sein Magen rebellierte. Er verabscheute das Meer, er hasste Schiffe. Seine Hände waren klebrig vom Salzwasser, und am liebsten hätte er sie sich gewaschen. Womöglich entsprang dieses Bedürfnis aber auch dem Wunsch, die Erinnerung an den Briten mit dem steinernen Gesicht fortzuspülen, mit dem er soeben gesprochen hatte. Wie konnte ein Mensch nach allem, was geschehen war, so ungerührt sein? Bruce Ismay war offenbar nur daran gelegen, seine Haut zu retten. Smith hielt sich fest, als das Schiff plötzlich zur Seite ausbrach. Rasch schluckte er die Magensäfte hinunter, die in seiner Kehle aufgestiegen waren. Es wurde Zeit, dass er wieder festen Boden unter die Füße bekam. Aber er hatte den richtigen Instinkt gehabt. An Bord zu kommen und sich diesen Ismay zu schnappen, bevor der gerissene Kerl eine Passage zurück nach England buchen konnte, um nicht vor der amerikanischen Öffentlichkeit Rechenschaft abzulegen, war ein guter Auftakt für die Arbeit der Untersuchungskommission. Smith war jetzt entschlossener denn je, die Sache durchzufechten und diese Katastrophe aus jedem Blickwinkel aufzurollen, und das nicht nur, um sich in Washington einen Namen zu machen. Denn für die Menschen dort auf dem Deck unter ihm, für die das Land nun zum Greifen nahe war, würde nichts mehr sein wie zuvor.

Sie hatten das Recht, zu erfahren, *warum* das Schiff untergegangen war. Die *Carpathia* stieß an die Hafenmauer. Inzwischen konnte er unter den Wartenden einzelne Gesichter erkennen: eine Frau, die die gefalteten Hände vor den Mund hielt, als würde sie beten; neben ihr ein Mann, der gequält nach oben blickte und offenbar hoffte, eine vertraute Gestalt – eine Frau? ein Kind? – zu erblicken. Smith schluckte schwer. Es lag in seiner Macht, jeder wie auch immer gearteten Spur zu folgen. Wenn er sich durch eines auszeichnete, dann war es sein Gerechtigkeitssinn.

Und diesen Briten mit den kalten, ausdruckslosen Augen würde er als Ersten vor den Ausschuss rufen, ob es ihm nun passte oder nicht.

Als die Gangway heruntergelassen wurde, machte sich Unruhe breit, es waren Rufe und stöhnende Laute zu hören. Es zeigte sich, dass man zuerst die Passagiere der ersten Klasse an Land gehen lassen würde. Lucile zögerte, als sie die Gangway betrat. Von unten blickte ihr eine ganze Schar von erschreckend kalt und gefühllos wirkenden Gesichtern entgegen. Schaudernd klammerte sie sich an Cosmos Arm.

»Rasch, meine Liebe«, sagte Cosmo. »Bei diesen Leuten sind wir nicht gern gesehen.« Er hielt sie ganz fest, als ein paar Hafenarbeiter den Passagieren der ersten Klasse einen Weg durch die Menge zu den bereitstehenden Automobilen bahnten. Tess dicht hinter ihnen, eilten die Duff Gordons zu ihrem Packard Victoria in der Parkzone. Zu ihrer Überraschung sah Tess dort – in einem knöchellangen Mantel, der ihre Hose verdeckte – Pinky Wade, die mit dem Chauffeur sprach.

»Willkommen in New York, Madame Lucile«, sagte sie fröhlich, ohne Tess zu beachten. »Ich bin Pinky Wade von der *New York Times*.«

»Keine Interviews«, erklärte Cosmo brüsk.

Lucile, die bereits Anstalten machte, ins Auto zu steigen, hielt inne und musterte Pinkys Gesicht. »Sind Sie irgendwie mit Prescott Wade verwandt?«, fragte sie.

»Mein Vater.«

Luciles Augen weiteten sich kurz. »Ich habe ihn kennengelernt, allerdings erst lange nachdem er sich durch den Beecher-Prozess einen Namen gemacht hat. Ein furchtloser Abenteurer, wenn ich mich recht entsinne. Als Bergsteiger und auch sonst.«

»Er ist viel gereist.« Wie üblich war Pinky verschlossen, wenn die Sprache auf ihren Vater kam.

»Wir müssen los«, warf Cosmo ein. »Kein Interview bitte.« Er öffnete die Vordertür und gab Tess mit einem Nicken zu verstehen, dass sie sich neben den Chauffeur setzen sollte.

»Verständlich, nach diesen schrecklichen Erlebnissen.« Pinky ließ geräuschvoll ihren Notizblock zuklappen. »Aber das Leben geht weiter, und später würde ich mich gern mit Ihnen unterhalten. Über das Schiff und ... nun, ich kenne mich zwar in der Modewelt nicht sonderlich aus, aber mich würde auch interessieren, wie Sie Ihre Frühjahrskollektion präsentieren wollen.«

Lucile nickte. »Das wird sich einrichten lassen«, sagte sie, als sie einstieg.

»Ich weiß, es ist wirklich nicht der richtige Zeitpunkt, aber vor Ihrer Ankunft herrscht hier immer große Aufregung in der Gesellschaft«, erklärte Pinky lächelnd. Sie dachte fieberhaft nach. Alles war recht, um nur weiter Luciles Aufmerksamkeit zu fesseln. »Wie ich gehört habe, hat Ihre Schwester mit ihrem neuesten Roman wieder einmal vor, die Filmwelt zu schockieren. Können wir dann auch darüber sprechen?«

Diesmal lachte Lucile. »Ich gebe heute ein Dinner in unserem Hotel. Wollen Sie uns dabei nicht Gesellschaft leisten?«

»Das halte ich für keine gute Idee«, fuhr Cosmo verdutzt dazwischen.

»Du meine Güte. Ich kannte ihren Vater«, entgegnete Lucile verärgert. »Warum denn nicht?«

»Es wird mir eine Freude sein«, sagte Pinky mit einem aufgesetzten Lächeln. Sie war entsetzt. Während die Menschen am Kai hinter ihnen mit Schmerz und Trauer rangen, plante diese Frau ein schickes Abendessen. Besser, sie eilte rasch in die Redaktion zurück und fasste ihre Ergebnisse zusammen. Das war zu gut, um es sich entgehen zu lassen.

»Ich weiß, was Sie denken«, sagte Lucile, als sie in den Wagen stieg. »Aber Sie haben es treffend ausgedrückt, Miss Wade. Das Leben geht weiter. Ich erwarte Sie um neun.«

Tess wandte sich um und betrachtete Pinky Wade, die am Bordstein stehengeblieben war, als der Wagen losfuhr. Kurz erwog sie, ihre Begegnung auf dem Schiff zu erwähnen. Aber Lucile und Cosmo hatten inzwischen zu streiten begonnen.

»Du bist viel zu freigebig mit deinen Einladungen«, schimpfte Cosmo.

»Unsinn!« Cosmo war einfach zu argwöhnisch. Der Vater dieser jungen Frau war kein schmieriger Reporter gewesen, sondern ein angenehmer und verantwortungsbewusster Mann. Diese Pinky wusste sicher, was sie ihrer Herkunft schuldig war. Außerdem hatte Lucile jetzt an so viele andere Dinge zu denken, allen voran an die Vorbereitungen zur Schau ihrer Frühjahrskollektion. Wie gut, dass sie im Waldorf gebucht hatten. Es würde ein köstlicher Abend werden: endlich nicht mehr dieses schreckliche Schiffsessen, sondern gute Freunde und eine angemessene Umgebung ... Wollte er ihr etwa den Spaß verderben?

»Sie sind ebenfalls eingeladen, Tess«, sagte sie mit einem Blick auf das Mädchen.

Tess war in sich zusammengesunken und döste vor sich hin. Wie angenehm sich das weiche Lederpolster anfühlte, an das sie ihren Kopf lehnen konnte. Sie war noch nie zuvor in einem derart luxuriösen Automobil gefahren. Vor den Fenstern huschten Fragmente der geschäftigen fremden Stadt vorbei, ohne dass sie viel davon aufnehmen konnte. Dieser betriebsamen Welt würde sie sich morgen stellen. Jetzt wünschte sie sich nur noch die Abgeschiedenheit eines Zimmers mit sauberen Laken und weichen Kissen. Sie schloss die Augen, und ihre Gedanken wanderten zu Jack Bremerton. Ein Stich der Trauer durchfuhr sie. Er war nicht mehr am Leben, und damit musste sie sich auch von ihrem albernen Traum verabschieden, ihn eines Tages wiederzusehen. Solch ein freundlicher und gutherziger Mann! Dann dachte sie an Jim und durchlebte noch einmal ihren Abschied auf der *Carpathia* – seine blauen Augen, seine Sanftmut, seine Präsenz und Ernsthaftigkeit. Mittlerweile konnte sie ihn nicht mehr als simplen Dorfjungen abtun, auch wenn es letztlich keine Rolle spielte, weil sie ihn wohl nie mehr wiedersehen würde. Ein Gedanke, der sie noch trauriger machte. Als der schnittige schwarze Packard vor dem Waldorf-Astoria hielt, war Tess in einen tief verhangenen Schlaf gesunken.

Als Tess später am Abend das private Speisezimmer im ersten Stock des Hotels betrat, fühlte sie sich wie in einem mit rotem Samt ausgeschlagenen Schmuckkasten. Eine derartige Eleganz hatte sie noch nie zuvor gesehen. Ihre Füße, für diesen Abend in geliehene Schuhe gekleidet, versanken in einem tiefen Teppich. Kellner schwirrten durch den Raum. Zaghaft zog sie einen Stuhl zum Tisch und betrachtete dabei mit erfahrenem Blick die weiße Leinentischdecke. Sie wusste, wie schwer Leinen und Spitze zu bügeln waren, und hier hatte jemand wirklich sorgfältige Arbeit geleistet.

»Wird es Ihren Ansprüchen gerecht, Tess?«, fragte Lucile offenbar amüsiert. »Wir sind wieder an Land und haben keine wogenden Planken mehr unter den Füßen. Heute Abend wollen wir uns amüsieren. Die Tortur ist überstanden. Habe ich nicht recht, meine Gute?«

Tess blieb eine Antwort erspart, weil im selben Augenblick Freunde der Duff Gordons durch die Tür kamen und man sich mit überschwänglichen Ausrufen, Küssen und Umarmungen begrüßte. Tess nestelte an dem zarten Chiffonkleid, das ihr Lady Duff Gordon überlassen hatte. Sie fühlte sich darin seltsam nackt. Was tat sie hier unter diesen glitzernden Lüstern, wo Kellner Champagner in langstielige Kristallkelche gossen? In Cherbourg wäre sie diejenige gewesen, die an einem solchen Tisch bedient hätte.

»Irgendwie müssen wir doch deine Rückkehr in die Welt der Lebenden würdigen«, sagte eine Dame mit tiefer, bebender Stimme und drückte ihrer Freundin einen feuchten Lippenstiftkuss auf die Wange. »Wir sind so froh, liebste Lucile, dass du gerettet wurdest. Sieh nur …« Sie griff hinter sich und zog einen würdig aussehenden Herrn mit pechschwarzem Schnauzbart heran. »Wir haben Jim Matthews mitgebracht. Er soll mit uns feiern.«

Lucile hatte schon so viel von ihrem Champagner getrunken, dass ein Kellner herbeieilte, um ihr Glas nachzufüllen. Mit leicht gerötetem Gesicht streckte sie dem Herrn die Hand entgegen. Er war einer der wenigen Modejournalisten, die Lucile schätzte, da er ihre Entwürfe stets unterwürfig in den höchsten Tönen lobte. »Mein lieber Freund, ich bin entzückt, dass Sie hier sind, obwohl Sie meinen Rat noch immer nicht beachtet und dem Zeitungsgewerbe den Rücken gekehrt haben.«

»Aber wie sollten die New Yorker denn sonst die beste Berichterstattung über Ihre neuen Kreationen erhalten?«, fragte der Mann lächelnd, während er sich vorbeugte und ihre Hand nahm.

Die anderen lachten, obwohl Tess nicht entging, dass Sir Cosmo ihn misstrauisch musterte. Als ihr Arbeitgeber sah, dass sie ihn beobachtete, beschäftigte er sich angelegentlich mit dem Anzünden seiner Pfeife. Dann sah er missbilligend zur Tür, und Tess folgte seinem Blick.

Pinky Wade stand auf der Schwelle und beobachtete interessiert die Vorgänge im Raum. Sie schien sich in diesem Umfeld

keineswegs fremd zu fühlen. Zu abgetragenen Stiefeln trug
sie ein fades, viel zu kurzes Kleid mit Flecken auf dem Oberteil, und über ihrer Schulter hing eine riesige ausgebeulte Tasche.

»Willkommen, meine Gute. Sie bleiben doch zum Essen, oder?« Lady Duff Gordon musterte sie kritisch. »Wie sich das Mädchen anzieht, ist eine einzige Katastrophe«, flüsterte sie einer neben ihr sitzenden Freundin zu. »Warum tut sich eine Frau so etwas an?«

Pinky schien davon nichts zu merken. »Nur zu gern. Ich bin eingeladen, oder?« Sie lächelte den Anwesenden strahlend zu, dann ließ sie sich auf einen leeren Stuhl fallen. Als sie Tess am Tisch entdeckte, winkte sie ihr zu.

»Kennen Sie sich?« Cosmo sah Tess scharf an.

»Wir haben auf der *Carpathia* miteinander gesprochen.«

»Ließ sich das nicht vermeiden?« Seine Stimme klang kühl.

»Wir haben uns nur kurz unterhalten«, entgegnete Tess rasch.

»Soweit ich weiß, hat Lucile Ihnen eingeschärft, Reportern aus dem Weg zu gehen.«

»Wie verlockend, was Sie hier an Speisen haben,« schaltete sich Pinky ein. Sie winkte den Kellner herbei, der die Vorspeisenplatte trug, schnappte sich eine Silbergabel und begann sich aufzulegen. Es verlief ganz vortrefflich. Van Anda war begeistert gewesen von ihrem auf der *Carpathia* zusammengetragenen Material. Das bescherte ihr jetzt solch einen Vertrauensvorschuss, dass er ihr bei der Berichterstattung über die *Titanic* freie Hand ließ und sie jeder Spur folgen konnte, die ihr interessant erschien. Und genau das tat sie an diesem Abend. Beim Anblick von Tess fühlte sie sich in ihrem Entschluss bestätigt, lieber den Vorgängen in Rettungsboot Eins nachzugehen anstatt ihrer ursprünglichen Geschichte. Ganz sicher gab es hier noch einiges zu holen. Was für ein Glück, dass Lucile Duff Gordon sie eingeladen hatte. Sie schob eine dicke Scheibe Pastete auf ein Stück Weißbrot und verzehrte es genussvoll. Um nicht den Eindruck zu erwecken, dass sie sich allein auf Lady Duff

 Gordon konzentrierte, sah sie sich dabei im Raum um. Die Pastete war gut – ein feiner, ausgewogener Geschmack. Als Nächstes würde sie einen der gefüllten Pilze probieren.

Warum, fragte sich Pinky, machte man dieser halbseidenen Frau mit dem hochtrabenden Nachnamen nur so beharrlich den Hof? Wie konnte die zierliche Person mit dem fast schon trotzig aufleuchtenden roten Haar nur eine derart prominente Stellung in den Kreisen der High Society in New York einnehmen? Diese Glitzerwelt war äußerst befremdlich.

»Ich hoffe, die Vorspeise mundet Ihnen, meine Gute. Aber lassen Sie noch etwas Platz für das köstliche Filet Mignon, das der Chefkoch in diesem Augenblick für uns zubereitet«, zwitscherte ihr Lucile von der anderen Tischseite her zu. Ihr Lachen plätscherte durch den Raum – heller und mädchenhafter, als Pinky erwartet hätte.

»Sicher«, erklärte Pinky fröhlich, während sie sich ein Kräuterbällchen auf die Gabel schob. »Wollen Sie uns nicht ein bisschen genauer erzählen, was Sie erlebt haben, Lady Duff Gordon?«

»Ja, wie war es, Lucy?«, hakte eine Frau mit einer Boa über der Schulter nach. »Wir wollen alles wissen, Lucy, vom Anfang bis zum Ende. Wie wurdest du gerettet?«

Lucile räusperte sich und warf Cosmo einen triumphierenden Blick zu. »Tja, meine Freunde, als ich an Deck stand und die Schreie der armen Unglücklichen unten im Meer hörte, muss ich sagen, packte mich angesichts der dunklen Fluten die Angst«, sagte sie, während sie ihre von Natur aus schon rauchige Stimme um eine weitere Oktave senkte. »Es war das aufregendste Abenteuer meines Lebens, und es kostete mich meine ganze Entschlossenheit, um dem Schicksal ein Schnippchen zu schlagen.«

»Und wie ist Ihnen das gelungen?«, fragte Pinky ungerührt.

»Indem ich im Gegensatz zu anderen einen kühlen Kopf bewahrt habe«, entgegnete Lucile kalt.

Während der nächsten Minuten folgten die Gäste wie gebannt ihrer Schilderung. Lucile klagte über die Fehler der Schiffsbesatzung, die nicht genügend auf eine solche Katastrophe vorbereitet war, über die mangelnde Stabilität des Rettungsboots aus Segeltuch, über die Kälte und ihre schier unerträgliche Angst. Obwohl das eisige Wasser ins Boot sickerte und ihr irgendwann bis zu den Knöcheln reichte, habe sie die anderen so weit beruhigen können, dass sie nicht in Panik gerieten. In gebrochenem, fast atemlosem Flüstern beschrieb sie dann den entsetzlichen Augenblick, als die *Titanic* auf den Grund des Meeres sank. »Männer und Frauen trieben im eisigen Wasser und klammerten sich an Wrackteile. Es dauerte mindestens eine Stunde, bis der entsetzliche Chor der Ertrinkenden verstummt war«, sagte sie.

Cosmo räusperte sich und legte mahnend seine Hand auf die seiner Frau. Sie schob sie fort.

»Ich werde nie die letzten Worte vergessen, die zu mir drangen. Es war ein Mann, der schrie: ›O mein Gott! Mein Gott!‹ . . .« Lucile hielt inne. Ihre Hände hatten zu zittern begonnen, und sie verbarg sie rasch.

Inzwischen hatten alle Anwesenden Tränen in den Augen. Selbst die Kellner waren stehengeblieben und hörten mit aufgerissenen Augen zu, obwohl sie Teller auf ihren ausgestreckten Armen balancierten. Von ihrer eigenen Schilderung überwältigt, hob Lucile ihr Gesicht in das schimmernde Licht der Kristalllüster. Sie machte nicht einmal Anstalten, sich die tränennassen Wangen zu trocknen.

Tess blickte auf ihre unter dem Tischtuch geballten Hände. Sie meinte das Salz zu schmecken, die Qual und die entsetzliche Angst zu spüren und an die groben, durchnässten Wände ihres Boots greifen zu können, so lebhaft stand ihr wieder alles vor Augen. Dann betrachtete sie die Gesichter der gutgekleideten Männer und Frauen, die Luciles dramatische Pausen mit ihrem »Oh!« und »Ah!« füllten.

»Lucy, welch ein Glück, dass du mit deiner Klugheit und Weitsicht entkommen konntest«, meinte eine der Damen leise. »Wie tapfer von dir!«

»Welch ein Hohn war es doch, als man uns erklärte, das Schiff sei unsinkbar.« In diesem Moment schien Lucile in Gedanken weit fort zu sein, und die Gäste verstummten. Als sie sich ihnen dann wieder in ihrem gewohnten energischen Ton zuwandte, waren sie alle spürbar erleichtert. »Ich habe Menschen gesehen, die sich sträubten, in die Rettungsboote zu steigen. Solche Narren, auch wenn ich das nicht gern sage. Aber sie hätten besser ihren Verstand benutzt. Wer die Ruhe bewahrte, hatte die besten Aussichten zu überleben.«

»Wie viele Personen waren in Ihrem Boot, Lady Duff Gordon?«, fragte Pinky unvermittelt.

»Wir waren in dem Boot, das eigentlich für den Kapitän gedacht war. Sicherlich hätten wir noch einige Menschen mehr aufnehmen können, wenn die Mannschaft nicht so planlos vorgegangen wäre«, erwiderte Lucile.

»Aber wer gab den Befehl, es so früh zu Wasser zu lassen?«

»Wieso früh? Das Schiff sank, um Himmels willen!«

»Unser Boot war nicht das einzige, das nur halb voll war, Miss Wade«, schaltete sich Cosmo mit scharfer Stimme ein. »Wie wir hörten, soll es überall auf dem Dampfer zu Schwierigkeiten beim Beladen der Boote gekommen sein.«

»Nur dass außer Ihnen kaum noch jemand in Ihrem Boot saß«, meinte Pinky keineswegs vorwurfsvoll. Ihre Augen leuchteten auf, als die Kellner begannen, auf rosa Tellern mit Silberrand dicke Scheiben Filet Mignon aufzutragen. »Hervorragend!« Sie nickte Lucile zu. »Vielen Dank für Ihre Einladung.« Das Fleisch war rosig und zart. Zufrieden machte sie sich über die Mahlzeit her, während die anderen bedrückt auf ihren Stühlen herumrutschten und mit ihren Gabeln spielten.

»Wollen Sie mich nach allem, was ich mitgemacht habe, etwa kritisieren?«, fragte Lucile.

Pinky fuhr sich ungeduldig mit der weißen Leinenserviette über den Mund. »Das ist keine Kritik. Ich stelle nur fest«, entgegnete sie. »Wenn ich es richtig verstanden habe, führten Sie in dem Rettungsboot sogar das Kommando.«

»Jetzt reicht es! Kein Wort mehr über diese schrecklichen Ereignisse«, fuhr Cosmo dazwischen. »Meine Frau ist noch immer sehr mitgenommen, und mir geht es nicht anders. Wir hatten gehofft, Sie würden mit uns an diesem Abend unsere Rettung feiern, anstatt uns zu attackieren.«

Man hätte eine Stecknadel fallen hören können, so still war es im Raum. Pinky legte ihre Gabel auf dem Tellerrand ab und hob den Kopf. Sie heftete ihren Blick fest auf Lucile. Dann wandte sie sich Cosmo zu. »Es ist nicht damit getan, seine Rettung zu feiern. Unten in der Hotelhalle, draußen am Hafen und in den Unterkünften auf der East Side gibt es Menschen, die ihren Mann, ihre Frau, ihre Geschwister oder Kinder verloren haben und denen wahrhaftig nicht nach feiern zumute ist. Leute wie Sie überleben immer. Und deshalb haben Sie Verpflichtungen.«

Die Stille lastete schwer über allen Anwesenden.

»Das hier ist nicht die übliche Geschichte von Arm gegen Reich, die Sie so gern erzählen«, schaltete sich Jim Matthews ein, der Pinky dabei wütend anfunkelte. »Im Gegenteil. Meiner Meinung nach haben Sie wie eine Heldin gehandelt, Lucy. Mr. Hearst wird Ihren Bericht zweifellos für den *Sunday American* haben wollen. Dürfen wir ihn verwenden? Mit ihrem Namen?«

»Ich glaube nicht ...«, setzte Cosmo an. Lucile aber brachte ihn mit einem energischen Kopfschütteln zum Schweigen. Sie wollte sich nicht von diesem ungehobelten Mädchen einschüchtern lassen.

»Natürlich dürfen Sie das«, antwortete sie.

Pinky schob ihren Stuhl zurück und stand auf. Irgendwie hatte sie es fertiggebracht, ihren Teller vollständig zu leeren. »Das ist ausgesprochen mutig«, erklärte sie. »Hoffentlich werden Sie dann auch konkreter darauf eingehen, was in Ihrem Rettungsboot geschehen ist. Ich habe da nämlich so einiges gehört. Jetzt aber wünsche ich Ihnen eine gute Nacht.«

Sie sah Tess an und beantwortete mit ihrem Blick deren unausgesprochene Frage. Sie hatte mit weiteren Passagieren aus dem Rettungsboot Eins gesprochen.

Pinky warf sich ihre Tasche über die Schulter und verschwand durch die Tür. Tess schaute ihr nach, doch von den anderen schien es niemand zu beachten. Lady Duff Gordon war bereits in ein angeregtes Gespräch mit einer ihrer Freundinnen verwickelt, und ein feines Gespinst des Lachens – eindeutig auf Pinkys Kosten – legte sich um den Tisch. Es war, als würden die teuren Kleider und eine dicke Schicht Schminke sie vor der Wut der anderen abschirmen wie eine Glasscheibe. Lippenstiftbeschmierte Zigaretten in Kristallaschenbechern verströmten einen sauren Geruch. Tess schlüpfte von ihrem Platz und eilte Pinky nach.

»Warten Sie«, rief sie.

Pinky blieb vor den offenen Fahrstuhltüren stehen. »Was machen Sie hier? Wollen Sie, dass man Ihnen den Kopf abreißt? Sie sollten mir nicht nachlaufen, sonst wirft man Sie noch raus.«

»Sie haben recht, wenn Sie sagen, dass es nicht damit getan ist, überlebt zu haben. Ich wollte, dass Sie das wissen.«

»Seien Sie vorsichtig. Derartige Bemerkungen sind gefährlich. Ihre Arbeitgeber sind selbstgerechte Menschen in bevorzugter Stellung und werden nie etwas hinzulernen. Warum also wollen Sie Ihre Stellung aufs Spiel setzen? Gehen Sie zurück, und essen Sie das feine Dessert, das sie Ihnen servieren lässt.«

»Ich habe keinen Hunger.« Man hätte Tess an diesem Abend ebenso gut Sägespäne vorsetzen können.

»Was hat Ihnen so den Appetit verdorben?«

»Es ist zu früh. Und zu viel.« Sie musste es aussprechen – auch wenn sie Lucile damit in den Rücken fiel.

»Diese Menschen werden sich nie ändern. Hatten Sie etwas anderes erwartet?«

Tess holte tief Luft. »Ja«, sagte sie schlicht.

Pinky musterte Tess neugierig. Für ein Mädchen, das als Bedienstete nach Amerika gekommen und erst seit wenigen Stunden in diesem Land war, setzte sie einiges aufs Spiel. Doch gleich darauf verwandelte sich ihr Zorn in Ärger über sich selbst. Wie dumm sie war! Diese aufgeblasene Modeschöpferin konnte eine Katastrophe nur durch das Brennglas ihrer eigenen Erfahrung betrachten. Aber Pinky hätte weit mehr über die Ereignisse in Rettungsboot Eins erfahren können, wenn sie sie nicht bei der erstbesten Gelegenheit in die Offensive gegangen wäre. Sie hätte zuhören und Fragen stellen sollen, anstatt den Mund aufzureißen und dumme Reden zu schwingen.

»Ich bin nicht wütend auf Sie. Das Ganze habe ich mir selbst zuzuschreiben. Ich hätte besser den Mund gehalten und zugehört.«

»Aber Sie haben doch nur gesagt, was Sie dachten.«

»Na gut, und jetzt? Werden Sie mit mir sprechen?« fragte Pinky unverblümt.

»Was kann ich Ihnen schon erzählen? Alle haben ihr Bestes gegeben.« Sie hatte diesen Satz schon einmal gesagt.

»Ach ja, ich verstehe. Wieder ganz im Dienste der fabelhaften Lady Duff Gordon. Gut. Dann bis demnächst.«

Pinky trat in den Fahrstuhl, und die Türen schlossen sich hinter ihr.

Tess wandte sich ab, um in den Speiseraum zurückzukehren. Ihr Gesicht glühte. Pinky Wade hatte sie stehenlassen, einfach so, als wäre sie nichts wert. Doch dann hielt sie inne. Am Ende des Flurs stand Madame, die Arme vor der Brust verschränkt.

»Wenn Ihnen unsere Mahlzeit nicht schmeckt, kann ich andere Arrangements treffen«, erklärte sie in eisigem Ton. »Wollen Sie das?«

»Ich hatte keinen Hunger«, stammelte Tess.

 »Diese Frau hat mich beleidigt. Offen beleidigt. Aber Sie scheinen das ja zu bewundern. Sind Sie ihr deshalb nachgegangen?«

»Nein, so ist es nicht …« Tess lag noch mehr auf der Zunge, doch die Worte wollten nicht herauskommen. Lucile starrte sie mit einem undurchdringlichen Blick an. Da flackerte etwas schwer zu Deutendes in ihren Augen auf – und verschwand ebenso rasch wieder.

»Sie können – nein, lassen Sie es mich anders ausdrücken – ich verlange von Ihnen, dass Sie sich zurückziehen!« Lucile drehte sich auf dem Absatz um, fügte dann aber noch rasch etwas hinzu. »Schlafen Sie sich aus, wo Sie jetzt endlich wieder ein anständiges Bett haben.« Ohne Tess' Antwort abzuwarten, rauschte sie zurück in den Speiseraum.

Pinky betrachtete sich in dem goldgerahmten Spiegel des Fahrstuhls, der sie ins Erdgeschoss brachte. Abend für Abend standen Frauen davor, fuhren sich über die Augenbrauen, zupften ihre Frisur zurecht, kniffen sich in die Wangen, damit sie rosig schimmerten, betasteten ihren Schmuck. Aber die Person, die Pinky sah, wirkte ungepflegt. Verbissen, zynisch und ungepflegt.

Sie hätte Tess nicht so stehenlassen dürfen, hätte noch etwas sagen müssen. Warum hielt sie es bloß für ihre Aufgabe, sich gegen die Ungerechtigkeit der Welt aufzulehnen? Ihr Vater schalt sie deswegen immer wieder. Sobald du deine Distanz verlierst, siehst du die Dinge nicht mehr als Journalistin, ermahnte er sie stets.

Als sich die Fahrstuhltüren öffneten, trat sie in die Lobby des Waldorf-Astoria. Hier wurden bereits Vorbereitungen für die Untersuchung der *Titanic*-Katastrophe durch den Senatsausschuss getroffen. Ein kluger Schachzug, rasch vorzugehen und zumindest in den ersten Tagen Zeugen gleich hier in New York zu befragen, ehe die Überlebenden allzu ungeduldig auf ihre Heimreise drängten. Nach und nach trafen immer mehr Menschen in der Halle ein, die offenbar fürchteten, am nächsten Morgen keinen Sitzplatz mehr zu ergattern. Selbst sie war verblüfft über diesen Anblick. Erschöpft wirkende Frauen in abgetragenen Kleidern hockten steif auf den Kanten reich geschnitzter, brokatbezogener Stühle. Einige weinten und rieben sich die Augen. Männer mit Kappen aus Tweed und gehetztem Blick gingen rastlos hin und her, unterhielten sich, fühlten sich offenbar fremd in dieser Umgebung. Pinky warf einen Blick auf ihren Notizblock, um sich noch einmal die Zahlen vor Augen zu führen: Von etwa 2223 Menschen hatten insgesamt 706 überlebt. Sechzig Prozent der Passagiere aus der ersten Klasse, meist Frauen. Das war nichts Erstaunliches. Bei den Menschen aus dem Zwischendeck waren es nur fünfundzwanzig Prozent.

Junge, mit Kartons beladene Männer eilten durch die Lobby und verschwanden in einem weitläufigen, von Kristalllüstern erhellten Ballsaal. Das musste der East Room sein, in dem am nächsten Tag die Anhörungen stattfinden sollten. Alles schien sich in der Mitte des Saals auf einen schlanken Mann in einem dunklen Mantel zu konzentrieren. Sein Schnurrbart war so mächtig, dass er fast das ganze Gesicht einnahm.

Pinky nutzte die Gelegenheit, sich offiziell bei William Alden Smith vorzustellen. Sie brauchte ihm nicht mehr aus dem Weg zu gehen, wahrscheinlich wusste er inzwischen, dass sie sich auf die *Carpathia* geschlichen hatte – vorausgesetzt, er hatte ihre Interviews mit Überlebenden in der heutigen Spätausgabe gelesen. Sie schlug ihren Notizblock auf und drängte sich zu ihm vor. Dabei notierte sie sich alles, was sie aufschnappen konnte. »Guten Abend, Senator Smith«, sagte sie dann mit einem breiten Lächeln. »Ich bin Pinky Wade von der *New York Times*. Was …«

»Ach ja, Miss Wade. Irre ich mich, oder haben Sie mich bereits auf meinem Ausflug begleitet?« Er hatte offenbar ein scharfes Auge und war klüger, als sie erwartet hatte.

»Ja, Sir.«

»Die mit der Kappe? Die gepfiffen hat?«

Pinky merkte, dass sie errötete. Sie nickte.

»Hab ich's mir doch gedacht. Eine hübsche Melodie, dieses ›Good Night, Ladies‹. Aber nicht unbedingt ein Seemannslied.«

»Nächstes Mal wähle ich etwas Passenderes«, erwiderte sie. »Darf ich Ihnen eine Frage stellen?«

Er lächelte zustimmend. Für einen kurzen Moment hatte er sie aus dem Gleichgewicht gebracht, und das gab ihm ein gutes Gefühl.

»Wer wird morgen als Erster befragt werden?«

»Bruce Ismay.« Kein Grund, daraus ein Geheimnis zu machen. Sie hatte einen guten Ruf als Reporterin, und er wollte sie für sich gewinnen.

»Stimmt es, dass er einen Geschwindigkeitsrekord aufstellen wollte?«

Smith stutzte. »Woher wissen Sie das?«

»Ich habe meine Quellen, Herr Senator. In der Nachtausgabe der *Times* erfahren Sie mehr.«

»Kein Kommentar«, entgegnete er steif.

»Gut, aber allem Anschein nach konzentrieren Sie sich bei Ihren Untersuchungen auf schuldhaftes Verhalten der White Star Line, nicht wahr?«

»*Mutmaßlich* schuldhaftes Verhalten. Wir werden alles in Betracht ziehen, Miss Wade. Auch die Tatsache, dass es nicht genügend Rettungsboote gab.«

»Ja, wie unser Chefredakteur als Erster herausgefunden hat. Fragen Sie diesen Ismay unbedingt, wie viele Personen in seinem Boot saßen. Es blieben nämlich zahllose Plätze unbesetzt. Besonders in Rettungsboot Eins.«

»Ich weiß«, erwiderte er verärgert. Die Frau wurde ihm ein bisschen zu aufdringlich.

Pinky grinste. »Vielen Dank, Herr Senator. Dann bis morgen früh.«

Zufrieden wandte sie sich ab. Jetzt hatte sie wenigstens einen neuen Aufmacher für die erste Morgenausgabe. Sie war schon auf dem Weg zum Ausgang, als sie plötzlich stehenblieb. In einer Ecke der Lobby, halb versteckt hinter einer riesigen Topfpalme, saß einer der Seemänner, mit denen sie auf der *Carpathia* gesprochen hatte. Er wirkte bedrückt und schien sich absichtlich im Hintergrund zu halten.

Pinky schob sich durch die Menge zu ihm. »Hallo. So trifft man sich wieder!«, rief sie, während sie die Blätter der Pflanze beiseiteschob. »Ich bin's, Pinky Wade. Stimmt etwas nicht?«

Verdutzt sah er zu ihr auf. »Was machen Sie denn hier?«

»Nur meine Arbeit. Auf dem Schiff konnten wir nicht richtig miteinander reden. Gibt es noch Dinge, die Sie mir erzählen möchten?«

»Nein.« Er ließ sich zurücksinken.

»Werden Sie vor dem Ausschuss aussagen müssen?«, fragte sie.

»Hoffentlich nicht.«

»Mich interessiert brennend, was in dem Rettungsboot geschah.«

Er wurde nachdenklicher. Überlegte vermutlich, inwieweit sie ihm nützlich sein könnte. »Vielleicht kann ich Ihnen da helfen«, sagte er dann.

»Jetzt gleich?«

»Jetzt gleich.«

Pinky zog sich einen Stuhl heran.

Mitternacht war längst vorüber, als sich Tess noch immer schlaflos von einer Seite auf die andere wälzte. Zum ersten Mal in ihrem Leben hatte sie ein richtiges Bett mit einer himmlisch dicken, weichen Matratze und einer frischen damastbezogenen Decke, und trotzdem fand sie keine Ruhe. Im Nebenzimmer stritten die Duff Gordons miteinander, und ihre an- und abschwellenden Stimmen wurden immer heftiger. Doch nur wenn sie richtig laut waren, konnte Tess sie verstehen. »Ich sage, was ich sagen möchte! Davon kann mich niemand abhalten, nicht einmal du!«, schmetterte Madame Sir Cosmo entgegen. Tess legte sich den Arm über die Stirn. Sie kannte sich aus mit Streit unter Eheleuten – sie hatte es zur Genüge spät nachts bei ihren Eltern erlebt.

Leise stand sie auf und schlich durch den Raum, darauf bedacht, kein Geräusch zu machen. Vor einer eleganten Mahagonikommode blieb sie stehen, goss sich aus einer feinen Porzellankaraffe ein Glas Wasser ein und betrachtete sich im Spiegel. Mittlerweile war sie ihren Träumen und Wünschen ein ganzes Stück näher gekommen. Sie war in den Umkreis jener Frau vorgedrungen, die sie am meisten bewunderte. Noch vor wenigen Tagen wäre sie am liebsten selbst die großartige Lucile gewesen.

Jetzt aber nahmen die Dinge plötzlich eine andere Wendung. Jener Moment voller Wärme – als Lucile ihren Schmerz verstand und von ihren eigenen schrecklichen Erfahrungen sprach – war wie ein Geschenk. Dass Lucile den Wunsch kannte, ausbrechen, sich befreien und nach oben kommen zu wollen, hatte Tess überwältigt. Doch dann diese plötzlich aufwallende, um es deutlich zu sagen, *Grausamkeit*. Was hatte das zu bedeuten? Die großartige Lucile verlor plötzlich an Größe. Dann wieder schien sie voller Sehnsucht, fast so, als ob sie ihre Hand nach Tess ausstrecken würde. Wie konnte Tess in solch einem Moment nicht für sie da sein?

Trotzdem kam es ihr nach wie vor so vor, als ob jemand im Hintergrund ein Spiel trieb, ein Spiel, das Tess nicht verstand.

Pinky hatte recht: Einfach nur zu überleben war nicht genug. Vielleicht hatte auch Jim recht, wenn er ihr vorwarf, hier, in der Neuen Welt, zu sehr an Lucile festzuhalten.

Tess senkte den Kopf. Sie hatte diese widerstreitenden Gefühle satt. Steh für dich ein, fordere dein Recht, verfolge deine Pläne. Das hatte ihr geholfen, als sie ihre Familie verlassen hatte und als sie aus Cherbourg geflohen war, und damit hatte sie sich ihren Platz auf der *Titanic* erkämpft. Sei achtsam, sei treu, stelle keine Forderungen. Warum gehörte sie zu den Überlebenden? Warum sie und nicht all die Armen, die im Wasser bettelten und flehten? Warum nicht Jack Bremerton? Tess hatte eine Schuld zu begleichen, aber sie wusste nicht, wie oder bei wem.

Sie strich über das geschnitzte kleine Rettungsboot, das sie vor den Spiegel gestellt hatte, und zeichnete sanft mit den Fingern die Erhebungen und Vertiefungen nach. Ihre Gedanken waren mehr bei Jim als bei diesem kleinen Kunstwerk. Plötzlich steckte sie den Finger in den Cremetopf und malte die Umrisse ihres Gesichts auf den Spiegel. Seltsam, es behielt immer dieselbe Größe, egal wie weit sie zurücktrat. Müsste sie nicht kleiner werden? Und ebenso unverändert war es, wenn sie wieder näher trat. Es wurde weder größer noch kleiner.

Durstig leerte sie das Glas Wasser, dann legte sie sich wieder ins Bett. Was immer sie auch zukünftig erleben mochte, nichts würde so atemberaubend sein wie ein Spaziergang auf dem Promenadendeck der *Titanic*. Das war für immer Vergangenheit, wenn es überhaupt jemals Wirklichkeit gewesen war. Mit diesem Gedanken fiel sie in einen unruhigen Schlaf.

5

Waldorf-Astoria
New York
Freitag, 19. April, morgens

Am nächsten Morgen klopfte Tess leise an die Tür der Duff Gordons, unsicher, was sie erwartete. Lucile wirkte bleich und apathisch. Von ihrem Mann war nichts zu sehen. Schweigend deutete sie auf ein Exemplar des *American* auf ihrem Bett. Tess las die Schlagzeile: »Meine grauenvollen Erlebnisse beim Untergang der Titanic.« Darunter befand sich ein persönlicher Bericht von Luciles beinahe tödlichem Abenteuer, reißerisch aufgemacht und so melodramatisch, dass Tess der Atem stockte.

»Habe ich das gestern Abend wirklich alles gesagt?«, fragte Lucile mit gepresster Stimme.

»Einiges. Aber es wurde ausgeschmückt und aufgebauscht; das ist nicht fair.«

»Ich fühle mich schrecklich. Cosmo ist außer sich.«

Lucile wirkte zerbrechlich, ihr Gesicht so eingefallen und müde, dass Tess spontan ihre Hand nahm. »Damit wollen sie nur ihre Verkaufszahlen steigern«, sagte sie. »In England macht man das genauso.«

»Aber nicht mit mir.« Lucile sank auf das mit Seide bezogene Sofa neben dem Fenster. »Cosmo sagt, dass ich mich in den Mittelpunkt der Katastrophe gestellt habe und wir dafür teuer bezahlen müssen. Dass uns jetzt alle nachstellen und die abseitigsten Geschichten erfunden werden. Warum verhöhnt man mich so?« Sie nahm die Zeitung und schleuderte sie auf den Boden. »Haben Sie das gelesen?« Mit stockender Stimme zitierte sie: »›Ich sagte zu meinem Mann, dass wir vielleicht ebenfalls ins Boot steigen sollten, auch wenn dieser Ausflug nur eine kleine Zerstreuung bis zum Morgen sein werde.‹ Das habe ich doch bestimmt nicht gesagt, nicht wahr?«

»Nein, Sie haben keinerlei flapsige Bemerkungen gemacht.« Es hatte keinen Sinn, Lucile daran zu erinnern, was sie am Abend zuvor wirklich erzählt hatte. »Sie haben nur Ihre Erlebnisse geschildert.«

»Danke für Ihr Verständnis, meine Gute.« Lucile schien beruhigt. »Zum Glück steht in der *New York Times* nichts über mich«, fuhr sie fort. »Diese kleine Wade berichtet von den Fehlern des Schiffskapitäns und der Konfusion bei der White Star Line und hat nur ein paar Geschichtchen von Leuten eingestreut, die mit knapper Not davongekommen sind – die ganze erste Seite. Über mein Dinner schreibt sie nichts. Wahrscheinlich ist ihr bewusst geworden, dass sie uns für das gute Essen, das sie runtergeschlungen hat, etwas schuldig ist.« Lucile blickte aus den Augenwinkeln zu Tess hinüber und verriet damit, dass sie die Auseinandersetzung am Abend zuvor nicht vergessen hatte.

»Eine verlotterte Meute, diese Reporter«, fuhr sie fort. »Aber jetzt helfen Sie mir, mich fertig zu machen, meine Gute. Ich muss ins Geschäft. Gott sei Dank habe ich die meisten Kleider für die Schau schon im Voraus hergeschickt. Wie schrecklich, wenn sie alle mit untergegangen wären. Die ...«

»Was ist mit der Untersuchung?«, fragte Tess überrascht.

Lucile sah sie scharf an. »Nach dieser Geschichte? Wenn ich da hinuntergehe, werden mich die Reporter belagern, Tess. Wissen Sie, was der Page sagte, der heute Morgen die Zeitungen gebracht hat? Dass die Leute da unten vom ›Millionärsboot‹ sprechen. Und da soll ich hingehen und mich dem Gespött aussetzen?« Inzwischen weniger bleich als zuvor und entschlossen, winkte sie herablassend mit der Hand. »Gehen Sie, und schauen Sie nach, was sich dort tut. Sie haben doch gestern Abend Ihr Kleid in die Hotelreinigung gegeben, oder? Ich fahre in mein Atelier.«

Tess hatte schon die Hand an der Türklinke, wandte sich aber noch einmal zu Lucile um. Sie musste einfach ihre Frage loswerden. »Ist in Ihrem Rettungsboot etwas Schlimmes vorgefallen?«, fragte sie leise.

»Wollen Sie mir auch noch Vorwürfe machen?« Luciles Stimme klang plötzlich wütend.

»Nein, natürlich nicht. Aber ...«

»Um Himmels willen, es ist nichts passiert. Absolut gar nichts. Und das ganze Gerede, in unserem Boot sei noch so viel Platz gewesen, ist lächerlich. Im Gegenteil, es war eng. Abgesehen von dem Täuschungsmanöver der Darlings gab es da gar nichts. Sind Sie jetzt beruhigt?«

»Ja.« Aber das stimmte nicht. Luciles Lächeln wirkte viel zu gezwungen.

Um neun Uhr ging Tess zum bereits dicht gefüllten East Room des Hotels. Als sie sich hineindrängte, verschlug es ihr den Atem. Der Raum kochte fast unter der Hitze, die die fünf riesigen Kristallleuchter abgaben, und all die Menschen, die hergeströmt waren, es mussten Hunderte sein, machten die Luft noch stickiger. Viele – meist Leute in abgetragener Kleidung – lehnten an den Wänden. Tess spürte, wie sich unter ihren Achseln Schweiß bildete, und wünschte, sie hätte etwas Leichteres zum Anziehen. Am Abend zuvor hatte Cosmo einen Umschlag mit ihrem Lohn für die erste Woche unter ihrer Tür hindurchgeschoben, aber sie konnte sich nicht vorstellen, das Geld für so etwas Luxuriöses wie Kleidung auszugeben. Schließlich war es alles, was sie hatte.

Inzwischen hatte sich eine große Frau von beträchtlichem Körperumfang auf einem der letzten Sitzplätze hinter Tess niedergelassen und beugte sich vor, um ein wenig zu plaudern. Es war Margaret Brown, die tapfere Dame, die in ihrem Rettungsboot zu den Rudern gegriffen hatte.

»Hallo, da sind Sie ja wieder, meine Ruderpartnerin. Ich kann es gar nicht glauben.« Ihr Gesicht war rund und mütterlich. »Ihre Lady hat heute Morgen zweifellos Schlagzeilen gemacht, nicht wahr?«

»Ungerechterweise«, erwiderte Tess eilig.

»Hat sie das Interview etwa gar nicht gegeben?«

»Doch.«

»Schade. Obwohl es nicht ganz fair ist, ihr Floß als ›Millionärsboot‹ zu bezeichnen, würde ich sagen. Es gab eine Menge Millionäre in all den Booten. Aber so ins Visier genommen zu werden ist nicht gut. Die Duff Gordons haben womöglich schwere Zeiten vor sich.«

»Madame hat nur erzählen wollen, wie es ihr ergangen ist.«

Mrs. Brown sah Tess freundlich an. »Sie sind sehr loyal, wie ich sehe. Wenn sie Glück hat, bleibt Lady Duff Gordon eine offizielle Befragung erspart. Dieser Senator Smith ist ausgesprochen anständig und möchte davon absehen, uns Frauen als Zeugen vorzuladen. Er sagt, wir seien zu empfindlich für ein derartiges öffentliches Schauspiel. Ist das nicht lächerlich? Wissen Sie, was ich glaube? Die Männer wollen nicht, dass wir etwas Kritisches über sie sagen.«

»Glauben Sie ...«, begann Tess. Doch plötzlich fesselte eine Frau ihre Aufmerksamkeit. Sie trug einen abgetragenen Mantel und rief von hinten in den Raum: »Warum hassen Sie mich alle? Was habe ich denn getan, außer mein Leben zu retten?«

Ein Stöhnen ging durch den Raum und verbreitete sich wie ein leises Rinnsal.

»Da haben wir's«, murmelte Mrs. Brown. »Wahrscheinlich hat ihr ein Mann in der ersten Klasse seinen Platz im Rettungsboot überlassen. Das ist alles noch viel zu frisch.«

»Ja, es ist noch zu früh für Befragungen.«

Mrs. Brown beugte sich weiter zu Tess vor. »Meine Liebe, Neptun war überaus gut zu uns«, flüsterte sie. Ihre Augen waren warm und freundlich. »Wir sind dem Meer entronnen, und jetzt müssen wir Zeugnis ablegen.«

Genauso war es. Tess fühlte sich plötzlich wie beflügelt. Sie stand auf und deutete auf die Frau, die an die Wand gedrängt worden war. »Jemand sollte ihr einen Sitzplatz geben«, rief sie, so laut sie konnte. »Sehen Sie denn nicht, dass sie eine von uns ist? So eine Schande!«

Schweigen breitete sich im Raum aus. Tess machte keine Anstalten, sich wieder zu setzen. Sollten die neugierigen Zuschauer ruhig lachen oder die Nase rümpfen, das war ihr egal.

In der Nähe des Eingangs kam etwas in Bewegung. Der Frau wurde ein Stuhl angeboten, und sie setzte sich. Die anderen seufzten auf, die Spannung war verflogen. Tess nahm wieder ihren Platz ein, verwundert über ihren Zorn. Dann merkte sie, dass sie von allen Seiten angestarrt wurde.

»Gut gemacht, meine Liebe«, sagte Mrs. Brown in herzlichem Ton und klopfte ihr auf den Rücken. »Sie sind aufgestanden und haben es ihnen gezeigt.«

»Vielleicht bekomme ich jetzt Schwierigkeiten.«

Mrs. Brown sah sie erstaunt an. »Schwierigkeiten? In Amerika geraten alle in Schwierigkeiten – genau das ist es ja. Die Leute mögen es nicht, wenn man ihnen die Wahrheit sagt, dabei ist das manchmal verdammt nötig. Sie haben sich für jemanden eingesetzt. Was soll daran falsch sein? Die Wahrheit, offen ausgesprochen, ist mir lieber als all der Tratsch und die Gerüchte, die ständig die Runde machen. Ich bin mir noch nicht einmal sicher, ob das Getuschel über den Mann stimmt, der sein Gedächtnis verloren hat und in eine Anstalt eingeliefert wurde.«

Tess fuhr hoch. »Wer hat das Gedächtnis verloren?«, fragte sie.

»So ein armer Mensch vom Zwischendeck, dessen Hirn irgendwie vernebelt ist. Bisher wird er von niemandem vermisst, heißt es.«

»Sind Sie sicher, dass er auf dem Zwischendeck war?«

Mrs. Brown sah sie neugierig an. »Ich weiß nicht, welchen Namen Sie zu hören hoffen, meine Liebe, aber inzwischen dürfte jeder Passagier der ersten Klasse identifiziert sein.«

Tess wusste, dass sie recht hatte, und ließ den Kopf sinken.

»Aber es gibt etwas, das Sie interessieren dürfte. Es geht um die beiden Jungen, die Sie gerettet haben«, sagte Mrs. Brown, um das Thema zu wechseln.

»Geht es ihnen gut?«, fragte Tess aufgeregt. Es war ihr schwergefallen, sich von Michel und Edmond zu verabschieden. »Haben die Behörden Angehörige ausfindig gemacht?«

»Das könnte man so sagen.« Mrs. Brown blickte plötzlich sorgenvoll. »Wie sich herausgestellt hat, war Mr. Hoffmans richtiger Name Michel Navratil. Er hat seine Söhne entführt. Ihre Mutter ist ganz und gar lebendig und kann es gar nicht erwarten, sie wieder zu sich zu nehmen.«

»Ach du meine Güte.« Wenn dieser traurige Mann auf der *Titanic*, der seine Söhne zweifellos liebte, sie unrechtmäßig bei sich hatte, gab es dann überhaupt jemanden, der wirklich der war, der zu sein er vorgab?

»So viele Geschichten.« Mrs. Brown wies mit einem Nicken auf eine kühle, schwarz gekleidete Schönheit, die in ihrer Nähe saß und sich energisch Luft zufächelte. Sie hatte eine überbordende Haarpracht, und ihr Gesicht war weiß wie Porzellan.

»Das ist Mrs. Bremerton, eine der reichen Witwen. Sie ist zweifellos hier, um herauszufinden, wen sie vor Gericht bringen kann. Als ich um eine Spende für den Verein der Überlebenden gebeten habe, hat sie mich abgewiesen. Manche Menschen behalten ihr Geld einfach lieber für sich. Sie nehmen es viel zu ernst, finde ich.«

Tess starrte die Frau in Schwarz an. Faszinierend, wie gelassen sie wirkte. Unglaublich, aber dies war Jack Bremertons Gattin. »Sie muss außer sich sein vor Schmerz«, flüsterte Tess.

»Wenn man bedenkt, dass er sich bekanntermaßen von ihr scheiden lassen wollte, wohl eher nicht.« Tess schnappte nach Luft, und Mrs. Brown sah sie fragend an. »War er ein Freund von Ihnen, meine Liebe?«

Tess überlegte, was sie antworten sollte, doch dann regte sich etwas an der Eingangstür. Dankbar für die Ablenkung, drehte sie sich um. Der Senator, der auf der *Carpathia* gewesen war, bahnte sich einen Weg durch einen schmalen Gang. Er war etwa Ende fünfzig, vermutete sie, trug einen gewaltigen Schnurrbart und hatte ein so scharf geschnittenes Gesicht, dass es ein Denkmal hätte zieren können. Mit ausgreifenden Schritten ging er an Tess und Mrs. Brown vorbei zu einem Tisch an der Vorderwand, an dem bereits die Mitglieder des Untersuchungsausschusses versammelt waren. Er trug einen schwarzen Mantel mit einem Samtkragen, den er beiseitewarf, als er auf seinem Stuhl Platz nahm.

Senator Smith schlug mit dem Hammer auf die Tischplatte, um die Menge zum Schweigen zu bringen.

»Ruhe, bitte!« Die Befragungen würden jeden Moment beginnen.

Pinky gab ihrem Fotografen mit einem Nicken zu verstehen, er solle näher rangehen, während sie Bruce Ismay musterte. Warum nur, fragte sie sich, wussten die reichen, bedeutenden Männer nicht, dass es ein Fehler war, bei einer öffentlichen Untersuchung seinen Reichtum so deutlich zur Schau zu stellen? Der undurchsichtige Direktor der White Star Line trug einen dunkelblauen Anzug mit einem marineblauen Seidentuch, das um seinen hochgezogenen Kragen geschlungen war, und alles – bis hin zu dem Leinentaschentuch in seiner Brusttasche – war Ausdruck einer privilegierten Stellung.

»Du hättest deinen Ring abnehmen sollen, Ismay«, murmelte sie vor sich hin. Als Ismay die Hand hob und der riesige Diamant im Licht der Kronleuchter funkelte, bedeutete sie dem Fotografen, abzudrücken. Mit einem scharfen Knall erhellte der Blitz den Raum.

»Schicken Sie die Fotografen weg!«, dröhnte Senator Smith. »Sie möchten etwas sagen, Mr. Ismay?«

Der anscheinend heisere Ismay räusperte sich und nestelte an seinen Manschetten. »Angesichts dieser schrecklichen Katastrophe möchte ich meine aufrichtige Trauer zum Ausdruck bringen«, begann er. »Wir begrüßen die Untersuchung durch den US-Senat und haben nichts zu verbergen. Wir haben beim Bau der *Titanic* grundsätzlich an nichts gespart.«

»Warum haben Sie dann den Kapitän gedrängt, mit hoher Geschwindigkeit durch die Eisfelder zu fahren?«, rief ein Mann an der Tür.

Smith schlug mehrmals mit dem Hammer auf den Tisch. Würde er das Publikum unter Kontrolle halten können? Vielleicht hätten sie mit der Anhörung noch ein paar Tage warten sollen. Aber dann wäre Ismay fort gewesen und hätte nicht mehr aussagen können. Smith hämmerte erneut, dringlicher.

»Unter welchen Umständen haben Sie das Schiff verlassen?«, fragte er, als wieder Ruhe eingekehrt war.

»Da war dieses Boot«, erklärte Ismay, »besetzt mit einer Reihe von Männern, und der Offizier fragte laut, ob noch Frauen an Bord wären. Aber es kam keine Antwort, und auf Deck waren keine Passagiere mehr zu sehen.«

Manche im Saal wurden unruhig und blickten sich fragend an. Keine Passagiere mehr an Deck? Das war purer Unsinn.

»Mit wie vielen Rettungsbooten war dieses doch sehr große Schiff insgesamt ausgestattet?«, fragte Smith.

»Ich kann Ihnen nur sagen, dass die *Titanic* genügend Rettungsboote hatte, um die Zulassung für die Personenbeförderung zu bekommen«, sagte Ismay mit fester Stimme. »In ausreichender Zahl, entsprechend den Vorschriften des Britischen Handelsministeriums.«

Smith lehnte sich auf seinem Stuhl zurück. In ausreichender Zahl? Was hieß das? Ismay wusste, dass nicht genügend Boote vorhanden gewesen waren. Und er wusste auch, dass man sie bei Weitem nicht bis zum letzten Platz besetzt hatte. Aber das würde er niemals zugeben.

Die nächsten zwei Stunden vergingen mit Fragen von Smith und den anderen Mitgliedern des Untersuchungsausschusses.

 Im Saal wurde es so stickig, dass sich sogar Senator Smith mit einem großen weißen Taschentuch über das Gesicht fuhr. Schließlich schlug er mit seinem Hammer auf den Tisch und kündigte eine Pause an. Er musste sich mit der Tatsache abfinden, dass Ismay es geschafft hatte, allen Fragen geschickt auszuweichen, die der White Star Line hätten schaden können. Aber es war ihm nicht gelungen, sich von dem Makel seines eigenen rücksichtslosen Verhaltens zu befreien. Das munterte Smith auf. Als Nächsten, erklärte er den Anwesenden, wolle er Arthur Rostron aufrufen, den Kapitän der *Carpathia*. Ein ehrbarer Mann. Und ein guter Kontrast.

Tess schob sich durch die Menge in die Eingangshalle, sie brauchte unbedingt frische Luft. Die Leute stießen einander ungeduldig an und drängten nach draußen. Plötzlich spürte Tess dieselbe Panik, die sie alle auf der *Titanic* erfasst hatte. Sie quetschte sich zwischen den Menschen hindurch, dann zwang sie sich, tief Luft zu holen. Das hier war nicht das Deck des Schiffs, das dem Untergang geweiht war; es war ein Saal, nichts weiter – ein überfüllter Raum. Sie holte noch einmal tief Luft. Fast hatte sie die Tür erreicht. Es würde lange dauern, bis sie sich in einem Gedränge wie diesem nicht mehr unwohl fühlte.

Bei den Aufzügen entdeckte sie Pinky, die ihren Blick geradewegs auf sie richtete. Ein kleines, fragendes Lächeln auf den Lippen, kam sie auf sie zu. Sie hatte dieselbe große Tasche über die Schulter geschlungen wie am Abend zuvor. Der Riemen war so lang, dass sie unterhalb ihrer Hüfte hin und her baumelte und ständig gegen Leute stieß, die den Raum verließen. Die verdutzten Blicke in ihre Richtung schienen sie gleichgültig zu lassen. »Uuups«, sagte sie einmal, als sie einer zierlichen Dame auf die Zehen getreten war.

»Sie verärgern die Leute«, meinte Tess.

»Das ist mir nicht neu«, erwiderte Pinky mit einem Achselzucken. Dann zögerte sie kurz. »Es tut mir leid, dass ich Sie gestern stehengelassen habe. Wie ich mich den Abend über verhalten habe, war wohl nicht ganz geschickt.«

»Aber nein. Sie haben gesagt, was Sie sagen mussten, das bewundere ich.«

»Ich bin nicht lange genug geblieben, um mehr zu erfahren. Wollen Sie mir jetzt ein paar Fragen beantworten?«

Tess nickte. »Wenn es Ihnen hilft. Aber ich weiß nicht, ob ich dazu in der Lage bin.«

»Wie ich höre, hat Lady Duff Gordon die Mannschaft daran gehindert, nach weiteren Überlebenden Ausschau zu halten, obwohl man in dem Boot leicht noch mehr hätte unterbringen können. Was meinen Sie dazu?«

»Wie soll ich das wissen? Ich war ja nicht dabei.«

»Eine gute Ausrede. Das hat mir ein Seemann erzählt, der in dem Rettungsboot saß.« Pinky wechselte das Thema. »Außerdem hat eine Mrs. Brown gesagt, die Frauen in Ihrem Boot hätten das Rudern übernommen, unter anderem auch Sie.«

Tess nickte und lachte dann. »Die Matrosen waren unmöglich. Ich glaube, die, die in unserem Boot waren, hatten noch nie in ihrem Leben ein Ruder in der Hand gehabt.«

»Das ist ein gutes Zitat«, meinte Pinky und kramte in ihrer Tasche nach Zettel und Stift. »Wir Frauen sind oft zur Tat gezwungen, weil die Männer zu feige sind. Und dann wollen uns diese aufgeblasenen Schwachköpfe nicht einmal das Wahlrecht geben ...«

»Sind Sie eine Suffragette?«

»Aber natürlich.« Bei der plötzlichen Neugier, die Tess zeigte, musste Pinky lächeln. »Sie werden auch eine, wenn Sie hierbleiben.« Und dann machte sie wieder eine abrupte Wendung. »Welcher Matrose hat Ihnen das geschnitzte Boot geschenkt?«

»Das spielt keine Rolle. Es ist nur eine Schnitzerei.« Tess wusste selbst nicht, warum sie nicht antworten wollte. Vielleicht, weil Pinkys Fragen immer viel zu überraschend kamen.

»Oh.« Pinky verbarg nicht, wie enttäuscht sie war, machte

sich aber bereits einen Reim auf Tess' Heimlichtuerei. Vielleicht eine kleine Romanze? Das gäbe eine hübsche Randgeschichte. Oder vielleicht – ach, Unsinn. Sie klappte das Notizbuch zusammen und stopfte es zurück in die Tasche. Sie mochte Tess. Nicht nötig, noch weitere Schichten abzuschälen. Jedenfalls jetzt noch nicht.

Der Kronleuchter begann zu blinken, das Zeichen, dass die Anhörung fortgesetzt wurde. »Es ist Zeit, wieder hineinzugehen«, meinte Tess und straffte die Schultern.

Pinky sah, wie sie sich wappnete. »Ein großer Fehler, mit den Befragungen so früh zu beginnen«, sagte sie rasch. »Bestimmt halten Sie uns für gefühllose Monster.«

»Ich sehe heute überall nur Monster«, erwiderte Tess. »Keiner scheint hier echt zu sein.«

»Es ist eine Art Gesellschaftsspiel. Man darf es nicht persönlich nehmen. Zumindest nicht alles.«

»Aber es kann auch schmerzhaft sein«, erwiderte Tess.

»Ja, ich weiß. Es ist nicht meine Absicht, Sie zu verletzen.« Einen Augenblick lang sahen sie sich unverwandt an. Ein kurzer Moment der Offenheit zwischen ihnen, in dem Tess zu erkennen glaubte, dass Pinky die Konflikte zwischen Herz und Verstand nicht fremd waren.

Kapitän Rostron war ein ungewöhnlich großer Mann, wie Tess schon bei ihrer ersten Begegnung auf dem Deck der *Carpathia* festgestellt hatte.

Im Raum war es mucksmäuschenstill, als er mit seiner Aussage begann. Die Distanz von achtundfünfzig Seemeilen zwischen der *Carpathia* und der *Titanic* sei erschreckend gewesen. Hätte er nach dem Eintreffen des Notrufs nicht rasch gehandelt, hätte er nicht mehr viel ausrichten können. Er postierte zusätzlich Männer im Ausguck, ließ Notfallausrüstung an Deck bringen und Liegen für die Überlebenden herrichten. Das Heißwasser wurde gesperrt, so dass jeder Tropfen für die Dampfmaschinen verwendet werden konnte. Eisberge hin oder her, das Schiff sollte mit Höchstgeschwindigkeit fahren.

»Kapitän Rostron, könnten Sie die Rettungsboote der *Titanic* beschreiben, in denen die Überlebenden saßen?«, unterbrach ihn Senator Smith. »Wie viele hatten darin Platz?«

Tess schloss die Augen und wartete auf die Antwort.

»In die Klappboote passten ohne Weiteres sechzig bis fünfundsiebzig Personen«, erwiderte Rostron.

Der nächste Zeuge war Charles Lightoller, der Zweite Offizier der *Titanic* und das höchstrangige Mitglied der Besatzung, das überlebt hatte. Jeder konnte mitverfolgen, dass es Lightoller rasch dämmerte, dass der Senator kein Fachmann für Seefahrt war. Smiths erste Fragen zu technischen Dingen waren unbeholfen und zeugten von Unkenntnis. Immer wenn Lightoller ihm wie einem Kind geduldig etwas erklärte, lächelte er und drehte den Kopf, als wollte er das Publikum in die Komik der Situation einbeziehen. Lightoller wirkte fast dreist, als er sich im Zeugenstuhl zurücklehnte und sich über die Position von Eisbergen, die Geschwindigkeit des Schiffs und über die fehlenden Warnungen ausließ.

Dann wurde er unerwartet mit einer konkreten Frage konfrontiert. »Sie waren für das Belegen der Rettungsboote verantwortlich. Warum wurden bei so vielen dieser Boote nicht alle Plätze besetzt?«

»Weil ich Sorge hatte, voll beladene Boote könnten beim Wassern auseinanderbrechen«, sagte Lightoller ruhig.

»Aber gab es nicht ein ungeheures Gedränge der Passagiere um die Plätze?«

»Ja, einige waren rücksichtslos. Manche blieben aber auch ruhig.«

Tess dachte an das Durcheinander, an die Menschen, die in Boote geschoben, und an jene, die weggestoßen worden waren, an die Schreie und Rufe und die große Verwirrung in jenen Stunden.

»Würden Sie es jetzt anders machen?«

»Nein, ich habe das Ganze auf die bestmögliche Art und Weise abgewickelt.«

Die Leute im Publikum warfen sich empörte Blicke zu, und einige konnten sich eines wütenden Ausrufs nicht enthalten. Andere ließen, die Lippen zusammengepresst, die Augen verstohlen hin und her schießen. Tess betrachtete den Mann auf dem Zeugenstuhl. Sie war des öfteren Menschen begegnet, die geschickt lügen konnten. Man brauchte nur ruhig und überzeugend zu reden, und es wurde einem geglaubt.

»Die stecken doch alle unter einer Decke«, murmelte ein Mann hinter Tess. »Am Ende wird niemand zur Verantwortung gezogen.«

Tess saß nur da, starrte nach vorn und wunderte sich über ihre eigene Naivität.

Lightollers Aussage – frei von jeglicher Kritik an seinem Arbeitgeber – dauerte Stunden. Dann schloss ein sichtlich erschöpfter Senator Smith die Anhörungen für diesen Tag. Einige aus dem Publikum gingen nach vorn, schüttelten ihm die Hand und murmelten dabei höflich lobende Worte. Die meisten aber verließen den Raum und unterhielten sich leise.

Smith schob seine Unterlagen zusammen. Ismay, Lightoller – ihre Aussagen hatten ihn nicht überrascht. Sie wussten ganz genau, dass es eng für sie werden würde, wenn es gelang, ihnen Fahrlässigkeit nachzuweisen. Und dass die Amerikaner sie vor Gericht stellen konnten, auch wenn sie Briten waren. Zudem würde in ihrer Heimat ein weiterer Untersuchungsausschuss auf sie warten, wenn das hier vorbei war.

Aber eines hatte Smith immerhin erreicht: Keiner dieser Briten würde in absehbarer Zeit das Land verlassen.

Als sich Pinky von ihrem Schreibtisch in den Redaktionsräumen der *New York Times* abstieß, blieb die kaputte Rolle ihres

Stuhls wieder einmal an den Holzdielen des Fußbodens hängen. An diesem Abend beachtete sie es nicht. Die heutigen Aussagen würden morgen in allen Artikeln aufgegriffen werden. Nicht so in ihrem. Ihre Geschichte hatte Biss – schnell geschrieben, damit sie in der Spätausgabe als Titelstory erscheinen konnte –, und es war mehr als ein guter Artikel. Pinky gab Einblick in die Welt der privilegierten Reichen. Was für Idioten das waren! Die Duff Gordons behaupteten, nichts Schlimmeres gemacht zu haben als alle anderen? Pinky glaubte ihnen kein Wort. Sie hätten es verdient, von ihrem Sockel gestoßen zu werden. In Pinkys Story bildeten sie den Rahmen für das, worüber sie eigentlich berichten wollte: dass in erster Linie Arme umgekommen und Reiche bevorzugt gerettet worden waren. Daran bestand kein Zweifel.

Sie knüllte die Blätter mit ihren ersten Notizen zu festen kleinen Bällen zusammen und warf sie nacheinander quer durch den Raum in eine Kiste. Es war eine wirksame Methode, um nach Redaktionsschluss Dampf abzulassen, und sie gehörte zu den Treffsichersten unter den Leuten, die hier arbeiteten. Abgesehen davon war es ein gutes Gefühl, im Streit mit Van Anda gesiegt zu haben. Wie hätte sie auch den Namen des Mannes nennen können, von dem die Informationen stammten? Er wäre umgehend entlassen oder ausgewiesen worden, so wie man mit diesen Seeleuten üblicherweise umging. Van Anda hatte schließlich nachgegeben. »Sie decken hier etwas auf, also müssen Sie auch die Folgen tragen.« Am nächsten Tag wollte sie mit ein paar Suffragetten sprechen, die es für einen Skandal hielten, dass Frauen und Kinder bevorzugt in die Rettungsboote hatten steigen dürfen. *Das* war etwas, was die Gemüter erregen würde.

Van Andas vergnügte Stimme riss sie aus ihren Gedanken. »Gute Arbeit, Pinky«, sagte er. »Smith wird toben, dass Sie es jetzt schon aufdecken, statt auf die Aussagen zu warten. Müssen Sie eigentlich immer die Nase vorn haben? Gehen Sie nach

 Hause, morgen sind Sie wieder zu den Anhörungen eingeteilt.«

»Gleich.«

Unter ihren Füßen begann es leise zu rumpeln. Die Druckerpressen liefen an.

»Sie können wirklich aufhören«, sagte er freundlich. Wohin sie wohl nach der Arbeit ging? Nicht zum ersten Mal wunderte er sich über die Unbeirrbarkeit seiner Starreporterin, über ihre Weigerung, auch nur das Geringste von ihrem Privatleben preiszugeben. Vermutlich rankte es sich um eine warme Mahlzeit in der Einsamkeit eines Wohnheims. Die Frauen in seiner Branche waren ein seltsamer Haufen.

Pinky hängte sich ihre Segeltuchtasche über die Schulter, beugte sich vor und ließ ein weiteres Papierknäuel durch den Raum fliegen. Dann warf sie Van Anda einen spöttischen Blick zu und stolzierte hinaus, nicht ohne einer auf dem Boden liegenden Orangenschale einen Tritt zu verpassen. Warum war es hier bloß immer so dreckig? Man sollte einen Artikel über die schockierend schlampige Arbeit der Putzkolonnen bei der *New York Times* schreiben. Sie lächelte in sich hinein, als sie, zwei Stufen auf einmal nehmend, die Treppe hinunterging. Wieder empfand sie dieses köstliche Gefühl, unter den Sternen zu tanzen und niemandem verpflichtet zu sein. Klar und fett würden ihre Initialen unter dem Artikel stehen und von Tausenden erkannt werden. Wenn das nicht reichte, um glücklich zu sein, was dann?

Tess trat durch die Drehtür des Waldorf-Astoria nach draußen. Tief sog sie die stechend kalte Luft ein. Wie köstlich. Ob Lady Duff Gordon inzwischen zurück war? Die Sonne ging schon unter, und die Straße vor ihr – mit ihrem Lärm von Pferdekutschen und ratternden Automobilen – war in ein rosiges Licht getaucht.

Sie wollte nicht hinaufgehen und nachsehen, noch nicht. In

der Nähe befand sich ein Park, hatte ihr ein Hotelportier gesagt, ein recht hübscher sogar, mitten in der Stadt. Er hatte sich gewundert, dass sie noch nichts davon gehört hatte.

»Tess.« Sie erkannte die ruhige Stimme sofort.

Jim Bonney stand auf dem Gehsteig, die Hände in den Taschen einer weiten Hose vergraben, den Gürtel zusammengeknotet, weil die Schnalle fehlte. Er sah noch erbärmlicher aus als zuvor. Tess bemerkte die Verachtung in den Augen des Türstehers, der eine marineblaue Uniform mit glitzernden Messingknöpfen trug. Es war derselbe Blick, den sie heute schon bei vielen Hotelpagen und Kellnern gesehen hatte, als die Überlebenden von den Zwischendecks an ihnen vorbeigeströmt waren.

»Jim«, sagte sie und staunte, als sie merkte, wie sehr sie sich freute. »Ich hatte schon befürchtet, Sie nie mehr wiederzusehen.«

»Ich wollte nach Ihnen schauen. Dachte mir, sie wohnt doch in diesem feinen Hotel, und ich habe zwei Beine, die mich dort hinbringen. Ich wollte sehen, wie es uns an Land ergeht.«

»Nun, zumindest haben wir festen Boden unter den Füßen.«

»Keine Wellen, kein kippender Horizont, keine knarzenden Decksplanken.«

»Und nicht von Wasser umgeben.« Ein leichtes Zittern überfiel sie. »Die Möglichkeit, spazieren zu gehen, das ist ... es fühlt sich an wie Freiheit.«

»Darf ich Ihnen Gesellschaft leisten?«

Sie war auf der Hut. »Haben Sie den Artikel über Lady Duff Gordon gelesen?«

»Ja.« Er lächelte, wurde aber rasch wieder ernst. »Erstaunlich, wie es ihr gelingt, sich selbst zu schaden.«

»Ich arbeite für sie.«

»Ich weiß. Können wir nicht ein wenig spazieren gehen und uns dabei unterhalten?«

Das Leuchten in seinen Augen nahm sie so ein, dass sie nicht ablehnen konnte.

»Warum nicht?« Der Türsteher, fiel ihr auf, musterte Jims unvorteilhafte Erscheinung von oben bis unten und ließ sich seine Missbilligung offen anmerken.

Jim folgte ihrem Blick. »Kümmern Sie sich nicht um ihn«, meinte er mit einem Achselzucken. »Wahrscheinlich ist er vor ein paar Monaten oder einem Jahr noch genauso herumgelaufen wie ich. Also vor so kurzer Zeit, dass er es noch nicht vergessen hat. Eines Tages werde ich derjenige sein, der seinen Arbeitsplatz erhält, und Sie werden mit einer Straußenfederboa an ihm vorbeirauschen.« Jim sprach mit solch fröhlicher Zuversicht, dass sie lachen musste, als sie das Hotel hinter sich ließen.

»Waren Sie heute bei der Anhörung?«, fragte Tess.

Er nickte.

»Wie fanden sie es?«

»Ich war stolz auf das Mädchen aus dem Publikum, das aufgestanden ist und freimütig ihre Meinung geäußert hat.«

Tess wurde rot. Sie freute sich. »Ich meine eigentlich die Zeugenaussagen.«

»Wir hatten Glück, dass uns jemand wie Rostron zu Hilfe gekommen ist«, meinte Jim in sachlichem Ton. »Ein tapferer Mann. Und Lightoller? Der steht voll und ganz auf Seiten der Schifffahrtslinie und ist darauf bedacht, alles in ein bestmögliches Licht zu tauchen, denke ich.« Er zögerte eine Weile. »Ich habe gesehen, dass Sie sich mit der Reporterin unterhalten haben, sonst wäre ich in der Pause zu Ihnen gekommen.«

Tess war überrascht. »Kennen Sie sie?«

»Aber sicher. Sie lief doch auf der *Carpathia* herum und suchte Seeleute, die sie interviewen konnte. Hat viel Schwung und Energie. Kein schlechter Typ. Macht einfach nur ihre Arbeit, so wie wir alle.«

»Haben Sie mit ihr gesprochen?«

Er zuckte die Achseln. »Ein paar Minuten, wie die anderen auch.«

»Ich mag sie«, sagte Tess zögernd. »Trotzdem fühle ich mich in ihrer Gegenwart nie ganz entspannt.«

»Was sie schreibt, hat Hand und Fuß, Tess.«

»Aber sie sucht nach Schuldigen. Als ob hinter allem und jedem eine Verschwörung stecken würde.«

Seufzend fuhr er sich durchs Haar. Sie bemerkte zum ersten Mal, dass es braun war, durchsetzt mit goldenen Strähnen. Ständig fiel es ihm ins Gesicht, und immer wieder schob er es zurück. Plötzlich hatte sie den Impuls, es an seiner statt zu tun. »Sie wissen, wie ich darüber denke«, sagte er.

»Aber die Zeitungen von heute Morgen haben Lucile verhöhnt, und das war nicht fair.«

Er sah sie verdutzt an. »Das hat nichts mit Fairness zu tun. Sie hat sich in dem Rettungsboot nicht gerade heldenhaft verhalten. Wenn ich aufgefordert werde, eine Aussage zu machen, muss ich die Wahrheit sagen.«

»Sie würden sie in den Schmutz ziehen?«

»So würde ich das nicht nennen.«

»Ich weiß, dass sie die Leute herumkommandiert und alle nach ihrer Pfeife tanzen müssen – Jim, wir wollen uns doch unseren Spaziergang nicht wieder durch einen Streit verderben, oder?«

»Glauben Sie, ich bin voreingenommen?«

»Eigensinnig. Das Wort gefällt mir besser.«

»Wie freundlich! Aber schroff trifft es besser.«

»Ja, das ist es wohl.«

»Dabei habe ich Ihnen nicht alles erzählt.«

Tess zog ihren Mantel enger um den Körper. Die abendliche Kälte ließ sie frösteln, gleichzeitig hatte sie das Gefühl, sich schützen zu müssen. Sie wollte nicht mehr über diese Sache sprechen. Wie sollte sie Jim erklären, wer Lucile war, wo sie doch selbst kein klares Bild von ihr hatte. Bislang hatte sie lediglich ein paar wenige Blicke auf die wirkliche Person erhaschen können, die hinter der Fassade verborgen war. Es ging ihr nicht um Pflichtbewusstsein. Aber Lucile brauchte einen Menschen, der treu zu ihr hielt. Tess presste die Lippen zusammen, sie wollte dem wachsenden Druck in ihrem Kopf nicht nachgeben. Sie würde nicht darauf eingehen, nicht jetzt. »Ich sehe mehr in ihr als Sie«, sagte sie.

»Na gut.« Er holte tief Luft. »Vielleicht müssen Sie irgendwann entscheiden, wem Sie glauben.«

»Ich hoffe nicht.«

»Ich werde Sie jedenfalls nicht in eine solche Lage bringen.«

Die Spannung ließ nach. Er nahm ihren Arm. »Miss Collins, ich will uns nicht den Spaziergang verderben. Ihre Begleitung« – er machte eine kunstvolle Verbeugung – »mag ein starrköpfiger, grobschlächtiger Seemann sein, aber er hat nicht im Sinn, die wenigen wertvollen Augenblicke mit Ihnen zu zerstören.«

Sie lachte erleichtert auf. Vielleicht war er nur ein Seemann, aber seine Gesellschaft bereitete ihr Vergnügen. Wie schön es doch war, seinen Worten zu lauschen, die verführerisch durch die Luft tanzten.

Langsam schlenderten die beiden die 5th Avenue hinauf und sogen die Bilder und Klänge der größten Stadt ein, die Tess je gesehen hatte. Soeben schloss ein Straßenmarkt, und sie blieben stehen, um zuzuschauen, wie zwei grauhaarige Puppenspieler eine Pappbühne abbauten und ihre Marionetten einpackten, ungeachtet einer Gruppe von Kindern, die lautstark um weitere Vorstellungen bettelten. Als eine Frau mit einer zerknitterten Schürze Tess einen Apfel anbot, merkte sie, wie hungrig sie war. In diesem Augenblick stellte ein Straßenhändler seinen Karren neben ihr ab.

»Hot Dog?«, fragte Jim und deutete auf den Korb mit dampfenden Würstchen auf dem Wagen.

»Dog?« Tess war irritiert.

»*Frankfurter*«, sagte er und verdrehte die Augen. Sie wurde rot, dann nickte sie. Jetzt fiel es ihr wieder ein. Aber der Name war trotzdem seltsam.

Einen Hot Dog in der Hand, setzten die beiden ihren Spaziergang fort und tauchten in die Wunder New Yorks ein. Sie kamen an einem prachtvollen Hotel vorbei, das wie ein französisches Schloss aussah, und blieben stehen, um sich die vielen luxuriösen Wagen anzusehen, die vor dem Eingang hielten und Menschen in eleganter Abendkleidung ein- und aussteigen ließen – die Männer mit Seidenzylindern, die Frauen in opulenten, tief ausgeschnittenen Kleidern. Manche trugen sogar Diamantdiademe, die im Laternenlicht glitzerten. Wie viele unter ihnen wohl Kundinnen von Lady Duff Gordon waren? Bestimmt einige, dachte Tess mit einem Hauch von Stolz.

Dann tauchte vor ihnen der Park auf, eine grüne Insel mit gewundenen Wegen und satten Rasenflächen. Sie überquerten die Straße und wählten einen Pfad in den Park, der von hoch aufragenden Ulmen gesäumt war. Tess und Jim beobachteten, wie das goldene, durch das Laubwerk sickernde Licht allmählich schwand. Sie hob das Gesicht in diese weich leuchtende, tröstliche Dämmerung. Auf den sanft gewellten Wiesen tummelten sich nur noch wenige, vor allem Kinder, die noch einen letzten Ball warfen, bevor sie zum Abendessen nach Hause gingen. Inzwischen hatte Jim die Unterhaltung an sich gezogen und sprach, anfangs traurig, von seinem Freund, der im Kesselraum des Schiffs umgekommen war. Dann erzählte er vom amerikanischen Westen und schilderte vor allem Kalifornien mit solcher Begeisterung, dass Tess immer neugieriger wurde. Sie hatte von diesem Land geträumt, aber nicht geahnt, wie groß und vielfältig es war. Dabei erschien ihr schon New York überwältigend.

»Glauben Sie, dass Sie da einmal hinfahren möchten?«, fragte Jim.

»Ja, irgendwann vielleicht.«

»Sie werden es in dieser Stadt zu etwas bringen«, meinte er, während er den Blick über das üppige Grün des Central Park wandern ließ. »Ich glaube, sie hält bereit, was Sie sich wünschen.«

»Das hoffe ich«, sagte sie. »Ich kann von Lucile lernen, wie man Kleider entwirft. Darüber bin ich ungeheuer froh. Ein größeres Glück, als ihr begegnet zu sein, kann ich mir nicht vorstellen.«

»Dasselbe könnte ich über die Begegnung mit Ihnen sagen.« Er flüsterte fast.

Erneut durchfuhr sie ein Schauder unerwarteter Freude.

»Ich meine«, fuhr er fort, wobei er ein wenig errötete, »vielleicht können Sie mir auch ein paar Dinge beibringen.« Jim sah sie mit einem so warmen, offenen Blick an, dass sie geneigt war, seinen Worten Glauben zu schenken. »Denn eigentlich sind unsere Welten gar nicht so unterschiedlich.«

Aber das waren sie. Erstaunlich, dass sie schon jetzt so dachte. Noch ein paar Tage zuvor hätte sie ihm recht gegeben. Und vielleicht hatte sie gerade deswegen plötzlich das Gefühl, ihrem Impuls folgen zu können. Sie nahm seinen Arm.

»Sollen wir?«, fragte sie. »Einfach, um zu beweisen, dass wir immer noch dazu in der Lage sind?«

»Warum nicht?«, erwiderte er und grinste.

Und nur einen Augenblick lang, ein paar kurze leichte Schritte weit waren sie wieder auf dem Deck der *Titanic*, im Schein jenes goldenen Sonnenuntergangs, bevor sich alles für immer veränderte.

Langsam schlenderten sie zurück in Richtung Waldorf-Astoria, nahe beieinander, jedoch ohne sich zu berühren. Tess lauschte seinen launigen Bemerkungen, mit denen er ihre Umgebung kommentierte. Das Theaterpublikum, die Pelze, die wundervollen schwarzen Kutschen mit den glänzenden Messingbeschlägen, die vorbeirumpelten – all das schüchterte ihn nicht im Geringsten ein. Die Gaslampen, die inzwischen angezündet worden waren, sollten wohl das Sonnenlicht ersetzen. Sogar die Pferde im Central Park trugen die Nase hoch, meinte er. Sie lachte und folgte seiner Aufforderung, eine prächtige, kastanienbraune Schönheit zu streicheln. Sie war entzückt, als die Stute an ihrer Jacke schnüffelte.

»Sie möchte was Süßes«, sagte Jim scherzhaft.

Als sie weitergingen, merkte Tess, dass er mit seiner großen, muskulösen und kraftvollen Gestalt trotz seiner abgetragenen Kleidung Aufmerksamkeit erregte.

»Ich habe mich noch gar nicht bei Ihnen für die Schnitzerei bedankt.« Das Hotel war wieder in Sicht. Bald würden sie sich trennen.

»Ich wollte Ihnen ein Andenken schenken an das, was wir gemeinsam erlebt haben«, sagte er und verlangsamte seine Schritte.

»Ich wünschte, wir hätten im selben Rettungsboot gesessen.«

Er holte tief Luft, bevor er leise, aber umso leidenschaftlicher antwortete. »Als ich sah, wie Sie mit den Kindern an der Reling standen und zögerten, wusste ich, dass Sie die beiden nicht im Stich lassen würden. Und dass Sie nicht mehr ins Boot springen konnten. Dazu war es einfach zu spät. Am liebsten wäre ich an den Seilen hochgeklettert und hätte Sie gepackt. Aber damit wäre ich auch nicht weitergekommen. Das Bild, wie Sie so verloren dastanden, hat mich die ganze Nacht verfolgt.«

Beide fielen in Schweigen. »Also dann noch einmal, auf Wiedersehen«, sagte Jim, als sie das Hotel fast erreicht hatten. Er blieb stehen und hob mit der Hand sanft ihr Kinn. Sein Gesicht war jetzt ihrem ganz nahe. Sie konnte seinen Atem spüren, als er sagte: »Nächstes Mal führe ich Sie in einer von diesen Kutschen aus. Wenn ich darf.«

Schnell schob sie den Gedanken beiseite, dass er nur ein einfacher Dorfjunge war, für diesen Augenblick wenigstens. Und dann war er fort. Mit ausgreifenden Schritten ging er an der Reihe der wartenden schwarzen Droschken und der geduldigen, mit hängenden Köpfen wartenden Pferde entlang davon.

Tess fühlte sich wie eingehüllt in einen süßen, köstlichen Nebel. Langsam kehrte sie zum Hotel zurück. Jetzt galt es wieder, wachsam zu sein, obwohl ihre Sinne noch nicht mitspielen wollten. Dem Rat ihrer Mutter würde sie später folgen, jetzt nicht.

Vor dem Hotel hatte sich eine Menschenmenge versammelt. Wurde denn diese Stadt niemals müde? Auf den Straßen herrschte ein ungeheures Gedränge, und die Autos und Kutschen machten sich gegenseitig den Weg streitig. Fahrer und Kutscher brüllten nicht nur einander an, sondern auch die Pferde und die Fußgänger, die sich zwischen ihnen hindurchschlängelten, um auf die andere Straßenseite zu kommen.

Dann sah Tess, was die Aufmerksamkeit der Leute erregte. Ein Zeitungsträger schwenkte vor dem Eingang des Waldorf ein Exemplar der Spätausgabe der *New York Times*. Tess ging eilig an ihm vorbei. Sie wollte jetzt nichts hören. Aber ein Hotelpage, der sie erkannt hatte, drückte ihr am Lift die Zeitung in die Hand. »Das dürfte Sie interessieren«, sagte er.

Tess holte tief Luft und blickte auf die Schlagzeile.

Bestachen feiger Baronet und seine Frau Matrosen,
damit sie nicht weiter nach Ertrinkenden suchten?
Augenzeuge sagt: »Ja« und macht weitere Andeutungen.
Von Sarah Wade

Die Türen des Aufzugs gingen auf, und sie stieg mit gesenktem Kopf ein. Kurz darauf schlossen sich die Türen. Für einen flüchtigen Augenblick würde sie von einem Kasten aus schützendem Stahl umschlossen sein, in dem niemand zu ihr vordringen konnte. Was für ein Fehler, Pinky vertraut zu haben. Wer hatte der Reporterin diese Dinge erzählt? Natürlich konnte das nur jemand gewesen sein, der die Duff Gordons hasste. Etwa Jim?

Im Augenblick wusste Tess nur, dass sie in wenigen Minuten vor der quälenden Aufgabe stehen würde, die Frau zu trösten, die ihr noch vor wenigen Tagen so unverwundbar erschienen war. Tess wünschte, die Aufzugfahrt würde noch lange dauern.

6

Lucile ignorierte Cosmos Warnung, der Schirm könne in Brand geraten, und warf ein Handtuch über die brennende Lampe. Im Augenblick, erklärte sie ihm, könne sie nur das Allernötigste an Licht ertragen. Und sie wolle auf keinen Fall, dass jemand ihre vom Weinen geschwollenen Augen und die hässlichen Flecken in ihrem Gesicht sah.

»Ich habe doch richtig gehandelt, nicht wahr, Cosmo? Sag mir, dass es richtig war.«

»Lucy, du hast Verantwortung übernommen und eine vernünftige Entscheidung getroffen, um das Leben der Menschen in unserem Boot zu retten. Niemand kann dir das zum Vorwurf machen.«

»Aber sie tun es. Ich habe mich noch nie so angegriffen gefühlt.« Das Haar matt und zerzaust, wirkte sie schwach, fast zerbrechlich, als sie sich in die Seidenkissen auf dem Sofa sinken ließ.

Cosmo nahm die *Times* und warf sie in einen Weidenkorb. Dann ließ er sich schwer neben seiner Frau auf das Sofa fallen. »Es wird schon alles gut werden«, sagte er.

»Diese Männer haben uns verraten.«

»Dazu war einer schon genug.«

Beide wandten sich gleichzeitig zu Tess um.

»Von welcher Entscheidung sprechen Sie ...«, hob sie an.

Lucile sprang auf. Ihre Augen blitzten vor Wut. »Wer hat mit dieser Frau gesprochen?« Bei ihrer Frage trat sie so heftig gegen den Papierkorb, dass er umfiel und die Zeitungsbögen sich auf dem Boden verteilten.

»Sie hat sich mit vielen Leuten unterhalten«, sagte Tess.

»Gehörten Sie auch zu diesen ›vielen Leuten‹?«

»Ja.«

»Was haben Sie ihr gesagt?«

»Ich habe ihr erzählt, dass Leute aus dem Zwischendeck die Rettungsboote nicht rechtzeitig erreichen konnten.«

»Und was haben Sie sonst noch ausgeplaudert?«

»Sie hat mich gefragt, warum Ihr Boot fast leer war, und ich habe geantwortet, dass ich es nicht weiß.«

»Soso. Damit hat es angefangen. Und dann ist da dieser Seemann, mit dem Sie befreundet sind. Er will uns schaden. Er hat all diese Andeutungen und Lügen verbreitet. Das liegt doch auf der Hand!«

»Jim ist niemand, der anderen Böses will«, wandte Tess rasch ein.

»Oh, jetzt sind wir schon bei ›*Jim*‹.« Lucile zitterte vor Wut. »Er will ›nichts Böses‹? Auf welcher Seite stehen Sie eigentlich? Er hat sich davongestohlen, als ich die Leute für das Foto zusammenrief. Haben Sie sich wegen ihm nicht dazugestellt? Und wo war er, als sich Cosmo bei den Männern von der Mannschaft großzügig bedankt hat dafür, dass sie uns in Sicherheit gebracht haben? Nichts Böses? Du meine Güte, er ist offenbar ein ungebildetes Produkt seiner Klasse und ganz ohne Urteilsvermögen. Außerdem ist er selbstgerecht, durch und durch. Sie täten gut daran, mir alles zu beichten, auf der Stelle.«

»Lucy, beruhige dich«, schaltete sich Cosmo ein. »Wir wissen nicht, wer unser Ankläger ist. Es handelt sich nicht um eine Zeugenaussage, sondern nur um böses Geschwätz.«

»Wer sonst könnte uns Feigheit vorwerfen?«, erwiderte sie und sah Tess dabei an. »Und *Bestechung*! Nur weil wir diesen armen Männern ein bisschen Geld für einen Neuanfang gegeben haben? Wer sonst?«

»Lucy, ich sagte, du sollst dich beruhigen«, fuhr Cosmo sie an.

»Vielleicht war es Jean Darling. Nein, das würde sie nicht wagen.«

»Vielleicht.« Cosmo nahm eine Zigarette aus einer silbernen Dose, die auf seiner Kommode lag, und zündete sie sich mit zittrigen Fingern an.

»Die Zeitungen wollen mich ruinieren«, sagte seine Frau, ohne Tess' blasses, erstarrtes Gesicht zu beachten.

»Allerdings bin ich derjenige, der als ›feiger Baronet‹ bezeichnet wird.«

Lucy sank wieder auf das Sofa zurück. »Ich brauche von dir jetzt jede nur mögliche Unterstützung. Wie kannst du da an dich denken? Ich weiß, ich hätte mich nicht für diesen Artikel interviewen lassen sollen. Das war mir klar, kaum dass ich das Atelier betreten und die Zuschneiderinnen miteinander tuscheln gehört habe. Alle haben mir versichert, das Interview sei wunderbar und sie seien so glücklich, dass ich überlebt habe. Aber der Ton war gezwungen, nicht wie gestern Abend, als meine Freunde mir an den Lippen hingen.«

»Du hast sie gefesselt«, meinte Cosmo nüchtern.

»Gut, ich habe mich ins Rampenlicht gestellt, gerade in dem Augenblick, als die Zeitungen nach Sündenböcken Ausschau hielten. Also haben zu viele reiche Leute überlebt. Aber warum muss ausgerechnet *ich* den Preis dafür bezahlen?«

Sie sah Tess an. »Was stehen Sie da so herum?«, herrschte sie sie an.

»Ich warte auf die Erlaubnis, gehen zu dürfen.«

»Tja, die habe ich Ihnen noch nicht gegeben.«

»Ich würde jetzt gerne gehen, bitte.« Nein, am liebsten würde sie rennen. Die beiden hatten den Seeleuten also tatsächlich Geld gegeben.

»Sie sind meiner Anweisung nicht gefolgt und haben mit dieser Reporterin gesprochen. Ich sollte Sie entlassen.«

Nicht betteln, sagte sich Tess. Das hatte sie nicht mehr nötig.

Schweigen breitete sich zwischen ihnen aus. Dann sagte Lucile, plötzlich in ruhigerem Ton: »Sie sehen ziemlich unmöglich aus, meine liebe Tess. Wir müssen Ihnen ein paar anständige Kleider besorgen.«

Tess kniff die Augen zusammen. Wieder so ein unvermittelter Wechsel von Zorn zu … ja, zu was?

»Dann kann ich mich jetzt also zurückziehen?«, fragte sie.

»Gehen Sie, gehen Sie um Himmels willen. Aber ich möchte, dass Sie mich morgen früh ins Atelier begleiten. Über die Anhörung kann mir jemand anderes berichten. Gehen Sie jetzt bitte, und geben Sie der Telefonzentrale Bescheid, dass wir keine Anrufe von Reportern mehr entgegennehmen, ohne Ausnahme. Wir sehen uns dann um halb neun unten. Mein Fahrer, sein Name ist Farley, wird dort auf uns warten. Und ... Tess?«

»Ja?« Tess trat einen Schritt zurück. Bloß weg von dieser launischen Frau, bloß fort aus diesem Zimmer.

Völlig unerwartet stand Lucile auf und nahm Tess' Hände in ihre. »Ärgern Sie sich nicht«, sagte sie. »Ich weiß, dass Sie mich nicht hintergehen würden. Ich habe nun mal ein aufbrausendes Temperament, und ich bin sicher, Sie nehmen es nicht persönlich.« Dann beugte sie sich vor und küsste Tess auf die Wange. Einen Augenblick lang wurde Tess vom süßen Duft ihres blumigen Parfüms umfangen. »Ich werde es wiedergutmachen, meine Liebe.«

Tess nickte ein wenig benommen. Sie öffnete die Tür, wünschte leise gute Nacht und ging hinaus. Lucile hatte sich – gewissermaßen – bei ihr entschuldigt. Die Sache mit dem Geld würde sich klären, es kann keine Bestechung gewesen sein. Großzügige Geschenke gehörten nun einmal zu ihrem Lebensstil. Bestimmt hatte Pinky die Geschichte von Jim. Wem sonst hätte daran so viel liegen sollen? Wohl nicht den Männern, die sich für das Foto aufgestellt hatten. Er musste gewusst haben, was ihr bevorstand, oder es zumindest geahnt haben. Trotzdem hatte er bei ihrem Spaziergang nichts davon gesagt und sie einfach ins offene Messer laufen lassen. Zieh keine voreiligen Schlüsse, denn du weißt es nicht, ermahnte sie sich. Trotzdem zitterten ihre Hände, ohne dass sie daran etwas ändern konnte. Und in ihrem Kopf klang immer noch der Vorwurf nach, sie habe etwas *ausgeplaudert*.

 »Du hast ihr ganz schön zugesetzt, Lucy. Meine Güte, was willst du von ihr?«, meinte Cosmo, als sich die Tür hinter Tess schloss. »Willst du so sein wie deine Mutter?«

»Wie dieses Scheusal? Um Himmels willen, nein.«

»Aber so behandelst du das Mädchen, meine Liebe.«

»Ich möchte nicht, dass sie …«

»Was? Dass sie selbst das Heft in die Hand nimmt? Sich dir widersetzt?«

»Herrgott, mir ist egal, was sie macht, Cosmo. Es hat keinen Zweck, sie wegen ihrer Freundschaft mit diesem Seemann zu schelten, denn sie wirkte ganz eindeutig verliebt. Viel zu verliebt sogar.«

»Womöglich wird sie dich ständig an diese schreckliche Überfahrt erinnern.«

Lucile schwieg eine Weile, um darüber nachzudenken. »Sie hat mich nicht mit Madame angesprochen. Ist dir das aufgefallen?«

»Ja«, erwiderte Cosmo.

»Aber das müsste sie eigentlich in ihrer Stellung.«

»Zu spät«, meinte Cosmo nur.

»Dir gegenüber lässt sie es auch an Respekt fehlen.«

»Ich lege allerdings keinen Wert auf die Anrede *Sir.*«

»Du bist unmöglich. Bitte enttäusch mich nicht.« Lucile fuhr sich mit der Hand über die Augen und sank erneut in die behaglichen Sofakissen. »Ich bin viel zu müde. Lass uns nicht streiten. Ich stürze mich morgen wieder in die Schlacht.«

»Meine Liebe, wir müssen den Tatsachen ins Auge sehen. Diese Geschichte wird auf beiden Seiten des Atlantiks Empörung hervorrufen, und wir stecken tiefer in der Sache, als ich dachte. Dieser emsige Senator Smith und sein Untersuchungsausschuss werden bald ihr Augenmerk auf uns richten, fürchte ich.«

»Das werden sie nicht wagen. Und wenn doch, werde ich es nicht zulassen.«

Cosmo ging zur Lampe, riss das heiße Handtuch herunter und warf es auf den Boden. Die Ränder waren bereits angesengt.

Waldorf-Astoria
Samstag, 20. April, morgens

»Dann sind Sie also das neue Mädchen für alles? Aus dem fernen England oder Frankreich oder so? Ziemlich albern – Lady Duff hat hier doch genügend Auswahl. Steigen Sie schon ein. Sie wird mir ihre Aufträge erteilen, sobald sie zur Tür herauskommt.«

Der Mann, der Tess am nächsten Morgen zu dem vor dem Waldorf wartenden schwarzen Wagen winkte, hatte große, volle Lippen und ein hämisches Grinsen, das sie ärgerte. Abgesehen davon, dass er einen Führerschein besaß, war er nicht höher gestellt als sie.

»Ich bin kein Mädchen für alles«, gab sie zurück.

»Sie sind das, was man Ihnen sagt, meine Gute«, meinte er entgegenkommend. »Denn Sie befinden sich im Kreis ihrer Lakaien – der geifernden, zitternden Speichellecker, die für die mächtige Madame arbeiten. Ich gehöre auch dazu – ich bin Farley.«

Kaum hatte sich Tess gesetzt, da sprang Farley auf, um Lady Duff Gordon die Wagentür zu öffnen. Er riss sie so schnell auf, dass er sie der Handvoll Reporter, die zur Limousine lief, fast vor die Nase geknallt hätte. Farley setzte sich hinters Lenkrad und reihte sich mit dröhnendem Motor in den Verkehr auf der 5th Avenue ein. Tess sackte in sich zusammen und warf Lucile einen vorsichtigen Blick zu. Ihr Gesicht war stärker gepudert als sonst. Kein Wort von ihrer Auseinandersetzung am vergangenen Abend, und Tess würde sie ganz gewiss nicht darauf ansprechen.

Die Werkstätten von Lucile Ltd. befanden sich in einem schäbigen Gebäude gleich neben dem neuen Flatiron Building in der 23rd Street. »Der Stolz von New York«, sagte Farley zu Tess und deutete auf den Neubau. »Sieht doch aus wie ein Bügeleisen, nicht?«

Für Tess hatte es keinerlei Ähnlichkeit mit einem Bügeleisen, sondern wirkte Unheil verkündend, fast wie ein Schiffsbug. Aber das mochte auch daran liegen, dass sie an diesem Morgen äußerst angespannt war.

Als Lady Duff Gordon das Gebäude betrat, stob die davor wartende Menschentraube auseinander wie Spatzen. »Wenn Madame kommt, darf niemand den Lift benutzen, hat sie angeordnet«, raunte Farley Tess zu.

»Flüstern Sie nicht in meiner Gegenwart, Farley«, sagte Lucile, stieg in den Aufzug und winkte Tess zu sich. Das Atelier im obersten Stockwerk war ihr Heiligtum – ein Reich, das sie geschaffen hatte und in dem sie herrschte. Ohne ihre Genehmigung durfte es niemand betreten.

Oben angekommen, öffneten sich die Aufzugtüren zu einer weitläufigen Werkstatt, bei deren Anblick es Tess den Atem verschlug. Überall standen Arbeitstische mit Ballen kostbarer Brokate, Wolltuch in leuchtend satten Farben und Spitzenstoffen. Näherinnen standen, Stecknadeln zwischen die Lippen gepresst, vor Schneiderpuppen, brachten Modelle in Form, drapierten und steckten ab, während an den Wänden schlanke Frauen in grauen Seidenkimonos herumstanden und darauf warteten, zur Anprobe gerufen zu werden. Es war ein betriebsamer, aufregender Ort.

»Wunderbar, nicht wahr?«, rief Lucile laut, um das Summen der Nähmaschinen und das Geschnatter zu übertönen.

Tess nickte heftig und ließ mit offenem Mund den Blick durch den Raum schweifen. Lucile schlängelte sich an den Tischen vorbei und kommentierte die Arbeit der Näherinnen mal lächelnd, mal mit gerunzelter Stirn, hob hier und da einen

Ballen Stoff hoch, um sein Gewicht abzuschätzen oder seine Textur zu prüfen, und rief verschiedene Angestellte zu sich. Das war endlich wieder die Frau, vor der Tess auf der *Titanic* solche Ehrfurcht gehabt hatte.

Am anderen Ende des Raums befand sich Luciles durch Glaswände abgetrenntes Büro und darin ein wahres Blumenmeer – Rosen, Pfingstrosen, Narzissen, alles, was sich das Auge wünschen konnte. Auf jeder freien Fläche, sogar auf dem Boden, standen Sträuße, jeweils mit einer Mitteilung versehen. Wahrscheinlich Grußkarten.

»Meine Kunden und meine Freunde haben sich so gefreut, dass ich überlebt habe«, sagte Lucile trocken, als sie den Raum betrat. »Man wird sehen, ob sie es demnächst immer noch tun.«

Gleich hinter der Bürotür saß eine Gruppe von Männern und Frauen eng beieinander. Bei Luciles Eintreten sprangen sie alle pflichtbewusst auf.

»Guten Morgen, Madame«, sagte einer.

Lady Duff Gordon zog eine Hornbrille aus ihrer Handtasche, setzte sie auf und sah sie der Reihe nach an.

»Der Laufsteg muss heute aufgebaut werden«, sagte sie. »Und die Trennvorhänge zur Werkstatt sind noch nicht angebracht worden. Warum?«

»Wir brauchen die Werkstatt noch für ein paar Tage«, sagte eine Frau in einem weißen Kittel, der sie aussehen ließ wie eine Bäckerin. »Alles in letzter Minute ...«

»Es gibt immer Arbeit, die in letzter Minute gemacht werden muss«, schnitt ihr Lucile das Wort ab. »Stellen Sie die Arbeitstische enger zusammen. Wir müssen den Laufsteg rechtzeitig aufbauen. Sonst bleibt uns keine Zeit, uns etwas einfallen zu lassen, wenn es Schwierigkeiten gibt. Wir erwarten ein volles Haus. Habe ich mich klar ausgedrückt?«

»Ja, Madame.«

Lucile wandte sich bereits einem jungen Mann mit schütterem Haar zu. »James, wie weit sind wir mit dem Hochzeitskleid? Ich habe meine Perlenstickerinnen nicht gesehen.«

»Sie kommen heute Nachmittag«, erwiderte er hastig.

Lucile durchschritt ihr Büro und redete sich zusehends in Wut. »Warum sind wir noch nicht weiter?«, fragte sie. »Warum werden die Kleider noch nicht abgesteckt? Die Modelle stehen herum und haben nichts zu tun. Uns läuft die Zeit davon! Das Hochzeitskleid ist das Herzstück der Schau, die Perlenstickerei muss perfekt sein. Deshalb gilt es, sofort damit zu beginnen. Das habe ich alles gestern schon gesagt ... Warum ist nichts geschehen?«

»Wir arbeiten mit Hochdruck ...«, begann James nervös.

»Ich habe auf hoher See allein ums Überleben gekämpft, und hier strengt sich niemand an, dass die Kleider für die Schau fertig werden?« Lucile deutete mit einer ausladenden Handbewegung auf das Meer von Blumen. »Meine Freunde sind meine Kunden, und meine Kunden sind meine Freunde. Da kann ich mir keine Stümperei leisten.«

Tess bemerkte, dass manche im Raum vielsagende Blicke tauschten. Eine Frau zog eine Braue hoch und verdrehte die Augen. Man war solche Ausbrüche hier gewohnt. Offensichtlich beherrschte Lady Duff Gordon die Kunst der Selbstdarstellung.

Dann deutete die Modeschöpferin plötzlich auf Tess. »Hier ist eine junge Frau, die weiß, was Verantwortung heißt«, erklärte sie. »Darf ich Ihnen Tess Collins vorstellen, die wie ich in einem Rettungsboot überlebt hat?« Lucile nahm einer Näherin ein Seidenkleid aus der Hand, schüttelte es zurecht und hielt es hoch. »Tess, was meinen Sie? War es richtig, das hier im schrägen Fadenlauf zuzuschneiden?«

Alle Blicke richteten sich auf Tess. Die betrachtete das Kleid und fragte sich, welche Antwort von ihr erwartet wurde. Doch das spielte keine Rolle, denn das Gewicht der schweren Seide sagte ihr bereits, was richtig war. Nach all den Jahren, in denen sie zusammen mit ihrer Mutter genäht hatte, kannte sie sich mit Stoffen ziemlich gut aus.

»Nein«, sagte sie mit fester Stimme. »Schon beim ersten Tragen werden die Drapierungen heruntersacken.«

Triumphierend warf Lady Duff Gordon der Näherin das Kleid in die Arme und wandte sich wieder dem jungen Mann mit dem schütteren Haar zu. »James, wenn Sie nicht aufpassen, bekommt jemand anderes Ihren Posten«, warnte sie ihn. »Führen Sie Tess zum Zeichentisch, damit sie uns zeigen kann, wie das Schnittmuster für dieses Modell aussehen muss.«

Tess war sich nicht sicher, wie gut sie zeichnen konnte, denn bislang hatte sie immer nur Rohskizzen angefertigt und sich die Schnittmuster dazu im Kopf zurechtgelegt, statt sie auf Papier festzuhalten. In ihrer Aufregung wandte sie sich damit beim Hinausgehen an James, der offensichtlich erleichtert war. Deutlich freundlicher gestimmt begann er, ihr von den Eigenheiten ihrer Arbeitgeberin zu berichten, die bereits bei einigen Näherinnen stand und sich neuen Problemen zuwandte.

»Sie benutzt gern kleine Drohungen, um die Leute anzustacheln. Normalerweise ist das nicht weiter schlimm. Aber heute Morgen werden wir alles tun, um sie abzulenken.« Er seufzte. »Heute brachte jeder die Morgenausgabe der *Times* mit, als er zum Dienst kam, und es war schwer, die Leute zur Arbeit zu bewegen. Ich habe dafür gesorgt, dass die Exemplare alle im Mülleimer verschwanden, bevor sie eintraf. Es gibt hier kein anderes Thema mehr. Deshalb hat es heute so schleppend begonnen.« Er sah Tess ernst an. »Ich habe ihr noch gar nicht gesagt, dass einige Bestellungen storniert worden sind. Wichtige sogar. Sie wird außer sich sein.«

»Ich habe keine Ahnung, was ich hier tun soll«, gestand Tess.

»Madame lässt neue Mitarbeiter gern im Ungewissen«, meinte er. »Am besten beginnen Sie erst einmal an der Bügelpresse.«

Es war wie ein Märchen. Wenn Tess nicht bügelte, schlenderte sie an den Tischreihen entlang, betastete die wunderbaren Stoffe und sah den Näherinnen bei der Arbeit zu. An einem Tisch saß ein älterer Mann, der mit der Hand kunstvoll Knopflöcher nähte. Bei jedem Stich zog er die einzelne Schlinge genau so fest wie die vorige. Besonders fasziniert war Tess, als die Anproben begannen. Es war einfach wunderbar, zu sehen, wie die fließenden Kreationen von Lady Duff Gordon durch das Abstecken und Raffen an den Körpern der Modelle zum Leben erweckt wurden. Und wenn Tess die Füße der Näherinnen auf den Schwingbrettern der Singer-Maschinen betrachtete, kam es ihr vor, als wäre sie Zeugin eines ausgefeilten Tanzes. Wenn nur ihre Mutter all das sehen könnte. Bei der Erinnerung an daheim – an die Abende am Kamin, wenn ihre Mutter flink und mit geschickter Hand Schürzen und Hemden für die Kinder genäht hatte – durchfuhr Tess ein Stich. Aber der Schmerz hielt nicht lange an. Sie war vollkommen – und hoffnungslos – verliebt in diesen Ort mit all seinen Geräuschen, Gerüchen, seinem Licht und der hektischen Betriebsamkeit.

Als Lucile Tess durch die Glasscheiben ihres Büros beobachtete, gestattete sie sich eine gewisse Genugtuung. Die Augen der jungen Frau waren rund wie Teetassen, sie war voll und ganz eingenommen von der Pracht. Eine nur natürliche Reaktion, wenn man dies alles zum ersten Mal zu sehen bekam. Es war ein kluger Schritt gewesen, Tess von dem Rummel und den kritischen Fragen im Waldorf wegzulocken.

In diesem Moment trafen sich ihre Blicke, und Tess sah den Triumph in Luciles Augen.

Hier ist das, was Sie wollen, und ich kann es Ihnen geben.

Tess lief es plötzlich kalt den Rücken hinunter. Sie wandte den Blick als Erste ab.

Myrtle Room
Waldorf-Astoria
Samstag, 20. April, morgens

Es war erst neun Uhr, aber Pinky spürte schon den Schweiß an ihren Händen klebrig werden, als sie darauf wartete, dass die zweite Runde der Anhörungen begann. Der Raum war bis in den letzten Winkel mit Stühlen bestückt, die Luft war zum Schneiden dick und roch säuerlich vom Qualm Dutzender Zigarren. Alle Zeitungen brachten inzwischen Sonderausgaben mit Artikeln über Tapferkeit, Feigheit und Tod heraus, aber der Jagdeifer der Reporter hatte inzwischen absurde Ausmaße angenommen.

Der Saal füllte sich rasch. Pinky hatte eigentlich erwartet, dass die Duff Gordons jemanden vorschicken würden, um einen Gegenangriff zu führen. Aber jeder hatte die Geschichte aufgegriffen. Allein die beiden Wörter *Bestechung* und *Millionärsboot* garantierten eine Woche lang reißenden Absatz. Auch Tess war nirgendwo zu sehen, das überraschte Pinky allerdings nicht. Zweifellos hatte sich Lady Duff etwas einfallen lassen, damit sie den heutigen Anhörungen fernblieb. Pinky nahm ihr Taschentuch und presste es sich an die Stirn. Mit Vergnügen registrierte sie die neidischen Blicke ihrer Kollegen. Nicht nur wegen der guten Story, sondern weil der Zorn über die Ungerechtigkeit, wer auf dem Schiff überlebt hatte und wer hatte sterben müssen, inzwischen übergreifendes Interesse geweckt hatte. Ein großer Coup. Aber sie wusste, wie die Dinge in dieser Branche liefen. Heute war Lady Duff die Böse, und morgen würde es jemand anderes sein. Inzwischen gab es unter den Überlebenden Männer, die sich fast schon unterwürfig für ihre Rettung entschuldigten. Mal sehen, was sich daraus entwickelte.

»Na, junge Dame, worüber schmunzeln Sie denn heute?« Senator Smith war eingetroffen und blieb an ihrem Stuhl stehen.

»Weil ich hier bin, Senator«, antwortete sie, als wäre sie keineswegs überrascht. »Am wichtigsten Ort der Stadt, wie Sie wissen.«

Smith lächelte, und für einen Moment verlor er seine steife Haltung. Diese entschlossene, energische Frau gefiel ihm irgendwie. »Ohne Zweifel.«

»Haben Sie meinen Artikel über die Duff Gordons gelesen? Dass sie Seeleute bestochen haben, damit sie nicht weiter nach Überlebenden suchten? Was sagen Sie dazu?«

Sein Lächeln erstarb. »Ich hätte es lieber gesehen, wenn Sie die Zeugenaussage abgewartet hätten.«

»Heißt das, Sie bestellen die Duff Gordons zur Aussage ein?«

»Ich betreibe keine Hexenjagd.«

»Aber Sie werden sie vorladen?«

»Das ist noch nicht entschieden.« Smith wandte sich ab und nahm seinen Platz am Podiumstisch ein. Augenblicklich rief er die Versammelten mit seinem Hammer zur Ruhe.

Der erste Zeuge war der einzige überlebende Funker, ein Mann namens Harold Bride.

Der totenbleiche und erstaunlich jung aussehende Bride bahnte sich in einem Rollstuhl den Weg durch die Menge. Jedes Mal, wenn er mit seinem dick bandagierten linken Fuß irgendwo anstieß, zuckte er zusammen.

Smith stellte seine Fragen behutsam, und Bride wurde nach und nach sicherer. Er und der zweite Funker hatten versucht, Hilfe von anderen Schiffen anzufordern. Irgendwann hatte er, wie er sagte, seinem Kollegen geraten, statt des CQD-Signals das SOS-Signal zu senden. »Das ist ein neuer Code. Im Spaß habe ich noch zu ihm gesagt, es ist vielleicht unsere letzte Chance, ihn anzuwenden.« Beide hatten gelacht, erinnerte er sich.

Im Raum wurde es mucksmäuschenstill, als man Bride bat, zu schildern, auf welche Weise es ihm gelungen war, zu überleben. »Als ich von Bord gerissen wurde, hielt ich mich an einem der Rettungsboote fest. Ich wurde unter das Boot gesogen, in die Luftblase, sie sich dort gebildet hatte«, erklärte er. »Als ich mich daraus befreien konnte und wieder hochkam, beugten sich viele Leute zu mir hinunter. Ich war der Letzte, den sie an Bord eingeladen haben.«

Die Zuschauer wurden unruhig. Eingeladen?

»Gab es noch andere, die hineinwollten?«

»Ja, Sir.«

»Wie viele?«

»Dutzende«, sagte Bride. Er stieß das Wort, wie es schien, mit all seiner Kraft hervor und nahm damit seiner Aussage in dem offiziellen Verfahren auch jegliche Distanziertheit. Unruhe breitete sich im Saal aus, und hier und da hörte man ein Schniefen oder ein leises Schluchzen. Der Zorn in der Stimme des jungen Mannes ergriff jeden einzelnen Zuschauer.

»Dutzende«, wiederholte Smith. »Im Wasser? Leute mit Schwimmwesten?«

»Ja.«

»Das Wort ›eingeladen‹ scheint doch sehr unangebracht«, warf ein Mitglied des Ausschusses ein.

»Das ist meine Bezeichnung. Und mehr habe ich dazu nicht zu sagen.«

»Aber was sagen Sie zu den Rettungsbooten, in denen noch Platz war? Hatten die Leute Angst, mit dem Schiff hinuntergezogen zu werden?«

Bride blieb standhaft. »Ich schätze, ich war etwa fünfzig Meter von der *Titanic* entfernt«, sagte er. »Ich schwamm noch, als sie unterging, und spürte praktisch überhaupt keinen Sog. Einige Rettungsboote hätten zurückkommen und helfen müssen.«

So viel zu der von ihnen vorgebrachten Ausrede, warum sie nicht zurückgekehrt waren. Pinky schrieb wie wild mit. Sie war durch und durch zufrieden. Einmal aber hielt sie inne, weil ihr plötzlich ein überraschender Gedanke kam. War sie etwa wütend auf den ganzen verdammten Haufen?

Am späten Nachmittag entdeckte Pinky in einer Pause eine vertraute Gestalt, die sich von einer Gruppe missmutig aussehender Seeleute der *Titanic* löste und auf sie zukam.

»Sie haben den Duff Gordons heute Morgen eine regelrechte Breitseite geliefert«, meinte Jim Bonney.

»Und war das gut so?«

Er sah sie nicht mehr an, ließ den Blick nervös umherwandern und suchte, die Stirn sorgenvoll gerunzelt, den Raum ab.

»Wahrscheinlich sind Sie nicht die Richtige für meine Frage, aber ich bin auf der Suche nach einer jungen Dame. Sie arbeitet für die Duff Gordons.«

»Meinen Sie Tess Collins?«

»Ja«, sagte er ein wenig verblüfft.

»Ich habe sie heute noch nicht gesehen.«

»Ich muss sie treffen«, erklärte er. »Mit ihr reden.«

»Wahrscheinlich hat Lady Duff sie mit in ihr Atelier genommen. Tut mir leid, ich bin zwar Reporterin, aber ich weiß auch nicht alles.«

Anscheinend überlegte er, wie viel er preisgeben konnte. »Die gesamte Schiffsbesatzung wird heute Abend nach Washington gebracht. Ich muss Tess sehen, bevor wir losfahren.«

Pinky wusste, dass Senator Smith die Verlegung der Anhörungen in die Hauptstadt plante, aber sie hatte nicht gedacht, dass es so schnell geschehen würde. »Wann?«, fragte sie.

»Spät, aber ich dachte, Sie wüssten Bescheid.« Er steckte die Hände fahrig in die Hosentaschen und suchte weiter den Raum ab.

Sie wusste es nicht, aber das würde sie ihm nicht sagen und sich damit die Story verderben. Vielleicht war Smith deshalb so freundlich gewesen. Weil er glaubte, er könnte sich Pinky und die Reporter von den New Yorker Klatschblättern vom Hals schaffen. »Lady Duff steht im Ruf, eine strenge Arbeitgeberin zu sein«, sagte sie in ungezwungenem Ton. »Wahrscheinlich werden Sie Tess hier erst am Abend finden können. So viel zu romantischen Gefühlen.« Es war ein Schuss vor den Bug, aber wie immer, wenn sie ein Wagnis einging, genoss sie das Ergebnis.

Jim hatte ihr aber offenbar gar nicht richtig zugehört. »Haben Sie Kontakt zu ihr?«

»Das klingt, als ginge es um etwas Wichtiges.«

»Also, ich glaube, dass Sie ein anständiger Mensch sind. Wenn Sie sie sehen, sagen Sie ihr bitte, dass ich abreise?«

»Gewiss doch.« Und dann fügte sie schnell hinzu: »Wenn Sie mir noch einmal für ein Interview zur Verfügung stehen.«

»Gut, aber nicht jetzt. Später.«

Vielleicht meinte er es sogar ernst. »Übrigens, Sie sind sehr begabt. Ein hübsches Rettungsboot, das Sie da geschnitzt haben.« Wieder ein Schuss ins Dunkle.

»Sie hat es Ihnen gezeigt?« Seine Augen strahlten.

»Nicht ganz, aber so ähnlich.«

»Danke«, sagte er und wandte sich zum Gehen.

»Wollen Sie sich nicht von mir verabschieden?« Er sah gut aus, und sie musste sich schwer beherrschen, nicht mit ihm zu flirten.

Es blieb ihm nicht verborgen, und er sah sie amüsiert an. »Nun, ich nehme an, wir werden uns wiedersehen. Sie berichten doch über dieses Spektakel, nicht wahr? Dann bis demnächst in Washington.« Er drehte sich um und ging davon. Pinky sah ihm mit einer gewissen Genugtuung nach. Sie hatte nicht nur ihre Vermutung bestätigt bekommen, dass er das kleine Rettungsboot geschnitzt hatte, sondern auch herausgefunden, warum es von so großer Bedeutung war. Es war immer eine Freude, mehr über Menschen zu wissen, als sie vermuteten.

Während die Zuschneiderinnen, Näherinnen und Modellmacherinnen ihre Sachen packten, um nach Hause zu gehen, ließ Lucile stumm den Blick über ihre Werkstatt schweifen. Das schwindende Tageslicht hüllte Tische und Nähmaschinen in einen goldenen Schleier, der bis zu dem fast fertiggestellten Laufsteg am anderen Ende des Raums reichte.

»Jetzt können Sie es mir sagen. Wie viele Stornierungen hat es gegeben?«

James sah auf sein Notizblatt. »Etwa zehn, Madame«, antwortete er.

»Hat jemand auch den Mut gehabt, den Grund dafür zu nennen?«

»Andere Verpflichtungen«, erwiderte James leise.

»Und was ist mit den Reservierungen für die Schau?« Sie blickte zu den aufgestapelten Klappstühlen auf der anderen Seite des Raums, die entlang dem Laufsteg aufgestellt werden sollten.

»Ein paar Absagen, nicht viele.«

»Mrs. Wharton?«

»Sie äußert ihr Bedauern; es ist ihr unmöglich, zu kommen.«

»James, ich weiß, wie viele Exemplare der *Times* in die Abfalleimer gestopft wurden. Bestimmt haben Sie das angeordnet.«

James' Gesicht verfärbte sich aschgrau, und er machte eine ungelenke kleine Verbeugung. »Ja.«

»Danke. Guten Abend.«

James sah zu Tess hinüber und hielt an der Bürotür inne. »Miss Collins wird sich hier gut machen«, sagte er dann unvermittelt. »Guten Abend.«

Mit hallenden Schritten durchquerte er die Werkstatt. Als sich die Tür hinter ihm schloss, waren Lucile und Tess allein.

»Inzwischen dürfte im Hotel eine leckere Mahlzeit auf uns warten«, meinte Lucile, als sie ihre Handschuhe anzog. »Der Koch dort leistet hervorragende Arbeit. Wir werden heute zu dritt in unserer Suite speisen.«

Zögerlich folgte Tess Lucile zum Aufzug und versuchte, sich nicht anmerken zu lassen, welche Begeisterung dieser wundervolle Ort in ihr ausgelöst hatte. Etwas so Schönes hatte sie sich in ihren kühnsten Träumen nicht ausgemalt. Allein die Stoffe anzufassen und zuzuschauen, wie sorgfältig die eleganten Stickereien und Perlenarbeiten gefertigt wurden. Obwohl sie noch nicht wusste, wie, war sie sich doch sicher, dass sie hier einen Platz finden würde. Vor allem, weil sie es wollte.

Die Kabel des Aufzugs ächzten lauter als zuvor, weil das Gebäude jetzt leer war. Tess schien es eine Ewigkeit, bis er endlich bei ihnen im obersten Stockwerk ankam. Sie und Lucile stiegen ein, und der Lift fuhr knarzend und beunruhigenderweise leicht schaukelnd nach unten. Als sich die Türen im Erdgeschoss öffneten, wurden sie von einer Heerschar Reporter empfangen.

»Haben Sie die Seeleute bestochen?«, rief einer von ihnen.

»Warum war Ihr Boot so leer?«, brüllte ein anderer.

»Wie rechtfertigen Sie, dass Sie sich von den Ertrinkenden entfernt haben?«, bellte ein Dritter.

»Wo ist Farley?«, stieß Lucile leise hervor. Sie ging über die Rufe und die zahllosen anderen Fragen hinweg und bahnte sich mit den Ellenbogen ihren Weg zur Straße. Tess folgte ihr eilig.

Schließlich hatten sie den Chauffeur erreicht. Er drängte die Reporter beiseite und führte die beiden Frauen mit ruhiger Hand zum Wagen – ein Segen, dieser Mann, ihre Rettung. Als Tess in die Limousine stieg und Farley die Tür hinter ihr schließen wollte, steckte jemand den Kopf ins Wageninnere.

Es war das fleckige Gesicht eines Mannes, dessen Atem so nach Tabak stank, dass Tess zurückwich. »Uns wurde berichtet, in Ihrem Boot habe ein Mann gesessen, der sich als Frau verkleidet hatte«, schrie er. »Können Sie das bestätigen?«

»Das will ich nicht abstreiten«, sagte Lucile.

»War es der Tänzer Jordan Darling?«

Die Tür schwang zu, aber Lucile hielt sie noch einen Moment geöffnet und beugte sich mit einem eisigen Lächeln vor. »Auch das würde ich nicht abstreiten«, sagte sie.

Jetzt schlug die Tür zu, Farley rutschte hinter das Lenkrad

und lenkte den Wagen auf die Fahrspur. Sie fuhren durch die Straßen New Yorks Richtung Norden, vorbei an Gemüseständen und Kirchen mit nadelförmigen Turmspitzen, an glänzenden, von stolz tänzelnden Pferden gezogenen Droschken, während unter dem Asphalt, in den dunklen Tiefen, die Züge der Metro ratterten und dröhnten und ihre Insassen in Windeseile an ihr Ziel brachten.

Cosmo stand in der Eingangshalle des Waldorf an der Rezeption und runzelte die Stirn, als er die Post sah, die ihm der Hotelangestellte aushändigte. »Ist das alles?«, fragte er.

»Ja ... Sir«, sagte der Angestellte zögernd. Offensichtlich ein Amerikaner, der nicht wusste, wie man einen britischen Adligen ansprach. Cosmo machte das unduldsam. Er wandte sich zum Gehen.

»Ach, Sir, da ist noch eine Nachricht für ein Mitglied Ihrer Gesellschaft«, sagte der Angestellte hastig. »Möchten Sie sie mitnehmen?«

»Ja, natürlich.« Cosmo griff nach dem zerknitterten Stück Papier, das der Angestellte ihm hinhielt, und las es, während er zum Aufzug ging. Eine Botschaft für Tess? Worum mochte es dabei gehen? Nur eine Zeile, rasch mit Bleistift hingekritzelt:

Können wir uns heute Abend am Südeingang
des Central Park treffen? Bitte.

Keine Unterschrift. Cosmo starrte auf die Notiz und dachte kurz nach, dann zerknüllte er sie langsam in der Faust und warf sie in einen Papierkorb neben dem Lift. Höchst verärgert schlug er auf den Aufzugknopf. Offensichtlich legte es diese verdammte Reporterin darauf an, noch mehr Informationen aus Tess herauszuquetschen. Es hatte keinen Sinn, Lucy davon zu erzählen – sie würde nur wieder einen Wutanfall bekommen. Ein Glück, dass er rechtzeitig hatte einschreiten können. Im Moment gab es genug Unruhe in ihrem Leben.

Samstag, 20. April, abends

An diesem Abend sprang Pinky nicht die Stufen des *Times*-Gebäudes hinunter, dazu war sie viel zu müde. Sie musste noch etwas zu essen besorgen, die Medizin für ihren Vater abholen und sich erneut ein Gefecht mit Mrs. Dotson liefern, dieser rundlichen, ständig nörgelnden Schwesternhelferin. Sie wollte mehr Geld. Jeden Abend beklagte sie sich darüber, wie schwer die Pflege von Prescott Wade geworden sei – wegen seiner Inkontinenz und seiner Aggressivität –, und immer verfiel sie dabei in einen resignierten Leidenston. Pinky saß dabei gewöhnlich am Tisch, gefangen in einem schmalen Winkel der Wirklichkeit, dem sie so oft wie möglich zu entfliehen versuchte. Aber heute Abend würde Mrs. Dotson keine Gelegenheit bekommen.

Die Art von konkreten, direkten Fragen, die sie als Reporterin so berühmt gemacht hatten, stellte sich Pinky selbst nur höchst ungern. Denn wenn es um ihr eigenes Leben ging, hatte sie keine Antworten. Wie lange würde er noch leben? Wie viel konnte sie für seine Pflege bezahlen?

Wie üblich waren die Straßen menschenleer, als sie im flackernden Schein der Straßenlaternen nach Hause ging. Sobald sie in der Dunkelheit eine Gestalt bemerkte, straffte sie die Schultern und setzte ihren Weg mit großen Schritten fort, entschlossen, Selbstvertrauen auszustrahlen wie ein Mann. Sie würde sich von dieser Stadt nicht einschüchtern lassen. Es wäre todsicher ihr Ruin.

Wenn ihr Vater nur hin und wieder einmal lächeln würde. Sie wusste nie, ob er sich aus Starrsinn weigerte oder ob er dazu schlicht und einfach nicht mehr in der Lage war. Auch ihm musste klar sein, dass den einst allseits verehrten und umschwärmten Prescott Wade niemand mehr besuchen würde. Die meisten Leute glaubten wie Lady Duff Gordon, er sei bereits gestorben – obwohl sie nie von seinem Ende gehört hatten. Für sie war es leichter, von einem geradezu gemächlichen Dahinscheiden im Dämmerzustand auszugehen – schmerzlos natürlich: Wenn der Tod dann tatsächlich eintrat, konnten sie mit der Zunge schnalzen und in Erinnerungen schwelgen, ohne Tränen zu vergießen. So endete ein Leben als berühmte Persönlichkeit. Wer aber würde sich später an sie, Pinky, erinnern? Von ihr blieb wohl nicht mehr als ein Haufen Verfasserzeilen, die im Archiv der *New York Times* in einem dicken Zeitungsband vor sich hin schimmelten. Diesen Gedanken schickte sie sofort in den Orkus, während sie die Fleischtheke des Lebensmittelladens an der Ecke ansteuerte.

Mrs. Dotson hatte bereits ihren Mantel angezogen, als Pinky den Schlüssel umdrehte. »Er hatte heute keinen guten Tag«, verkündete sie, noch bevor Pinky die Tür wieder hinter sich geschlossen hatte.

»Den hat er nie, Mrs. Dotson.«

»Aber es ist schwer für mich, wo Sie ständig unterwegs sind und so.«

»Das ist mein Beruf, Mrs. Dotson. Damit verdiene ich mein Geld.« Sie holte die Päckchen mit Bohnen und Huhn aus ihrem Leinenbeutel, legte alles auf die Arbeitsplatte und wünschte sich, die Frau würde diesmal ohne ihre üblichen Klagen gehen.

»Ich weiß, dass Sie hart arbeiten, meine Gute.« Mrs. Dotson sprach jetzt in einem liebenswürdigen Ton. »Aber er wird von Tag zu Tag weniger. Ich hoffe, dass Sie in Zukunft nicht mehr so viel unterwegs sind. Sie würden es sich nie verzeihen, wenn Sie nicht bei ihm wären, wenn seine Zeit gekommen ist. Falls ich weiter über Nacht bleiben muss, brauche ich mehr Geld. Das ist nur recht und billig. Sie sind kaum mehr zu Hause. Aber das lässt sich wegen Ihrer Arbeit wohl nicht vermeiden.«

Sie hatte nicht ganz unrecht. Ohne Mrs. Dotson wäre sie aufgeschmissen. Was sollte sie ohne sie tun? Ihren Vater in eine dieser grässlichen Anstalten stecken, über die sie sich eingehend erkundigt hatte? »Wir werden uns schon einigen«, sagte sie.

»Fünf Dollar mehr für die Nachtwachen.«

»Drei.«

»Vier – viereinhalb.« Mrs. Dotson war mutiger geworden.

»Vier – mehr kann ich mir nicht leisten.«

»Gut.«

Sie sahen sich an. Die Verhandlungen waren abgeschlossen.

»Ihre Kritik heute hat mir gefallen, meine Gute. Ich habe sie Ihrem Vater vorgelesen, aber anscheinend hat sie ihn nicht besonders interessiert.«

Wie verletzend! Pinky konnte es nicht fassen. Mrs. Dotson, hätte sie am liebsten gesagt, wir sind nicht miteinander befreundet. Wir mögen uns nicht. Tun wir nicht so, als wäre es anders – kümmern Sie sich einfach um meinen Vater, und gehen Sie nach Hause, wenn Sie fertig sind. Vor allem aber verwickeln Sie mich nicht in Gespräche. Ich hasse das.

Stattdessen sagte sie artig danke, schob die Hand in ihre Tasche und zog ein Bündel Geldscheine heraus. Dann zählte sie ein paar ab und gab sie Mrs. Dotson. Diese verabschiedete sich rasch, wobei sie wie üblich versprach, am nächsten Morgen wiederzukommen.

Pinky nahm ein Messer und begann, das Hähnchen zu zerteilen, hielt aber plötzlich inne. Sie sollte erst einmal nach ihrem Vater sehen.

In seinem Zimmer war es dunkel, was für ihn jedoch keinen Unterschied machte. Sie schaltete das Licht an.

»Wurde aber auch Zeit, dass du nach Hause kommst.« Seine Augen waren geschlossen, und seine Stimme klang heiserer als sonst. Er hatte Bartstoppeln am Kinn, also hatte Mrs. Dotson heute keine Zeit gefunden, ihn zu rasieren.

»Ich habe feste Abgabetermine, wie du weißt.«

»Bist du wieder dabei, den Reichen und Schönen das Leben schwerzumachen?«

»So wie du es früher getan hast.«

»Richtig. Vergangenheitsform.«

»Brauchst du etwas?«

»Meine Lebenskraft, vielleicht. Und wenn du nicht zu viel zu tun hast, mein Abendessen.«

Schon vor langer Zeit hatte Pinky den Vorsatz gefasst, sich von ihm nicht zum Weinen bringen zu lassen. Diese alles überragende Gestalt eines Mannes, den sie einst bewundert und dem sie nachgeeifert hatte, lag jetzt wie ein Klumpen nasser Lehm auf dem Bett, und sie konnte ihm nicht helfen. Hier gab es nichts zu recherchieren, nichts, wofür sie kämpfen konnte – hier bedurfte es nur der Ausdauer und der Geduld. Sie wandte sich zum Gehen.

»Brathähnchen?«, fragte er.

»Ja.«

»Deine Brathähnchen sind gut.«

Als sie in die Küche zurückkehrte, fühlte sie sich besser. Auch wenn es nicht deutlich ausgesprochen wurde, erkannte sie, dass er nett sein wollte.

Der Park war in nächtliche Dunkelheit gehüllt. Jim stand immer noch am Eingang und suchte die 59th Street nach einem Zeichen von Tess ab. Jedes Mal, wenn sich eine schlanke Frau mit forschen Schritten näherte, schöpfte er Hoffnung. Jedes Mal wurde er enttäuscht.

»War wohl nicht die Ersehnte, was?« Der Kutscher, ein freundlicher Mensch mit herabhängenden Wangen und einer völlig ausgebleichten Mütze, lächelte ihn mitfühlend an. »Aber es gibt immer ein nächstes Mal.«

Jim rang sich ein Lächeln ab und rieb der schläfrigen braunen Stute, die vor die Kutsche gespannt war, die Nase. Er sah vor sich, wie Tess' zierliche Hand ihr die Mähne gestreichelt hatte. War das wirklich erst gestern gewesen? Ihm kam es vor, als wäre seither ein ganzes Jahr verstrichen.

Schließlich gab er auf. »Danke für Ihre Gesellschaft«, sagte er zu dem Kutscher, bevor er sich davonmachte. Sein Gefühl sagte ihm, dass es ein nächstes Mal nicht geben würde.

7

Als der Zug nach Washington Fahrt aufnahm, lehnte sich Senator Smith auf seinem mit rauem Stoff bezogenen Sitz erschöpft zurück. Endlich eine Atempause nach all der Hysterie. Am Abend würde er wieder in seinem eigenen Bett liegen, und die Anhörung am Montag würde gewiss zivilisierter verlaufen.

»Herr Senator, sollte ich für Sie nicht ein paar Aufzeichnungen machen?« Ein Assistent stand neben ihm und erinnerte ihn mit sanfter Stimme an seine Pläne.

Smith richtete sich auf. Das Diktieren seiner Gedanken half ihm, die Dinge zu ordnen. »Vordringlich muss ich natürlich herausfinden, warum das Schiff gesunken ist. Haben Sie das?«

»Ja, Sir.«

»Es könnte sein, dass eine Reihe kleinerer Fehler und Irrtümer zusammenkam und zur Katastrophe führte, aber so was wollen die Leute nicht hören. Sie wollen, dass man ihnen eine Ursache präsentiert, nicht mehrere. Die vielen moralischen und praktischen Entscheidungen, die wir treffen müssen, interessieren sie nicht.« Er seufzte. Es war für die meisten – ihn selbst eingeschlossen – einfach unfassbar, dass sich ein von den besten Köpfen gefertigtes und mit den besten Maschinen ausgestattetes Produkt in dieser Zeit des Fortschritts mit einem Paukenschlag gegen seine Schöpfer wendet.

»Haben Sie gelesen, was die Zeitungen schreiben, Senator?«

»Sie suchen nach Sündenböcken.«

»Besonders dieses britische Paar. Werden Sie die Duff Gordons vorladen?«

»Warum fragen Sie? Ich habe es satt, immer wieder darauf angesprochen zu werden.«

Dem Assistenten tat es sichtlich leid. »Bitte entschuldigen Sie, Herr Senator. Ich dachte ...«

»Um Ihre Frage zu beantworten, ich würde es eigentlich lieber vermeiden. Das könnte die Engländer nur noch weiter gegen uns aufbringen.« Er ließ sich zurücksinken. »Sie greifen mich ja jetzt schon an. Haben Sie das gelesen?« Er zeigte auf den Artikel im *American*. »Wissen Sie, wer dieser Henry Adams ist?«

»Ja, Sir.«

»Der Mann gilt als anerkannter Historiker. Er behauptet, wir steuern auf unseren eigenen Eisberg zu, indem wir die Gesellschaft spalten. Seiner Meinung nach steht die gesamte Struktur des 19. Jahrhunderts vor dem Zusammenbruch, stellen Sie sich das nur vor. Und wir alle, ob Freund oder Feind, werden dabei untergehen.«

»Vielleicht sollten wir uns später an die Aufzeichnungen machen.«

»Ja, das wäre wohl besser.« Wenn er nur schon zu Hause wäre! Dort würde er Ordnung in seine Gedanken bringen können. Dieser vermaledeite Ismay hatte vor Wut geschnaubt, als er erfuhr, dass er noch nicht abreisen durfte. Nun, das geschah ihm recht. Smith gestattete sich einen kurzen Augenblick der Schadenfreude. Ihm ging es nur darum, Gerechtigkeit herzustellen. Er würde die Untersuchungen weiter fortsetzen, wohin sie ihn auch führen mochten. Zukünftig würden ihm wenigstens nicht die New Yorker Klatschblätter im Nacken sitzen. Daher konnte er die undankbare Aufgabe, im Trüben zu fischen und britische Adelige zu befragen, auch ruhigen Gewissens noch eine Zeitlang aufschieben.

New York
Sonntag, 21. April, morgens

Sonntag war normalerweise der ruhigste Tag der Woche. Jean Darling saß mit der Sonntagszeitung in ihrem heißgeliebten Frühstückszimmer, dessen Erkerfenster das goldene Licht in den gesamten Raum fallen ließen. Sie trug ihren Morgenmantel mit dem Fuchspelz an den Ärmelaufschlägen und dem strahlend weißen Kragen. Jordan sah sie sonntags gern in dieser Aufmachung. Der ruhigste Tag.

In der Regel genoss sie beim Kaffeetrinken den weiten Ausblick auf den Central Park, der sich vor ihrer Wohnung ausbreitete. Wie hatten sie sich gefreut, als sie und Jordan, zwei unbedeutende englische Varieté-Künstler, nach ihrer ersten Aufführung am Broadway im Ruhmesrausch durch diese vornehmen Räume gegangen waren und mit erhobenem Kopf sagen konnten: »Ja, wir nehmen sie« Das war jetzt Jahre her.

Aber Jean hob die Tasse nicht an die Lippen. Sie starrte auf das halb gefüllte durchscheinende Gefäß aus feinstem Porzellan und regte sich nicht – fast wie eine aus Stein gemeißelte Statue. Aber eine Statue würde kein Leid empfinden.

Neben der Tasse lag die Morgenausgabe des *New York Herald*. Und darin stand der Artikel, den sie gefürchtet hatte, der Bericht, der die schmerzlichen Fehler und das Leid, das seit dem Untergang der *Titanic* auf dem Land lastete, nur noch vermehren würde. »Schändliches Maskenspiel eines Tänzers«, lautete die Schlagzeile. »Als Frau verkleidet, um sich im Millionärsboot in Sicherheit zu bringen.« Darunter war ein Foto von Jordan abgedruckt, der mit einem schiefen Lächeln in die Kamera schaute. So verletzlich.

Jean überflog den Artikel. Wie sie nicht anders erwartet hatte, handelte es sich um eine höhnische Tirade gegen den Mann, »der Frauen ihrem Schicksal überließ«, um sich selbst zu retten. Bei einem Satz blieb sie allerdings hängen: »Gefragt, ob

sie diese neue Information über die widerwärtigen Ereignisse
im Millionärsboot bestätigen könne, sagte Lady Duff Gordon: ›Das will ich nicht abstreiten.‹«

Wie grausam. Ihr geliebter Gatte, ein mutiger, integrer Mensch – ruiniert. Natürlich bedeutete es das Aus für ihre Karriere, für ihren Beruf. Bis zum nächsten Morgen würde sie alle Engagements verloren haben.

Was hätten sie anders machen sollen? Ohne ihr Drängen hätte sich Jordan nicht jenes Tuch um Kopf und Schultern gewickelt und wäre nicht mit ihr zum Rettungsboot gelaufen; und wenn das Boot nicht fast leer gewesen wäre, hätte er sich geweigert hineinzusteigen. Das wusste sie genau. Er war kein Feigling, er hatte nur leben wollen. Was sollte daran falsch sein? War jemand zu Tode gekommen, weil Jordan überlebt hatte? Nein.

Jean starrte durch das Fenster auf die gewundenen Wege und die Blätter, die sie an so vielen friedlichen Tagen mit Wohlgefühl erfüllt hatten. Jetzt wünschte sie sich nur noch ein Ende der Qual.

Als sie im Flur Jordans Schritte näher kommen hörte, faltete sie die Zeitung sorgfältig zusammen und steckte sie in die oberste Schublade des schönen alten Schranks, den sie auf ihrer Hochzeitsreise gekauft hatten. Es waren wunderbare Flitterwochen gewesen – in Marokko, wo sie zum ersten Mal zusammen getanzt hatten. Von Beginn an waren sie im Gleichschritt gewesen, waren mit magischer Anmut durch die Figuren geschwebt, hatten die Jubelrufe des Publikums genossen und waren einander der sichere Hafen gewesen. Sie hob den Kopf und wartete, dass Jordan mit seinem freundlichen Lächeln den Raum erhellte. Wie viele Frauen konnten das Geschenk einer solchen Liebe genießen? Wie hätte sie ihn dem Tod überantworten sollen?

Jordan betrat den Raum und machte wie üblich seine kleine neckische Verbeugung. »Und wie geht es meiner reizenden

 Frau an diesem Morgen?«, fragte er. »Wie sieht die Welt heute aus?«

Sie legte zwei Finger an die Lippen und hauchte ihm einen Kuss zu. »Wunderbar«, sagte sie. Sie stand auf, ging zu ihm, legte einen Arm um seine Schulter und nahm seine Hand. Sie würde nicht weinen. Ein kaum wahrnehmbares feines Netz aus Tränen legte sich auf ihre Augen, als sie erneut lächelte. »Wir sollten mit einem Tanz beginnen, findest du nicht? Denn schließlich ist es der ruhigste Tag.«

Gereizt ging Lucile in ihrem menschenleeren Atelier auf und ab. Die Nähmaschinen standen still, und dabei müsste es eigentlich brummen und surren. Doch sie wagte es nicht mehr, auf Sonntagsarbeit zu bestehen, nicht in New York, nicht, seit die Gewerkschaft der weiblichen Beschäftigten in der Kleidungsindustrie Ateliers wie ihres schikanierten. Dabei war es ausgesprochen ungerecht. Schließlich war ihr Unternehmen kein Ausbeuterbetrieb wie Triangle, du meine Güte. Sie bezahlte ihre Arbeiterinnen gut, und keine war jünger als vierzehn Jahre. Würden sie heute an den Maschinen sitzen, könnten sie mit einem gefüllten Geldbeutel nach Hause gehen. Lucile seufzte und versuchte, sich zu beruhigen. Sie war immer aufgeregt vor einer Schau. Aber zu sehen, dass ihr Name in den Artikeln über Jordan Darling auftauchte, der sich als Frau ausgegeben hatte, zermürbte ihre Nerven. Sie hatte lediglich eine Frage beantwortet, und es tat ihr nicht leid, Jordan bloßgestellt zu haben. Doch dass man ihren Namen so augenfällig mit der Sache in Verbindung brachte, war geradezu lächerlich. Sie hatte nichts bestätigt, und der Reporter, der den Artikel geschrieben hatte, wusste das ganz genau. Aber Cosmo ließ ihr das nicht durchgehen. Er hatte heute Morgen die Zeitung in den Papierkorb geworfen und ohne ein Wort das Zimmer verlassen.

Lucile blieb stehen und betrachtete den gerade fertiggestellten Laufsteg am Ende des langen Raums. Schlank und blankpoliert sah er jetzt richtig präsentabel aus. Ihre Stimmung hob sich. Dieser Nervenkitzel unmittelbar vor der Schau – die Erwartungen, die Anspannung. All das gefiel ihr. Sie stellte sich auf den Laufsteg, richtete sich auf und stolzierte erhobenen Kopfes darüber, wie sie es ihren Mannequins vor den Schauen hier, in London und in Paris beibrachte. Dann machte sie mit einer anmutigen Drehung kehrt und ging zurück. Sie konnte den kommenden Montag kaum mehr erwarten. Das hier war ihr Reich, und sie wünschte sich, dass es barst vor Leben. Sie wollte das, was ihr vertraut war, und die *Titanic* vergessen. Gewiss würde all dies bald vorbei sein; gewiss würde es keine weiteren Stornierungen mehr geben. Den vornehmen Frauen von New York gefielen ihre Kollektionen. Sie würden sich nicht von ihr abwenden. Lucile wünschte sich sehnlichst, endlich wieder festen Boden unter den Füßen zu haben.

Plötzlich merkte sie, dass sich am anderen Ende des Ateliers etwas bewegte. Das musste Farley sein, mit einer Nachricht. Hin- und hergerissen zwischen Furcht und Wut ging sie auf die Gestalt zu. Niemand hatte das Recht, sich ohne ihre Erlaubnis hier oben aufzuhalten. Niemand.

»Wer ist da? Was suchen Sie hier?«, rief sie herrisch.

»Gebieterisch wie immer«, kicherte eine weibliche Stimme. »Erkennst du deine eigene Schwester nicht?«

Lucile schnappte nach Luft. »Elinor?«

»Warum staunst du? Als ich von dem Unglück gehört und dein Telegramm von der *Carpathia* erhalten habe, habe ich gleich einen Platz auf dem nächsten Schiff gebucht. Hast du gedacht, ich komme nicht?«

»Ich …« Lucile brachte kaum ein Wort heraus, als ihre Schwester aus der Dunkelheit trat, am Arm diesen albernen roten Sonnenschirm. Hatte sie das geglaubt? Hatte sie sich gefragt, ob Elinor auch über die schlimmste Katastrophe in ihrer üblichen Art hinweggehen würde, ohne sich in ihre Situation einzufühlen?

»Eigentlich hätte ich mir denken können, dass du kommst. Du warst schon immer die Spontanere von uns beiden.«

»Damit bin ich auch bestens gefahren«, sagte sie mit lebhafter Stimme. »Ich brauchte ohnehin ein neues Drehbuch. Aber diesmal wird Hollywood warten müssen.«

»Ich danke dir. Du weißt gar nicht, wie sehr ich dich brauche.« Irgendetwas in ihr öffnete sich.

Elinor warf ihren Sonnenschirm auf einen der Tische und breitete die Arme aus. »Nach dem, was ich in den Zeitungen gelesen habe, kann ich mir das ziemlich gut vorstellen«, murmelte sie.

In dem kurzen Augenblick ihrer Umarmung fühlte sich Lucile seit der Katastrophe zum ersten Mal geborgen.

Tess lag an diesem Sonntagmorgen in ihrem Hotelzimmer auf dem Bett und blickte hinauf zu der reichen Stuckverzierung an der Decke. Sie streckte die Zehen und legte die Finger um die Stangen des Kopfteils aus Messing, um ihre Muskeln zu dehnen. Am Tag zuvor hatte sie so lange gestanden, dass ihr Rücken immer noch schmerzte. Es tat gut, hier zu liegen und sich auszuruhen, obwohl sie ihre trüben Gedanken nicht beiseiteschieben konnte. Sie wollte nicht mehr über Jim nachgrübeln und hin und her überlegen, warum sie nichts mehr von ihm gehört hatte. Bestimmt gab es eine Erklärung dafür, das wünschte sie sich jedenfalls. Andererseits musste sie zugeben, dass sein Schweigen schon genug sagte. Er hatte sie nicht auf die Ereignisse vorbereitet, und vielleicht schämte er sich, seine Rolle darin einzugestehen.

Entschlossen schüttelte sie die Gedanken an ihn ab. Der heutige Tag gehörte ihr. Lady Duff Gordon hatte ihr am Abend zuvor großzügig verkündet, dass sie am Sonntag nicht arbeiten müsse. Dank der gewerkschaftlichen Bestimmungen in New York konnte sie sich auf den Sonntagsmärkten vergnügen. Tess hatte gesehen, wie Luciles Gesicht freudig aufleuchtete, als sie ihre Enttäuschung darüber gezeigt hatte. Ich liebe diesen zauberhaften Ort, sagte sie im Stillen zu Lucile. Sie haben mich verführt.

Pinky hängte sich den Henkelkorb über die Schulter und verließ auf Zehenspitzen die Wohnung, ohne dem schmutzigen Geschirr Beachtung zu schenken. Nichts war lauter als das Klappern von Tellern beim Spülen. Er schlief noch, und sie wollte weg sein, bevor er aufwachte. An diesem Morgen wollte sie keine Fragen mehr hören. Sie hatte ihn bereits rasiert, was ihm sonst meist gefiel, aber heute war er ungehalten gewesen. Manche Tage waren eben besser als andere. Doch allmählich hatte sie es satt, sich immer wieder damit zu trösten.

»Wo willst du hin?«, rief er.

»Auf den Markt. Es ist Sonntag, hast du das vergessen? Ich hole etwas Obst, Bananen. Die magst du doch gern. Ich bringe auch Zeitungen mit.«

»Komm mal her, Pinky.«

Verflixt. Pinky stellte den Korb ab. Als sie das Zimmer ihres Vaters betrat, spürte sie einen Stich. Er sah so fahl aus.

»Sie zahlen dir nicht viel, nicht wahr.« Es war eher eine Feststellung als eine Frage.

»Es ist ganz in Ordnung.«

»Du kannst mich nicht täuschen ... ich habe gehört, wie du gestern Abend mit dieser Dicken, die eine Krankenschwester zu sein meint, über ihren Lohn verhandelt hast.«

Sie musste unwillkürlich lächeln. »Vielleicht kannst du sie dazu überreden, abzunehmen, dann braucht sie nicht so viel Geld.«

»Sehr witzig.« Seine Stimme war rau, aber freundlich. »Wann bekommst du eine Gehaltserhöhung?«

Das fragte sie sich auch. »Ich habe ein paar gute Artikel in der Schublade, und nächste Woche berichte ich über den Suffragettenmarsch. Bestimmt bekomme ich bald mehr Geld. Sie brauchen mich.«

»Verlass dich nicht zu sehr auf deine eigenen Pressemitteilungen. Das wäre ein großer Fehler.«

Da war es wieder. Immer wollte er ihr Ratschläge erteilen, wie sie ihre Arbeit zu tun hatte. Pinky drehte sich um und ging langsam zur Tür zurück. »Ich muss jetzt los, sonst sind die besten Sachen schon weg. In Ordnung?«

Er nickte. »Sarah ...«

Sie blieb stehen. Sarah rief er sie nur selten.

»Es tut mir leid, mein Kind.«

Beinahe hätte sie kehrtgemacht und ihn auf die Stirn geküsst. Aber ihre Augen brannten jetzt schon.

Tess entdeckte Pinky zuerst. Sie plauderte mit einem Händler, das Haar wehte ihr übers Gesicht. Sie schien sich auf diesem Markt mit seinen bunten Markisen, den Gemüse- und Pfirsichkisten und den Kindern, die um die Röcke ihrer Mütter spielten, genauso wohlzufühlen wie bei den Anhörungen. Sie wirkte freundlich und nett, als wäre sie nicht darauf aus, andere Menschen und ihren Ruf zu zerstören. Tess wandte sich ab.

Zu spät, Pinky kam auf sie zu. »Tess? Lady Duff hat Ihnen wohl einen Tag frei gegeben? Und Sie nutzen ihn für diesen wunderbaren Sonntagsmarkt.« Ihre Stimme klang entspannt, aber unverbindlich. Sie war auf der Hut.

»Warum haben Sie das getan?« Tess hatte sich nicht überlegt, was sie bei ihrer nächsten Begegnung sagen würde. Jetzt platzte es einfach aus ihr heraus.

Pinky war verblüfft. »Was?«

»*Feiger* Baronet? Matrosen *bestochen*, damit sie nicht noch einmal umkehren? Das ist nicht wahr.«

»Ich habe das nicht erfunden«, erklärte Pinky rasch. Sie war beleidigt.

»Aber Sie haben es jemandem geglaubt. Jemandem, der nicht genügend Charakter besaß, seinen Namen unter die Vorwürfe zu setzen. Wer war es?«

»Tess, ich habe es nicht gern, wenn man mich angreift. Jemand vom Schiff hat es mir erzählt ...«

»Ein Seemann?«, fragte Tess bestürzt.

»Wenn Sie es denn unbedingt wissen wollen, ja.«

»Doch nicht etwa Jim Bonney?« Bitte, nicht Jim Bonney.

»Sie meinen den Seemann, der in Sie vernarrt ist? Der das Boot für Sie geschnitzt hat, mit dem Sie so fahrlässig umgegangen sind?«

Jetzt war Tess beleidigt. »Ja«, sagte sie.

»Sie sind ja eine gute Freundin. Ich muss Ihnen überhaupt nichts sagen.« Es war ihr freier Tag. Sie brauchte Gemüse für das Abendessen. Vielleicht würde sie für ihren Vater einen Eintopf kochen, er liebte Zwiebeln. Hier zu stehen und sich beschimpfen zu lassen, das hatte sie nicht nötig.

»Ihnen ging es ja bloß um einen guten Artikel. Es macht ihnen nichts aus, Leben zu zerstören.«

Pinky stellte wütend ihren Korb auf den Boden. Die Blicke der Käufer um sie herum interessierten sie nicht. Außerdem war sie viel zu müde, um diplomatisch zu sein. »Sie stellen sich auf die Seite dieser egozentrischen, selbstzufriedenen Menschen, für die Sie arbeiten, obwohl sie auf alle anderen herabblicken. Sie meinen also, es würde nicht stimmen? Und was haben Sie zu erzählen? Wissen Sie denn, was in dem Boot passiert ist?«

»Sie werden mich nicht in diese Geschichte hineinziehen. Ich war nicht dabei, aber Lucile schwört, dass nichts Schlimmes vorgefallen ist.« Tess bekam kaum Luft. »Warum hassen Sie sie so? Sie führen doch selbst ein privilegiertes Leben. Und die Freiheit, die Sie haben! Sie haben Macht. Warum nutzen Sie sie nicht mit mehr Wohlwollen?«

»Was glauben Sie, was Amerika ist?«, fragte Pinky verwundert. »Ein Paradies, in dem alle so reich sind wie die Duff Gordons? Sie kommen an, sitzen gleich am ersten Abend an einem Tisch voller Kristall und Porzellan und meinen, so wäre das hier überall. Sie glauben anscheinend auch, dass man hier andere Menschen missachten oder ihnen Schaden zufügen kann, ohne dafür zur Rechenschaft gezogen zu werden. Und dann werden Sie wütend, weil ich versuche, die Wahrheit zu sagen?«

»Sie sind so selbstgerecht. An der Wahrheit sind Sie doch gar nicht interessiert.«

»Ich arbeite hart, um den Dingen auf die Spur zu kommen, und versuche, eine gute Reporterin zu sein. *Sie* sind hier die Selbstgerechte. Sind Sie ganz sicher, dass die Duff Gordons nicht versucht haben, die Matrosen zu bestechen?«

Tess gab sich Mühe, ruhig und langsam zu sprechen. »Sie haben ihnen Geld gegeben, aber nicht, um sie zu bestechen, sondern als *Dank* und als *Hilfe*. Warum fällt es Ihnen so schwer, das zu glauben? Sind die Duff Gordons deshalb schlecht?«

»Tess, Loyalität kann einen blind machen.«

»Hinter Schlagzeilen her zu sein, auch.«

»Könnte es nicht sein, dass Sie sich irren?«

»Und Sie?«

Sie starrten sich schweigend an. Schließlich sorgte Pinky dafür, dass ihr Gespräch nicht endete.

»Ich bin also privilegiert ... Möchten Sie sehen, wo ich wohne?« Sie nahm Tess' Hand. Tess dachte nicht mehr an den Markt und ließ sich durch eine Straße führen, die an einer schmalen, gewundenen, von kleinen Häusern gesäumten Gasse endete. Stechende Gerüche wehten von den Fenstern herüber, Gerüche nach Kohl, Schmorfleisch und Zwiebeln; man hörte das Weinen von Kindern und Hundegebell. Auf Leinen zwischen den Häusern flatterte Wäsche in der sanften Brise. Pinky deutete nach oben.

»Dritter Stock. Bei meinem Vater. Er ist krank. Keine Rente. Was nicht heißt, dass sich andere um ihn kümmern würden. Finden Sie immer noch, dass ich selbstgerecht bin?«

Tess stand eine Weile stumm da.

»Wollen Sie damit sagen, dass Sie arm sind? Ist es das?«

»Ich will sagen, dass ich eine wunderbare Arbeit habe, die mir nicht viel Geld einbringt und wegen der ich mich manchmal ziemlich ärgern muss. Besonders dann« – Pinky holte tief Luft und versuchte, gelassen zu bleiben –, »wenn mir jemand sagt, ich sei privilegiert und selbstgerecht.«

»Aus meiner Sicht sind Sie das.« Auch Tess musste sich zusammennehmen. »Von beidem ein bisschen.«

»Vielleicht. Aber ich sehe, dass die Reichen, die auf Bälle gehen, sich nicht einen Deut um andere scheren und ihre alten Leute zum Sterben in Altersheime abschieben.«

Es hatte keinen Sinn, gegen solche Verallgemeinerungen anzugehen. »Können Sie nicht zur Abwechslung auch die guten Dinge sehen? Lady Duff Gordon beschäftigt Menschen und bezahlt sie anständig, und sie ... behandelt sie gut.« Das war übertrieben, und sie wurde rot. »Zählt das in Ihren Augen denn überhaupt nicht?«

»Ihr Briten mit eurem Respekt vor Titeln«, gab Pinky zurück. »Sie macht das, was sich für sie auszahlt.«

»Sie ist kein Unmensch, Pinky.«

»Vielleicht, aber wissen Sie, was ich glaube? Sie versuchen zu sehr, dieser Frau zu gefallen. Menschen wie ihr kann man es nie recht machen.«

»Sie hätte mich mir selbst überlassen können, als wir hier ankamen. Aber das hat sie nicht getan. Wissen Sie, was das für jemanden wie mich bedeutet?«

»Deshalb müssen Sie sie nicht gleich verehren.«

Tess fühlte sich getroffen. »Ich begreife nicht, warum Sie Ihre Energie für so etwas verschwenden.«

»Ich versuche, ein paar Schlachten zu schlagen, die Aufmerksamkeit auf sich ziehen. Weil ich etwas verändern möchte. Es macht mich zornig, dass ich so wenig ausrichten kann.«

Wieder standen sie einander schweigend gegenüber.

Schließlich meinte Pinky widerstrebend: »Warum soll ich es Ihnen nicht sagen? Meine Informationen über das Rettungsboot stammen von einem Matrosen namens Tom Sullivan. Ein undurchsichtiger Kerl, aber er war dabei.«

Tess spürte eine Woge der Erleichterung. Also nicht Jim. »Und warum glauben Sie ihm?«

»Er hat nicht so viel Geld von den Duff Gordons bekommen, wie er erwartet hatte. Er ist wütend. Als es schließlich ums Bezahlen ging, waren sie ziemlich knauserig. Daher kann ich ihn verstehen.«

»Aber können Sie auch wirklich ausschließen, dass er nicht gelogen hat?«

»Dazu müsste die Lady es unter Eid abstreiten. Und selbst dann wäre ich mir nicht sicher. Warum dachten Sie, ich hätte meine Informationen von Bonney?«

In diesem Moment kurvte ein kleiner Junge auf einem wackligen Fahrrad auf sie zu, so dass sie beide einen Schritt beiseitetreten mussten. Tess war froh, ein wenig Zeit zu haben, um ihre Antwort zu formulieren: »Ich habe es nicht gedacht, sondern gefürchtet«, sagte sie bedächtig. »Verstehen Sie das?«

»Aber sicher.« Pinky klopfte sich insgeheim auf die Schulter, dass sie mit ihrer Vermutung am Tag zuvor recht gehabt hatte, obwohl es sie nicht wirklich freute. »Was meinen Sie, sollen wir zum Markt zurückkehren? Ich kann Ihnen die besten Äpfel zeigen, die Sie jemals gegessen haben.« Ihre Stimme klang jetzt wieder etwas freundlicher.

Tess schüttelte den Kopf.

»Ich bin kein schlechter Mensch«, meinte Pinky rasch. »Und Sie gefallen mir. Sie werden es hier zu etwas bringen, Tess.«

Genau das hatte Jim auch gesagt. »Ich weiß nicht, was ich von Ihnen halten soll. Ob ich vor Ihnen auf der Hut sein muss, oder ob ich Sie als Freundin betrachten kann.«

Freundin. Das gefiel Pinky. »Ich mache nur meine Arbeit. Reporter sind nirgendwo beliebt.«

»Sie sind mir zu selbstsicher.«

»Im Gegensatz zu Lady Duff?«

Tess schwieg.

Pinky seufzte. »Gut. Hilft es Ihnen, wenn ich Ihnen sage, dass mein Vater mich manchmal als rasende Rachegöttin bezeichnet?«

Tess musste lächeln. »Ich denke schon. Im Augenblick jedenfalls.«

In stillem Einverständnis gingen sie den Weg zurück, den sie gekommen waren. Bald waren wieder die leuchtenden Markisen und überbordenden Marktstände zu sehen. Tess schirmte ihr Gesicht vor der Sonne ab, deren Wärme ihr Trost spendete, und dachte an Jim. Allmählich wurde ihr leichter ums Herz. Zumindest für diesen einen Tag war alles gut.

Die Sonne ging bereits unter, als Tess, einen kleinen Korb mit Äpfeln unter dem Arm, zum Waldorf zurückkehrte. Während sie mit Pinky über den Markt geschlendert war, hatte hauptsächlich die Reporterin geredet, allerhand über New York erzählt, ihr Tipps gegeben, wo sie preiswerte Blusen und anständigen Tee finden konnte, dass in wenigen Tagen vom Washington Square aus ein Marsch der Frauen für das Wahlrecht stattfinden würde. Es werde ein großer Zug sein, der größte bisher, und er gehöre zu den Dingen, über die sie besonders gern berichte, weil es um Unterdrückung und Frauenrechte gehe. Angeführt werden sollte der Marsch von einer Frau auf einem weißen Pferd. Einem herrlichen, großen Schimmel. Es werde Spruchbänder geben, und die Frauen würden ihre Kinder und sogar ihre Babys mitbringen, und auch Männer würden daran teilnehmen – ein paar zumindest. Was für ein Leben das denn sei, das die Frauen führen müssten, eingezwängt in Korsetts, die Schmerzen der Geburt erleidend, während ihre Männer die Nächte in Bordellen verbrächten? Die Ehe sei eine Falle.

Sie sprach leidenschaftlich, in einem Fluss. Tess war beeindruckt. Auch in England gab es Suffragetten. Sie hatte über sie gelesen und einmal einen Protestmarsch gesehen, bei dem

Spruchbänder geschwenkt worden waren. Aber sie hatte nie das Gefühl gehabt, dass es auch mit ihrer Situation etwas zu tun haben könnte. Suffragetten? Frauen, die ihre Unabhängigkeit erklärten? Das waren Fremde für sie, Privilegierte von einem fernen Planeten. Frauen, die Zeit und Kraft genug besaßen, noch etwas anderes zu tun, als Bettwäsche zu wechseln und Toiletten zu schrubben.

»Schließlich kämpfen sie auch für *Ihr* Recht zu wählen«, sagte Pinky.

»Das hätte mir auch nicht geholfen. Nur mit größter Mühe habe ich mir den Sohn meiner Arbeitgeberin in Cherbourg vom Leib halten können, der dachte, er dürfte sich alle Freiheiten herausnehmen.«

»Sehen Sie? Sie hatten nicht die Macht, ihn davon abzuhalten.«

»Aber wie hätte ihn mein Wahlrecht dazu bringen können, seine Hände dort zu lassen, wo sie hingehören?«

Pinky sah sie mit der Ungeduld einer Lehrerin an, die vor ihrer begriffsstutzigsten Schülerin steht. »Mit Ihrer Stimme könnten Sie Politiker beeinflussen, die, um an der Macht zu bleiben, vielleicht irgendwann ein Gesetz erlassen, das solche Übergriffe unter Strafe stellt.«

»Den Tag möchte ich gern erleben.«

»Dann kommen Sie mit zu dem Marsch. Ich verrate Ihnen ein Geheimnis.«

»Ein Geheimnis?«

»Das Aufregendste überhaupt. Ich berichte über den Marsch, und ich darf auf dem weißen Pferd reiten, bevor er beginnt. Ich kann Ihnen gar nicht sagen, wie viel mir das bedeutet«, sagte Pinky voller Ehrfurcht.

»Sie können reiten?«

»Ja sicher.« Sie lachte. »Und wissen Sie, was das Beste dabei ist? Wenn sich Frauen zusammentun, protestieren und überhaupt etwas gemeinsam unternehmen, bringt das manche Männer völlig aus der Fassung. Sie brüllen und schreien, spotten und drohen mit ihren Fäusten. Und warum? Weil sie Angst haben. Sie fürchten, dass wir tatsächlich Macht bekommen und sie zu Veränderungen zwingen könnten.« In ihren Augen blitzte kindliche Verschmitztheit auf. »Es macht Spaß, das zu beobachten.«

»Ich kenne solche Männer«, sagte Tess. Der Offizier auf der *Titanic* hatte ihr ohne Weiteres die Schuld an der Tollpatschigkeit eines Matrosen gegeben. Sie war an derartige Vorfälle gewöhnt – ob Pinky das schockierte? Wahrscheinlich. Es tat gut, so dahinzuschlendern, über Frauen, das Wahlrecht, Macht und weiße Pferde zu plaudern. Und dann die Sonne – welch angenehmes Gefühl auf der Haut. Während Pinky von ihrem nächsten Artikel über die *Titanic* schwatzte, hörte Tess kaum noch zu. Sie spürte einen tiefen inneren Frieden.

»Wir haben Berichte, dass ein paar Überlebende nicht erfasst wurden, wahrscheinlich, weil sie vom Zwischendeck waren und kein Englisch sprachen«, sagte Pinky. »Komischerweise aber hatte man auch einen Reichen für vermisst erklärt, weil er bewusstlos war und sein Jackett nur noch aus Fetzen bestand.«

Tess blieb abrupt stehen. »Wissen Sie, wie er heißt?«

»Jack Bremerton, ein Mann aus Chicago.«

»Er lebt? Geht es ihm gut?«

»Ja.« Pinky warf ihr einen kurzen Blick zu. »Kennen Sie ihn?«

»Wir sind uns auf dem Schiff begegnet.«

»Er soll eine bedeutende Persönlichkeit sein. Der berühmte Henry Ford hat ihn aufgesucht, und er sitzt schon wieder in seinem Büro und arbeitet. Klingt für mich, als würde er noch unter Verwirrung leiden.« Sie kicherte. »Übrigens, ich habe meinen Chef überredet, mich heute Abend nach Washington zu schicken, damit ich morgen die Anhörungen besuchen kann.«

»Washington?«

»Smith hat beschlossen, die Anhörungen auf heimatlichem Boden fortzusetzen. Man hat gestern die ganze Schiffsmannschaft dorthin gebracht. Haben Sie eine Nachricht für Ihren Seemann?«

»Er ist nicht mein Seemann.« Der spöttische Ton in Pinkys Stimme ärgerte sie. Außerdem konnte sie jetzt nicht mehr nach Einzelheiten über Mr. Bremerton fragen.

»Ich habe mit Ihnen beiden gesprochen, und Sie beide strahlen, wenn der Name des anderen erwähnt wird ... Aber das hat natürlich nichts zu bedeuten.«

Tess hörte ihr nur mit halbem Ohr zu. Sie dachte an den feschen, lächelnden Mann mit dem grauen Haar auf der *Titanic*. Er war hier, in dieser Stadt, und doch so weit von ihr entfernt wie der Mond. Wenn sie ihn nur treffen könnte! Wie albern – sie schwärmte wie ein Schulmädchen. In der wirklichen Welt hatten ihre Fantasien keinen Platz. Und Jim – Jim war abgereist, ohne ihr ein Wort zu sagen. Auch das war die wirkliche Welt.

»Tess? Ich muss jetzt gehen. Irgendeine Nachricht für Jim?« Pinky zog eine Augenbraue hoch und wartete.

»Nein, keine Nachricht.«

8

Waldorf-Astoria
Sonntag, 21. April, abends

Luciles Redefluss war nicht zu bremsen. Und sie schien glücklich, als Cosmo ihr das schicke Nachmittagskleid am Rücken aufknöpfte. »Nur herein, nur herein«, rief sie fröhlich, als Tess die Suite betrat. »Heute Abend werden wir feiern, es gibt eine wunderbare Überraschung. Meine Schwester ist hier.«

»Als wunderbar hast du mich noch nie bezeichnet«, tönte eine Stimme aus dem Nebenraum. Und dann kam sie herein, die hübsche Frau, die Tess in Cherbourg am Hafen gesehen hatte, wie sie ihren Sonnenschirm kreisen ließ. Sie streckte Tess die Hand entgegen. »Guten Abend, Tess«, sagte sie lächelnd. »Ich bin Elinor Glyn. Ich glaube, wir sind uns noch nicht richtig vorgestellt worden. Man hat mir gesagt, Sie sind weit mehr als ein gutes Dienstmädchen. Dem Himmel sei Dank dafür.«

»Wie sind Sie so rasch nach Amerika gekommen?«, fragte Tess verwundert.

»Tja, meine Liebe, mein Schiff ist eben nicht gesunken.«

Mit welch leichter Unbekümmertheit sie das sagte. Demnach gab es sie also noch, die normale Welt, in der man scherzen konnte. Tess gefiel diese Frau sofort.

»Elinor meint, wir sollten heute Abend im Palm Room essen und uns die Mahlzeiten nicht mehr aufs Zimmer bringen lassen, als würden wir uns schämen.« Lucile entwand sich Cosmos Händen und drehte sich um. »Jetzt sind es die Darlings, die den Kopf einziehen müssen. Habt ihr den Bericht über diese schändliche Maskerade gelesen?« Sie streifte sich Handschuhe aus weißem Ziegenleder über und wirbelte in ihrem langen, schmal geschnittenen Kleid aus himbeerroter Seide herum. »Ist es nicht zauberhaft? Vielleicht führe ich es bei der Frühjahrsschau persönlich vor. Das wäre doch einmal etwas anderes.«

»An dir kommen deine Kleider ohnehin am besten zur Geltung, Liebste«, erwiderte Cosmo wie aufs Stichwort. Nach einem Blick auf seine Taschenuhr mahnte er seine Frau zur Eile. Nur noch zehn Minuten, dann wurden sie unten an ihrem reservierten Tisch erwartet.

»Tess, Sie müssen sich uns anschließen«, sagte Lucile. »Ich habe Ihnen im Nebenzimmer ein Kleid bereitgehängt.«

Natürlich war das weniger eine Einladung als vielmehr eine Anweisung. Trotzdem hatte sich Luciles Laune erstaunlich schnell gebessert, seit Elinor da war. Tess stockte der Atem, als sie das Kleid an der Tür des Wandschranks hängen sah. Es hatte eine erstaunliche Ähnlichkeit mit dem, das ihr Lucile vor dem Untergang der *Titanic* gegeben hatte. Dieselbe Farbe, derselbe Schnitt. Verband sie damit eine Absicht? Als Tess es vom Bügel nahm, glitt es ihr über die Finger, so geschmeidig und flüchtig wie die dahineilende Zeit.

Der Palm Room mit seinem prächtigen Kuppeldach war erfüllt von ungezwungener Feierlichkeit und dem diskreten Gemurmel der gutgekleideten Gäste. Mit einer respektvollen Verbeugung, die auch Tess einschloss, löste der Oberkellner die rote Samtkordel, um die Gruppe an ihren Tisch zu führen. Keine staunenden Blicke, kein offenstehender Mund, ermahnte sich Tess. Benimm dich nicht wie ein Dienstmädchen. Die schimmernden Kristallkelche, der bernsteingelbe Marmor, das Kerzenlicht, vervielfacht von den glitzernden Spiegeln an den Wänden, schufen ein fast schon verwirrendes Ensemble tanzender Bilder. Zauberhaft.

»Kopf hoch, Tess«, flüsterte ihr Elinor zu. »Sie tragen das Kleid einer Königin. Alle Blicke sind auf uns gerichtet. Genießen Sie es.«

»Ich fühle mich aber gar nicht königlich.«

»Um Himmels willen, dann tun Sie so als ob.«

In der Tat erregten sie Aufsehen bei den Gästen, die tuschelten, als sie an ihnen vorbeigingen. Doch in den Stimmen schwang eine Schärfe mit, die klang, als würde man ein Messer durch die Luft ziehen.

»Sie sind uns nicht wohlgesinnt«, stellte Tess fest.

»Eine Mischung aus Neid und Missgunst – das Übliche. Nehmen Sie sich ein Beispiel an meiner Schwester. So macht man das.«

Lucile hatte die Hand auf Cosmos angewinkelten Ellenbogen gelegt und ging, nein, rauschte durch den Raum, als erwartete sie im nächsten Augenblick plötzlich aufbrandenden Applaus, den sie mit einer triumphierenden Verbeugung entgegennehmen würde. Ihr Gesicht glühte. Tess dachte bei ihrem Anblick an eine Sonnenblume, die sich dem Licht entgegenreckt.

»Sagen Sie mir, Tess, wollen Sie bleiben, oder werden Sie die Flucht ergreifen?«

Inzwischen hatten sie ihre Plätze eingenommen, und Elinor stellte ihre Frage in einem ungezwungenen, ruhigen Ton. Ihr Blick blieb dabei allerdings kühl. Der Sommelier öffnete eine Flasche Champagner, und hinter jedem Stuhl stand ein Kellner bereit.

»Eigentlich habe ich nicht vor zu gehen«, antwortete Tess verdutzt.

»Lucy glaubt offenbar, dass Sie Talent haben. Sie bekommen hier eine bessere Gelegenheit, Ihr Können unter Beweis zu stellen, als Ihnen vielleicht bewusst ist. Aber in nächster Zeit wird es hier ungemütlich werden.«

»Ich weiß.«

»Meine Schwester tritt in jedes Fettnäpfchen, das sie finden kann. Ihr jüngster Angriff auf die Darlings war äußerst unklug.«

Peinlich berührt rutschte Tess auf ihrem Stuhl hin und her. Sollte sie zustimmen oder einfach abwarten?

»Ich will Sie hier nicht auf die Probe stellen, und ich halte nicht viel von vornehmer Zurückhaltung. Im Gegenteil, ich habe gemerkt, wenn eine Frau zeigt, was sie kann, kommt sie weiter – zumindest in der Filmwelt.«

»Für den Beruf des Dienstmädchens gilt das nicht«, wandte Tess leise ein.

Elinor lachte. »Den üben Sie ja nun nicht mehr aus«, sagte sie. »Ich kann nicht lange bleiben. Ich würde meiner Schwester zwar gern beistehen, aber ich werde in Los Angeles erwartet.« Als sie die Asche ihrer Zigarette in einen Aschenbecher schnippte, tanzten Lichtreflexe über ihre elegante schmale Zigarettenspitze. »Deshalb will ich nicht lange um den heißen Brei reden. Was Lucile jetzt braucht, ist jemand, der im Atelier Augen und Ohren offen hält. Da kommen Sie wie gerufen. Cosmo hat heute für Sie eine Wohnung angemietet, in der Nähe des Flatiron Building, also nicht weit von Luciles Werkstatt. Hier können Sie nicht bleiben, das Hotel braucht Ihr Zimmer. Das Ganze wird nicht allzu lange dauern, aber Lucile kann erst dann nach England zurückkehren, wenn die Frühjahrsschau vorüber ist und sie mit Sicherheit weiß, dass sie nicht vor den Untersuchungsausschuss berufen wird. Anschließend können Sie tun, was immer Ihnen beliebt. Sie bekommen Referenzen.«

»Was meinen Sie mit ›Augen und Ohren offen halten‹?«

Elinor zuckte die Achseln und lächelte. »Das werden Sie noch rechtzeitig erfahren.« Als sie zu Lucile hinübersah, die munter auf den schweigenden Cosmo einredete, schwand ihr Lächeln. Das Gesicht völlig verschlossen, nippte er an seinem Drink. »Lucy sollte besser auf der Hut sein«, sagte sie leise.

»Weswegen?« Aber noch während Tess ihre Frage stellte, bemerkte sie ein leises Flackern in Cosmos Augen. Was bedeutete das?

Langsam nahm Tess ihre silberne Gabel auf, um den Salat

zu essen, der inzwischen vor ihr stand. Zarte grüne Blätter, weißer Spargel und fein gewürfelter Schinken – am verlockendsten waren jedoch die gefüllten Oliven. Mit einem raschen Blick auf Elinor vergewisserte sie sich, dass sie die richtige Gabel genommen hatte. »Glauben Sie wirklich, dass sie aussagen muss? Senator Smith ruft doch keine Frauen vor den Untersuchungsausschuss.«

»Ich weiß. Weil eine Frau, die dieses Unglück miterlebt hat, zu traumatisiert ist, um darüber zu sprechen. Was für ein Humbug. Trotzdem könnte Smith dazu gezwungen sein. Lucy wird mit Kritik überschüttet, woran sie selbst nicht unschuldig ist. Ebenso ihr Gatte, um genau zu sein.« Sie verdrehte die Augen, dann sah sie zu Cosmo hinüber. »Die Mannschaft *bestechen*, damit sie nicht noch einmal umkehrt? Du meine Güte!«

In diesem Augenblick trat der Oberkellner an ihren Tisch. »Eine Nachricht für Lady Duff Gordon«, murmelte er.

»Nicht jetzt. Später.« Lucile wollte ihn mit einer Handbewegung fortschicken.

Der Oberkellner beugte sich hinunter und flüsterte Cosmo etwas ins Ohr. Dann gab er ihm einen Zettel. Cosmo überflog den Text, ohne sich etwas anmerken zu lassen.

»Du hörst mir nicht zu«, fuhr Lucile gereizt auf. »Musst du lesen, während ich mit dir spreche?«

Cosmo schob seinen Stuhl zurück und stand vom Tisch auf. »Ich glaube, wir beenden die Mahlzeit besser auf unserem Zimmer«, erklärte er dem Oberkellner freundlich. »Bitte senden Sie so rasch wie möglich jemanden mit den Speisen in unsere Suite.«

»Was, um Himmels willen ...«

»Sei still, Lucy. Gehen wir.«

»Beeil dich«, murmelte Elinor und packte ihre Schwester am Arm. Tess folgte ihnen, ohne Fragen zu stellen. Erneut spürte sie die Blicke der anderen Gäste auf sich. Sie trug den Kopf hoch, und diesmal kostete es sie noch mehr Mühe.

Cosmo schloss die Tür der Suite und drehte sich zu ihnen um. Seine zusammengepressten Lippen waren weiß wie Porzellan. »Jordan Darling hat sich erhängt«, sagte er, den Blick fest auf Lucile gerichtet. »Seine Frau hat ihn vor wenigen Stunden gefunden.«

Tess spürte – begann es im Magen? in den Beinen? –, wie ihr Körper von einem kalten, unkontrollierbaren Schauder ergriffen wurde. Ihre Hände bebten.

»Von wem stammt die Nachricht?«, fragte Elinor.

Cosmo starrte auf den Zettel in seiner Hand, als handelte es sich um eine Bombe. »Von seiner Frau. Sie ist an dich gerichtet, Lucy.«

»Ich will sie nicht lesen«, sagte Lucile. Auf ihren Wangen breitete sich ein feines Zittern aus.

»Dann wirst du sie dir eben anhören.« Cosmo gab Elinor den Zettel. Sie las lediglich den Satz am Ende vor, eine Frage, die, zittrig und in purpurroter Tinte geschrieben, den Text abschloss.

Warum warst du so grausam?

Lucile stöhnte auf und ließ sich in einen Sessel sinken. Dann schlug sie die Hände vors Gesicht.

»Sie ist außer sich. Du trägst keine Schuld«, beschwichtigte sie Elinor rasch.

Körperlich hatte sich Tess zwar wieder beruhigt, doch nun drängte sich in ihre Erinnerung, wie abfällig sich Lucile auf der *Carpathia* über die Darlings geäußert hatte. Nein, sie hatte den Mann nicht umgebracht – das wäre zu schrecklich! Warum waren die anderen alle so still?

»Aber ich habe dazu beigetragen«, sagte Lucile

Erst jetzt war Tess in der Lage, ihr Mitgefühl in Worte zu fassen, um Lucile zu trösten. »Es tut mir so leid«, flüsterte sie.

Lucile sah sie dankbar an. »Meine Gute«, sagte sie.

»Bleib morgen hier in der Suite, Lucy«, sagte Cosmo. »Halte

dich im Hintergrund. Ich werde erklären, dass du von Trauer überwältigt bist. Hast du mich verstanden? Und sprich um Himmels willen mit keinem Reporter.«

Waldorf-Astoria
Montag, 22. April, morgens

Es war noch fast dunkel, als Tess aus dem Hotel trat. Auf ihrem Weg zu Farley, der im Wagen auf sie wartete, sah sie sich misstrauisch um. Noch keine Reporter. Die Nacht war tiefschwarz gewesen, voller quälender Träume: Einmal hatte sie sich auf Eisenbahnschienen geworfen, um Lucile vor dem herandonnernden Zug zu schützen, dann wieder hatte sie beim Betreten eines Raums Jordan Darlings Leiche an der Kordel der Seidenvorhänge baumeln sehen. Woher hatte ihr fiebriges Hirn diese Bilder?

Dabei war das, was der heutige Tag bringen würde, noch viel erschreckender. Sie habe die Aufgabe, im Atelier die Fäden zusammenzuhalten, hatte ihr Elinor am vergangenen Abend erklärt, nachdem die nahezu erstarrte Lucile endlich eingeschlafen war. Tess brauche sich nicht in allen Belangen auszukennen, sie solle nur beruhigend auf die anderen einwirken. Wo immer Lucile auftauchte, es würden nur neue fürchterliche Gerüchte die Runde machen. Tess werde das schon schaffen.

Mit Krämpfen im Magen, als müsste sie eine schwere Prüfung bestehen, erschien ihr diese Aufgabe unmöglich. »Ich bin bisher nur einmal im Atelier gewesen«, hatte sie eingewandt und zugleich gegen ihre Panik angekämpft. »Ich habe nicht die geringste Ahnung, wie die Dinge dort laufen.«

»Dann werden Sie das morgen eben rasch lernen müssen. Denken Sie daran, Sie haben James an Ihrer Seite. Er kennt sich hervorragend mit allem aus«, beruhigte Elinor sie. »Es ist nur für ein paar Tage. Das Leben ist eine Bühne, meistens jedenfalls. Gehen Sie einfach raus, und spielen Sie die Rolle einer Frau, die Verantwortung trägt. Nehmen Sie Haltung an, und stellen Sie es sich vor.« Kurz huschte ein Lächeln über ihr Gesicht. »Das ist das Geheimnis jedes Erfolgs.«

Bevor sie in ihr Zimmer zurückkehrte, hatte ihr Cosmo eine Reihe von Schlüsseln an einem kleinen Stahlring und einen Zettel mit einer Adresse in die Hand gedrückt. »Für Ihre Wohnung, Tess«, hatte er leise gesagt. »Ab Dienstag ist sie fertig, das Bett bezogen, die Handtücher bereit. Auch etwas zu essen wird da sein. Lassen Sie es mich wissen, wenn Sie noch etwas brauchen.« Sein Gesicht war eingefallen wie eine Dörrpflaume – zum ersten Mal sah Tess, dass auch er litt. Das war nicht mehr der aalglatte, stille Mann, den sie am Kai in Cherbourg kennengelernt hatte. Sicherlich hatte auch das zu ihren wüsten Träumen beigetragen.

An diesem Morgen lächelte Farley sie nicht an, sondern bedachte sie mit einem aufmerksamen, sorgenvollen Blick. »Lady Duff kommt heute also nicht?«, fragte er, als er ihr die Tür aufhielt.

»Nein. Sie muss sich ausruhen.«

Er bog mit dem Wagen auf die Straße und legte die Strecke bis zum Atelier schweigend zurück. Tess vertiefte sich in die Liste, die Elinor ihr diktiert hatte: den Laufsteg prüfen, die Kleider für die Schau durchgehen. Kontrollieren, ob die Stickereien und Abschlussarbeiten sauber ausgeführt wurden. Die letzten Anproben überwachen.

»Diese Verantwortung kann ich nicht übernehmen. Warum gehen Sie nicht selbst hin?«, hatte sie protestiert.

»Das wäre ein gefundenes Fressen für die Presseleute.« Elinor verdrehte die Augen. »Wenn sie von Darlings Selbstmord berichten, werden sie auch Lucys Namen in den Dreck ziehen. Und ich muss mich ebenfalls heraushalten, diese Art von Aufmerksamkeit kann ich nicht brauchen. Sie müssen das übernehmen, Tess, Ihnen will niemand an den Kragen.«

Tess fand den Klang der surrenden Nähmaschinen beruhigend, der sie empfing, als sie aus dem Lift in die Eingangshalle trat. Einige Mädchen folgten ihr auf dem Weg in Luciles Büro mit Blicken, aber niemand stellte Fragen. Erst nach einer Weile fiel ihr auf, dass nicht so viele Leute da waren wie am Samstag.

James erwartete sie im Büro. Er schien nervös. »Wo ist Madame?«, fragte er.

»Sie ist überarbeitet und will sich einen Tag Ruhe gönnen.« Tess' Blick glitt zu den vielen nicht mehr ganz frischen Blumensträußen, die den süßlichen Geruch welkender Blüten ausströmten. Hoffentlich hatte sie glaubhaft geklungen.

»Natürlich wissen wir, was los ist«, sagte er. »Niemand möchte für den Tod eines anderen verantwortlich sein. Und das nach alldem, was ohnehin schon über sie in den Zeitungen geschrieben wurde.«

»Daher sollten wir heute alles Nötige erledigen.« Tess hoffte, dass in ihrer Stimme eine gewisse Zuversicht lag.

James drehte der Glaswand den Rücken zu, und Tess merkte, dass er vor den Näherinnen sein Gesicht verbergen wollte. »Ich habe schlechte Nachrichten«, sagte er und trat an einen langen Tisch. Darauf lag eine cremefarbene Robe mit üppiger Perlenstickerei – das Brautkleid, der Höhepunkt der Schau.

»Wie schön!« Tess streckte die Hand aus, doch zu ihrem Entsetzen glitt der Rock vom Tisch, als sie es hochhob. Er war abgetrennt, nur die Hälfte hing noch am Oberteil.

»Wie ist das passiert?« Unglaublich. Diese wunderbare Arbeit zerstört.

»Jemand will Madame schaden«, sagte er. »Ungeheuerlich! So etwas ist noch nie passiert.« Ohne Tess anzusehen, starrte er traurig auf das Kleid, das dalag wie ein Leichentuch. »Niemandem von uns hat gefallen, was in den Zeitungen zu lesen war. Madame klang nicht nett. Aber trotzdem …«

»Wir müssen es ausbessern.«

Er schüttelte den Kopf. »So viel Zeit haben wir nicht. Und der Stoff ist zu fein, um es einfach zusammenzufassen.«

»Wer weiß hierüber Bescheid?«

»Die Perlenstickerin – sie ist in Tränen ausgebrochen und hat die Flucht ergriffen. Sagt, sie kann hier nicht mehr arbeiten. Aber inzwischen wissen es alle.«

Tess ließ die zerrissene Seide und die durchtrennten Perlenstränge durch die Finger gleiten. Dabei dachte sie an einen Stich, den ihre Mutter ihr beigebracht hatte, um zerrissene Spitzenvorhänge auszubessern. Zwei Schlaufen und dann ein Wendestich, wobei es vor allem auf die letzte Schlinge ankam. Wenn das nicht ausreichte, konnte sie den Stoff mit schmalen Streifen Gummiband zusammenraffen.

»James, können Sie mir eine Näherin hereinrufen? Eine, der Sie vertrauen?«

»Gewiss, Madame.«

»Ich glaube, ich kann es retten. Allerdings brauche ich bei allen anderen Dingen Ihre Hilfe. Ich kann dieses Atelier nicht führen. Davon habe ich keine Ahnung.«

»Das kann niemand außer Madame. Hier ist vieles nur schöner Schein. Aber Sie können auf mich zählen.«

Tess lächelte ihn unsicher, aber dankbar an. »Vielleicht sollten wir lieber allen sagen, dass das Kleid in Ordnung gebracht und die Schau wie geplant stattfinden wird, statt so zu tun, als wäre nichts passiert.«

»Klingt vernünftig.« Er schien erleichtert. Auf dem Weg zur Tür rief sie noch einmal nach ihm, und er blieb stehen. »Ist noch etwas?«

»Können Sie entscheiden, welches Mannequin das Kleid tragen wird?«, fragte sie unsicher.

»Gut.«

»Und vielleicht kann jemand die verblühten Blumen rausbringen. Sie sehen so traurig aus.«

»Wird erledigt.«

Erst als sie sich wenige Minuten später über das zerrissene Kleid beugte, fiel ihr auf, dass James sie »Madame« genannt hatte.

Verwaltungsgebäude des Senats
Washington, D. C.
Montag, 22. April, 5 Uhr morgens

Pinky saß auf den Stufen zum Senatsgebäude und schaute in den Sonnenaufgang. Sie kam sich albern vor, schon so früh hier zu sein. Die Anhörungen sollten erst um zehn Uhr beginnen, doch sie hatte nicht gewusst, wo sie sonst hätte warten sollen. Van Anda zahlte eine Hotelübernachtung nur, wenn es sich nicht vermeiden ließ, also hatte sie den Nachtzug genommen und Mrs. Dotson damit in helle Aufregung versetzt. Nur mit zusätzlichen fünfzig Dollar hatte Pinky sich ihrer wohltätigen Dienste versichern können. Sie musste Van Anda klarmachen, dass sie künftig nur noch tagsüber nach Washington fahren würde. Pinky rieb sich die schmerzende Stirn. Vielleicht sollte sie das Continental Hotel aufsuchen, wo die White Star Line die Schiffsbesatzung untergebracht hatte, und einige von ihnen aufwecken. Vielleicht würden sie sich darüber beklagen, dass man sie in einer fremden Stadt ohne Geld sitzen ließ. Aber irgendwie erschien ihr das zu mühsam.

Um sich zu wärmen, schlang sie ihren Mantel enger um sich. Vielleicht wäre sie besser in New York geblieben und hätte sich mit Jordan Darlings Selbstmord befasst. Doch im Grunde genommen hatte sie keine Lust, sich Lady Duff Gordon noch einmal vorzuknöpfen, obwohl diese dumme Person an der neuerlichen Kritik selbst schuld war. Tess verhielt sich zu loyal – viel loyaler als sie selbst, die für ihre Stellung nicht unbedingt alles tun würde. Andererseits hatte sich Darling tatsächlich in ein Tischtuch gehüllt, um ins Boot zu gelangen. Pinky rieb sich noch einmal die Stirn. Manchmal hatte sie diese gesamte Geschichte um die *Titanic* nur noch satt. Konnte nicht endlich jemand kommen und dieses verflixte Bürohaus aufsperren? Hätte sie nur einen dickeren Mantel angezogen.

»Hallo, Sie da, junge Dame! Ich kenne Sie doch!«

Die Frauenstimme, herzlich und voll, kam aus einem schlanken, schwarzen Wagen, der vor dem Gebäude hielt. Pinky trat näher heran und sah durchs Fenster. Das strahlende Gesicht der Frau aus Colorado, die eines der Rettungsboote gerudert hatte, blickte sie an. Margaret Brown. Bestimmt gut geeignet für ein Zitat.

»Steigen Sie ein, Süße, und wärmen Sie sich auf. Offenbar sind Sie aus demselben Grund hier wie ich. Obwohl Sie arbeiten müssen und ich nur neugierig bin und sehen möchte, wie der geschätzte Herr Senator die Sache auf seinem angestammten Terrain angeht.« Mrs. Brown hielt die Tür auf, winkte und bot ihr einen Becher mit dampfend heißem Kaffee aus der Thermosflasche an, den der Chauffeur nach hinten reichte. Dankbar setzte sich Pinky in den Wagen und schloss die kalten Finger um den Becher. Kein Zweifel, hier würde sie ein Interview bekommen.

»Sie sind doch das Mädel mit dem seltsamen Namen, die für die *Times* schreibt, nicht wahr? Frech wie ich, hat man mir gesagt. Wie gefällt Ihnen der Sonnenaufgang in Washington?«

»Es ist sehr ruhig«, erwiderte Pinky.

»So wird es aber nicht mehr lange bleiben. Was gibt es Neues in New York?«

»Einen Selbstmord. Jemand aus Rettungsboot Eins.«

»Ach ja, der arme Jordan Darling. Ich habe im Hotel davon gehört. Eine Maskerade mit tödlichen Folgen. Die Scham muss einfach zu groß gewesen sein«, murmelte Mrs. Brown. »Gibt es auch gute Nachrichten?«

»Ja, über die französischsprachigen Waisenkinder. Ihre Mutter kommt und holt sie ab.«

»Richtig. Davon habe ich auch gehört. Die armen Kleinen. Wenigstens hat ihr Vater alles getan, um sie zu retten. Den Tod vor Augen zu haben klärt den Verstand.«

»Was hat es bei Ihnen bewirkt?«, fragte Pinky.

Mrs. Brown lachte. »Dass ich auch weiterhin tue und sage,

was ich für richtig halte, und mir von niemandem etwas vormachen lasse. Das Leben ist zu kurz, um jahrelang über die Dinge nachzugrübeln. Und bei Ihnen?«

»Ich war nicht auf dem Schiff.«

»Ein gutes Ausweichmanöver, typisch Reporterin. Aber auch Sie werden in absehbarer Zeit Ihre Entscheidungen treffen müssen.« Die Frau lächelte breit und ungezwungen. »Dieser Senator Smith ... am liebsten würde ich ihn einmal richtig durchschütteln. Er will mich nicht vorladen, dabei gibt es einiges, das ich gern zu Protokoll geben würde. Vor allem, dass die Frauen den feigen Männern das Ruder abnehmen mussten.«

»Erzählen Sie es mir«, sagte Pinky rasch. »Die *New York Times* hat die Aufgabe der offiziellen Berichterstattung übertragen bekommen.«

»Ja, das weiß ich aus Ihrer Titelei.« Mrs. Browns Augen funkelten. »Wussten Sie, dass ich vor einigen Jahren für den Senat kandidiert habe? Sobald ich die Gelegenheit bekomme, werde ich mich erneut aufstellen lassen.«

Pinky durchwühlte ihre Tasche nach dem Notizblock. »Darf ich das schreiben?«

Mrs. Brown faltete ihre stämmigen Arme über den ebenso stämmigen Leib. »Liebes, Sie dürfen sich alles notieren, was ich sage. Nachdem ich im Meer gepökelt, gesalzen und eingelegt wurde, sitze ich jetzt auf dem Trockenen.«

»Was halten Sie von den Duff Gordons? Sollten sie aussagen?«

»Ich glaube, daran ist Ihnen mehr gelegen als mir, oder nicht?«

»Ich bin nur eine Reporterin.«

»Nein, Sie sind mehr als das. Wenn ich Ihre Artikel lese, habe ich den Eindruck, Ihnen ist es nicht egal, was in dem Rettungsboot geschehen ist.«

Pinky zögerte. »Nun, so mag es wohl sein«, sagte sie dann.

»Der gute Senator Smith möchte es vermeiden, aber er bekommt so oder so Probleme. Man wird sehen. Mich will er nicht aufrufen, weil ich nicht gerade höflich bin und meinen eigenen Kopf habe. Die Passagiere aus der Oberschicht will er nicht befragen, weil er fürchtet, dass sie ihm früher oder später das Ruder aus der Hand nehmen. Das werden sie demnächst vielleicht ohnehin tun.« Sie betrachtete das Senatsgebäude durch das Autofenster. »Alles schwirrt ziellos hin und her, haben Sie nicht auch den Eindruck? Als säßen wir in einer Sprudelflasche, die jederzeit explodieren könnte. Aber vielleicht ist das auch schon passiert, und wir wissen es nur noch nicht.«

»Wer beklagt sich denn jetzt schon wieder?« Senator Smith funkelte seinen Assistenten, der im Türrahmen seines Büros im Senatsgebäude stand, wütend an.

»Die Töchter der Amerikanischen Revolution, Sir. Sie befürchten Auswirkungen auf die Moral in unserem Land.«

»Warum? Wir haben dieses Schiff nicht gebaut und ganz bestimmt auch nicht versenkt.«

»Nein, Sir … Die Leute sind nur alle so erregt. Dass sich dieser Tänzer umgebracht hat … Er war sehr beliebt.«

»Ich weiß, ich weiß.« Smith schob einen Berg Briefe an den Rand seines Schreibtischs, wobei Dutzende auf den Boden fielen. Er war in der letzten Nacht kaum zum Schlafen gekommen, weil er sich in Bücher über die Seefahrt vertieft und vor allem über die Gefahren im Eis informiert hatte. Dass seine Pläne für das heutige Verfahren unter Umständen von einem Skandal durchkreuzt würden, raubte ihm die Ruhe.

Smith verließ sein Büro und machte sich auf den Weg zum Sitzungssaal. Düstere Gedanken gingen ihm durch den Kopf. All diese Vorwürfe und Gegenvorwürfe – wem sollte man glauben? Vielleicht dem Seemann, der behauptete, der Ausguck habe in seinem Krähennest geschlafen? Wohl kaum, der Mann war ihm zu undurchsichtig. Die Mannschaft stand ihm auch hier komplett zur Verfügung und eine Zeitlang außerdem Ismay. Die überlebenden Passagiere aber begannen sich bereits in alle Winde zu zerstreuen. Wenn sie nicht rasch vorgeladen wurden, konnte der Ausschuss sie nicht mehr anhören. Er würde noch einmal nach New York fahren müssen, eine Aussicht, die seine Stimmung nicht gerade besserte.

Als die Wachmänner die Türen zum Sitzungssaal aufstießen, um ihn einzulassen, stellte Smith verärgert fest, dass sich bereits Hunderte von Menschen in dem großen Raum drängten, unter ihnen auch, und zwar ganz vorn, diese aufdringliche Frau von der *Times*. Und direkt neben ihr saß die resolute Mrs. Brown. Zweifellos würde dies kein leichter Tag werden.

»Ruhe bitte!« Wiederholt schlug Smith den Hammer auf sein Pult, gereizt, dass schon die Eröffnung der Sitzung so mühsam war.

Seine Stimme war bereits heiser. »Unser erster Zeuge ist der Vierte Offizier Joseph Boxhall, einer der leitenden Navigatoren auf der *Titanic*.«

Man führte einen dunkelhaarigen Mann mit nervös zuckendem Mund zum Zeugenstand. Pinky starrte angestrengt in Richtung der Tür, durch die er gekommen war. Da es keine offizielle Zeugenliste gab, ließ Smith vielleicht die ganze Schiffsmannschaft in dem Raum dahinter warten. Es würde schwer werden, Interviews mit ihnen zu bekommen.

Smith begann mit der Befragung. Boxhall war sichtlich stolz auf seine Erfahrungen im Navigieren. Er hatte die Aufgabe gehabt, die Eisbergwarnungen anderer Schiffe zu sammeln und den Kurs der *Titanic* danach auszurichten. Von wem erhielt er diese Warnungen? Vom Kapitän natürlich. Hatte man ihn vor Eisbergen auf der Route der *Titanic* gewarnt? Nein. Wie war das Wetter? Klar und ruhig.

Ein Mitglied der Untersuchungskommission räusperte sich. »Wie erklären Sie sich dann die Tatsache, dass in einer so klaren Nacht wie dieser niemand die Eisberge gesehen hat?«

Boxhall legte sein Gesicht in Falten und schüttelte den Kopf. Das konnte er nicht erklären – leider.

»Sind sie nachts schwerer zu erkennen?«

»Nicht immer. Aber in jener Nacht war das Wasser von öliger Ruhe. Nur der geringste Wellenschlag auf der Oberfläche, und wir hätten gute Chancen gehabt, den Eisberg rechtzeitig zu sehen, um ihm auszuweichen.«

»Ölige Ruhe«, welch ein seltsamer Ausdruck. Aber es wäre wohl Zeitverschwendung, dem weiter nachzugehen. Smith beschloss, etwas von seinem neu erworbenen Wissen anzuwenden. Begleitet von heftigem Nicken Boxhalls wies er darauf hin, dass man zwischen den kleineren Stücken tiefliegenden Eises, den sogenannten Growlern, und weiten Flächen auf der Oberfläche, den sogenannten Eisfeldern, unterschied.

»Diese Erscheinungen sind auf den Breitengraden der Neufundlandbank häufiger anzutreffen, habe ich gelernt. Lässt man deshalb in diesen Gebieten nicht besonders große Wachsamkeit walten?«

»Ja, gewiss, Sir.«

»Dann«, setzte Smith nach, »verstehe ich nicht, dass man es in diesem Gebiet nicht für nötig hielt, den Ausguck mehrfach zu besetzen.«

Boxhall schwieg. »Das kann ich auch nicht erklären.«

Das reichte. Nach einem Schlag mit dem Hammer kündigte Smith eine Pause an.

Dummheit und Hast waren schuld, dachte Pinky, als sie sich unter Einsatz der Ellenbogen ihren Weg zur Tür bahnte. Das alte Lied – wie oft hatte sie das nicht schon gehört. Letzten Endes ging es nur um politische Interessen. Sie brauchte dringend frische Luft.

Sie löste sich aus der Menge – offenbar wollte sich niemand allzu weit entfernen, um seinen Platz nicht zu verlieren – und ging durch den Marmorflur in die Eingangshalle. Dort entdeckte sie auf einer Bank in der Ecke Mrs. Brown, die aufgeregt mit einem Seemann sprach. Als Pinky näher kam, sah sie, dass es sich um Jim Bonney handelte.

»Pinky, kommen Sie her!«, rief ihr Mrs. Brown zu. »Sehen Sie mal, was dieser Mann kann.«

Jim blickte auf. Als er sie erkannte, breitete sich ein Lächeln über sein Gesicht aus. Er wirkte müde und zerknittert, aber entspannt. In der Hand hatte er ein Schnitzmesser und ein Stück Holz. Zum ersten Mal fiel Pinky auf, wie groß seine Hände waren – und wie kräftig und schlank seine Finger.

Mrs. Brown schnappte sich das Holzstück und hielt es in die Höhe. »Schauen Sie nur, wie detailgetreu es ist!«, rief sie bewundernd. Es war das Kapitol in Miniaturformat, ausgeführt mit erstaunlicher Genauigkeit und Kunstfertigkeit.

»Ich habe schon eine Arbeit von Ihnen gesehen«, sagte Pinky. »Es ist wirklich gut.«

Jim streckte die Hand nach dem Schnitzwerk aus. »Eigentlich ist es noch gar nicht fertig. Hier gibt es ja sonst nicht viel zu tun, bis ich mit meiner Aussage an der Reihe bin.« Als er zu Pinky aufsah, stand eine Frage in seinen Augen. Aber was sollte sie sagen? Tess hatte ihr keine Nachricht mitgegeben.

»Wirklich beeindruckend«, meinte Mrs. Brown und warf Jim einen prüfenden Blick zu. »Ich hätte einen Auftrag für Sie, wenn Sie möchten, junger Mann. Können Sie ein Modell des unseligen Schiffs anfertigen, auf dem wir gereist sind?«

»Von der *Titanic*? Natürlich.«

»Mit allen Details, Leitern, Treppen, Takelage, Krähennest und so weiter?«

Er hielt inne und runzelte die Stirn. »Mit einem Satz der Baupläne wäre es leichter«, antwortete er. »Und ich weiß nicht, ob ich die Zeit habe.«

»Die Pläne kann ich Ihnen besorgen«, meinte Mrs. Brown. »Sie wollen doch sicher nicht Däumchen drehen, wenn Sie hier Ihre Aussage gemacht haben, oder?«

Jims Mundwinkel kräuselten sich zu einem Lächeln. Augenscheinlich gefiel ihm Mrs. Brown mit ihrer derben, offenen Art. »Nein, Madam, dann suche ich mir eine Stelle.«

»Sie haben bereits eine gefunden«, verkündete sie fast feierlich. »Hiermit gebe ich die Anfertigung dieses Modells in Auftrag. Sie werden großzügig entlohnt. Mein Herr, Sie haben Talent und befinden sich jetzt in meinen Diensten. Ich besorge Ihnen weitere Kunden; darin bin ich gut. Und falls Sie es noch nicht wissen sollten, ich bin äußerst vermögend.« Sie seufzte. »Minen in Colorado und so – Sie wissen schon.«

Pinky konnte sehen, wie sich Jims Gesicht veränderte. Zunächst wirkte er verwundert, dann blickte er auf seine Hände, als sähe er sie zum ersten Mal.

»Abgemacht«, sagte er.

Waldorf-Astoria
New York
Montag, 22. April, abends

Tess wanderte ziellos im Hotelzimmer auf und ab. Die Aussicht, am nächsten Tag die neugierigen Blicke der Hotelgäste und Angestellten hinter sich lassen zu können und beim Durchqueren der Hotellobby nicht mehr das Flüstern hinter ihrem Rücken hören zu müssen, ließ sie nicht schlafen. Morgen würde sie ihre eigenen vier Wände beziehen.

Sie setzte sich aufs Bett. Zunächst empfand sie die Stille als angenehm, aber dann überfiel sie mit einem Mal furchtbare Einsamkeit. Was mochte sich jetzt gerade in Washington abspielen? Pinky würde morgen sicherlich einen Artikel in der Zeitung haben. Ob sie Jim gesehen und vielleicht sogar mit ihm gesprochen hatte? Ging es ihm gut?

Nachdenklich machte sie sich bettfertig. Es hatte keinen Sinn, sich einzureden, dass er ihr nicht fehlte. Sie schloss die Augen und beschwor sein Gesicht herauf, seinen lässigen Gang, als sie vom Central Park mit seinem Zauber zum Hotel zurückgekehrt waren. Erst zwei Tage war das her.

Sie schlüpfte unter die Decke und sank in die seidigen Laken. Sie durfte sich jetzt keinen dummen Fantasien hingeben. Es war ihr zwar gelungen, das Brautkleid wieder in Ordnung zu bringen, aber der morgige Tag würde wieder jede Menge Arbeit und Herausforderungen mit sich bringen.

Die Finger fest um das beruhigende Schlüsselbund geschlossen, wurde sie schließlich vom Schlaf übermannt.

9

Waldorf-Astoria
New York
Dienstag, 23. April, morgens

»Hast du die Todesanzeige in der Zeitung gelesen?«, fragte Elinor, als sie die schweren Vorhänge zurückzog, um das Morgenlicht hereinzulassen.

»Ja, sicher.« Winzige Staubkörnchen tanzten in den Sonnenstrahlen, die durch das Fenster fielen. Lucile hustete und presste sich stöhnend ein Taschentuch auf den Mund.

»Hör auf damit, Lucy«, meinte Elinor ungeduldig. »Du hast lange genug das Opfer gespielt.«

»Wie kannst du nur so mit mir sprechen?«

»Weil ich dich kenne. Du bist nur allzu gut darin, die beleidigte Unschuld zu geben. Aber was vorbei ist, ist vorbei. Je eher wir dich von hier weg und nach England zurückbringen, desto besser.«

»Du musst zugeben, dass mein Schreiben an Jean Darling nichts von Selbstmitleid hatte.«

»Es war gut. Das Beste, was du unter diesen Umständen schreiben konntest.« Elinor griff nach ihrer Zigarettenspitze und schob eine Zigarette hinein.

»Muss das sein? Ich habe diesen ständigen Zigarettengeruch satt.«

»Noch mehr als Tee und Törtchen?« Elinor zündete die Zigarette an und zog den Rauch ein, während sie aus dem geöffneten Fenster blickte. »Gestern Abend hast du sie ekelhaft genannt.«

»Bitte! Ich gebe mir doch Mühe.«

Elinors Ausdruck wurde weicher. »Na gut.« Sie drückte die Zigarette aus und warf sie in den Aschenbecher.

»Ich weiß, dass du wütend auf mich bist. Und Cosmo wohl auch. Jordan Darlings Selbstmord war schrecklich, und ich wünschte, ich hätte diesen Reportern gegenüber geschwiegen. Trotzdem ist es ungerecht, mir die Schuld zu geben. Er hat den Untergang überlebt. Warum konnte er es nicht damit bewenden lassen? Was ist so schlimm daran, zu überleben?«

»Offenbar eine ganze Menge.«

Lucile kniff verärgert die Lippen zusammen. »Wenn du jetzt etwas Tiefschürfendes sagst, riskierst du, dass ich aus dem Zimmer laufe.«

»Endlich habe ich dich einmal in die Enge getrieben«, sagte Elinor leichthin. »Was sind wir beide nur für ein seltsames Paar.«

»Was willst du damit sagen?«

»Sieh doch selbst. Ich schreibe seit meinem fünfzehnten Lebensjahr Geschichten. Und du, meine liebe Schwester, hast dich in die Näherei vertieft und dich damit aus einer elenden Ehe befreit. Dann hattest du die Idee, die Kleider auf lebenden Modellen zu drapieren, und siehe da, du hattest Erfolg. Natürlich war es hilfreich, dass du einen Mann mit Titel geheiratet hast. Findest du nicht, dass wir uns ähnlich sind?«

»Du willst doch noch auf etwas anderes hinaus. Ich kenne dich.«

»Vielleicht haben wir uns beide zu sehr daran gewöhnt, die Regeln zu bestimmen.«

»Was hat das mit dem Schiffsuntergang zu tun?«

»Wir gehören nicht gerade zu den angenehmsten Leuten, Lucy. Findest du nicht auch, dass wir ein bisschen zu rücksichtslos sind?«

»Ich habe keine Lust, mich auf deine Spielchen einzulassen.« Das brauchte sie sich nicht anzuhören. Das waren nur dieselben alten Sticheleien, die Elinor so liebte.

»Und eigensüchtig.«

»Das sagt Cosmo auch.«

»Lassen wir deinen lieben Gatten mal für einen Augenblick

beiseite – abgesehen davon, dass es reichlich ungeschickt von ihm war, im Rettungsboot so großzügige Angebote zu machen. Aber da hast du auch schon deine Antwort.«

Lucile runzelte die Stirn. »Ich verstehe immer noch nicht, liebe Schwester.«

»Ganz einfach. Es sind die Rücksichtslosen und Eigensüchtigen, die überleben. Haben wir nicht Glück gehabt?«

Beide verfielen in Schweigen. Erst nachdem sie eine ganze Weile auf die Teetasse gestarrt hatte, die auf einem Silbertablett vor ihr stand, antwortete Lucile.

»Ich dachte, du bist gekommen, um mich aufzumuntern.«

»Und um dich wachzurütteln, Lucy«, sagte Elinor in ruhigem Ton. »Wir haben es aus eigener Kraft geschafft, nach oben zu kommen. Wir sind eine seltene Spezies. Aber wir können es uns nicht leisten, an die Mythen zu glauben, die wir um uns selbst gesponnen haben. Außerdem wollte ich dich etwas fragen. Dieser Seemann, den du daran gehindert hast, andere Überlebende aufzunehmen, will offenbar vor dem Ausschuss aussagen. Was willst du dagegen unternehmen?«

»Da können wir nicht viel machen. Es abstreiten natürlich.«

»Ich glaube nicht, dass das ausreicht.«

»Es wird schon klappen. Und was den Glauben an meine eigenen Mythen betrifft, wie du es genannt hast, so wollte ich einfach nur mit dem Erfolg haben, was ich am besten kann, nämlich Kleider entwerfen. Bislang ist mir das gelungen, und ich habe die Absicht, diesen Erfolg zu genießen.«

»Damit kann es aber auch ganz plötzlich vorbei sein.«

»Wenn wir uns das ständig vor Augen gehalten hätten, wären wir nie vorangekommen.«

»Vielleicht hätten wir nicht einmal unsere Kindheit hinter uns gelassen.«

»Mutter war unmöglich.«

»Das kann man wohl sagen, Lucy. Sie war böse.«

Eine Weile saßen sie schweigend da.

»Aber wir haben es geschafft«, sagte Lucile in verändertem Ton. »Gemeinsam.«

»Dabei hast du am meisten abbekommen, liebe Lucy.«

»Wenigstens habe ich dadurch gelernt, einen wirkungsvollen Wutanfall hinzulegen.«

»Eine Kunst, die du immer noch verfeinerst.« Elinors Augen lachten.

»Was sonst?«

Lucile naschte von einem Törtchen und trank einen Schluck Tee. »Sicher werden diese grässlichen Zeitungsartikel bald ein Ende haben. Ich ertrage es nicht, mich hier noch länger zu verstecken. Im Moment haben sie mich im Visier, aber bald bin ich nicht mehr interessant genug. So ist es doch immer. Sie werden sich ein neues Opfer suchen, meinst du nicht auch? Wie ich gehört habe, sollen sich einige Leute ganz entsetzlich aufgeführt haben, vor allem einige leicht erregbare Gemüter auf dem Zwischendeck.«

»Darauf würde ich mich nicht verlassen. Du bist zu erfolgreich und prominent, als dass sie einfach von dir ablassen würden.«

Lucile ließ sich zurücksinken und schloss die Augen. »Ich muss unbedingt wieder ins Atelier. Es ist mein Lebenswerk, und ich will es niemandem in die Verantwortung geben. Vor allem nicht Tess, sie hat kein Händchen fürs Geschäft.« Lucile schlug die Augen auf und runzelte die Stirn. »Sie hat sich ein bisschen bedeckt gehalten, was den gestrigen Tag betrifft. Hast du mit ihr gesprochen? Gibt es Dinge, die sie uns verschweigt?«

Elinor musterte ihre Schwester genau. »Wenn ich es dir sage, versprichst du mir, ruhig zu bleiben?«

»O mein Gott!«

»Versprochen? Sonst verschwinde ich und nehme auf der Stelle den nächsten Zug nach Los Angeles.«

Widerstrebend willigte Lucile ein. Sie erstarrte beinahe vor Schreck, als Elinor ihr von dem aufgeschnittenen Hochzeitskleid erzählte. Und davon, wie und mit welchem Erfolg Tess sich darangemacht hatte, es auszubessern.

»Wer tut denn so etwas?«

»Das weiß man nicht. Dass deine stellvertretende Geschäftsführerin nicht im Atelier war, sollte dich allerdings hellhörig machen.«

»Aber Tess hat doch hoffentlich nicht den Schnitt verändert!«

»Sie hat nur gemacht, was nötig war.«

»Also doch. Und hat nicht gewagt, es zuzugeben.«

»Wie ich sagte, sie hat nur gemacht, was nötig war. Aber dir fällt anscheinend nichts anderes ein, als sie dafür zu schelten. Warum hast du sie dann überhaupt ins Atelier geschickt?«

»Weil mir nichts anderes übrig blieb.«

»Und was meint Cosmo?«

»Der glaubt, ich hätte mütterliche Gefühle. Was natürlich kompletter Unsinn ist.«

»Viel alberner wäre es, wenn du keine hättest«, wandte Elinor ein.

Das Gewicht einer alten, still durchlittenen und verdrängten Erfahrung senkte sich auf sie herab. Lucile wandte den Kopf zur Seite, ehe sie antwortete. »Mir fehlt es an nichts. Gewiss nicht.«

Das Schweigen, das folgte, wurde nur von den Geräuschen der Stadt durchbrochen, die durch das offene Fenster drangen – das Getrappel der Pferdehufe auf dem Straßenpflaster, das Tuckern der Autos und die Rufe der Kinder.

Elinor seufzte und streichelte ihrer Schwester die Hand. »Zurück zu deiner Frühjahrsschau. Ich habe mit einer jungen Frau einen Handel geschlossen, die einmal ein großer Kinostar sein wird, im Augenblick aber gerade Geld braucht.«

»Was für einen Handel?«

»Sie bekommt eines deiner Kleider, wird es hier in New York und in Hollywood tragen und auf deine außerordentlichen Fähigkeiten als Modeschöpferin hinweisen.«

»Und was bekommt sie dafür?«

»Wir zahlen ihr tausend Dollar.«

»Mein Gott, das ist Wahnsinn! Sie müsste *mir* etwas zahlen.«

»Lucy, sie wird bald eine gute Kundin sein. Hast du noch nie von Mary Pickford gehört?«

»Ich habe über sie gelesen. Aber solch eine billige Werbung brauche ich nicht. Davon will ich nichts wissen.«

Elinor lehnte sich zurück und zündete sich in aller Ruhe eine Zigarette an. »Liebe Schwester, du kannst es dir nicht leisten, dir diese Chance entgehen zu lassen.«

Als Tess am Dienstagmorgen mit einem Handkoffer aus ihrem Hotelzimmer trat, machte sie einen großen Bogen um Luciles Suite. Was für eine Erleichterung, nicht mehr so tun zu müssen, als fühlte sie sich in dieser vornehmen Umgebung zu Hause. Cosmo und Elinor konnten nicht ermessen, was es für sie bedeutete, eine eigene Wohnung zu haben. Die Übergabe der Schlüssel am Sonntagabend war wie eine Befreiung gewesen. Sie strich sich die Haare aus dem Gesicht. Hoffentlich sah man ihr nicht an, wie müde sie war.

In der Nacht hatte sie wieder geträumt, und immer waren die Darlings dabei aufgetaucht. Als hätten sie nur darauf gewartet, dass sie endlich einschlief, um sie zu quälen. Dieser freundliche, zufrieden wirkende Mann, der ihr mit seiner Frau als Inbegriff des gemeinsamen Glücks erschienen war – ihn gab es nicht mehr. Tagsüber hatte Tess derartige Gedanken beiseitegeschoben, obwohl sie wusste, dass sie sie später wieder einholen würden. Jetzt dröhnten sie laut in ihrem Kopf, um beachtet zu werden. *Grausam*. Das Wort, das Jean Darling benutzt hatte. Dabei hatte Lucile ihren Ehemann nicht umgebracht – das konnte man nun wirklich nicht behaupten. Seltsam, dass ein Mann erst so feige sein konnte und anschließend den Mut aufbrachte, sich das Leben zu nehmen. Oder war er von Scham überwältigt gewesen? Wie musste man sich fühlen, wenn man derart traurig und verzweifelt war? In der Hotellobby überflog Tess die *Times* mit Pinkys Bericht über die gestrigen Aussagen. Kein Wort über Jim, nichts über die Duff Gordons. Dafür ein Bild von Jordan Darling und eins von seiner weinenden Frau.

Tess hatte keine Möglichkeit, ihr Trost zuzusprechen. Sie würde niemanden sehen wollen, der bei den Duff Gordons arbeitete. Jim musste inzwischen erfahren haben, was geschehen war. Wie er es wohl aufgenommen hatte?

Schweren Herzens stieg sie in den wartenden Wagen. Sie musste sich zusammenreißen und sich Schritt für Schritt voranarbeiten. Im Atelier würde Hochbetrieb herrschen, es waren nur noch wenige Tage bis zur Modenschau – wie konnte man angesichts dieser Tragödie überhaupt noch an so etwas denken? Gestern Abend war James mit ihr all die Dinge durchgegangen, die noch erledigt werden mussten. Sie war ihm ungeheuer dankbar, dass er ihr so problemlos unter die Arme griff. Er würde die Canapés und den Wein bestellen. Er hatte sogar Karten besorgt, auf denen man Luciles Kundinnen an den Termin erinnerte und die ihnen heute per Boten zugestellt werden sollten. Was stand sonst noch an? Tess überlegte, warum sie bei den Mannequins so ein ungutes Gefühl hatte. Eine war ihr gestern besonders entnervt und gelangweilt erschienen. Offenbar war sie nicht bereit, für das Abschlussbild stillzustehen – und ausgerechnet sie sollte das Brautkleid tragen.

Tess rieb sich die Augen. Die Müdigkeit lastete schwer auf ihren Schultern, und dabei hatte der Tag gerade erst begonnen. »Lucile, kommen Sie bald wieder«, wisperte sie stumm. »Das ist wohl eher Ihre Welt als meine.« Sie drückte sich die Handtasche an die Brust und verspürte das tröstliche Gewicht der Hausschlüssel.

»Wir haben ein Problem«, sagte James, als sie Luciles Büro betrat. Sein kahler Schädel glänzte vor Schweiß. »Durch das Zusammenraffen ist das Brautkleid dem Mannequin jetzt zu eng.«

»Ich glaube, dem kann ich mit einem Einsatz aus Seide abhelfen.« Tess versuchte, ihrer Stimme einen zuversichtlichen Klang zu geben.

Er schüttelte resigniert den Kopf. »Sie hat es beim Ausziehen erneut zerrissen. Und gesagt, sie habe vor einer Schau noch nie ein solches Durcheinander erlebt. Dann ist sie rausgestapft. Wahrscheinlich hat sie schon ein Angebot von dieser Chanel in der Tasche.«

»Bringen Sie mir das Kleid. Und ein anderes Mannequin. Ganz egal, welches.«

James nickte und eilte hinaus.

Ihre Hände zitterten, als er ihr das Kleid gab und sie den Riss sah. Sie würde die Linie des Oberteils ändern müssen, und das hieß auch den Fall des Rocks. Lucile würde außer sich sein, aber Tess blieb keine andere Wahl. Als sie die Naht freilegte und den Stoff zusammensteckte – wozu überhaupt dieses Unterkleid? –, verspürte sie plötzlich etwas völlig Unerwartetes: Begeisterung! Es würde ihr gelingen. Sie konnte Luciles Entwurf retten.

Das Mannequin, ein hochgewachsenes, schlankes Mädchen von etwa achtzehn Jahren, starrte teilnahmslos vor sich hin. Es schien sie nicht zu interessieren. Tess schwieg, während sie den Rock anpasste. Da, wo sie den zerrissenen Stoff zusammengefügt hatte, beulte der Unterrock und trug auf. Sie musste ihn heraustrennen. Die Schere in der Hand, überlegte sie. War der Stoff zu durchsichtig? Würde er die Beine der Trägerin gerade nur ahnen lassen? Alles andere wäre eine Katastrophe. Aber sie war sich sicher, dass es gehen würde. Durch die Perlenstickerei verlor der Stoff den Großteil seiner Transparenz. Die gesamte Linie würde besser fließen. Rasch und geschickt begann sie, den Unterrock abzutrennen.

Sie war schon fast fertig, als James mit funkelnden Augen ins Zimmer stürmte. »Miss Glyn hat angerufen«, sagte er. »Isadora

 Duncan will sich die Schau ansehen. Ein guter Ausgleich für Mrs. Whartons Absage.«

Tess blickte auf und schnappte nach Luft.

»Madame hat schon einige wunderbare Kleider für sie angefertigt«, erklärte er, um ihrer Frage zuvorzukommen. »Sie braucht nichts zu kaufen. Es reicht, wenn sie sich hier zeigt. Aber sehen Sie sich den Teppich an. Er wird gerade verlegt.«

Als Tess nach draußen spähte, stockte ihr erneut der Atem. Von der Eingangstür bis zum hinteren Ende des Ateliers hatte man einen dichten roten Teppich ausgerollt. Arbeiter waren inzwischen damit befasst, ihn mit Nägeln auf dem Boden zu befestigen, und die Näherinnen sahen ihnen kichernd zu. Ihre Werkstatt, voller Nähmaschinen und Ballen von Seide und weicher Wolle, der Raum, in dem sie täglich im Schweiße ihres Angesichts schufteten, war beinahe nicht wiederzuerkennen. Chifonvorhänge wurden vor der Bühne aufgezogen, so dass sie wie in einem silbrigen Dunst schwebte, und ein Arbeiter richtete die Schweinwerfer aus und dimmte sie ab zu einem sanften Schimmer. Die Atmosphäre des Raums war magisch.

»Lucile weiß, wie man so etwas macht, nicht wahr?«, murmelte James. »Sie hat ein gutes Gespür für Effekte. Eine bemerkenswerte Frau, so anstrengend sie manchmal auch ist.«

Ob Tess es auch einmal so weit bringen würde? Vielleicht, dachte sie. Ihre Gedanken wanderten zurück zu jenem Abend auf der *Titanic*, als Jack Bremerton vorhergesagt hatte, sie werde ihren Weg gehen. Damals hatte sie das nicht so recht glauben können, außerdem würde sie ihn nicht wiedersehen. Eines aber wusste sie: Sie würde ihr Bestes geben!

Territories Conference Room
Washington, D. C.
Dienstag, 23. April, morgens

Pinky schleppte sich am Dienstagmorgen müde in den neuen Sitzungssaal, den Smith am Tag zuvor für die weiteren Anhörungen bestimmt hatte. Der knickrige Van Anda hatte für sie ein Hotel gebucht, in dem auch eine Horde lautstark Feiernder untergebracht war. Obwohl sie an die Wände gehämmert und im Flur »Ruhe« gerufen hatte, nahm der Lärm nicht ab. Bei ihrem gestrigen Versuch, mit Bonney zu sprechen, waren sie von Smiths Leuten in der Eingangshalle entdeckt worden, und sie hatten ihn zu den anderen Männern von der Besatzung zurückgeschickt. Es gab zu viele Zeugen mit widersprüchlichen Darstellungen, ein Umstand, der Pinky an den Rand des Wahnsinns trieb. Ein Lederwarenhändler hatte behauptet, Mannschaftsmitglieder hätten mit Pistolen in die Luft geschossen, um Männer davon abzuhalten, in Panik die Rettungsboote zu erstürmen, während ein Geistlicher aus Brooklyn berichtete, auf dem Schiff habe keine Panik, sondern völlige Ruhe geherrscht. Pinky hatte bis zum Redaktionsschluss der Frühausgabe gearbeitet, sich dabei allerdings auch ständig Sorgen um ihren Vater gemacht. Eine Nachbarin wollte nach dem Rechten sehen, und Pinky konnte nur hoffen, dass Mrs. Dotson nicht auf die Idee kam, Pinky würde ihr nicht über den Weg trauen. Aber das wusste sie wahrscheinlich ohnehin schon.

Pinky war froh, auch an diesem Tag frühzeitig da zu sein, und suchte sich einen Platz ziemlich weit vorn. Wie gern hätte sie jetzt wieder Mrs. Brown an ihrer Seite, die beeindruckend geradlinige Mrs. Molly Brown. Doch die temperamentvolle Dame war nach New York zurückgefahren, nicht ohne ein paar vielversprechende Prognosen über Jims Zukunft als Künstler abzugeben, die in Pinkys Ohren etwas übertrieben klangen. Aber bei den Reichen wirkte es immer so, als wäre Geldverdienen ein Kinderspiel.

Vor der Tür lärmten Menschen, die ihrem Unmut Luft machten. Sie beschwerten sich, dass die Anhörung in einen kleineren Raum mit besserer Akustik verlegt worden war. Die Akustik war ihnen gleich, sie wollten einfach nur dabei sein und die traurigen oder empörenden Geschichten hören, aus denen sich eine Katastrophe zusammensetzte und die Kitzel und Befriedigung verschafften. O Gott, wie kannst du nur so etwas denken, schalt sich Pinky. Bin ich wirklich so zynisch?

Der erste Zeuge war der Mann im Krähennest der *Titanic*, Frederick Fleet. Er trug schäbige Kleidung und drehte unruhig seine abgetragene Kappe in der Hand. Immer wieder sah er nervös zu Bruce Ismay hinüber, was nicht weiter verwunderlich war. Erwartete Smith wirklich ungeschminkte Offenheit von diesen Leuten, die ihren Lebensunterhalt bei der White Star Line verdienten?

»Mr. Fleet, es war Ihre Aufgabe, vor Gefahren auf der Route zu warnen, nicht wahr?«, fragte Smith.

»Ja, Sir. Man hat uns angewiesen, besonders auf die kleinen Eisberge zu achten. Ich habe einen Eisberg gemeldet – eine dunkle Masse.«

»Wie viel Zeit verstrich zwischen Ihrer Meldung und der Kollision oder dem Unfall.«

»Ich habe keine Ahnung.« Wieder ein nervöser Blick zu Ismay.

»Und wenn Sie schätzen?«, hakte Smith nach.

»Ich habe ihn gleich nach der Sichtung gemeldet.«

»Durch Ihren Posten im Ausguck sind Sie es gewohnt, Entfernungen abzuschätzen, ist das nicht so? Weil Sie nach vorn schauen und Objekte sichten müssen.«

»Wir dort oben sollen nur berichten, was wir sehen«, entgegnete Fleet. »Im Abschätzen der Entfernungen bin ich nicht so gut.«

Ein Raunen ging durch die Zuschauerreihen. Der Mann im Ausguck des größten und prächtigsten Schiffs der Welt konnte weder Zeit noch Entfernungen schätzen?

»Hatten Sie denn keine Ferngläser zur Verfügung?«, fuhr Smith fort.

»Nein, wir hatten nur unsere Augen. Als wir in Southampton darum gebeten haben, hat man uns gesagt, es gebe keine für uns.«

»Auf diesem Schiff, dem größten der Welt, war auf dem Ausguck kein Fernglas vorhanden?«

»Nein.«

Pinky schrieb die zwei Worte in Druckbuchstaben auf ihren Notizblock: »KEINE FERNGLÄSER«. Es würde das Hauptthema ihres Artikels werden.

»Wie beurteilen Sie den Verlauf?«, fragte Pinky Alden Smith in der Mittagspause.

»Sie schon wieder!«, entgegnete er und ließ sie stehen.

Sie lief ihm nach. »Senator, ich möchte doch nur wissen, welchen Einfluss diese Aussage auf Sie persönlich hat. Mich jedenfalls lässt sie nicht unberührt.«

»Und das heißt?« Er blieb stehen.

»Ich finde es traurig, aber mir fehlen vor allem die Worte. So viel Unfähigkeit, Schlamperei und Eigennutz. Jedenfalls stellt es sich für mich so dar.«

Smith gestattete sich ein müdes Grinsen. »Wir sind dabei, die Bruchstücke zusammenzusetzen, Miss Wade. Und uns fehlen noch viele. Ich glaube, wir werden häufiger auf ehrenhaftes Verhalten stoßen, als Sie denken. Aber vergessen Sie nicht, Mut ist nicht unbedingt eine Grundeigenschaft des Menschen.«

Ohne zu überlegen, stellte Pinky ihre nächste Frage: »Es geht hier nicht nur um die Maßnahmen der White Star Line, sondern auch um das Verhalten der überlebenden Passagiere, nicht wahr?«

»Ich weiß, worauf Sie anspielen«, antwortete Smith, ehe er sich erneut abwandte.

»Die Briten sind sehr aufgebracht über Sie«, rief sie rasch. »In England bezeichnet man Sie als dumm, engstirnig und ...«

»Ich weiß, ich weiß ... Ich habe die Berichte heute Morgen bekommen.« Seine Stimme klang jetzt gereizt. »Sonst noch was?«

Es war einen Versuch wert. »Sie haben die Besatzungsmitglieder absondern lassen, bis sie ausgesagt haben, Senator. Aber dürfte ich trotzdem kurz mit einem sprechen, mit Jim Bonney? Nur für Hintergrundinformationen. Ich werde kein Wort schreiben, ehe Sie ihn nicht befragt haben.«

»Morgen«, sagte er. »Nach den Anhörungen.«

»Wann wird Jim Bonney aufgerufen?«

»Am Donnerstag.«

»Und wann laden Sie die Duff Gordons vor, um Rechenschaft abzulegen?«

Smith wandte sich auf dem Absatz um und eilte fort.

Zufrieden sah Pinky ihm nach. Wenn sie ihn weiterhin unter Druck setzte, würde er es vielleicht machen.

New York
Dienstag, 23. April, abends

Tess stand vor einem bescheidenen Haus unweit des Flatiron Building und blickte noch einmal auf den zerknitterten Zettel in ihrer Hand. Die Adresse stimmte. Neugierig ging sie zur Haustür und schob einen der beiden Schlüssel ins Loch. Doch er ließ sich nicht drehen. Ein kurzer Anflug von Panik – was machte sie falsch? Dann begriff sie. Der andere der beiden Schlüssel musste für die Haustür sein und dieser hier für die Wohnung.

Sie schloss auf und betrat den Flur. Rasch eilte sie die Treppe hoch, und als sie die Wohnungsnummer gefunden hatte, ließ sich die Tür problemlos mit dem zweiten Schlüssel öffnen. Zum ersten Mal in ihrem Leben betrat Tess Collins Räume, die sie ganz für sich allein haben würde.

Sie breitete die Arme aus und drehte sich langsam im Kreis.

Auch wenn es nur ein bescheidenes Domizil war: eine winzige Küche, aber immerhin mit einem richtigen Herd ausgestattet; zwei abgestoßene Stühle aus Eichenholz, die aber stabil aussahen und bestimmt nicht gleich zusammenbrechen würden; ein Bett mit einer fröhlichen rotgrünen Steppdecke; eine kleine Tischlampe mit einer elektrischen Birne. Und das alles für sie, nur für sie! Wem konnte sie das erzählen? Mit wem konnte sie ihr Glück teilen? Plötzlich wünschte sie sich, Pinky wäre bei ihr. Pinky würde es verstehen.

»Ich werde sie mir verdienen«, sagte sie laut, obwohl sie beim Klang ihrer Stimme überrascht zusammenfuhr. »Und ich werde sie behalten.«

Territories Conference Room
Washington, D. C.
Mittwoch, 24. April

Dieser Mann würde keinen Millimeter nachgeben. William Alden Smith beobachtete Bruce Ismay, den ersten Zeugen des Tages, wie er zu seinem Platz zurückkehrte. Es war ein erbittertes Ringen gewesen – was Pinky Wade offenbar sehr gefiel, denn sie saß in der ersten Reihe und machte sich fieberhaft Notizen. Obwohl man ihn zum zweiten Mal zu einer Aussage aufgefordert hatte, zeigte der Verantwortliche der White Star Line nur das kalte Gesicht eines Firmenvertreters, Abwehr und Arroganz.

Nein, er habe den Kapitän der *Titanic* nicht gedrängt, die Geschwindigkeit so weit zu erhöhen, dass die Sicherheit gefährdet gewesen sei. Ja, er habe gewusst, dass Eisberge auf ihrem Weg auftauchen konnten, aber wie gesagt, sie seien nicht übermäßig schnell gefahren.

»Haben Sie es nicht als nötige Vorsichtsmaßnahme erachtet, die Geschwindigkeit zu *verringern*, solange das Schiff durch Gebiete kreuzte, für die es bereits Eisbergwarnungen gab?«, hatte ein verdutztes Ausschussmitglied gefragt.

»Dazu kann ich nichts sagen«, hatte Ismay erwidert. »Bei solchen Schiffen übertragen wir das Kommando nur den allerbesten Männern, und sie sind es, die die Entscheidungen treffen.«

Inzwischen saß er wieder auf seinem Platz, die Arme vor der Brust verschränkt, und sah sich zufrieden um. Noch bist du nicht in deine sichere Heimat zurückgekehrt, dachte Senator Smith grimmig. Ich lasse dich erst dann nach England zurück, wenn ich hier mit dir fertig bin.

Smith warf einen Blick auf seine Zeugenliste. Als Nächsten würde er Harold Lowe aufrufen, den Fünften Offizier des Schiffs, berühmt für seinen Schneid und seine drastische Ausdrucksweise, der vielleicht qualifizierteste Seemann in der Mannschaft.

»Stimmt es, dass Sie geholfen haben, die Rettungsboote zu beladen?«, begann Smith.

Lowe nickte heftig.

»Kannten Sie einen der Männer, die Ihnen dabei geholfen haben?«

»Nein, Sir, nicht namentlich.« Er zögerte, gab sich dann jedoch einen Ruck. »Doch, einen gibt es. Und hätte er nicht eben ausgesagt, hätte ich nicht gewusst, dass es Mr. Ismay war, dem ich den Befehl erteilen musste, vom Boot fortzutreten.«

Ein Raunen ging durch den Raum. »Sie gaben Mr. Ismay den Befehl, vom Boot fortzutreten?«, fragte Smith verwundert nach.

»Genau. Denn es ging Mr. Ismay nicht schnell genug, und er verlor ein bisschen die Geduld. Er sagte: ›Absenken! Rasch, absenken!‹ Ich antwortete ...«

Lowe strich sich mit den Fingern durchs Haar. Offenbar überlegte er, wie viel Zurückhaltung er walten lassen sollte. Aber dann gewann seine offene Art die Oberhand. »›Verdammt, wenn Sie zur Seite treten, kann ich etwas tun‹, habe ich zu ihm gesagt.

›Sie wollen es rasch absenken? Sie wollen, dass all die Leute ersaufen?‹«

Senator Smith beobachtete einen Moment lang mit Genugtuung, wie Ismay nervös hin und her rutschte. Ein befriedigender Anblick.

Jetzt war Lowe so richtig in Fahrt und erzählte, dass er den Seeleuten in den Booten zugerufen hatte, die Stöpsel in den Faltbooten einzustecken, ehe sie auf dem Wasser auftrafen, sonst würden sie sinken. Dann habe er beobachtet, dass einige von ihnen nicht mit den Rudern umgehen konnten.

»Hatte es denn vor dem Ablegen des Schiffs keine Übungen gegeben?« Smith konnte es kaum glauben.

»Es gab eine Einweisung, aber nur an zwei Booten«, sagte Lowe. »Wir waren noch neu auf dem Schiff, so wie alle anderen auch.«

Smith ließ diese Worte im Raum nachklingen. Ein Seufzen ging durch die Reihen, dann herrschte Stille. Was hätte nicht alles anders laufen können, anders laufen müssen?

»Sie haben also beim Beladen der Rettungsboote geholfen. Nun erzählen Sie uns bitte, was geschah, als Sie auf dem Wasser waren«, sagte Smith schließlich.

»Ich habe mein Boot in der Nähe von vier anderen gehalten und darauf geachtet, dass wir fünf beieinanderbleiben. Dann habe ich sie zusammengetäut, weil ich dachte, dass wir so besser gesehen würden, wenn ein Schiff zu unserer Rettung kam. Zum Schluss habe ich die Passagiere aus meinem Boot in die vier anderen umsteigen lassen.«

»Und warum?«

»Damit ich zurückfahren konnte.«

Die Zuhörer wurden mucksmäuschenstill. Pinky wartete, ehe sie den Stift wieder aufsetzte. Dann beugte sich Senator Smith vor.

»Sie wollten zurück, um Menschenleben zu retten?«

»Ja, Sir. Ich musste erst warten, bis das Geschrei und die Rufe abgenommen hatten, bis es weniger geworden waren. Erst dann schien es mir sicher, in den Bereich der Wrackteile zurückzurudern.«

Wie sachlich er bei dieser Aussage blieb.

»Sie haben abgewartet, bis die Ertrinkenden verstummt waren?« Smiths Stimme bebte ein wenig.

»Ja, Sir.« Lowe war kein Mann, der die Dinge beschönigte. »Früher hinzurudern wäre dumm gewesen, ein großes Risiko, denn dann wären wir alle in die Tiefe gerissen worden. Niemand hätte überlebt. Als keiner mehr schrie, bin ich wieder zu den Wrackteilen zurück und habe vier Menschen aufgenommen. Drei andere waren schon tot.«

»Was haben Sie mit ihnen gemacht?«

»Mir gesagt, ich bin nicht hier, um mich mit Toten zu befassen, sondern um die Lebenden zu retten. Deshalb habe ich sie dort gelassen.«

»Wenn Sie nicht abgewartet hätten, hätten Sie mehr Menschen das Leben retten können.«

Lowe richtete sich auf und sah Smith direkt in die Augen. Seine Stimme klang fest. »Ich habe den Versuch gemacht, Sir, sobald es überhaupt möglich war. Und dafür stehe ich ein. Wenn sich jemand aus dem Gedränge freigekämpft hätte, wäre ich zu ihm hingerudert, um ihn aufzunehmen. Aber es hatte keinen Sinn, sich selbst ins Gedränge zu begeben.«

»Sie meinen, das galt für jeden?«

»Es wäre Selbstmord gewesen.«

Die Anwesenden im Saal regten sich nicht, als seine Worte verklangen. Viele sahen sich verwirrt um. Pinky blickte starr auf ihre Notizen. Kein anderer Zeuge hatte bislang den Zuschauern in diesem sicheren, von allen Gefahren abgeschotteten Sitzungssaal die tragischen Ereignisse auf dem Meer so lebhaft vor Augen geführt. Zugleich konfrontierte dieser Mann sie mit der Frage, was richtig und was falsch war. Wo waren die Nischen und Vorsprünge, hinter denen man sich mit seiner selbstgerechten Empörung verbergen konnte? Vor allem aber, wer konnte sich nun noch vor der entscheidenden Frage drücken: *Wie hätte ich gehandelt?* Langsam begann Pinky wieder zu schreiben.

Nach dem Ende der Ausschusssitzung wartete Jim auf den Stufen des Senatsgebäudes auf sie. Die Hände in den Hosentaschen vergraben, ging er unruhig auf und ab. Er trug kein Jackett, schien die kalte Luft an diesem Vorfrühlingsabend nicht zu spüren. Als Pinky ihn begrüßte, sah er auf.

»Ich darf heute mit Ihnen sprechen, hat man mir gesagt«, begann er. »Aber das ist doch kein Interview, oder?«

»Nein, es geht nur um die Hintergründe. Ich verwende das Material erst morgen, wenn Sie Ihre Aussage gemacht haben. Ich habe das Gefühl, dass Lady Duff Gordon dann wieder auf die Titelseiten kommt. Ist es nicht so?«

»Dazu kann ich nichts sagen. Nur, dass ich die Fragen ehrlich beantworten werde.«

Gemeinsam machten sie sich auf den Weg die Anhöhe hinunter.

»Waren Sie im Sitzungssaal?«, fragte Pinky.

Jim nickte.

»Was halten Sie von Lowes Aussage?«

»Er ist ein aufrechter Mann. Und tapfer.«

»Er hat sich Zeit gelassen mit dem Zurückfahren, finden Sie nicht?«

»Ist das jetzt wieder so ein Schuss ins Blaue, oder glauben Sie das wirklich?«

Das war nicht die Antwort, die Pinky erwartet hatte. Sie zögerte.

»Ich weiß es nicht«, sagte sie.

»Dann überlegen Sie gut«, erwiderte er mit fester Stimme, während er sie eindringlich ansah. »Lowe hatte Angst. Wir alle hatten Angst, und verdammt, es ist nicht falsch, das zuzugeben. Er hat getan, was seiner Meinung nach getan werden musste.

All die selbstgefälligen Leute im Sitzungssaal, die sich verstohlene Blicke zuwarfen, haben nicht die geringste Ahnung, wie es dort draußen gewesen ist. Bitte entschuldigen Sie mein Fluchen, aber es musste sein.«

»Hab schon Schlimmeres gehört«, entgegnete Pinky fröhlich. »Verbringen Sie mal ein paar Stunden in der Nachrichtenredaktion. Wenn Sie so wollen, sind wir dort alle Matrosen.«

»Das kann ich mir bei Ihnen schlecht vorstellen. Ich kenne Flüche, von denen Sie wahrscheinlich noch nie gehört haben«, meinte er schmunzelnd.

»Leisten Sie mir beim Abendessen Gesellschaft?«, fragte sie spontan.

»Gern. Solange wir nicht in dem erbärmlichen Hotel essen, in dem wir festgehalten werden.«

In Ebbit's Saloon bekamen sie einen Tisch fernab von der massiven Bar aus Ebenholz. Das Licht einer einzelnen stimmungsvollen Kerze war gedämpft, und Pinky merkte, wie sie allmählich zur Ruhe kam, als sie es sich in der gemütlichen Nische bequem machte. Sie war nicht in Arbeitsstimmung, obwohl sie sich das eigentlich nicht leisten konnte. Was hatte Jim nur an sich, dass sie in seiner Gesellschaft ihre Wachsamkeit aufgab? Doch er dachte zweifellos nur an Tess.

»Was werden Sie morgen aussagen?«, fragte sie schließlich.

»Das haben Sie mich schon einmal gefragt.« Er spießte eine Kartoffelscheibe auf seine Gabel. »Und meine Antwort ist dieselbe wie zuvor. Ich werde schildern, was geschehen ist, wenn man mich fragt.«

»Denken Sie jetzt anders darüber, dass Lady Duff Gordon Sie daran gehindert hat, noch einmal zurückzurudern? Nachdem Sie Lowes Aussage gehört haben?«

Er schien verwundert. »Wie meinen Sie das?«

»Tess nimmt ihre Arbeitgeberin in Schutz und meint, die Frau habe nichts anderes getan als die übrigen Leute auch. In ihren Augen wird sie zum Sündenbock gemacht.«

»Ich weiß«, sagte er leise, fast schon zärtlich. »Wir haben da unterschiedliche Ansichten. Aber ich kann ihr nicht alles sagen.«

»Tut mir leid, dass ich gestern keine Nachricht für Sie hatte.«

Dass sie es so unverblümt aussprach, schien ihm unangenehm zu sein. »Ich hatte auf etwas gehofft, es aber nicht erwartet.«

»Das habe ich mir gedacht.«

Er sah zur Seite und schwieg.

Vielleicht sollte Pinky jetzt ansprechen, was ihr auf der Seele brannte. »Hätten Sie auch abgewartet, bis – wie hat Lowe es genannt? – es weniger geworden waren? Ich will Lady Duff ja nicht in Schutz nehmen, aber ich halte diesen Lowe ebenfalls für ziemlich abgebrüht.«

»Werden Sie das auch in Ihrem Artikel schreiben?«

Würde sie? Sie wusste es noch nicht genau, wollte das jedoch nicht eingestehen. In ein paar Stunden musste sie ihren Text im Telegrafenamt abschicken, bis dahin würde sie sich etwas einfallen lassen.

Jim beugte sich weit zu ihr vor, während er die Hände gefaltet auf den Tisch legte. »Davon handelt Ihr Artikel nicht«, sagte er. »Der hat die Überschrift: ›Er fuhr noch einmal zurück‹. Denn wir hatten die Wahl. Ja, ich wäre gleich wieder zur Unglücksstelle gerudert. Das wäre vielleicht unverantwortlich und der reine Wahnsinn gewesen, weil es das Leben der anderen Menschen in meinem Rettungsboot gefährdet hätte. Aber vielleicht auch nicht. Womöglich wünscht sich Lowe heute, nicht so lange gezögert zu haben, ehe er mit seinem leeren Rettungsboot zurückfuhr, das sechzig Menschen aufnehmen konnte. Trotzdem, seine Darstellung ist ehrlich. Er hat nicht versucht, die Sache zu beschönigen, wie Lightoller, der sagte, auf dem Schiff habe Ruhe geherrscht und niemand habe im Wasser um Hilfe gerufen. Wozu sollte Lowe es anders schildern, als es war?«

»Wenn er es richtig fand, noch einmal zurückzurudern, dann hätten es auch alle anderen tun müssen. Und zwar gleich.«

»Ich kann die Dinge nur aus meiner Sicht schildern. Wenn jemand hätte zurückrudern müssen, dann die Leute, die bei mir in diesem riesigen und schändlich leeren Rettungsboot saßen.« Er umschlang sein Bierglas mit beiden Händen und starrte in den Schaum. »Die Duff Gordons sind es gewohnt, mit Geld ihren Willen durchsetzen zu können. Nun, dort hat es geklappt.«

»Mir kommt es vor ...« Pinky unterbrach sich. In diese Richtung sollte ihr Gespräch nicht laufen. Wenn Jim zurückgerudert und gekentert wäre, hätte er den Tod von Menschen verursacht, anstatt sie zu retten. Vielleicht wäre das keine Heldentat gewesen, vielleicht aber doch. Sie brauchte noch mehr Einzelheiten.

»Sie stellen sich da einem ausgekochten Paar entgegen, Jim.«

»Ich kann nicht anders. Sie hat auf dem Boot das Regiment geführt und den Ton bestimmt. Aber es geht nicht nur darum, dass sie uns am Zurückrudern gehindert hat. Sie hat auch einiges andere geschehen lassen.«

»Was?«

Er schien mit sich zu kämpfen. »Darüber kann ich nicht sprechen.«

»Hat Cosmo tatsächlich die Seeleute bestochen, damit sie Stillschweigen wahren?«

»Das wissen Sie von Sullivan, nicht wahr? Wahrscheinlich hat er Ihnen auch erzählt, dass er abgelehnt hat. Aber wie war es wirklich? Ich glaube, die Duff Gordons haben weit mehr in Aussicht gestellt, als sie dann tatsächlich gezahlt haben, und darüber ist er wütend.« Jim lachte scharf auf. »Ich spreche nur über das, was ich gesehen habe, und werde nichts beschönigen. Um Tess' willen wünschte ich, ich könnte es. Ich habe mich Lady Duff nicht entschlossen genug entgegengestellt, und darauf bin ich wirklich nicht stolz. Ich bin der Erste, der Harold Lowe die Hand schüttelt, ganz gleich, was man über ihn sagt. Denn er ist zurückgefahren.«

»Ich glaube, ich weiß, warum Sie lieber nicht aussagen würden.«

Jim griff nach seinem Bierglas und nahm einen langen Zug. »Ja, das nehme ich an.«

»Aber es ist« – Pinky feuerte wieder mal einen Schuss ins Dunkle – »letztlich doch kein Strafverfahren. Sie müssen einfach nur die Fragen beantworten, die man Ihnen stellt.«

»Und die werden kommen«, sagte Jim.

10

Territories Conference Room
Washington, D. C.
Donnerstag, 25. April, morgens

Auch in dieser Nacht hatte Pinky nicht viel Schlaf abbekommen. Gähnend kauerte sie vor den Faltstühlen, die an dem Tisch des Untersuchungsausschusses lehnten. Die Zeitungen waren voll von Artikeln über die gestrigen Anhörungen. Einige Reporter berichteten entsetzt, mit welcher Kaltblütigkeit Lowe gehandelt hatte, andere strichen hervor, dass Lowe als Einziger Ertrinkende aus dem Wasser gezogen hatte. Darauf hatte ja auch Jim schon hingewiesen. Als Pinky am vergangenen Abend in ihrem Bett gelegen und an die Decke gestarrt hatte, war sie zu dem Schluss gekommen, dass Jim recht hatte. Die Leser ihres Artikels in der *Times* würden Lowe als Helden sehen – als echten Helden.

Aus den Augenwinkeln musterte sie zwei Männer mit Aktentaschen aus schwarzem Leder auf dem Schoß, die an der hinteren Wand saßen und reglos den Blick nach vorn gerichtet hielten. Im Gegensatz zu den Kongressabgeordneten und ihren Assistenten mischten sie sich nicht unter die Leute, schüttelten niemandem die Hand, besprachen sich nicht mit anderen. Einer trug eine tief auf der Nase sitzende Hornbrille, der andere war käsebleich. Für Politiker waren sie zu gut gekleidet. Direkt vor ihnen saß Sullivan, der unruhig auf seinem Platz hin und her rutschte. War er hier, um Jims Darstellung zu untermauern? Wohl kaum. Pinkys Blick wanderte zu Jim. Er trug an diesem Tag ein förmlich wirkendes, offenbar geborgtes Jackett, denn als er auf das Podest für die Zeugen stieg und sich setzte, blitzten seine Handgelenke unter den zu kurzen Ärmeln hervor. Er wirkte entschlossen, aber verletzlich.

Plötzlich wurde Pinky klar, was hier gespielt wurde. Doch es war zu spät, um Jim zu warnen.

Senator Smith blinzelte durch den Zigarettenrauch und schwang seinen Hammer. »Wir werden heute hoffentlich mehr darüber erfahren, was im Wasser und in den Rettungsbooten vor sich gegangen ist«, sagte er. »Unser erster Zeuge ist der Seemann James Bonney, der, wie ich hörte, zum ersten Mal auf einem Schiff angeheuert hat und in Boot Eins sein Leben retten konnte. Kommen Sie bitte nach vorn, Mr. Bonney!«

Dann begann die Befragung. Mit ebenmäßiger, fast tonloser Stimme berichtete Jim, wie er zunächst beim Beladen von fünf Booten geholfen hatte, ehe er nach steuerbord ging, wo sich eins der Faltboote hoffnungslos in den Tauen verfangen hatte. Offizier Murdoch habe dann gerufen, dieses Boot für Lady Duff Gordon bereitzuhalten. Er sei hinzugeeilt, um den Matrosen zu helfen, das mit Nummer Eins bezeichnete Rettungsboot flottzumachen. Seemann Sullivan sei zum Kommandeur erklärt worden.

»Warum wurde es mit so wenigen Menschen zu Wasser gelassen?«

»Weil Lady Duff Gordon darauf bestanden hat.«

»Wollen Sie ihr vorwerfen, Menschen an Deck stehengelassen zu haben?«, fragte Smith.

»Nein, Sir. Ich werfe ihr vor, dass sie nur an sich gedacht hat.«

»Haben Sie nach Überlebenden gesucht, als das Schiff untergegangen war?«

»Nein.«

»Wie viele Menschen konnte es aufnehmen, und wie viele befanden sich in dem Boot?«

»Hineingepasst hätten fünfzig oder mehr. Aber wir waren nur zwölf.«

»Ich glaube, Ihr Boot kann für sich beanspruchen, mit den

wenigsten Passagieren zu Wasser gelassen worden zu sein. Habe ich recht?«

»Ja, Sir.«

Ein Raunen ging durch die Menge. Pinky lief es kalt den Nacken hinunter, als sie das Gemurmel hörte.

Da ergriff einer von Smiths Kollegen das Wort. »Drücken wir es mal deutlicher aus. Sie hatten zwar den meisten Platz von allen, sind aber nicht zurückgefahren, um Menschen aufzunehmen.«

»Nein, keinen Einzigen«, antwortete Jim mit matter Stimme.

»Warum nicht?«

»Die anderen wollten es nicht.«

»Und Sie?«

»Ich schon. Aber niemand war einverstanden.«

»Von wem kamen die Einwände?«

»Lady Duff Gordon hat nicht zugelassen, dass wir nach den Rudern griffen. Sie hatte Angst, das Boot könnte volllaufen.«

»Bestand denn Ihres Wissens überhaupt die Gefahr, wenn Sie zurückgefahren wären?«

Jim zögerte keinen Augenblick. »Es war sicher nicht ausgeschlossen. Aber unser Boot war groß und nur zum Teil besetzt.«

»Wenn man berücksichtigt, dass Sie sieben Mann Besatzung hatten, wäre es da wirklich ein Risiko gewesen, zu den um Hilfe rufenden Menschen im Wasser zu rudern?«, polterte Senator Bolton, ein anderes Mitglied des Ausschusses. Offenbar beschäftigte ihn noch immer, was Lowe am Tag zuvor ausgesagt hatte. »Haben Sie die Schreie gehört?«

»Natürlich«, entgegnete Jim wütend. »Wir alle haben sie gehört. Ich habe Ihnen doch schon gesagt, dass ich zurückrudern wollte und man es mir verboten hat.«

»Haben Sie jemanden persönlich angesprochen?«

»Jeden Einzelnen.«

»Ist es richtig, dass die Entscheidung bei Sullivan lag?« Smith betrachtete seinen nächsten Zeugen, der zusammengesunken auf seinem Stuhl hockte und unruhig hin und her blickte.

»Ja«, erklärte Jim mit kaum verhüllter Verachtung. »Er hatte das Kommando. Zumindest offiziell.«

»Und er hat nein gesagt?«

»So ist es.«

»Vertrat er diese Haltung, weil die Duff Gordons dagegen protestiert hatten?«

»Ja.« Diesmal sah er Sullivan ins Gesicht. Der wandte rasch den Kopf ab.

»Sind Sie sicher?«

»Ich kann nur über mein Boot sprechen. Und ich hätte ihn ignorieren sollen.«

»Mit welcher Befugnis?«

Jim schwieg.

»Sie sagen, Sie hätten die Hilferufe gehört. Klangen Sie verzweifelt?«

»Ja.«

»Und die Duff Gordons hielten es für zu gefährlich, zurückzurudern und Menschenleben zu retten?«

»Ja.«

Ein Ausschussmitglied, ein Senator mit einem runden, rötlichen Gesicht, beugte sich vor, um eine Frage zu stellen, konnte dabei aber seinen Sarkasmus nicht verbergen.

»Verstehe ich es richtig, dass Sie alle gekuscht und keine Versuche unternommen haben, Menschenleben zu retten, weil zwei Passagiere es für zu gefährlich hielten?«

»So war es, Sir.« Jim richtete sich auf und straffte die Schultern.

Smith ging zum nächsten Punkt über. »Wurden Ihnen von Sir Duff Gordon auf dem Rettungsboot irgendwelche Geldsummen angeboten?«, fragte er.

»Ja.«

Unterdrückte Stimmen schwirrten durch den Raum. Bestechung, flüsterten sich die Zuschauer zu. Er wollte sie bestechen.

»Gab es eine Absprache unter den Mannschaftsmitgliedern, für eine bestimmte Summe gewisse Dinge zu tun oder zu lassen? Mit anderen Worten, nicht zurückzurudern?« Die Frage kam wieder von dem Senator mit dem rötlichen Gesicht.

Pinky hielt die Luft an. Jim wirkte erschöpft.

»So wurde es nicht dargestellt.«

»Wie meinen Sie das? Dass es nicht als Bestechung deklariert wurde? Das wäre ja auch wirklich ein bisschen zu stark gewesen. Haben Sie es denn für eine Bestechung gehalten?«

»Ja, das habe ich.«

»Und was hätte er mit dieser mutmaßlichen Bestechung sonst noch vertuschen wollen? Haben Menschen im Wasser versucht, ins Boot zu steigen?«

Pinky stockte der Atem.

»Ja. Um uns herum kämpften die Menschen ums Überleben. Und nicht nur einer versuchte, in unser Boot zu gelangen.«

»Was ist mit ihnen geschehen?«

Schweigen. Jims Augen verrieten nichts.

»Einige sind abgerutscht.«

»Und andere?«

Wieder Schweigen. »Es war dunkel, man konnte nicht viel sehen«, sagte Jim schließlich.

»Meinen Sie, man hat Menschen mit Gewalt fortgestoßen?«

»Möglich ist es.«

Die Zuhörer wurden unruhig. Wieder ging ein Raunen durch die Menge.

»Das ist ein schwerer Vorwurf, Mr. Bonney«, sagte Senator Bolton. »Ein wirklich schwerer Vorwurf. Haben Sie ganz konkrete Anschuldigungen?«

»Ich werde mich hüten, irgendjemanden zu beschuldigen. Sie müssen verstehen, Sir, ich konnte es nicht deutlich erkennen. Trotzdem glaube ich, dass es so war.«

»Wollen Sie Ihrer Aussage noch etwas hinzufügen?«, fragte Smith.

»Nein, Sir!«

»Dann können Sie den Zeugenstand verlassen.« Der Senator ließ den Blick durch den Raum gleiten. Sein Herz war schwer. Aber er musste weitermachen. Als Nächstes war der knochige Seemann mit dem pockennarbigen Gesicht an der Reihe, der in Rettungsboot Eins offenbar das Sagen gehabt hatte. Obwohl seine Blicke wachsam durch den Raum huschten, saß er lässig auf seinem Stuhl, als würde er sich langweilen.

»Mr. Tom Sullivan. Als ranghöchster Seemann führten Sie das Kommando von Rettungsboot Eins. Würden Sie bitte in den Zeugenstand treten!«

Pinky verfolgte, wie Jim die Stufe hinunterstieg und sich wieder auf seinen Platz setzte. Das also war es, was er bisher verschwiegen hatte. Mit Sicherheit würde ein Gegenangriff kommen. Warum hatte er dem Ausschuss nicht erzählt, dass er die Bestechung zurückgewiesen hatte? *Weil er nicht danach gefragt worden war.* Trotzdem hatte er sein Versprechen wahr gemacht und die ungeschminkte Wahrheit gesagt. Sie würden ihn in der Luft zerreißen.

»Sind Sie Tom Sullivan?«

»Ja, Sir.« Sullivan zog sich auf dem Zeugenstuhl hoch und faltete im Schoß die Hände über seiner Mütze – Pinkys Informant für ihren ersten Artikel über die Bestechung. Seine Augen glühten vor Wut, als wollte er Jim Löcher in den Rücken brennen. Doch als er sich kurz darauf dem Fragesteller zuwandte, gab er sich ernst und gesetzt.

»Schildern Sie uns bitte Ihre Version dessen, was sich in Rettungsboot eins zugetragen hat. Sie hatten das Kommando?« Sullivans Befragung sollte von Senator Perkins durchgeführt werden, der es offenbar kaum erwarten konnte, sie hinter sich zu bringen.

»Ja, Sir, das stimmt. Und ich war jederzeit Herr der Lage.«

»Wie viele Menschen befanden sich in Ihrem Boot?«

»So zwischen vierzehn und zwanzig«, erwiderte Sullivan, ohne zu zögern.

»Der Zeuge vor Ihnen hat ausgesagt, es seien zwölf Menschen in einem Boot gewesen, das ohne weiteres bis zu fünfzig hätte aufnehmen können. Ist das richtig?«

»Nun, wir haben mitgenommen, wen wir konnten.«

»Aufgrund von Mr. Bonneys Aussage wissen wir auch, dass Sie nicht zu der Stelle zurückgekehrt sind, an der das Schiff gesunken ist.«

Sullivan schüttelte so heftig den Kopf, dass sich beinahe sein Kragen gelöst hätte. »Nein, Sir, wir sind zurückgerudert, nachdem das Schiff gesunken war, haben aber niemanden mehr gefunden. Danke, dass Sie mir die Möglichkeit zur Richtigstellung geben.«

Smith und die anderen Ausschussmitglieder wechselten erstaunte Blicke.

»Sie sind zurückgerudert?«

»Natürlich!« Sullivan gab sich entrüstet. »Leider muss ich sagen, dass Jim Bonneys Darstellung nicht ganz der Wahrheit entspricht. Er trägt wohl aus irgendeinem Grund einen alten Groll mit sich herum.«

»Haben Sie jemanden aus dem Wasser gerettet?«

»Nein, Sir. Es war niemand mehr am Leben. Wir konnten niemanden mehr hören.« Es klang sehr bekümmert.

»Wann sind Sie zur Unglücksstelle zurückgerudert?«

»Sobald es möglich war.« Er machte eine vage Handbewegung.

»Und was haben Sie dann gemacht?«

»Wir sind überall herumgerudert.« Jetzt warf er den beiden Männern mit der Aktentasche einen raschen Blick zu, der Pinky nicht entging. Sie musterte die beiden Anzugträger genauer.

»Hatten sich unter Ihren Passagieren womöglich Verwirrung oder Angst ausgebreitet?«

Offenbar fühlte sich Sullivan inzwischen auf sicherem Boden. »Nein, Sir, davon habe ich nichts bemerkt. Es war fast so wie bei einem Routinemanöver.«

Ein Routinemanöver. Die Stille, die sich im Raum ausbreitete, verriet ihm, dass er zu weit gegangen war. Wieder sahen sich einzelne Zuhörer vielsagend an oder flüsterten sich Bemerkungen zu. Er begann an seinen Fingern zu zupfen, und sein Blick wanderte ein weiteres Mal zu den Männern mit den Aktentaschen. »Natürlich nicht genau so, aber wir zogen alle am gleichen Strang. Es war wirklich eine aufreibende Sache.«

»Gibt es sonst noch etwas, von dem Sie uns berichten wollen und das von Interesse für die Öffentlichkeit sein könnte? Zum Beispiel wie sich die Passagiere, also die Duff Gordons, verhalten haben?«

»Nein, Sir, nicht dass ich wüsste.«

»Haben sie dagegen protestiert, zum Unglücksort zurückzufahren?«

»Nein, Sir, es sind ehrenwerte Leute.«

»Haben sie Ihnen eine Bestechung angeboten?«, schaltete sich Senator Smith ein.

»Nein, Sir. Das hat Mr. Bonney ebenfalls falsch dargestellt. Offenbar steckt er in Schwierigkeiten. Mehr kann ich dazu nicht sagen.«

Mit gerunzelter Stirn ließ sich Senator Perkins auf seinem Stuhl zurücksinken. »Danke, Mr. Sullivan. Sie können den Zeugenstand verlassen.« Er warf einen Blick auf seine Uhr.

»Dürfte ich noch etwas sagen, Sir?«, fragte Sullivan.

»Und das wäre?«

»Manchmal können Leute, wenn sie in einer schlimmen Situation stecken, nicht mehr richtig denken. Sie haben Aussetzer, und später möchten sie verhindern, dass es bekannt wird. Wenn jemand in der Lage gewesen wäre, Menschen fortzustoßen, dann Bonney. Man berichtet über ihn nichts Gutes, und deshalb könnte man ihm wohl auch solch eine Tat zutrauen. Er ist es, der hier die Unwahrheit sagt.«

Pinky starrte Sullivan an. Diese elende, verlogene Kröte will seine eigene Haut retten, indem sie den schwarzen Peter weiterreicht. Sie hätte seinen Namen veröffentlichen sollen. Spielt den bescheidenen Seemann, einen verlässlichen Kerl, der sich bemüht, seine Arbeit zu tun. Eine tolle Darstellung. Die Duff Gordons hatten sich diesmal wohl großzügiger gezeigt. Die beiden Männer mit den Aktentaschen verließen leise den Raum, und einer nickte Sullivan kurz zu, ehe er durch die Tür ging.

Wer mochten sie sein? Pinky eilte ihnen nach. Als sie die Tür hinter sich geschlossen hatte, gelang es ihr, sie einzuholen, und sie baute sich vor einem der beiden auf. Er wirkte weder verdutzt noch verärgert, eher gelassen.

»Warten Sie, eine Frage! Wer sind Sie?«, fragte sie.

»Das geht Sie nichts an, Miss Wade«, erwiderte er.

Er kannte ihren Namen. »Sie sind bestimmt Anwalt. Welche Kanzlei vertreten Sie?«

Er zeigte ein dünnes Lächeln. »Dort im Sitzungssaal sind viele Anwälte, Miss Wade. Einige davon, wie Sie wissen, wurden in den Kongress gewählt. Finden Sie es etwa überraschend, dass sich ein gemeiner Seemann von einem Anwalt vertreten lässt? Dann kennen Sie sich im Recht leider nicht besonders gut aus. Guten Tag.« Er machte Anstalten weiterzugehen.

»Einen Moment noch! Von wem werden Sie bezahlt?«

Er setzte seinen Weg fort, ohne sie auch nur noch eines Blickes zu würdigen.

Senator Smith sah kaum auf, als er den letzten Zeugen des Vormittags aufrief. Ein weiteres Besatzungsmitglied aus dem Rettungsboot Eins.

»Mr. Albert Purcell, bitte kommen Sie in den Zeugenstand.«

Ein stämmiger, wettergegerbter Mann mit großen Ohren und

schütterem Haar ließ sich schwer auf den Stuhl sinken. Die Befragung begann mit der üblichen Routine – Name, Stellung auf dem Schiff, Aufgabengebiet.

»Mr. Purcell, haben Sie Hilferufe gehört, nachdem das Schiff gesunken war?«

»Nicht, dass ich mich erinnere.« Er warf einen verstohlenen Blick zu Sullivan hinüber.

»Hat irgendwer vorgeschlagen, dass Sie zu den Menschen im Wasser zurückrudern?«

»Meines Wissens nicht.«

»Niemand hat auch nur erwähnt, dass man zurückkehren soll?«

»Nein, Sir«, erwiderte Purcell beinahe strahlend.

»Mr. Bonney sagte aber, dass er darauf gedrängt hat. Stimmt das?«

»Nein, Sir. Er will sich nur aufspielen.«

Jetzt schaltete sich Senator Harbinson ein. »Erinnern Sie sich, dass von Geschenken oder Geld die Rede war?«

»Ja. Und ich kann Ihnen auch erklären, wie es dazu kam.« Purcell hatte sich bis ins kleinste Detail vorbereitet und brannte darauf, es endlich der Öffentlichkeit zu präsentieren. »Also, sehen Sie, Lady Duff Gordon hat so etwas gesagt wie: ›Jetzt ist mein schönes Nachthemd ruiniert.‹ Darauf habe ich geantwortet: ›Das ist doch nicht schlimm, Hauptsache, Sie sind noch am Leben.‹ Und dann habe ich hinzugefügt, dass wir *alles* verloren hätten. Darauf hat Sir Cosmo erklärt, dass er uns später etwas für einen Neuanfang geben würde. Mehr habe ich nicht mitbekommen.«

»Wie lange nach dem Untergang der *Titanic* hat dieses Gespräch stattgefunden?«

»Vielleicht eine Dreiviertelstunde.«

»Haben Sie es als Bestechung empfunden?«

»Nein, Sir. Einfach nur als ein großzügiges Angebot von großzügigen Menschen.«

»Ist Ihnen denn gar nicht in den Sinn gekommen, dass Sie eigentlich hätten zur Unglücksstelle zurückfahren müssen?«

Purcell antwortete auf seine schnoddrige Art. »Nein, das stand mir nicht zu. Ich hatte ja nicht das Kommando in unserem Boot. Doch wenn es die Order gewesen wäre, wäre ich natürlich umgekehrt.«

»Sie wären also dazu bereit gewesen?«

»Aber sicher.«

»Hat es Sie denn nicht verwundert, dass niemand den Vorschlag gemacht hat?«

»Doch, natürlich!« Offenbar sollte es empört klingen.

»Dann verstehe ich nicht, was in Ihnen vorgegangen ist.« Senator Harbinson platzte der Kragen. »Einerseits waren Sie überrascht, dass niemand ans Zurückfahren dachte; andererseits haben Sie kein Problem damit, dass Sie es selbst nicht vorgeschlagen haben.«

»Wir waren da schon wie im Dämmerzustand«, stammelte Purcell. Erneut sah er zu Sullivan hinüber, der ihn wütend anfunkelte.

»Können Sie uns erklären, warum Ihr Boot nicht versucht hat, weitere Menschen aufzunehmen?«

In die Enge getrieben, überlegte Purcell kurz, ehe er antwortete. »Unser Boot hätte mit Wasser vollllaufen können. Es waren so viele Menschen – das hörte man an den Hilferufen.«

»Obwohl Sie die Rufe gehört haben, sind Sie also nicht zurückgefahren? Nicht einmal, um auch nur nachzusehen? Abgesehen davon hat Mr. Sullivan ausgesagt, dass Sie unter seinem Kommando zur Unglücksstelle zurückgerudert sind.«

Purcell warf Sullivan einen verzweifelten Blick zu. Er steckte in der Falle. »Nein, Sir. Ja, Sir.«

»Hat jemand gesagt, es sei zu gefährlich?«

Jetzt konnte er sich wieder auf die Instruktionen stützen, die er zweifellos erhalten hatte. »Nein, Sir, niemand.«

»Hat jemand von der Möglichkeit des Kenterns gesprochen?«

»Nein, Sir.«

»Ist Ihnen klar, dass Sie ohne Weiteres hätten zurückfahren können, um einige der Menschen zu retten, die am Rand des großen Gedränges um ihr Leben kämpften?«

»Ja, die vielleicht.«

Harbinson hatte genug. Und alle anderen auch. »Ihnen ist nicht in den Sinn gekommen, Ihre Passagiere in andere Boote umzuladen und dann mit einem praktisch leeren Boot zurückzufahren, damit Sie wenigstens einige der armen Ertrinkenden aufnehmen konnten?«

»Nein, Sir.«

»Es reicht«, sagte Senator Smith. Jeder im Raum dachte jetzt wohl an den geradlinigen Harold Lowe. Und Pinky schlängelte sich bereits durch das Publikum, weil sie hoffte, irgendwo Jim finden zu können. Durch die Aussage dieses dummen Narren, der seine Lügen nicht aufeinander abstimmen konnte, war Sullivans Darstellung als Falschaussage entlarvt worden. Das musste jetzt jedem klar geworden sein.

Jim stand allein an der Haupttür des Senatsgebäudes und zog heftig an seiner Zigarette. Er schnippte sie wütend weg und starrte mit zusammengepressten Lippen auf das Capitol. Tiefe Furchen hatten sich in sein kantiges Gesicht gegraben.

»Wer …?«, begann Pinky, als sie zu ihm trat.

»Das werde ich Ihnen nicht sagen, also fragen Sie erst gar nicht. Damit holen wir die Toten auch nicht wieder zurück.«

»Die beiden haben gelogen, das war jedem klar. Sie haben gewonnen.«

»Seien Sie sich da mal nicht so sicher. Haben Sie die beiden Männer mit dem Aktenkoffer gesehen? Wer war das?«

»Das finde ich noch heraus. Wenn es Anwälte sind, dann hätten sie Purcell besser vorbereiten müssen. Machen Sie sich keine Gedanken, Jim. Purcell hat den anderen ordentlich die Suppe versalzen.«

»Diese Frau gibt nicht so schnell auf. Sie wissen ebenso gut wie ich, dass sie noch ein As im Ärmel hat.«

»Lady Duff, meinen Sie?«

»Natürlich.«

Pinky schwieg. Irgendwie musste sie ihn doch beruhigen können. »Welche Möglichkeiten sollte sie jetzt noch haben? Die anderen aus Ihrem Boot wissen, wie es wirklich war. Was kann sie da tun? Etwa jeden Einzelnen zum Schweigen bringen? Irgendeiner tanzt immer aus der Reihe.«

»Wer sollte das sein? Außer den Darlings und den Duff Gordons waren nur Besatzungsmitglieder im Boot. Glauben Sie mir, diese Leute haben alle in der Tasche. Die wissen, wie man so etwas macht.« Er zündete sich eine neue Zigarette an. »Aber warum rege ich mich überhaupt auf? Niemand wird wegen dieser Sache verurteilt werden. Ich weiß, dass es in den anderen Booten ähnlich ablief. Mir geht es nur darum, dass die Wahrheit bekannt wird. Und dass Tess mir glaubt.«

»Das wird sie ganz bestimmt.«

»Wenn sie sich zwischen mir und der Frau entscheiden soll, die ihr eine Lebensperspektive bietet?«

»Tess lässt sich nicht von Lügen täuschen.« Wie konnte sie das mit solcher Bestimmtheit sagen? Woher wollte sie wissen, wie sich jemand in Tess' Lage entschied? Andererseits konnte sie sich kaum vorstellen, dass man Jim nicht vertraute. Und das galt erst recht für Tess.

»Ich möchte sie sehen, Pinky!«

»Hab mir schon gedacht, dass ich Botendienste leisten muss«, erwiderte sie gutmütig. »Sind Sie sich sicher?«

»Mehr als Sie sich vorstellen können.«

In seiner Stimme klang so viel Gefühl mit, dass sie einen Moment lang um Worte verlegen war. Aber dann fügte er mit noch mehr Erregung in der Stimme hinzu: »Leider ist das, was Sullivan gesagt hat, genau das, was die Leute glauben möchten. Es ist zwar gelogen, aber sie fühlen sich besser.« Er nahm einen tiefen Zug von seiner Zigarette, dann warf er sie auf den Boden und trat sie heftig aus. »Verstehen Sie, was ich meine? Tapfere Matrosen und Passagiere kehren noch einmal zurück, um Leben zu retten, aber praktischerweise sind all die um Hilfe rufenden Menschen inzwischen schon tot. Klingt doch gut, oder? Da muss man sich nicht mit der einsamen Entscheidung eines Mannes auseinandersetzen, so lange zu warten, bis die meisten gestorben sind. Da braucht man glücklicherweise einem Seemann nicht zu glauben, der weder ihnen noch sich selbst als Held dienen kann. Sullivan entspricht den Erwartungen. Die Menschen wollen einen unerschütterlichen Mann, der das Richtige tut. Ganz egal, was.«

Jim wandte sich ab. »Bitte entschuldigen Sie, aber ich halte es hier nicht mehr aus.« Er ließ Pinky stehen und ging mit großen Schritten die Anhöhe hinunter. Pinky versuchte nicht, ihm hinterherzulaufen. Sie schaute ihm nur nach.

Das Gleiche tat Senator William Alden Smith, der, die Hände hinter dem Rücken verschränkt, am Fenster des Konferenzraums stand und nachdenklich die Szene auf den Eingangsstufen verfolgte.

Ein großgewachsener Mann, dieser Bonney. Wie er da so voranschritt, wirkte er bedrückt, aber entschlossen. Wahrscheinlich entsprach seine Darstellung der Wahrheit. Allerdings hatte es zwischen ihm und Sullivan ganz offensichtlich böses Blut gegeben. Purcell hingegen brauchte man nicht ernst zu nehmen.

Wie weit wollte er die Dinge noch treiben? Trotz allem, was die Zeitungen schrieben, war er überzeugt, dass es Überlebende gab, die sich nur schwer damit abfinden konnten, dass sie sich von Angst leiten ließen anstatt von Mut. War es die Sache wert? Sollte er sich an ihre Fersen heften und sie bloßstellen? Wie etwa diesen Mann namens Darling? Den Berichten nach zu urteilen war er kein schlechter Mensch gewesen und hatte sich nur einmal von seiner Schwäche überwältigen lassen. Doch nun hatte er sich das Leben genommen. War es wirklich nötig, diese hochnäsige englische Modeschöpferin und ihren Mann vor den Ausschuss zu zerren? Prügelten die Zeitungen nicht schon genug auf sie ein?

Während er Bonney nachsah, traf er eine Entscheidung.

Die Dämmerung senkte sich herab, als Pinky in den Zug stieg, der sie zurück nach New York bringen würde. Die Auseinandersetzung mit Van Anda hatte sie erschöpft. Vielleicht war es ja wirklich nur die Geschichte von zwei einander hassenden Seeleuten und einem Trottel. Und sicher, ihr einstiger Informant hatte in der Frage der Bestechung eine komplette Kehrtwende vollzogen. Bonney hingegen hatte sie bestätigt, was wohl bedeutete, dass sie stimmte. Obwohl für ihn einiges auf dem Spiel stand, war seine Aussage weitaus glaubwürdiger gewesen. Warum sollte er behaupten, dass man Menschen zurückgestoßen hatte, wenn es nicht der Wahrheit entsprach? Sie wolle Bonney auf Biegen und Brechen zum Helden machen, hatte ihr Van Anda vorgehalten. Sie solle sich lieber auf den Umstand konzentrieren, dass er und Sullivan sich gegenseitig der Lüge bezichtigen. Ob sie wirklich sicher sei, Anwälte gesehen zu haben? Sie solle nach Hause fahren, sich ausschlafen und morgen weitermachen. Beweise suchen. »Der Artikel über Lowe war großartig«, hatte er noch gesagt, ehe er auflegte. Besorgt ließ sich Pinky auf ihrem Platz zurücksinken. War sie nicht objektiv? Sie durfte sich nicht von der Frage leiten lassen, wer Schaden erlitten hatte und wer nicht. Ihre Aufgabe war es, über Fakten zu berichten, auch wenn sich etwas in ihr dagegen sträubte. Aber das war nicht immer leicht.

Pinky schob sich ihren zusammengerollten Mantel unter den Kopf und schloss die Augen. Van Anda hatte recht. Sie hatte eine Aufgabe zu erledigen, und mit ihren Sorgen um Bonneys Schicksal stand sie sich dabei nur selbst im Weg. Außerdem musste sie noch einkaufen gehen, wenn sie nach Hause kam, und wenn es spät wurde, würde die schwer geprüfte Mrs. Dotson nur erneut die Hand aufhalten.

11

Flatiron District
New York
Donnerstag, 25. April, morgens

Diesmal lauerten keine Reporter am Eingang, als Lucile und Elinor das Haus betraten und zum Fahrstuhl eilten. Erleichtert drückte Lucile den Knopf. »Ich kann aber nicht lange bleiben. Ich habe einen Termin bei meinem Frisör«, sagte Elinor, während der Aufzug in das oberste Stockwerk rumpelte. »Außerdem weiß ich sowieso nicht, wozu du mich hier heute brauchst.«

»Deine Frisur ist dir wichtiger als mein Geschäft? Also, ich muss schon sagen, Elinor!«

»Immerhin hast du dir den richtigen Zeitpunkt ausgesucht. Die Stunden von Jordan Darlings Beerdigung.«

»Genau. Die Presseleute werden alle dort sein. Ich bin lange genug nicht mehr im Atelier gewesen, und ich kann es mir nicht leisten, mich noch länger zu verstecken. Wenigstens musste ich heute nicht wieder Spalier laufen. Du kannst jederzeit gehen. Ich bin hier auf vertrautem Boden.«

»Madame!«, rief James überrascht aus und hob den Kopf von seinem Arbeitstisch, auf dem sich ein Berg von Hüten, Handschuhen und Schmuck auftürmte – die notwendigen Accessoires für die Schau. Neben ihm kniete Tess vor einem Mannequin und steckte einen Saum ab.

»Wie ich sehe, sind Sie beide fleißig bei der Arbeit«, meinte Lucile mit einem breiten Lächeln. »James, befreien Sie uns von diesem schrecklichen grünen Machwerk dort.« Sie deutete mit dem Finger auf einen der Hüte. »Die Farbe ist ja grauenhaft. Sieht aus wie Galle.«

»Ja, Madame. Schön, dass Sie wieder da sind, Madame.«

Tess hatte schnell die Nadeln aus dem Mund genommen und stand auf. »Schön, Sie zu sehen«, sagte sie herzlich.

»Wie gefällt Ihnen Ihre Wohnung? Hat Cosmo da nicht rasch gehandelt?«

»Sie ist wunderbar, und ich bin Ihnen sehr dankbar.« Dankbar? Begeistert war sie. Diese hübsche, kleine Wohnung in der 5th Avenue – karg und schlicht, aber ihre allein. Ein Topf, ein paar Tassen und zwei Schüsseln auf der Arbeitsfläche. Als Erstes hatte sie sich Tee gekocht. Sie war jetzt fest angestellt, sie bekam Geld für ihre Arbeit, und bald würde sie die Miete für die Wohnung selbst zahlen können. Dann würde sie ihre Mutter aus England kommen lassen, sie würden zusammen Vorhänge nähen, und sie konnte endlich ihre eigene Welt gestalten.

»Wo ist das Hochzeitskleid?«

Luciles Stimme holte sie abrupt wieder in die Gegenwart zurück. »Hier, auf dem Tisch. Ich habe die Schäden ausgebessert«, sagte Tess. Während Lucile ihre Arbeit begutachtete, wurde es Tess ein wenig schummrig im Magen. James trat einen Schritt zurück, zwei Mannequins beobachteten besorgt Lucile. Die Näherin an der ersten Maschine in der Reihe unterbrach ihre Arbeit.

Lucile hob mit zwei Fingern den Rock und hielt ihn mit zusammengekniffenen Augen ausgestreckt vor sich. »Wo ist der Unterrock?«, fragte sie streng.

»Er war zerrissen, und ich habe ihn abgetrennt. So kann der Stoff besser fließen«, erklärte Tess.

»Und was haben Sie mit dem Oberteil gemacht?«

»Ich musste es abändern, weil es ebenfalls zerrissen war.« Tess verhaspelte sich, sprach zu schnell.

Schweigend drehte Lucile das Kleid um und betrachtete das Oberteil.

»*Was haben Sie gemacht?*« Ihre heisere, rauchige Stimme dröhnte durch den Raum. »Nur noch wenige Tage bis zu meiner großen Schau, und Sie pfuschen an meinem Paradestück herum, an dem Modell, das zum Stadtgespräch werden soll. Und jetzt, jetzt ...« Sie ließ das Kleid auf den Tisch fallen. »Jetzt ist es nur noch Stückwerk. Vielleicht können Sie zerrissene Kleidungsstücke wieder zusammennähen, aber Sie haben nicht die geringste Ahnung von der Konzeption eines Entwurfs!«

Tess hielt sich am Tischrand fest, aus Angst, sie könnte fallen. Leise und mit bebender Stimme erwiderte sie: »Ich habe getan, was ich für notwendig hielt, um Ihr wunderschönes Kleid zu retten. Die Veränderungen sind nur gering, und ich bin dem treu geblieben, was Ihnen vorschwebte. Wenn es von einem Mannequin getragen wird, können Sie es sehen.«

Lucile funkelte sie wütend an. »Reden Sie nicht solchen Unsinn. Sie haben aus einer Lucile-Kreation Ihre eigene gemacht.«

»Was beklagst du dich?«, murmelte Elinor und berührte Luciles Arm. »Du siehst doch, dass das Mädchen ein stark beschädigtes Kleid gerettet hat. Was hätte sie denn sonst tun sollen? Sei vorsichtig, du genießt hier nicht mehr so viel Respekt wie früher. Hast du das noch nicht gemerkt?«

Lucile schüttelte die Hand ihrer Schwester ab. »Hier« – sie nickte zu einem der Mannequins und gab der jungen Frau das Kleid – »ziehen Sie es an, damit ich mir das Ausmaß des Schadens ansehen kann.« Sie schritt auf den Laufsteg zu und deutete mit dem Finger auf James. »Wenn das Kleid zugeknöpft ist, soll sie hier heraufkommen.«

James lief zum Mannequin, blieb aber kurz bei Tess stehen. »Sie haben gute Arbeit geleistet«, flüsterte er. »Egal, was sie sagt.«

Tess war ihm dankbar für diese kleine Ermutigung. Sie beobachtete Luciles Gesicht, während ihnen das Mannequin auf dem Laufsteg entgegenkam und das Kleid anmutig und fließend um ihre Beine schwang. Die Grundelemente des Entwurfs waren immer noch deutlich zu erkennen. Aber Lucile sagte kein Wort, und in ihrem versteinerten Gesicht regte sich nichts. Natürlich gefiel es ihr nicht, niemals würde sie Tess gegenüber etwas anderes eingestehen können.

»Warum um Himmels willen haben Sie die Seitennähte nicht verstürzt?«

»Daran habe ich nicht gedacht.«

»Jetzt eignet sich das Kleid nicht mehr als Höhepunkt in meiner Schau, fürchte ich.«

Tess' Wangen glühten. Das übrige Personal mochte auf ihrer Seite stehen, aber das half ihr in dieser Situation auch nicht weiter.

»Sie haben noch einiges zu lernen.«

»Das bestreite ich nicht.«

»Es war dreist von Ihnen. Tun Sie so etwas nie wieder.«

Da war es wieder, dieses seltsame Gefühl, als öffnete sich vor ihr ein Abgrund. Tess hielt die Luft an.

Plötzlich stand Lucile auf und strich sich über den Rock. »Wir werden uns damit begnügen müssen. Und Sie befassen sich jetzt mit Dingen, die Sie wirklich können, Tess. Dämpfen Sie die Netze an den Hüten. Sie sind furchtbar zerknittert.«

»Ja, Madame.«

»Kinder, es sind nur noch ein paar Tage bis zur Schau«, verkündete Lucile, klatschte in die Hände und begab sich in ihr Büro. »An die Arbeit!«

»Ich würde gern mit Ihnen sprechen, Lucile«, sagte Tess, als die beiden Frauen nach der Arbeit auf den Gehsteig traten.

»Hören Sie, ich habe den ganzen Tag geschuftet, um hier alles wieder auf Vordermann zu bringen, und bin viel zu müde für müßige Plaudereien.« Lucile sah sie dabei nicht einmal an.

»Ich habe mein Bestes getan, um Ihnen zu helfen. Tut mir leid, dass es Ihnen nicht genügt.«

Lucile blickte mit vorgestrecktem Kinn zum wartenden Wagen. »Seien Sie morgen um acht Uhr im Atelier«, sagte sie. »*Und sprechen Sie mich nicht mit meinem Vornamen an.*« Damit stieg Lady Duff Gordon ein, ohne sich noch einmal umzublicken. Farley, der ihr die Tür aufhielt, gab sich ahnungslos und verzog keine Miene.

 Verzweifelt nestelte Tess am Schloss ihrer Wohnungstür. Sie hatte den ganzen Tag Hutnetze gedämpft, Säume gebügelt, geputzt, Körbe mit Stoffresten entleert – Dinge, bei denen sie keine Nadel in die Hand nehmen, keine Muster zuschneiden oder Kleider abstecken musste. Nichts, was nicht auch ein Dienstmädchen hätte machen können. Und das nur, um dem übrigen Personal zu demonstrieren, dass Madame hier das Sagen hatte, dass sie die Modeschöpferin war – als würde das irgendjemand in Zweifel ziehen. Tess hatte ihr Bestes gegeben, um ein wunderbares Kleid zu retten, aber es war nicht gut genug geworden. Würde sie den Ansprüchen nie genügen?

Endlich drehte sich der Schlüssel. Wundersamerweise ließ sich die Tür ganz normal öffnen, und Tess trat in ihr Refugium, schaltete das Licht ein und machte hinter sich zu. Erleichtert lehnte sie sich an den Türrahmen. Sie hatte heute den ganzen Tag ihre Bedienstetenmaske getragen, und die ließ ihr kaum Luft zum Atmen. Einmal hatte sie beim Auflesen der Stoffreste vom Boden aufgesehen und dabei bemerkt, dass Lucile sie wieder mit diesem unergründlichen Gesichtsausdruck anstarrte. Es war nicht Ärger oder Zorn, sondern etwas, das sie noch vor kurzem als Zeichen einer gewissen Zugänglichkeit gedeutet hatte.

Auf dem Weg zum Schrank strich Tess mit der Hand über die raue Fläche des Tisches. Sie hatte immer noch nichts von Jim gehört. Denk nicht mehr an ihn, vergiss ihn einfach. Wenn er gewollt hätte, wäre es ihm inzwischen zweifellos möglich gewesen, sich bei ihr zu melden. Sie war ganz allein.

Sie holte tief Luft und sah sich um. Wenn sie es ernst meinte, wenn diese kleine Wohnung wirklich der erste Schritt zu ihrer Unabhängigkeit sein sollte, musste sie herausbekommen, was Lucile mit ihr vorhatte. Sobald Madame irgendwo auftauchte, passten sich alle anderen ihren Vorstellungen an. Wie sollte man da wissen, wer man war, was man tun sollte? War Luciles Atelier ein Sprungbrett oder wieder nur ein Ort, an dem sie sich ducken musste? Folgte sie dem Beispiel der vielen anderen, die die großartige Madame hofierten, und ließ sich von ihr nach allen Regeln der Kunst hin und her schieben? Mit einem Mal fühlte sie sich müde bis auf die Knochen. Sie würde hart arbeiten und sich alle erdenkliche Mühe geben, mehr konnte sie nicht tun. Wieder wanderten ihre Gedanken zu Jim. Wo er wohl war an diesem trostlosen Abend? Wenn sie die Augen zumachte, sah sie sich zusammen mit ihm in einer Pferdedroschke sitzen und spürte, wie er sie an sich drückte. Warum hatte sie ihm bloß keine Nachricht zukommen lassen?

Sie setzte einen Topf Wasser auf. Als sie sich mit einer Tasse ans Fenster stellte und auf die Straße hinausblickte, beruhigte sie sich allmählich, und ihr fiel ein, dass sie nichts zu essen im Haus hatte. Einen Block entfernt gab es einen Laden, an dem sie vorbeigekommen war. Sie würde noch einmal hinausgehen. Sie trank den Tee aus und steckte ihre Geldbörse ein. Sie fühlte sich schon ein wenig besser. Zumindest war dies vorerst ihr sicherer Hafen, und sie besaß den Schlüssel dazu.

Der Metzger an der Fleischtheke hielt ein schlaffes Hähnchen und eine Hammelkeule hoch. »Was möchten Sie?«, fragte er. Offensichtlich hatte er nichts anderes mehr zu bieten, daher deutete sie auf die Hammelkeule. Hoffentlich funktionierte der Ofen in ihrer Küche. Sie schlenderte zu den Gemüsekisten, nahm ein paar Kartoffeln und dann noch etwas Brot. Es war ein gutes Gefühl, für sich selbst einzukaufen. Obst wäre schön, aber die Äpfel sahen schrumpelig aus.

»Nehmen Sie lieber eine Orange. Die sind wahrscheinlich besser.«

Eine bekannte Stimme, eine erschreckend bekannte Stimme. Als sie den Kopf hob, blickte sie in das Gesicht eines Mannes, der auf der anderen Seite der aufgestapelten Obstkisten stand. Eine noch nicht ganz verheilte Wunde zog sich als roter Strich von seiner Stirn bis zur Ohrspitze, aber sein Lächeln war einnehmend wie zuvor. Sein graues Haar war ordentlich gekämmt, der Anzug frisch gebügelt, und er sah fast genauso aus wie an jenem letzten Abend auf der *Titanic*. In der ausgestreckten Hand hielt er eine Orange.

»Mr. Bremerton.« Sie brachte kaum seinen Namen heraus.

»Guten Tag, Miss Collins.« Mit einem sanften Lächeln sah er auf die Hammelkeule in ihrer Tasche. »Sieht lecker aus.«

»Was machen Sie hier? Wie ...«

»Ich habe nach Ihnen geforscht. Geht es Ihnen gut?«

War das wirklich Jack Bremerton, der da vor ihr stand und so ungezwungen und selbstbewusst mit ihr sprach? »Dass ich Sie wirklich hier vor mir sehe!«, sagte sie noch immer atemlos. »Ich habe gehört, dass Sie überlebt haben.«

»Hoffentlich sind Sie über unser Wiedersehen genauso erfreut wie ich.«

»Ja. Ja, das bin ich.« Sie meinte die salzige Luft jenes letzten Abends riechen zu können, als sie sich auf dem Deck getroffen hatten. Seine Stimme erweckte alles wieder zum Leben. »Was machen Sie hier? Sie wohnen doch bestimmt nicht in dieser Gegend.« Sicher besaß er ein großes Anwesen weiter oben an der 5th Avenue und nicht etwa hier in diesem einfachen Viertel mit Werkstätten und kleinen Wohnungen wie ihrer.

»Ich habe ein Büro im Flatiron Building. Jetzt, wo ich Sie gefunden habe, möchte ich Ihnen einen Vorschlag machen. So gut diese Hammelkeule auch aussieht, würden Sie mir den Gefallen tun, mit mir heute Abend essen zu gehen?«

Beinahe hätte es ihr die Sprache verschlagen, aber sie brachte es doch fertig, zu antworten: »Gern. Mit dem größten Vergnügen.«

»Allerdings nur unter einer Bedingung«, sagte er mit sanfter Stimme. »Dass Sie mich Jack nennen.«

»Aber ...«

»Sie meinen, dazu ist es noch zu früh? Das verstehe ich.«

Was für ein Gentleman er war! Sie legte die Hammelkeule

und die Kartoffeln auf die Äpfel, und sie gingen gemeinsam an dem verblüfften Geschäftsinhaber vorbei nach draußen. Vielleicht schlafwandelte sie auch. Später war sich Tess nicht mehr ganz sicher.

Das Restaurant hieß Sherry's und lag an der Ecke 5th Avenue und 44th Street. Tess fand es noch prächtiger als das im Waldorf: hohe, bemalte Decken, funkelnde Wandleuchter und Lüster aus Kristall, Tische mit makellosen Leinendecken, Kellner, die sich beim Bedienen respektvoll vor den Gästen verbeugten, und vornehm gekleidete Besucher, deren Schmuck im Kerzenlicht funkelte. Tess verbarg nicht, wie beeindruckt sie war, und sah sich mit unverhohlenem Entzücken um.

»Wir Amerikaner lieben den Überfluss«, sagte Jack fast im Flüsterton. »Und kopieren gern die Briten.«

»Das verstehe ich nicht. Wo wir doch alle die Amerikaner nachahmen wollen.« Tess wiegte das feine Glas in ihren Händen und ließ dann den ersten Martini ihres Lebens langsam die Kehle hinunterrinnen. Ein befremdlich trockener Geschmack, der ein wenig an Kräuter erinnerte und fast sofort wieder von ihrer Zunge verschwand.

Er lachte. »Sie sagen offen, was Sie denken, nicht wahr?«

»Nicht immer, aber im Augenblick schon.«

»Ich nehme an, Sie haben viel zu erzählen. Ah, da sind unsere Hummer.«

Auf dem Teller, den ihr der Kellner mit einer schwungvollen Bewegung vorsetzte, lag ein leuchtend rotes Krustentier, die Scheren nach vorn gebogen, die kleinen Augen zu Perlen erstarrt. Tess wusste nicht, wie sie damit umgehen sollte.

»Darf ich es Ihnen zeigen?«, fragte Bremerton leise. Dann nahm er den Nussknacker und drehte geschickt die Scheren ab, so dass das Innere sichtbar wurde. Mit einem langen, dünnen Gerät, das sie nicht kannte, zog er ein Stück Fleisch heraus und bot es ihr an. Tess nahm es, ohne zu zögern. Es war köstlich.

Noch ein Schluck von dem Martini, und dann ertappte sie sich dabei, wie sie von ihren Unannehmlichkeiten mit der launenhaften Lucile berichtete. Plötzlich merkte sie, dass sie in diesem neuen Land zwar jedes Wort genau abwägte, doch Jack bedenkenlos alles erzählte.

»Sie wollen so viel über mich wissen. Aber was ist mit Ihnen?«, fragte sie schließlich.

»Ich bin der typische amerikanische Selfmademan«, erwiderte er mit einem leichten Achselzucken. »Die Opern, die ich besuchen muss, sitze ich ab. Aber dafür kann ich Ihnen alles über das T-Modell von Ford erzählen. Ein großartiges Automobil, das bald mit einem Geschwindigkeitsmesser und einer Hupe auf den Markt kommt.«

»Klingt interessant«, meinte Tess schüchtern.

»Der Fortschritt ist etwas Wunderbares. Die Welt verändert sich, und wenn man sich nicht mit ihr verändert, ist man verloren.«

Es war ein aufregender, überwältigender Abend. Sie war ein wenig benommen, und der Raum schien ihr wie in Glut getaucht. Sie kam sich vor wie auf einer geschmückten, schwimmenden Bühne, aber das Beste war, dass der Mann neben ihr zuhörte, wirklich zuhörte, wenn sie etwas sagte.

Und doch erwähnte keiner von ihnen den Untergang der *Titanic* oder das, was Jack auf der *Carpathia* widerfahren war. Und erst als sie bereits aufbrachen, kam es Tess merkwürdig vor.

»Ich würde Sie gern wiedersehen«, sagte Jack, als sie das Restaurant verließen.

»Das würde ich auch.«

Schweigend standen sie da, einander sehr nahe.

»Auf der *Carpathia* habe ich die ganze Zeit gehofft, Sie zu finden«, meinte sie dann.

»Es bedeutet mir sehr viel, dass Sie sich Gedanken über mich gemacht haben.«

»Dass Sie tot sein sollten, konnte ich einfach nicht glauben. Ich wollte es nicht glauben.« Tess spürte einen Kloß im Hals.

»Manchen wäre das vielleicht ganz gelegen gekommen.«

Tess' Gedanken wanderten zu Jacks Frau. Unfassbar, dass sie nicht um diesen Mann getrauert hatte.

»Ich kann mich zwar nicht mehr an die Zeit erinnern, in der ich auf der *Carpathia* im Fieber lag. Aber wenn ich an jenem letzten Abend auf der *Titanic* gewusst hätte, was auf uns zukommen würde, wäre ich nicht so höflich gewesen. Ich hätte Sie geküsst, Tess. Ich hätte Sie in die Arme genommen und geküsst.«

Eine Weile hörte man nur ihrer beider Atemzüge.

»Darf ich Sie jetzt küssen?«, fragte er schließlich.

Tess brauchte nichts mehr zu sagen. Sie stellte sich auf die Zehenspitzen und lehnte sich in seine Arme. Er zog sie an sich, und seine Lippen suchten ihren Mund.

Spät in der Nacht lag Tess im Bett und rief sich, den Blick auf die Zimmerdecke gerichtet, den Klang seiner Stimme in Erinnerung, als er ihren Namen gemurmelt hatte – rauchig und vertraulich. Dann setzte sie sich auf und sah aus dem Fenster. Konnte es sein, dass ein Gentleman wie Jack Bremerton ernstlich an ihr interessiert war? Er war viel älter als sie, wohl in den Vierzigern. Ein ruhiger, selbstsicherer Mensch. Noch nie hatte sie jemanden wie ihn kennengelernt, und er hatte sie in die Arme genommen und geküsst. Keine Forderungen, kein Grapschen, keine tastenden Finger. Und er wollte sie wiedersehen. Was durfte sie sich erhoffen? Wer war er, und wer war *sie*, dass sie sich mit solchen Überlegungen beschäftigte?

Jim. Sie grub den Kopf ins Kissen und versuchte, ihn nur für diesen einen Augenblick aus ihren Gedanken zu vertreiben. Doch es wollte ihr nicht gelingen. Er war da, sie konnte ihn buchstäblich an ihrer Seite spüren. Ärgerlich versuchte sie, das unangenehme Gefühl der Zerrissenheit abzuschütteln. Es gab keinen Grund dafür. Du meine Güte, schließlich war sie nicht mit Jim verlobt. Sie brauchte kein schlechtes Gewissen zu haben. Zwei Männer, die unterschiedlicher nicht sein konnten. Jim war mehr als ein Dorfjunge, viel mehr, aber Jack war ein Mann von Welt, auf eine ihr bisher unbekannte Weise aufregend. Und doch – warum hatte Jim keinen Kontakt zu ihr aufgenommen? Wo war er überhaupt? Hatte er sie vergessen? Sie dachte daran, wie sie vor der toten Mutter und ihrem Baby stockend Gebete gesprochen hatten, an seine freundliche Art, als er mit schneller, geschickter Hand Spielzeuge für die Kinder geschnitzt hatte. Sie erinnerte sich, wie sie es genossen hatte, mit ihm durch den Central Park zu schlendern. War sie geblendet von dem glamourösen Leben, das Jack führte? Und welche Rolle gab sie dann Jim?

Genug, schalt sie sich und schlug mit ihrer flachen Hand wütend auf das Kissen. Heute Nacht würde sie keinen Schlaf finden.

New York
Freitag, 26. April, morgens

Der Zeitungsjunge vor dem Lebensmittelladen lief auf und ab und verkündete lauthals die Neuigkeiten, die seine Hosentaschen an diesem sonnigen Morgen reichlich mit den Nickels und Dimes der Passanten füllten. »Lesen Sie alles über die sensationelle Entwicklung bei den Anhörungen in Washington zum Untergang der *Titanic*.« – »Neue Nachrichten über das Millionärsboot.« – »Matrosen uneins, was wirklich geschah!« – »Extrablatt, Extrablatt!«

Tess kramte nach Kleingeld und nahm die *Tribune* und die *Times* mit in den Laden. »Wurden Ertrinkende von Rettungsboot Eins weggestoßen? Matrosen beschuldigen sich gegenseitig«, lautete die Schlagzeile der *Tribune*. Ein Foto von Jim und eins von einem Mann namens Sullivan. Und dann der Zwischentitel: »Wer lügt?« Die Schlagzeile über Pinkys Artikel war weniger schrill: »Widersprüchliche Aussagen der Seeleute von Rettungsboot Eins. Dritter Zeuge gerät ins Stammeln.«

Tess las die Artikel sofort. Ihre Hände zitterten beim Umblättern der Seiten, auf denen die Druckerschwärze noch nicht getrocknet war. Jim, bist du dir sicher – was hast du wirklich gesehen? Wen beschuldigst du? Sie hob den Kopf und sah auf den regennassen Gehsteig. Tränen verschleierten ihren Blick. Dass sie nicht noch einmal zurückgerudert waren, konnte an der Kälte gelegen haben oder an Feigheit, Vernunft oder Angst. Alles war möglich. Leute weggestoßen? Grausamkeit oder Panik? In jener Nacht war es so dunkel gewesen, dass man kaum jemanden erkennen konnte, auch in ihrem Boot nicht, das bis auf den letzten Platz besetzt gewesen war. Jim hatte den Duff Gordons keinen direkten Vorwurf gemacht. Das passte zu ihm, zu dem Mann, den sie bereits durch und durch zu kennen glaubte. Ohne Schuldzuweisungen hatte er einfach nur erzählt, was er gesehen hatte. Und wer war bei dieser ganzen Sache am angreifbarsten? Er selbst.

Tess warf die Zeitungen in einen Mülleimer vor dem Laden und machte sich auf den Weg zur Arbeit. Sie versuchte, sich Jims Stimme in Erinnerung zu rufen, wollte sie festhalten, aber sie war ihr entglitten.

Lucile war bereits in der Werkstatt und heftete mit ruhiger Hand neue Tülllagen unter den Rock des Hochzeitskleids.

»Guten Morgen«, sagte sie ohne erkennbare Regung. »Haben Sie schon die Zeitungen gelesen?«

»Ja.«

»Ich hatte also recht, was Ihren Seemannsfreund betrifft. Offenbar war er tatsächlich die Quelle des ersten Artikels. Jetzt glaubt er wohl, er hätte uns am Wickel. Nun, der Kampf ist noch nicht vorüber. Dass Mr. Sullivan uns beigesprungen ist, war hilfreich. Und der andere hat sein Bestes getan – auch wenn er nicht gerade zu den hellsten Köpfen gehört.«

 Tess konnte nicht schweigen. »Sullivan war der Informant, der den ersten Artikel über die Bestechung möglich gemacht hat, nicht Jim. Das weiß ich von Pinky Wade. Und ich glaube ihm kein Wort.«

»Ach, nein? Wem glauben Sie dann – Ihrem Seemann? Dass es Bestechungen gegeben hat? Vielleicht sogar einen Mord? Und Sie meinen, dass ich dafür verantwortlich bin?«

»Nein, aber ich weiß immer noch nicht, was in Ihrem Boot geschehen ist.«

Lucile rollte eine Lage Tüll von einem Ballen, warf ihn auf den Tisch und schnitt mit einer scharfen Schere eine Bahn davon ab. »Ich rate Ihnen, sich bald eine Meinung dazu zu bilden. Dieser Bonney will uns ruinieren, und versuchen Sie bloß nicht, mir etwas anderes weiszumachen.«

Das konnte Tess nicht auf sich beruhen lassen. »Er wurde vorgeladen. Also musste er die Fragen auch beantworten.«

»Ach, kommen Sie, Tess.« Lucile hielt, die Schere in der Luft, inne. »Seine Absicht ist doch klar. Das Auftreten Ihres Seemanns ist ein bisschen zu heftig und verbittert, meinen Sie nicht? Es würde mich nicht überraschen, wenn er unser kleines Geschenk zurückgewiesen hat, weil er noch mehr herausschlagen wollte. Erpressung, ganz offensichtlich. Überlegen Sie mal, was die Zeitungen daraus machen würden.«

»Er ist kein Erpresser«, sagte Tess so ruhig wie möglich.

»Hören Sie endlich auf, ihn zu verteidigen. Wir haben nichts Falsches getan. Sullivan und Purcell haben die Dinge dargestellt, wie sie sie sehen. Und Bonney will uns an den Pranger stellen, um sein eigenes schlechtes Gewissen zu beruhigen.«

»Das ist nicht wahr.«

»Seit dem Untergang dieses verdammten Schiffes befinden wir uns alle in einer Ausnahmesituation. Da lässt man sich leicht verleiten, Schwarzweißurteile zu fällen. Denken Sie nur daran, wie die Presse uns behandelt hat.« Mit traurigem Blick fuhr sie fort: »Halten Sie uns für schlechte Menschen? Glauben Sie, dass wir etwas Schreckliches getan haben? Ja oder nein?«

»Nein«, sagte Tess entschieden. »Sie sind keine schlechten Menschen. Aber manchmal …«

»Danke, meine Gute. Ich bin zutiefst erleichtert.« Luciles Stimmung schlug augenblicklich um. »Ich habe da eine Idee und hoffe, Sie werden sie nicht ablehnen«, meinte sie heiter, fast überschwänglich. »Es geht um die Schau. Ich möchte, dass Sie als das Gesicht meines Unternehmens auftreten. Sie sollen meine Verkäuferin sein! Wer würde sich dazu besser eignen als Sie? Sie kennen jedes Modell, das vorgeführt wird, und Sie können alle mit ihrem Namen vorstellen. Ursprünglich wollte ich Sie Tee und Plätzchen servieren lassen, aber das kann auch jemand anderes übernehmen. Sie werden unglaublich viel Aufmerksamkeit bekommen.«

Tess hatte kaum hingehört. »Ich weiß ja, wie entsetzlich das alles war. Trotzdem kann ich mir nicht vorstellen, wie viel Angst man haben muss, um Menschen zurückzustoßen.«

»Natürlich wäre das Mord, meine Gute. Aber was sagen Sie dazu?«

»Zu was?«

»Zu meinem Angebot, Sie zu meiner Verkäuferin zu machen. Haben Sie nicht zugehört?«

»Oh, das ist großzügig, aber …«

»Dann wäre das also geregelt. Lassen wir jetzt diese scheußliche Sache hinter uns und blicken nach vorn.«

Bevor Tess etwas erwidern konnte, fiel ihnen jemand ins Wort.

»Tess.«

Elinor stand mit verschränkten Armen hinter ihnen an einen Schneidetisch gelehnt, die Haare zu einem reizenden Gebilde aufgetürmt. »Entschuldigt die Unterbrechung, aber ich dachte mir, jetzt oder nie. Möchten Sie vielleicht mitkommen, wenn ich die Tischdecken für die Schau aussuche? Ein bisschen einkaufen würde uns beiden guttun. Mir ganz bestimmt. Ich habe genug von Hotelzimmern, Stoffen und Nähmaschinen.«

 Tess betrachtete Lucile, die sich über den Tüll beugte und ihn über die ganze Länge glattstrich. Ihre leuchtend roten Fingernägel stachen auffällig von dem cremefarbenen Stoff ab. Offensichtlich war alles gesagt. Zumindest zu diesem Zeitpunkt.

»Gut«, sagte Tess.

Unten angekommen, hielt ihnen Farley schon die Wagentür auf, und sie stiegen ein

Tess lehnte sich auf dem weichen Ledersitz zurück. Noch vor kurzem hatte sie die leise laufende, auf Hochglanz polierte Luxuslimousine mit der dicken Polsterung eingeschüchtert. Vor kurzem? Es kam ihr vor wie eine Ewigkeit.

»Herald Square, Farley«, sagte Elinor, ehe sie sich in die weichen Polster sinken ließ und Tess zuwandte. »Gut, dass ich gekommen bin«, begann sie unvermittelt. »Sonst hätten Lucy und Sie sich noch in einen hässlichen kleinen Streit verwickelt.«

»Ich habe sie vom ersten Tag an bewundert, heute war das jedoch anders. Ich weiß nicht, was in dem Boot vorgefallen ist, aber Jim ist kein Lügner.« Elinor gegenüber kamen ihr die Worte erstaunlich leicht über die Lippen.

»Sie müssen sie eben noch besser kennenlernen.«

»Aber immer wenn ich das Gefühl habe, sie ein wenig besser zu kennen, überrascht sie mich wieder aufs Neue.«

»Ich habe Lucy gewarnt, dass Sie nicht der Typ sind, der längere Zeit demütig und bescheiden zu Füßen der Göttin sitzen bleibt.« Elinor lachte. »Darf ich ganz offen mit Ihnen reden?«

Tess nickte stumm.

»Meine Schwester lebt auf schwankendem Boden, und sie weiß es nicht einmal. Es geht ja nicht nur um die *Titanic* und die vielen negativen Schlagzeilen. Es ist – mein Gott, ich brauche eine Zigarette, und bestimmt habe ich keine dabei.« Nachdem sie eine Weile hektisch ihre Tasche durchwühlt hatte, stieß sie einen Freudenschrei aus – und zog eine verbogene Zigarette hervor, an deren Ende gepresster Tabak herausquoll. Sofort zündete sie sie sich an. »Wo war ich stehengeblieben?«

»Dass es nicht nur die *Titanic* ist.«

»Richtig. Es ist nämlich so: All die Leute, die heutzutage behaupten, Frauenknie seien hässlich, haben keine Ahnung von Mode. Der kurze Rock wird kommen, daran besteht kein Zweifel. Lucy aber hat dafür nur Verachtung und Spott übrig. Meine arme Schwester hält sich und ihren Namen für einzigartig, aber da irrt sie sich. Diese vielen Spitzen und der Tüll! Und dann gibt sie ihren Modellen auch noch *Namen*, um Himmels willen!«

»Gestern habe ich mich gefragt, ob sie vielleicht Angst hat.«

»Vielleicht. Und zugleich haben Sie sich von ihr wie eine Sklavin behandelt gefühlt, nicht wahr?«

Tess nickte. Sie traute ihrer Stimme nicht.

»Und das nicht ohne Grund. Sie haben ihr Hochzeitskleid gerettet, und sie hat Sie schändlich behandelt. Deshalb sind Sie wütend. Aber vergessen Sie nicht: Sie können von ihr eine Menge über dieses Geschäft lernen. Sie haben Talent, Sie können es damit zu etwas bringen, wenn Sie nur wollen. Was Sie wohl tun, wie ich vermute.«

»Das streite ich nicht ab – natürlich will ich das.«

»Aber in Ihnen regt sich allmählich Widerstand?«

Tess wandte sich ab und sah aus dem Fenster. »Es tut mir leid – wie ich bereits sagte, fällt es mir schwer, sie noch weiter zu bewundern.« Und die Wahrheit herauszufinden, fügte sie im Geiste hinzu.

»Um Himmels willen, Sie sollten nie ihr Schoßhündchen werden. Verstehen Sie doch. Lucy hat schwer zu kämpfen und will sich nicht den Realitäten stellen. Schauen Sie, Kunden bleiben weg. Lucy meint, das läge allein an der schlechten Presse, aber ich bin mir da nicht so sicher. Gestern gab es weitere Absagen. Ich versuche, Mary Pickford zu halten, aber sie hat sich eher vage geäußert. Wenn Lucys Präsentation hier in New York durchfällt, werden auch ihre Niederlassungen in Paris und London darunter zu leiden haben, und darauf ist sie nicht vorbereitet.« Elinor griff nach Tess' Hand. »Haben Sie ein wenig Mitgefühl, Tess. Ich weiß, dass sie Ihnen gegenüber undankbar war und Sie kritisiert hat. Aber sie braucht Sie.«

»Warum sollte sie *mich* brauchen?«

»Weil die Dinge noch komplizierter werden.«

»Ich fühle mich ihr gegenüber wirklich verpflichtet«, sagte Tess leise. »Aber ich fürchte, sie versucht, einen anderen Menschen aus mir zu machen. Auf dem Schiff sagte sie, sie könne mich in Stücke schneiden wie einen Ballen Stoff und anders wieder zusammensetzen.«

»Und das macht Ihnen Angst?«

»Damals nicht, aber jetzt schon.«

Elinor lachte. »Verstehen Sie denn nicht, meine Liebe? Sie ist Ihr Pygmalion.«

»Was soll das heißen?«

»Lassen Sie uns das Thema wechseln. Wie wichtig ist Ihnen dieser Seemann?«

Auf diese Frage war Tess nicht vorbereitet. »Wir sind Freunde. Zumindest dachte ich das«, sagte sie und war verblüfft über ihre eigene Distanziertheit. In ihren Ohren klang es steif, gefühllos, gleichgültig. Dabei konnte sie es nicht belassen. »Und ich möchte nicht, dass ihm etwas zustößt. Er ist ein ehrbarer Mann.«

»Dann können Sie beruhigt sein. Ehrbare Leute überleben immer.« Elinor tippte unvermittelt mit einem rot lackierten Fingernagel an die Scheibe. »Farley, lassen Sie uns bei Macy's aussteigen.« Dann wandte sie sich mit strahlendem Gesicht wieder an Tess. »Das ist ein wunderbares Kaufhaus und wird Ihnen gefallen. Es gehört der Familie Straus.«

Tess sah sie fragend an.

»Mr. und Mrs. Isidor Straus, meine Liebe. Sie sind auf der *Titanic* umgekommen.«

Als die beiden einige Stunden später zum Atelier zurückfuhren, war der Wagen mit Schachteln feiner Leinenservietten und Tischtücher beladen. Für Tess war der Rundgang durch das Kaufhaus wie eine Reise in eine andere Welt gewesen. All die langen Gänge mit Kleidern und Kurzwaren, mit darin herumschlendernden lebhaften, lachenden Menschen, mit Angestellten, die die herrlichsten Waren aus dem Lager holten, jungen Mädchen, die auf Theken präsentierte Handschuhe ausprobierten, und Frauen in knapp geschnittenen schlichten Jacketts und mit Röcken, die beim Gehen aufklafften, so dass man ihre Waden sehen konnte …

»Sehen Sie? Das habe ich gemeint«, hatte Elinor gesagt und dabei mit dem Kinn auf eine adrett gekleidete ältere Dame gewiesen, die Hüte aufprobierte. »Sie ist keine Kundin von Lucile. Alles, was Sie in diesem Haus finden, ist Konfektionsware. Das ist die Zukunft, nicht diese fließenden Chiffonkleider.«

Das Ausladen der vielen Schachteln und Pakete geriet etwas hektisch, und es dauerte ein paar Minuten, bis Tess sah, dass Pinky vor Luciles Haus stand. Wie immer trug sie bunt zusammengewürfelte Kleidung, und über ihrer Schulter hing dieselbe ausgebeulte Tasche.

Pinky kam gleich zur Sache. »Sie wollen mich oben nicht empfangen«, erklärte sie fröhlich. »Lady Duff sagt, sie spricht nicht mehr mit Journalisten.«

»Sie hat einfach zu viel um die Ohren«, erwiderte Elinor ungezwungen. »Kommen Sie mit. Sie können sich mit Tess unterhalten.«

»Sind Sie jetzt ihre Sprecherin?«, fragte Pinky, während sie Tess verblüfft ansah. Man musste immer mit allem rechnen. Sie wusste aus Erfahrung, dass jemand in einem Augenblick auf der einen Seite stehen konnte und im nächsten auf der anderen. Vor Opportunismus war niemand gefeit.

»Natürlich nicht«, erwiderte Tess sofort.

»Nein, nein, nur weiß außer ihr niemand, was vor der Schau noch alles erledigt werden muss. Sie sind doch wegen der Präsentation hier, oder?«

Die drei Frauen betraten den Fahrstuhl. So weit war sie immerhin gekommen, sagte sich Pinky. Da bestand keine Notwendigkeit, etwas vorzutäuschen. »Sie sind also ihre Schwester?«, fragte sie Elinor, als sich die Türen schlossen. »Ich glaube, wir kennen uns noch nicht. Ich bin Pinky Wade und berichte über die Anhörungen des *Titanic*-Untersuchungsausschusses.«

»Ich verstehe. Meine Schwester bekommt einen Wutanfall, wenn Sie sie sieht. Das ist kein günstiger Augenblick.« Oben angekommen, trat Elinor in das Atelier, hielt die Türen des Aufzugs auf und sagte freundlich: »Tess, legen Sie die Pakete einfach auf den Tisch. Und wenn Sie dann Miss Wade wieder nach unten begleiten würden?«

Als Tess zu Pinky zurückkam, war der Aufzug schon wieder hinuntergefahren, und sie mussten warten, bis er erneut oben war.

»Ich nehme an, näher komme ich an die geheime Wirkungsstätte der großen Modeschöpferin nicht heran«, sagte Pinky, während sie das geschäftige Treiben im Atelier beobachtete.

Es hatte keinen Sinn, um den heißen Brei herumzureden. »Haben Sie schon vorher gewusst, was er sagen würde?«, fragte Tess.

»Nein. Aber ich weiß, dass es ihm nicht leichtgefallen ist.«

»Ihr Artikel war der beste.«

Pinky schenkte ihr einen kurzen, dankbaren Blick. »Freut mich. Es ist nicht leicht, ausgewogen zu schreiben, besonders dann nicht, wenn ich mir selbst schon eine Meinung gebildet habe und weiß, welche Richtung ich meinem Artikel geben will.«

»Geht es ihm gut?«, fragte Tess. Die Frage war ein wenig direkt, aber schließlich standen Pinky und sie auf derselben Seite.

»Das nehme ich an. Aber wer will sich schon als Lügner hinstellen lassen? Sullivan und Purcell haben sich mit ihren widersprüchlichen Aussagen keinen Gefallen getan. Morgen schreibe ich über die Anwälte, die ich bei den Anhörungen gesehen habe. Sie sind von der Kanzlei, die die Duff Gordons vertritt!

Ist das nicht ein Zufall?« Ihre Augen wanderten immer noch in dem Atelier umher. »Ich denke, die Duff Gordons haben versucht, die Aussagen zu beeinflussen. Ich kann es noch nicht beweisen, aber ich bin mir ziemlich sicher.«

Als sich hinter ihnen die Fahrstuhltüren öffneten, stiegen sie ein. Pinky kramte in ihrer Tasche. »Entschuldigen Sie, ich habe letzte Nacht nicht viel Schlaf bekommen, deshalb sehe ich noch grässlicher aus als sonst.« Sie zog einen Kamm hervor, an dem einige Zinken fehlten, und fuhr sich damit ziellos durchs Haar. »Es ist, wie Jim gesagt hat. Die Leute hören auf das, was sie glauben möchten, und erklären es dann zur Wahrheit. Aber ich brauche Beweise. Und daran arbeite ich. Irgendwo werde ich etwas finden.«

»Ich wünschte, Sie würden sich irren«, sagte Tess leise. »Aber vielleicht haben Sie recht.«

»Tess, Sie sind doch das, was man einen erwachsenen Menschen nennt.«

Tess lächelte. »Sie brauchen einen neuen Kamm«, sagte sie.

Pinky blickte gedankenverloren auf ihr Utensil. »Vielleicht sehe ich deshalb immer so aus.« Sie steckte den Kamm wieder in die Tasche. Es war Zeit für ihre Botschaft.

»Jim möchte Sie treffen. Es ist ihm wichtig.«

»Warum ist er dann vor der Abreise nach Washington nicht zu mir gekommen? Er ist einfach ohne ein Wort verschwunden«, wandte Tess ein. Wieder spürte sie den Stich, den ihr diese Zurückweisung versetzt hatte.

»Aber das hat er doch versucht. Jedenfalls sagte er mir das in Washington«, erwiderte Pinky. »Er hat im Hotel eine Nachricht für Sie hinterlassen. Haben Sie die denn nicht erhalten?«

»Nein.« Demnach hatte er sie also sehen wollen. Er war noch einmal gekommen. Obwohl sie Erleichterung darüber verspürte, überfiel sie ein Gefühl der Bestürzung. Sie hatte sich von Jack küssen lassen, war einem anderen Traum gefolgt.

»Sie sind doch nicht etwa wütend auf ihn, weil er ausgesagt hat?«

»Weil er den Mut hatte, vor den Ausschuss zu treten und seine Sicht der Dinge darzulegen? Nein. Wie könnte ich?«

»Sie haben Lady Duff ziemlich heftig verteidigt. Er glaubt, Sie wollten nichts mehr mit ihm zu tun haben.«

»Wie könnte ich das!«, sagte Tess. »Und ich möchte nicht, dass ihm jemand Schaden zufügt.«

»Ich denke, letzten Endes wird er besser dastehen als die anderen Besatzungsmitglieder. Bestimmt haben die großmäuligen Anwälte der Duff Gordons mit Sullivan abgesprochen, was er sagen soll. Und Sie stehen zwischen den Fronten, nicht wahr?«

»Nein«, erwiderte Tess scharf.

»Werden Sie sich mit ihm treffen, sobald er nach New York zurückkommt?«

»Ja, natürlich.« Hoffentlich hatte Pinky mit ihren wachen Sinnen nicht gemerkt, dass sie einen winzigen Moment lang gezögert hatte, denn den Grund dafür konnte sie ihr unmöglich verraten. Sie wich Pinkys neugierigem Blick aus. »Ich muss jetzt wieder nach oben.«

»Ich nehme an, dass ich keine Einladung bekommen werde«, meinte Pinky. Ihre Augen schienen zu tanzen. »Es sei denn, ich kriege den Auftrag, über die Modenschau zu berichten.«

Als Tess aus dem Fahrstuhl stieg, wäre sie beinahe mit Lucile zusammengestoßen. Madame gab ihr mit einem Winken zu verstehen, dass sie ihr in ihr Büro folgen sollte.

»Aus Elinors Mahnungen schließe ich, dass ich Ihnen etwas sagen muss. Ich schätze Ihre Arbeit sehr und möchte, dass Sie sich hier wohlfühlen.« Sie hielt die Hände gefaltet und sprach in sachlichem Ton. »Wenn ich Ihnen das nicht zeige, meint sie, werden Sie uns verlassen. Stimmt das?«

»Ja«, sagte Tess. Sie würde es tun.

»Sie würden also auf die Chance verzichten, die Sie hier bekommen, und auch auf Ihre Wohnung?«

»Ich würde etwas anderes finden, um mir ein Leben aufzubauen, wenn es sein muss.«

»Ein Funken von Wagemut, Tess? Das würde wohl von den Umständen abhängen, nehme ich an. Aber was ich gesagt habe, ist ehrlich gemeint. Ich schätze Sie, und ich bin nicht darauf aus, Ihrem Seemann Schaden zuzufügen, obwohl ich denke, dass Sie eine bessere Partie machen könnten.«

Herrisch und versöhnlich zugleich. Während sie einander in die Augen sahen, fiel Tess auf, dass ihre Knie diesmal nicht zitterten. Ein gutes Zeichen.

»Allerdings steht das unter einem Vorbehalt.«

Tess wartete.

»Sie müssen mir versprechen, dass Sie mir nicht schaden werden.«

»Das würde ich nie tun«, beeilte sich Tess zu sagen.

»Gut.« Anscheinend wusste Lucile nicht, wie sie das Gespräch fortsetzen sollte.

»Dann mache ich mich jetzt wieder an die Arbeit«, meinte Tess sanft und wandte sich zum Gehen.

»Übrigens, was ich noch sagen wollte. Sie sind zu dünn. Sie wollen doch kein Mannequin werden.«

Jetzt war es Tess, der die Worte fehlten. Die Hand am Türknauf trat sie etwas hilflos von einem Fuß auf den anderen. »Ich habe seit einigen Tagen nicht viel Appetit«, sagte sie schließlich.

Plötzlich wurde Lucile überschwänglich und heiter. »Ich denke, wir haben das Schlimmste hinter uns. Deshalb möchte ich Ihnen jetzt einen Vorschlag machen. Er wird Ihnen gefallen. Vielleicht lehnen Sie ab, aber wenn nicht, können Sie viel dabei lernen. Wollen Sie bis zu unserer Modenschau ein Modell entwerfen, zuschneiden, nähen und anpassen?«

»Oh ...« Tess rang nach Luft. »Du lieber Himmel, was ... wie ...?«

Lucile lachte. »Tess, ich mag es, wenn Sie verblüfft sind.«

Tess wurde rot. Sie war irritiert. Und plötzlich wurde sie misstrauisch. »Das kann ich noch nicht ... mir fehlt noch die Erfahrung. Warum ...«

»Beantworten Sie meine Frage. Können Sie das?«

»Ja. Ich glaube, ich kann es. Zumindest« – und in ihrer Antwort lagen die vielen Jahre des Hoffens, all ihre Träume – »möchte ich es versuchen.«

»Dann gebe ich Ihnen hiermit den Auftrag, Tess.« Lucile zeigte ein breites Lächeln. »Wenn es gut wird, und davon gehe ich aus, werde ich Ihren Entwurf bei der Schau zeigen. Das Leben muss für uns beide weitergehen, meinen Sie nicht?«

Sie verließen gemeinsam das Büro. Beim Anblick eines fremden Mannes mit einer Lieferantenkappe hielten sie jedoch verdutzt inne. Neben ihm stand Cosmo. Er hatte die Lippen zusammengepresst.

»Wer ist das, und wer hat ihn heraufgelassen?«, fragte Lucile. Der Mann drückte ihr mit ausdruckslosem Gesicht einen weißen Umschlag in die Hand, tippte kurz seine Kappe an und ging zurück zum Ausgang.

»Du musst jetzt stark sein, Lucy.« Cosmo trat einen Schritt vor. »Und um Himmels willen, werde nicht hysterisch. Senator Smith schickt dir eine Vorladung.«

Lucile starrte auf den Umschlag. »Wie kann er es wagen?«, flüsterte sie.

»All der Tratsch, den man sich erzählt, nehme ich an. Da blieb ihm wohl nichts anderes übrig«, meinte Cosmo.

Lucile schwankte und wurde bleich, dann wandte sie sich mit einem seltsam triumphalen Blick zu Tess um. »Was für ein Pech, Tess. Jetzt müssen Sie sich wohl oder übel für eine Seite entscheiden.«

Cosmo fasste seine Frau am Arm, führte sie ins Büro und schloss die Tür. Tess blieb draußen.

»Bevor du etwas sagst, beachte bitte, dass ich nicht schreie und in Tränen ausbreche.«

»Das habe ich bemerkt«, sagte er mit dem Hauch eines Lächelns.

Lucile hatte einen Fleck entdeckt und bürstete sich gereizt den Jackenärmel ab. So viel Schmutz in dieser Stadt. Ständig musste man mit einer Katastrophe rechnen. Sie zog die Jacke aus und warf sie auf den Boden.

»Setz dich, Lucile.«

»Ich möchte nicht über diesen unmöglichen Senator sprechen. Und erst recht nicht über das, was mir dieser arrogante Kerl zumutet.«

»Setz dich hin.«

Sein düsteres Gesicht warnte sie, nicht zu protestieren. Widerstrebend ließ sie sich auf das Sofa sinken. »Kannst du diese schreckliche Sache nicht abwenden?«, flehte sie. »Ich möchte nur noch meine Frühjahrsschau veranstalten. Dann werde ich schleunigst dieses furchtbare Land verlassen und nach England zurückkehren.«

»Du wirst dich der Anhörung nicht entziehen können. Ich dachte, wir hätten Smiths Zusicherung, dass wir nicht in die Sache hineingezogen werden. Aber einem Politiker kann man eben nicht trauen. Sie hängen ihr Mäntelchen nach dem Wind.«

»Wann ist der Termin?«

»Nächste Woche. Smith wird die Anhörungen für ein paar Tage wieder nach New York verlegen, damit sich Leute wie du und ich nicht davor drücken können. Und eins ist sicher, die Zuschauer werden sich gegenseitig auf die Zehen steigen, so voll wird es werden.« Cosmo ging auf und ab, ohne sie anzusehen. Er blieb auf Distanz.

»Ich werde sagen, was ich zu sagen habe.«

»Du wirst dich Wort für Wort an das halten, was unsere Anwälte dir raten. Keine Silbe mehr, hast du mich verstanden?«, sagte er mit schneidend scharfer Stimme wie ein Schulmeister.

Im ersten Augenblick war Lucile erschrocken über seinen gebieterischen Ton, aber dann fing sie sich rasch wieder. »Unterschätz mich nicht, Cosmo. Ich werde es schon in die richtige Richtung lenken. Und mich entsprechend kleiden. Ein großer, schwarzer Hut und eine Menge Gesichtspuder. Ich kann ausgesprochen blass wirken, wenn es sein muss. Wenn alles vorbei ist, wird das ganze Land begreifen, dass man mich ungerecht behandelt hat.«

»Gut so.« Wieder brachte er ein Lächeln zustande, aber diesmal war es matt und müde. »Smith wird mit alldem nichts anderes erreichen, als dass Ressentiments gegen uns Briten geweckt werden. Aber ich habe noch mehr schlechte Nachrichten. In England wird es ebenfalls Anhörungen geben, und man wird uns beide vorladen. Ich konnte es nicht verhindern. In der Öffentlichkeit herrscht die Meinung, dass wir eine Schande für das Land sind. Natürlich ist damit meine Reputation dahin.« Er klang verbittert. »Du findest, dass die Zeitungen hier schlecht mit dir umgegangen sind? Dann weißt du noch nicht, was dich in England erwartet, meine Liebe. Man wird sich die Mäuler über uns zerreißen.«

In ihrer Heimat? Unmöglich. Ihre Stellung war unangreifbar. Doch offenbar konnte man sich auf nichts mehr verlassen. »Was sollen wir tun?«, fragte sie.

»Ich ziehe bereits alle Fäden. Aber wir werden uns beide der Befragung stellen müssen. Vielleicht finden wir eine Möglichkeit, Einfluss darauf zu nehmen.«

»Natürlich finden wir einen Weg. Es ist eine Tragödie, dass man so mit uns umgeht.«

»Es wird nicht reichen, deinen Auftritt vorher einzustudieren.«

»Was meinst du damit.«

»Dieser Seemann wird voraussichtlich auch in England vor den Ausschuss berufen.«

»Dieser Bonney?«

»Ja.«

»Das ist völlig inakzeptabel.«

»Darüber wirst du wohl kaum bestimmen können.«

»Das werden wir sehen.«

Cosmos Blick war beinahe kalt. »Wie ich gehört habe, hält ihn der Untersuchungsausschuss in Washington für glaubwürdig. Aber zumindest musst du hier nicht in seiner Gegenwart aussagen und dir anhören, wie er deine Version bestreitet. Das wird dir in England allerdings bevorstehen. Ich schlage vor, dass du zukünftig nicht mehr über den Untergang des Schiffs oder damit verbundene Ereignisse redest. Hast du mich verstanden?«

»Warum sprichst du es nicht offen aus?«, fuhr sie ihn an. »Du denkst, ich habe uns in diesen Schlamassel gebracht, nicht wahr?«

»Die Frage kannst du wohl selbst am besten beantworten.«

»Vergiss nicht, dass du ebenfalls in dem Boot gesessen hast.«

»Was soll das heißen?«

»Mein lieber Gatte, du warst nicht gerade ein Held.« Sie wandte sich ab und atmete tief durch. »Ich lasse mich nicht von irgendeinem Ausschuss in Stücke zerreißen. Ich werde mir etwas überlegen.«

12

Inzwischen war eine Woche vergangen, und Tess hatte so viel gearbeitet, dass ihr Arm schmerzte. Wie die meisten Anfängerinnen hielt sie den Stift zu fest in der Hand. Sie beugte sich über das Zeichenbrett und versuchte, weichere Striche aufs Papier zu bringen. Vielleicht könnte sie die gerafften Ärmel verwenden, die sie in Cherbourg entworfen hatte. Sie würden gut passen. Denk an den Stoff, vergiss die Vorladung. Und mach dir keine Gedanken über Jim. Sie betrachtete den Rock, den sie gerade gezeichnet hatte. Er sollte aus einem festen, aber geschmeidigen Stoff sein, auf keinen Fall aus Chiffon.

Sie lehnte sich zurück und prüfte ihren Entwurf mit kritischem Blick, aber voller Hoffnung. Die langen Stunden, in denen sie Modelle skizziert und wieder verworfen hatte – sie lenkten sie ab von dem Gefühl, dass die Welt um sie herum brüchig geworden war. Lucile musste einen Tag vor ihrer Modenschau vor den Ausschuss treten, und die Spannung im Atelier wurde von Stunde zu Stunde größer. All das konnte Tess vergessen, wenn sie nach der Arbeit von ihrem Zeichentisch aufstand und sich von den Näherinnen verabschiedete. Dann brach sie in eine andere Welt auf. In Jacks Welt.

Abend für Abend stand er vor ihrer Tür, tippte sich an den Hut und bot ihr seinen Arm, um mit ihr ein weiteres elegantes, in schimmerndes Licht getauchtes Restaurant aufzusuchen. Dann fühlte sie sich geborgen, und alles war gut. Mit der Zeit hatte sie einiges über ihn in Erfahrung gebracht. Mrs. Brown hatte recht gehabt: Er würde sich scheiden lassen – nicht zum ersten Mal, wie er sagte. »Rechnen Sie mir das nicht als Makel an. Wenn's ums Lernen geht, bin ich nicht der Schnellste«, hatte er in heiterem Ton gesagt, und sie hatte gelächelt, obwohl sie nicht recht wusste, was sie davon halten sollte.

Wenn sie dann später in ihrer Wohnung im Bett lag und zur Decke blickte, fragte sie sich wieder, wo Jim war. Er hatte sich immer noch nicht gemeldet, und vielleicht würde sie nie wieder von ihm hören. Würde er kommen, um sich Luciles Aussage anzuhören? Oder war er bereits in den Westen aufgebrochen und hatte sie vergessen?

Am nächsten Morgen trat sie wieder vor ihr Zeichenbrett, verbannte beide Männer aus ihren Gedanken und konzentrierte sich ganz auf die schönste und aufregendste Arbeit, die sie sich vorstellen konnte.

»Sie nimmt ihre Aufgabe sehr ernst«, sagte Elinor zu ihrer Schwester, während sie Tess von Luciles Büro aus beobachteten.

»Das steht ihr auch gut an, nach dem, was sich ihr Seemann geleistet hat.«

»Lass es nicht an ihr aus. Sie steht zwischen euch beiden, eine unmögliche Zwickmühle.«

»Bisher sind ihre Entwürfe gar nicht übel.«

Elinor zog eine Augenbraue hoch und musterte Lucile. »Ich gehe davon aus, dass du das auch wirklich denkst.«

»Warum nicht?«

»Unter anderen Umständen, liebe Schwester, hättest du einer Mitarbeiterin eine solche Chance nur gegeben, um sie auf die Nase fallen zu sehen, damit sie dann vor der unbesiegbaren Madame zu Kreuze kriechen muss.«

»Und jetzt?«

»Jetzt glaube ich, du wünschst ihr den Erfolg.«

In diesem Moment blickte Tess auf und sah die beiden Frauen. Lucile quittierte den Blickkontakt mit einem kurzen Nicken, Elinor lächelte.

Es war spät geworden. Ihre Füße schmerzten, als sie auf den Gehsteig trat. Vielleicht sollte sie eine Straßenbahn nehmen, die in ihre Richtung fuhr. Gerade rollte ein voller Wagen mit klingelnder Glocke heran. Die Passagiere drängten sich auf den Trittbrettern und hielten sich fest, wo immer es möglich war. Sie überlegte nicht lange. Mit einer Hand hob sie ihren Rock an, sprang hinauf und griff mit der anderen nach einer Stange. Als die Bahn weiterzuckelte, wäre sie beinahe hinuntergefallen.

»Das müssen Sie aber noch üben«, sagte ein Mädchen und kicherte, während sie ihren Hut festhielt.

Da kam noch eine Frau auf die Straßenbahn zugelaufen, im Arm einen Korb voller Äpfel. »Langsam!«, rief sie. Sie raffte ihr Kleid und streckte den Arm nach der Stange aus, stolperte aber plötzlich über den Rock. Tess hielt die Luft an. Der Fahrer drosselte das Tempo und rief ihr ärgerlich zu, sie solle sich beeilen. Keuchend zog sie sich hoch, im letzten Moment, bevor die Bahn wieder beschleunigte.

»Das war aber ganz schön gefährlich«, meinte Tess zu der Frau neben ihr.

»Gefährlich? Meine Süße, das machen wir ständig so!«

»Mit einem kürzeren Rock könnte man schneller laufen.«

Die Frau schnaubte. »Mit einem kürzeren Rock? Wie unanständig.«

An ihrer Haltestelle sprang Tess aus der Straßenbahn und hoffte, noch eine Tasse Tee genießen zu können, bevor Jack kam. Sie wollte ihre Zeit nicht mehr mit Grübeln verbringen, wie wohl die Anhörung verlaufen würde. Es war ein guter Tag gewesen, und morgen – ihr Herz setzte einen Augenblick lang aus – morgen würde sie das Kleid zuschneiden.

»Miss Collins?«

Ein Mann mit einem Bowlerhut trat auf sie zu. Seine Absätze erzeugten bei jedem Schritt auf dem Pflaster ein lautes Klacken. Sie war so in Gedanken versunken, dass sie ihn nicht bemerkt hatte.

»Darf ich mich vorstellen? Ich bin Howard Wheaton, der Sekretär von Mr. Bremerton.« Er tippte sich an den Hut und streckte mit einem verlegenen Gesicht den Arm aus. Erst jetzt sah Tess den Blumenstrauß. »Er hat mich gebeten, Ihnen dies zu bringen. Er hat eine Notiz beigefügt. Ich soll Ihnen sein Bedauern ausrichten, dass er Ihnen die Blumen nicht selbst überreichen kann. Er hat einen wichtigen Geschäftstermin in der Stadt.«

Noch nie hatte ihr jemand Blumen geschenkt. Tess nahm den duftenden Strauß und sog den betörenden Geruch der Rosen und des Flieders ein.

»Die Notiz?«

»Natürlich.« Sie wurde rot, als sie den kleinen Umschlag öffnete, der in den Blumen steckte. »Um 22.30 Uhr im Sherry's?«, stand auf der Karte.

»Ihre Antwort?«

»Bitte sagen Sie Mr. Bremerton, dass ich dort sein werde.«

»Danke. Das wird ihn freuen. Sie werden mit einem Wagen abgeholt.« Damit wandte er sich zum Gehen.

Sie nickte und sah mit einem leichten Schwindelgefühl dem diensteifrigen Mr. Wheaton nach.

Im Sherry's hatten sie diesmal einen Tisch im Nebenzimmer mit Regalen voller Bücher an den Wänden, die einen intensiven Duft nach Leder verströmten. »Ich würde gern jeden Abend mit Ihnen verbringen«, sagte Jack, als Tess hereinkam. Er schob Papiere in eine Aktentasche und erhob sich von seinem Stuhl neben der Tür. Er wirkte etwas nervös, doch der Eindruck verschwand, als Tess auf ihn zukam. »Verzeihen Sie, dass ich Ihnen die Blumen nicht persönlich überreicht habe. Leider ist mir etwas Geschäftliches dazwischengekommen.«

»Das Automobil von Mr. Ford?«

»Ich möchte Sie nicht mit beruflichen Dingen langweilen.«

»Vielleicht könnte ich etwas dabei lernen.«

»Sie interessieren sich für meine Arbeit, das schätze ich an Ihnen.« Ganz unbefangen und wie selbstverständlich beugte er sich zu ihr hinüber und küsste sie aufs Ohr.

»Was ist, wenn ein Kellner hereinkommt?«, fragte sie ängstlich.

»Ich habe Anweisungen gegeben. Es kommt erst dann jemand, wenn ich läute.«

Jack strich ihr über die Hand. Sein Gesicht wirkte müde. Zwischen seinen Brauen war eine Falte, die sie bisher noch nicht bemerkt hatte und die ihn älter machte. Dennoch war er gefasst und ruhig, so sicher.

»Ich muss nach Kalifornien«, sagte er unvermittelt.

»Für immer?«, fragte sie. Ihr Herz pochte.

»Nein, aber ich werde eine Weile dortbleiben. Es gefällt mir nicht, so weit von Ihnen entfernt zu sein.« Er berührte sanft ihr Kinn und drehte ihren Kopf zu sich. »Sie könnten mich begleiten.«

Erschrocken hielt Tess die Luft an. »Das ist unmöglich.«

In der folgenden Stille hörte Tess das Ticken einer Wanduhr. Dann drückte er ihre Hand, und sie ahnte, dass es vielleicht auch eine andere Antwort geben könnte. Sie wollte nicht, dass er wegging, und zögerte.

Er lehnte sich lächelnd zurück. »Ich weiß, Tess, Sie sind nicht eins von diesen Mädchen. Aber würde Ihnen das nicht gefallen? Ich könnte Ihnen zeigen, wie wunderbar es sich dort leben lässt.«

»Sicher, aber … ich habe hier meine Arbeit.«

»Reden wir nicht weiter darüber. Ich bin vielleicht zu impulsiv. Jedenfalls bekomme ich das immer wieder zu hören. Aber als Sie damals auf Zehenspitzen den Gymnastikraum der *Titanic* betraten, wusste ich gleich, dass Sie anders sind als alle anderen. Ich wollte Sie von diesem albernen Kamel heben, doch Sie haben es nicht zugelassen. Eigentlich aber hätte ich sie am liebsten geküsst.« Er lachte. »In diesem Augenblick wurde mir klar, dass ich bei Ihnen zur Ruhe kommen könnte.«

»Ich muss bald gehen. Es ist schon sehr spät.« Sie hoffte, dass es nicht aufgesetzt klang. Während sie sich im Raum umsah – die Bücher, das flackernde Kerzenlicht –, merkte sie, dass er sie näher zu sich heranzog. Und dann saßen sie plötzlich zusammen auf einem Samtsofa, und der Vorwand eines gemeinsamen Abendessens war vergessen. Er strich ihr langes dunkles Haar glatt, wickelte sich eine Strähne um die Finger, fühlte es an seiner Wange. Als er den Kamm wieder feststecken wollte, der ihr Haar zusammenhielt, sah er sie etwas hilflos an.

»Lassen Sie mich das machen. Ich möchte anständig aussehen, wenn wir hinausgehen.«

»Wissen Sie, was mir gefallen würde? Wenn Sie Ihr langes Haar einfach offen ließen. Es würde Ihnen gut stehen.«

Sie schloss die Augen. Hatte das wirklich ein Mann zu ihr gesagt – ein besonderer Mann, einer, dem sie erlauben oder verbieten konnte, solche Dinge zu ihr zu sagen? Sie konnte frei entscheiden. Ein herrliches Gefühl. Was war es, das ihn so besonders machte? Seine Selbstsicherheit. Bei ihm fühlte sie sich ruhig und geborgen. Ein Hafen, in dem sie alle Sorgen vergessen konnte. Sie schloss die Augen und ließ sich von ihm küssen.

In dieser Nacht konnte sie kaum schlafen. Als sie sich am nächsten Morgen mit einer Schere über den Schneidetisch beugte, tat ihr der Rücken weh. Eine erste Version des Kleides aus Musselin zeigte, dass ihr Schnittmuster gelungen war. Der Ausschnitt des Oberteils musste noch ein wenig korrigiert werden, aber es sah schon recht gut aus. Sie zögerte. Vor ihr lag die wunderbar geschmeidige cremefarbene Seide, die sie ausgewählt hatte – ein Material, das, richtig zugeschnitten, weich fallen und zugleich die Form betonen würde. Einer der wertvollsten Stoffe aus Luciles reichhaltigem Lager. Sie durfte keinen Fehler machen.

»Möchten Sie, dass eine der Zuschneiderinnen diese Arbeit übernimmt?«, fragte James vorsichtig.

 Tess hob den Kopf. Eine Handvoll Angestellte – Näherinnen, Zuschneiderinnen, Knopflochstickerinnen – hatte sich um sie geschart, um ihr bei dieser Aufgabe zuzusehen. Manche lächelten zaghaft.

Sie warf einen Blick in Luciles Büro. Wo mochte sie sein? Zuvor war sie ein und aus gelaufen, hatte fahrig gewirkt und etwas von einem Gespräch mit ihren Anwälten gemurmelt. Es geschah einfach zu viel zur gleichen Zeit. Tess war jetzt ganz auf sich gestellt, so wie bei der Reparatur des Hochzeitskleids, und das machte sie beklommen. Aber sie durfte ihren Ängsten nicht nachgeben.

»Danke, ich glaube, das kann ich selbst«, sagte sie und zwang ihre Hand, ruhig zu bleiben.

Mit einer beherzten Bewegung schnitt Tess in den Stoff und ließ die Schere an den Linien des Schnittmusters entlang durch den Stoff gleiten. Hin und wieder hielt sie inne, um eine kleine Korrektur vorzunehmen. Der Stoff ließ sich wunderbar und sauber teilen. Mit gewachsenem Selbstvertrauen machte sie sich an die Ärmel. Sie musste darauf vertrauen, dass sie genügend Stoff für die besondere Art der Raffung eingeplant hatte, die ihr vorschwebte.

Als sie das letzte Teil zugeschnitten hatte, wich die gespannte Stille um sie herum lautem Beifall. »Großartig«, sagte James und strahlte über das ganze Gesicht. »Man braucht gute Nerven, wenn man zum ersten Mal einen solchen Stoff zuschneidet.«

Sie hatte das Gefühl, einen Gipfel erklommen zu haben. Und während sie noch mit der Schere in der Hand dastand, begann die Näherin, die sie sich ausgesucht hatte, das Kleid sorgfältig zusammenzuheften.

»Tess …« James winkte sie zur anderen Tischseite hinüber. »Sehen Sie, was ich hier habe.« Er hielt einen kleinen Streifen aus Metall mit Stoffrändern in der Hand, wie sie ihn noch nie zuvor gesehen hatte.

»Was ist das?«

»Ein Verschluss ohne Haken. Schauen Sie.« Er zog an einem flachen Metall und enthüllte zwei Reihen zahnartiger Haken, die sich wie durch Zauberhand wieder schlossen, als er den Metallstift hochzog und dabei jeweils zwei gegenüberliegende Zähne ineinandergriffen. »Der Vertreter sagte, man könne die Streifen an den Stoffrändern in Geldgürtel oder Schwimmwesten und ähnliches einnähen. Was halten Sie davon?«

Tess wendete den Verschluss hin und her. Wunderbar, wie leicht er sich handhaben ließ. Ob er auftragen würde, wenn man ihn in ein Kleid einnähte? Schwer zu sagen. Aber vielleicht ließe es sich machen. Fasziniert fuhr sie mit den Fingern über die kleinen rechteckigen Zähne.

James' Augen leuchteten. »Ich wusste doch, dass es Sie interessieren würde«, meinte er.

Stunden später stürmte Lucile aus dem Fahrstuhl herein. Sie führte einen Blumenberater durch das Atelier, der sich eifrig Notizen machte, während sie ihm ihre Anweisungen zubellte. »Die Blumen müssen unter blauem Licht schön aussehen; bringen Sie mir ja nichts, was grün oder fahl wirkt, verstanden? Das würde ich nicht ertragen. Vergessen Sie die großen Vasen nicht; sie müssen einen Meter fünfzig hoch sein, nicht kleiner, und ... ja?« Sie blickte ungeduldig in Tess' erwartungsvolles Gesicht.

»Mein Kleid ist zugeschnitten und zusammengeheftet. Möchten Sie es sehen?«, fragte Tess.

»Hübsch«, antwortete Lucile mit einer hastigen Handbewegung. »Ich schaue es mir später an. Sie haben schwer gearbeitet, meine Gute. Nehmen Sie sich morgen frei.« Damit verschwand sie mit dem Berater in ihrem Büro.

Tess war ernüchtert und fühlte sich abgewiesen. Sie straffte die Schultern und winkte dem Mannequin, das sich gerade in das vorsichtig zusammengeheftete Kleid geschlängelt hatte. »Kommen Sie auf mich zu«, sagte sie.

Unwillkürlich hielt sie die Luft an. Das Kleid schwang genau so, wie sie es sich vorgestellt hatte, und die Cremefarbe brach sich in verschiedenen Tönen, fein wie eine Welle auf dem Sand am Meeresufer. Die Ärmelfalten mussten noch besser eingefasst werden, aber das war kein Problem. Der Stoff würde dafür reichen. Doch irgendetwas störte sie.

»Wie fühlen Sie sich in dem Kleid beim Gehen?«, fragte sie das Mannequin.

Sichtlich überrascht stammelte das Mädchen eine Antwort: »Es gefällt mir – man verfängt sich nicht in Gaze und Spitzen.« Offenbar erschrak die junge Frau über diese Kritik an Luciles Stil, denn sie wurde sofort rot.

»Ich weiß, was Sie meinen«, sagte Tess sanft.

»Eins stört mich doch, wenn Sie mich schon fragen.«

»Ja?«

»Es soll ein Kleid für den Tag sein. Aber ich würde es nicht mögen, wenn der Rock sich irgendwo verfängt.«

Tess musterte ihr Modell und dachte an ihre Fahrt mit der Straßenbahn. Sie streckte die Hand zum Tisch aus und nahm die Schere. Es war nicht nötig, länger darüber nachzudenken, sie wusste, was sie wollte. Nur wenige Minuten, und schon waren am Saum zwanzig Zentimeter des kostbaren Stoffs abgeschnitten. Am liebsten hätte sie fünfundzwanzig entfernt, aber das traute sie sich nun doch nicht.

»Bis zur Modenschau wird es fertig sein. Ich kann es kaum fassen«, sagte sie zu James.

»Daran haben wir nie gezweifelt«, erwiderte er. »Es war ein langer Tag für Sie, Tess. Zeit, nach Hause zu gehen.«

Die Windböen erfassten sie, als sie am Flatiron Building vorbeiging, und blähten ihre Röcke auf. Amüsiert registrierte sie die Männer, die sich hier aufhielten, um einen Blick auf die eine oder andere weibliche Fessel zu erhaschen. Ein Polizist an der Ecke wies die Schaulustigen an, weiterzugehen. Wenn die Frauen endlich den Mut aufbrachten, kürzere Kleider zu tragen, würde das überflüssig sein.

Auf ihren Eingangsstufen stand ein Mann. War es Jack? Als sie näher kam, sah sie, dass er in der einen Hand eine Zigarette hielt und mit der anderen unablässig seine mit goldenen Strähnen durchzogene Mähne zurückstrich.

Es war nicht Jack.

Jetzt sah er sie auf sich zukommen und lächelte. Tess stockte der Atem. Wie hatte sie dieses Lächeln vermisst.

»Tess.«

»Guten Tag, Jim.«

»Ich wollte Ihnen sagen, dass ich es hinter mich gebracht habe.«

»Ja, ich weiß.«

»Ich habe getan, was ich tun musste. Eigentlich wollte ich mit Ihnen vorher darüber sprechen, aber wahrscheinlich wussten Sie schon, was ich vorhatte, und wollten mich deshalb nicht mehr sehen.« Sein Blick war wachsam, aber auch gefasst. Wie blau seine Augen waren. »Jedenfalls bin ich hier, um Sie zu fragen, welchen Preis ich dafür zahlen muss.«

»Pinky sagte mir, dass Sie mir eine Nachricht geschickt haben, aber ich habe sie nicht bekommen«, sagte Tess.

»Nicht?« Er sah sie erstaunt an.

»Nein … ich dachte, Sie hätten mich einfach vergessen. Oder …«

In seinen Augen schien ein Licht auf. »Oder ich hätte Pinky Informationen für ihren Artikel gegeben, ohne es Ihnen zu sagen?«

»Ja.«

»Und dabei wollte ich nur mit Ihnen in einer dieser feinen Droschken durch den Park fahren«, sagte er leise.

»Das wäre schön gewesen.«

Er schenkte ihr ein bedauerndes Lächeln. »Ich habe lange gewartet, weil ich hoffte, Sie würden noch kommen. Wahrscheinlich haben die Duff Gordons meine Nachricht abgefangen. Zumindest weiß ich jetzt, dass Sie mich nicht haben sitzenlassen.«

»Ich verdanke Ihnen viel. Das hätte ich nie getan«, sagte sie prompt.

»Hätten Sie es denn auch verstanden? Dass ich aussagen musste?«

Sie brauchte nicht lange zu überlegen. »Sie haben das ausgesagt, was Sie für wahr halten. Andere haben das nicht getan.« Sie streckte ihre Hand aus. »Und es kostet Sie nicht unsere Freundschaft, wenn es das ist, was Sie befürchten.«

Die Erleichterung, die in seinem Gesicht zu lesen war, traf sie mitten ins Herz, und sie mochte sich nicht rühren, selbst als er den Arm nach ihr ausstreckte und sich ihre Finger begegneten. Und auch, als er langsam ihre Hand an sein Gesicht zog und sie mit unverhüllter Zärtlichkeit küsste. In ihr begannen die Gefühle zu toben. Vorsichtig löste sie sich von ihm.

»Gehen wir ein bisschen spazieren? Vielleicht in einen Park in der Nähe, auch wenn Ihr hübsches Viertel nicht ganz so nobel ist?« Seine Augen waren in Flammen, nicht unruhig, sondern warm vor Zuneigung.

»Gern«, sagte sie. Wie schön es gewesen war, als seine Finger ihre Hand umschlossen hatten. Das hätte sie nicht erwartet.

Jim hatte einen ausgreifenden Schritt, aber sie konnte mithalten. Er sprach schnell, als hätte er sich zuvor bereits eingeprägt, was er sagen wollte. Sie kamen zu einem kleinen, aber idyllischen Park. Die Wege waren von Bäumen und Büschen gesäumt, hin und wieder sahen sie ein Eichhörnchen über den Weg flitzen und zwischen den Sträuchern verschwinden. Es war Zeit, miteinander zu reden.

»Ich bin bei Lucile geblieben.«

»Ich weiß. Das lege ich Ihnen nicht zur Last.«

Tess wurde rot und wandte den Blick ab.

»Hören Sie auf, sich Vorwürfe zu machen, Tess.«

»Ich fühle mich hin und her gerissen …«

»Glauben Sie, Sie sind die Einzige? Hin und her gerissen? Das waren wir alle.«

»Jim, der Ausschuss hat sie zur Aussage vorgeladen.«

»Das überrascht mich nicht. Verlangt sie von Ihnen, sich für eine Seite zu entscheiden?«

»Warum musste alles bloß so kommen?«, brach es aus ihr heraus. Tränen traten in ihre Augen.

Jim warf einen kleinen Ast, den er vom Weg aufgehoben hatte, in die Büsche und sagte, ohne Tess dabei anzusehen: »Wenn Sie sich von mir zurückziehen müssen, um Ihre Stelle zu behalten, habe ich dafür Verständnis. Ich kann alles ertragen, solange ich weiß, Sie sind meine Freundin.«

»Das bin ich«, erwiderte sie entschieden. »Das bin ich, und ich werde es immer bleiben.«

Sie schlenderten schweigend weiter, bis Jim plötzlich stehenblieb und sie zu sich umdrehte.

»Ich habe eine gute Nachricht«, sagte er. »Eine wirklich gute Nachricht.« Plötzlich wirkte er beinahe schüchtern.

»Und wie lautet die?«

»Erinnern Sie sich noch an Mrs. Brown, Ihre Verbündete in dem Rettungsboot?«

Tess nickte erwartungsvoll.

»Sie hat mich in Washington schnitzen sehen und meine Arbeit so über die Maßen gelobt, dass ich es schon ein wenig albern fand.«

»Sie ist aber kein bisschen albern«, wandte Tess sofort ein.

»Ich will ja nur bescheiden sein.« Über sein Gesicht zog sich ein Lächeln. »Jedenfalls gefiel ihr meine Arbeit, und sie hat mir einen Auftrag gegeben.« Er sah Tess von der Seite an. »Das, was ich für Sie geschnitzt habe, aber viel größer. Sie will, dass ich das ganze Schiff nachbilde – warum, weiß ich allerdings nicht.«

»Sie meinen, ein Modell der *Titanic*?« Tess war nicht ganz wohl bei dem Gedanken.

»Ja.«

»Das ist wunderbar, Jim. Aber ... bekommen Sie nicht Albträume, wenn Sie sich mit dem Schiff beschäftigen?«

»Nein«, sagte er leise. »Es hat sogar irgendwie eine heilende Wirkung. Aber dann schlug sie mir noch etwas Besseres vor.« Er räusperte sich und sah ihr ins Gesicht. »Meine liebe Miss Collins«, sagte er mit einer eleganten Verbeugung, »vor Ihnen steht ein Mann, den eine temperamentvolle Frau, eine mit allen Möglichkeiten, als Meister seines Fachs bezeichnet. Und das Beste daran ist, dass sie mir eine Anstellung angeboten hat.«

»Fantastisch!« Tess lachte. »Absolut fantastisch.«

»Und somit hat der kleine Schnitzer aus London jetzt eine Stelle in einer Werkstatt für Holzbearbeitung. Eine herrliche Umgebung und beste Bezahlung.« Die Sätze sprudelten jetzt aus ihm hervor. »Eine wunderbare Werkstatt. Sie haben dort die besten Schnitzmesser, die ich je gesehen habe, und ich werde für spezielle Arbeiten eingeteilt – Schmuckborten für Spiegelrahmen und solche Dinge. Es gefällt mir einfach, dem Holz ein Dekor oder ein Bild abzuringen. Was ...« Plötzlich blieb er stehen und schlug sich auf die Stirn. »Wo bin ich bloß mit meinen Gedanken? Es ist ja ganz in der Nähe. Möchten Sie die Werkstatt sehen?«

Nach einem Augenblick des Zögerns nickte Tess. Seine Begeisterung hatte sie angesteckt. Er beschleunigte seinen Schritt, und sie musste jetzt fast laufen, um mit ihm mitzuhalten. »Wissen Sie was? Lucile lässt mich ein Kleid für die Modenschau entwerfen«, sagte sie mit atemloser Stimme. »Ich habe wunderbaren Stoff zur Verfügung, und die Arbeit ist aufregend ...«

Jim blieb abrupt stehen, drehte sich um, packte sie an der Taille und hob sie schwungvoll zu sich herum. »Das ist großartig! Denken Sie nur, wir haben beide gefunden, was wir uns erträumt hatten! Mein Gott, ist das nicht aufregend?«

»Ja.« Tess war immer noch außer Atem, aber sie lachte. Sie wünschte, er würde sie nicht mehr loslassen.

Jim setzte sie vorsichtig wieder ab, dann nahm er ihre Hand, und sie gingen weiter. Tess dachte kurz an jenen Augenblick auf der *Carpathia*, als sich ihre Hände zum ersten Mal berührt und sie schweigend das Gefühl der Nähe genossen hatten.

»Heißt all das, dass Sie hierbleiben und nicht in den Westen gehen?«, fragte sie.

»Vorerst nicht. Aber später, wer weiß? In der Firma gehören alle meine Kollegen der Gewerkschaft an, also kann ich auch hier Gewerkschaftsarbeit machen. Und wenn ich einen Grund habe, nicht weiterzuziehen, kann ich auch meine Pläne ändern.« Er warf ihr einen kurzen, verschmitzten Blick zu, dann sah er sich um. »Dieser Platz hier ist sehr bekannt«, sagte er. »Der Union Square. Hier werden Reden gehalten und Demonstrationen veranstaltet. Ein guter Platz in einem guten Land.« Forschen Schrittes ging er weiter, bis er nach wenigen Metern stehenblieb und nach vorn deutete. »Da ist es«, sagte er.

Es war ein etwas heruntergekommenes Gebäude, eingequetscht zwischen zwei Gästehäuser. Jim nahm ihre Hand, öffnete die Tür und blieb mitten in der Werkstatt stehen. Er atmete tief ein. »Riechen Sie das Holz?«, sagte er. »Ich liebe diesen Geruch.«

Tess nickte. Er war würzig, erdig und irgendwie tröstlich. Trocken und warm, keine Spur von salziger Meeresluft. Der Boden war bedeckt mit Holzspänen, manche dünn wie Papier, andere aufgedreht wie kleine Locken. Auf einem langen, abgenutzten Eichentisch mit Werkzeugen, wie sie sie noch nie gesehen hatte, lag eine samtene Staubschicht.

»Damit kann man praktisch alles machen«, sagte Jim und nahm ein Schnitzmesser in die Hand. Er deutete mit einem Nicken auf ein glattes Stück Holz. »Das wird der Rahmen für einen Spiegel«, erklärte er. »Daran arbeite ich gerade.« Er zeigte auf einen prunkvollen Barockspiegel, der hinter dem Tisch hing. »Und das ist mein Muster.«

»Wo ist die *Titanic*?«

»Im Nebenraum.« Wieder nahm er ihre Hand und führte sie in den hinteren Teil der Werkstatt, während er hier und da einem Handwerker zunickte oder mit ihm scherzte. Zweifellos fühlte er sich hier bereits zuhause.

»Da ist sie. Ich habe gerade erst angefangen. Das wird noch viel Arbeit.«

Fast ehrfürchtig betrachtete Tess das Modell. Beim Anblick der vier dicken Schornsteine lief ihr ein Schauder über den Rücken. Wie beeindruckend sie doch gewesen waren.

»Nur zu, Tess. Fassen Sie es ruhig an.«

Mit dem Finger folgte sie der Rundung eines bereits fertiggestellten Rettungsboots. Klein und unauffällig, aber dem Original genau nachgebildet. Die fein herausgearbeitete Leiter zum Ausguck, auf dem es kein Fernglas gegeben hatte ... Sie berührte das Heck, das sie noch eine Weile hatten sehen können, bevor die *Titanic* in die Tiefe gesunken war.

Was habe ich dabei gelernt?, fragte sie sich. Was hat es mich gelehrt?

»Es gibt noch viel zu tun, bis es wirklich fertig ist«, sagte Jim, der jetzt neben ihr stand.

»Jim, es ist wunderbar.« Sie konnte sich an dem Modell nicht sattsehen. »Wo standen wir, als wir uns begegnet sind?«

Er zeigte auf eine Stelle bei einem Rettungsboot. Eine Weile blickten sie schweigend auf das Schiff. Dann sagte Jim leise: »Ich habe einmal zu Ihnen gesagt, dass wir gar nicht so verschieden sind. Damals habe ich in Ihren Augen gelesen, dass Sie anders denken. Ich hoffe, das ist jetzt nicht mehr so.«

Geradeheraus und ehrlich. Auch wenn in ihrem Inneren ein Aufruhr tobte, sie musste ihm ebenso aufrichtig antworten. Aber wie? Was sollte sie sagen?

Er legte ihr sanft die Hände auf die Schultern und drehte sie mit dem Gesicht zu sich. »Ich muss Ihre Augen sehen«, sagte er mit solcher Zärtlichkeit, dass ihr die Worte fehlten. »Ich werde Sie jetzt küssen, Tess Collins. Das wünsche ich mir schon seit unserem Spaziergang durch den Park.«

Als Tess seine Arme um ihre Schultern spürte und fühlte, wie sich seine Lippen auf ihre legten, empfand sie ein unglaublich starkes, sinnliches Gefühl der Nähe. Sie schlang die Arme um seinen Hals und strich ihm über das weiche, widerspenstige Haar. Er flüsterte ihr ins Ohr, dann trafen sich ihre Lippen erneut.

Aber was tat sie da? Sie löste sich von ihm.

»Nein, nein. Jim, ich bin ganz durcheinander.«

»Entschuldigen Sie. War ich zu stürmisch?«

»Nein, das ist es nicht.«

»Tess, ich möchte Ihnen so vieles sagen.« Wieder sprach er sehr schnell. »Seit Tagen kann ich an nichts anderes mehr denken, als dass ich mit Ihnen in diesem Land ein neues Leben aufbauen möchte.« Er hob ihr Kinn an und sah ihr so voller Hoffnung in die Augen, dass es Tess schmerzte. »Könnten Sie sich vorstellen, mit mir zusammen zu sein?«

Plötzlich war da ein wärmendes Licht, etwas, das sie von ganzem Herzen wünschen ließ, sie könnte ja sagen. Doch ein Teil in ihr hielt sie zurück, lenkte ihren Blick in eine andere Richtung. Wie sollte sie das beantworten? Wie sollte sie jetzt und hier eine Entscheidung treffen? »Sie sind ein wunderbarer Mensch. Ich fühle mich Ihnen verbunden wie keinem anderen in meinem Leben«, sagte sie. Aber dann hielt sie inne.

Es dauerte eine Weile, doch schließlich wich die Farbe aus Jims Gesicht. »Heißt das, Sie sagen nein?«

»Nein, nur, dass ich es nicht weiß.«

Jim stand da wie erstarrt, als hätte er einen Schlag ins Gesicht bekommen. »Für mich klingt es wie ein Nein. Etwa weil ich ausgesagt habe?«

»Nein, nein, dafür bewundere ich Sie. Das habe ich ernst gemeint.«

»Ich würde Ihnen nie Schaden zufügen, Tess. Vielleicht war ich zu voreilig. Das tut mir leid. Aber ich kann warten.«

Sie überlegte, was sie sagen sollte.

»Oder … gibt es einen anderen?«

Langsam nickte sie.

Es entstand eine Pause. »Das habe ich nicht geahnt.« Tess bemerkte das leise Zittern in seiner Stimme. »Habe ich so falsch gelegen?«

»Bitte glauben Sie mir, anfangs war da niemand. Aber …«

»Aber inzwischen schon.«

»Ja«, flüsterte sie.

Er trat zurück. Er wirkte so entsetzt, dass sie am liebsten seine Hand genommen hätte. Doch dann hielt sie sich zurück. Sie würde ohnehin nicht mehr zu ihm vordringen. Voller Schmerz beobachtete sie, wie der Glanz aus seinen Augen wich. Er zog sich von ihr zurück … Aber konnte sie etwas anderes erwarten? Er ließ die Arme hängen.

»Es tut mir leid, dass ich von falschen Annahmen ausgegangen bin.«

»Ich weiß nicht, was ich sagen soll. Ich möchte Sie nicht verletzen«, sagte sie. Alberne, sinnlose Worte, die nichts bedeuteten, denn genau das hatte sie soeben getan.

»Ich glaube nicht, dass Sie das noch in der Hand haben. Ich habe einfach zu viel vorausgesetzt.«

»Es ist eine Menge geschehen in den letzten Tagen. Ach, Jim …«

»Ist schon gut«, sagte er mechanisch. Er schob die Hände in die Taschen und blickte zu Boden. »Ich bringe Sie noch nach Hause. Es wird bald dunkel, da sollten Sie nicht allein unterwegs sein.«

»Nein, nein, ist schon gut, wenn Sie fortmüssen. Ich komme auch allein zurecht.«

Langsam verließen sie die Werkstatt, unter ihren Füßen die Holzspäne, die den wunderbar süßen Geruch verströmten. Er wandte den Blick ab und schwieg. Als sie aus dem Laden traten, wehte eine leichte Brise durch das Laub der Bäume, die die Straße säumten, und zerzauste sein Haar. Er wandte sich zu Tess um. »Eines möchte ich Sie noch fragen: Halten Sie mich wirklich für einen Dorfjungen?«, fragte er mit matter, aber neugierig klingender Stimme.

»Woher …«

»Woher ich das weiß? Ihre Lady Duff hat es auf der *Carpathia* herumerzählt.« Er zuckte die Achseln. »Aber das ist jetzt egal. Sie sollen sich nicht für mich schämen müssen. Das wäre keine gute Grundlage.«

»Ich schäme mich nicht und würde es auch nie tun.«

»Schön zu hören.«

»Bitte, Jim. Zwischen uns gibt es so etwas Einmaliges wie Freundschaft. Das sollten wir nicht zerstören.«

Diesmal sah er sie ungläubig an. »Wollen Sie das wirklich von mir verlangen? Als ob ich nur mit den Fingern schnippen müsste, und schon ändern sich meine Gefühle für Sie!«

»Nein, Entschuldigung, das war dumm von mir.«

»Ich glaube, ich muss hier weg. Ich wünsche Ihnen alles Gute«, sagte er. Er drehte sich um und ging in die andere Richtung davon. Seine Schultern waren vor Schmerz gebeugt.

Dreh dich noch einmal um, dachte sie. Bitte. Aber er tat es nicht. Sie hatte soeben etwas Großes verloren, und ihr war, als würde sie die Leere, die zurückblieb, jeden Augenblick verschlingen. Wenn sie nur mehr Zeit zum Überlegen gehabt hätte! Und was bedeutete das überhaupt? Im Moment wusste sie nur, dass sie die beiden Männer nicht mehr in ihrem Herzen getrennt halten konnte.

Jack wartete vor ihrem Haus in einem dunkelblauen, unruhig laufenden Buick mit eingeschalteten Chromscheinwerfern. Wie lange mochte er hier schon stehen? Tess ging langsam auf ihn zu. Sie war froh, ihn zu sehen, und zugleich sehnte sie sich danach, ein wenig allein zu sein. Sie wollte in ihre Wohnung, die Tür hinter sich schließen und tief ausatmen.

Er stieg aus, beugte sich vor und küsste sie auf die Wange. Sein Blick war wachsam. »Vielleicht magst du es mir nicht erklären«, sagte er. »Aber ich muss wissen, woran ich bin.«

So höflich. Jack behandelte sie immer sehr respektvoll, und sie war schon fast wieder beruhigt.

»Du hast mich mit dem Seemann aus dem Rettungsboot Eins gesehen«, sagte sie.

»Er muss ein mutiger Mann sein.«

»Ja, das ist er.« Wieder traten ihr Tränen in die Augen.

»Und er liebt dich, oder?«

Sie nickte.

»Aber warum weinst du dann, Tess?« Seine Stimme war so zärtlich. Nicht beklommen, nicht ärgerlich, nicht fordernd.

»Ich weine nicht. Es ging alles zu schnell.«

»Vielleicht kannst du es mir erzählen.«

»Ich habe ihn abgewiesen.« Was für ein harmloses altmodisches Wort.

Jacks Schultern entspannten sich. »Bist du dir sicher, dass es das Richtige war?«, fragte er sie. »Ich habe gemerkt, wie du ihn angesehen hast. Ich möchte deinen Wünschen nicht im Wege stehen, ich muss sie nur kennen.«

»Ich bin mir sicher.« Sie lauschte ihrer Stimme, die so schwach war. Nichts, was aus ihrem Mund kam, klang klar und entschieden.

»Vielleicht wünschst du dir das nur.«

Sie legte die Hände vors Gesicht. »Unentschlossenheit ist nicht unbedingt etwas Schlechtes. Ich wünschte, ich könnte die Dinge langsamer angehen, aber es gelingt mir nicht. Darf ich dich umarmen?«

Sie brauchte mehr Zeit, um nachzudenken. Aber in seinen Armen war alles ganz einfach. Wie wunderbar, über dem Boden zu schweben und alle Sorgen abzulegen.

Er berührte ihren Hals mit seinen Lippen.

»Ich möchte dir einen Antrag machen«, sagte er. »Heirate mich.«

Tess erstarrte.

»Ich weiß, dass es dir zu schnell geht, aber ich habe viel erlebt und genügend Fehler begangen, um zu wissen, wann der richtige Zeitpunkt gekommen ist.«

»Aber du bist doch noch verheiratet«, sagte Tess.

»Die Scheidungsdokumente waren bereits unterschriftsreif, als ich auf die *Titanic* ging. Du bist wirklich wachsam«, erwiderte er mit einem warmen Lächeln. »Wenn ich so vorsichtig wäre, stünde ich nicht da, wo ich heute stehe.«

»Ich bin nicht vorsichtig, ich bin nur … überrascht.«

Er zog eine Augenbraue hoch. »Wo ist bloß die kühne und abenteuerlustige junge Frau geblieben, der ich auf der *Titanic* begegnet bin.«

»Ich möchte nicht heiraten, noch nicht«, brach es aus ihr hervor. Tess sah das Gesicht ihrer Mutter vor sich, hörte ihre warnenden Worte. »Denn ich weiß, was dann passiert. Aber ich möchte arbeiten, ich will …«

Jack lachte. »Ich verlange nicht von dir, dass du dich entscheidest«, sagte er. »Allerdings gehöre ich zu den wenigen Männern, die dir das Leben bieten können, von dem du träumst. Es wird dir an nichts mangeln. Oder bezweifelst du das?«

Sie schüttelte den Kopf.

»Was ist dann das Problem?«

Es war zu leicht, das war das Problem. Aber das konnte sie nicht sagen. Deshalb drückte sie ihn an sich.

»Ich muss erst darüber nachdenken«, flüsterte sie.

13

Pinky wartete vor dem imposanten Bürogebäude von Dunhill, Brougham and Picksley in der 57th Street und spähte durch die dichten Nebel- und Regentropfenschwaden. Observierungen waren der langweiligste Teil ihres Berufs, aber sie würde ihren Posten wohl bald verlassen können.

Plötzlich schwang die massive Eingangstür auf, und es traten drei Männer ins Freie.

Hab ich's doch gewusst, dachte Pinky triumphierend.

Sir Cosmo trug wie üblich einen makellosen, perfekt geschnittenen Anzug, und sein Schnurrbart war gepflegt wie immer. Er redete hastig auf die beiden anderen ein, von denen einer die Hornbrille trug, an die sie sich noch vom Sitzungssaal erinnern konnte. Dann schüttelten sie sich die Hände, und Cosmo marschierte davon.

Pinky ging auf die beiden Männer zu. Bei ihrem Anblick nahm der mit der Brille sofort eine wachsame, angespannte Haltung ein.

»Guten Tag«, sagte Pinky fröhlich. »Ich weiß, was ihr vorhabt, Kumpel. Jetzt würde mich nur noch interessieren, wie viel die Duff Gordons euch zahlen.«

Als Tess den Regen an das Fenster ihres Schlafzimmers trommeln hörte, steckte sie den Kopf wieder unter die Bettdecke und hoffte, noch ein wenig ohne die wilden Träume schlafen zu können, die sie die ganze Nacht heimgesucht hatten. Vergeblich. Sie setzte sich auf. Sie war froh, einen freien Tag zu haben, denn sie brauchte ihn dringend. Aber Jacks Stimme und seine Überzeugungskraft klangen auch noch in ihr nach, als sie aufstand und den Wasserkessel aufsetzte. Von der Nachbarwohnung drang das Schimpfen eines Mannes und einer Frau herüber, die sich lautstark stritten. Als sie gestern nach Mitternacht in ihr Bett gekrochen war, hatte sie durch die Wand das heftige Quietschen von Bettfedern gehört. Genau so wie damals in ihrem Elternhaus. So ein Leben wollte sie nicht führen.

Und wenn sie viel Geld hätte? Was sprach dann noch gegen eine Heirat?

Sie schenkte sich Tee ein, setzte sich an den Tisch und nippte an dem aromatisch duftenden Getränk. Jack könnte ihr dieses neue Land erklären und ihr durch die Prüfungen helfen, die ihr sicher noch bevorstanden. Er würde da sein, sie beschützen und dafür sorgen, dass es ihr gutging. Er hatte in seiner Welt die oberste Sprosse der Leiter erreicht und musste nicht mehr um seinen Platz kämpfen. Zum ersten Mal in ihrem Leben wäre sie frei von Sorgen. Es war zwar alles in atemberaubender Geschwindigkeit vonstatten gegangen, aber daran ließ sich nun mal nichts ändern. Denk nicht mehr an Jim. Mach es dir leicht. Aber Jim hatte recht, in gewisser Weise ähnelten sie sich. Beide standen sie vor neuen Herausforderungen, hungerten danach und waren bereit, sie anzunehmen. Andererseits konnten sie einander nicht durch Untiefen führen. Und war es nicht gerade das, was sie sich jetzt wünschte?

Langsam zog sie sich an. Sie würde einen Spaziergang ins Stadtzentrum machen, vielleicht in den Central Park gehen. Irgendwohin, wo Menschen waren, obwohl an so einem trüben Tag wohl nicht viele ihr Haus verließen. Wenn sie nur wüsste, was sie ihrer Mutter schreiben sollte. Bei dem Gedanken daran wurde ihr wieder schmerzlich bewusst, dass sie in diesem großen weiten Land niemanden hatte, dem sie sich anvertrauen konnte.

Tess zog ihre Handschuhe an, nahm ihren Schirm und brach auf. Sie fröstelte in dem dünnen Mantel, und sie zog ihn enger um sich. Im nächsten Lebensmittelladen kaufte sie eine Zeitung und überflog wie üblich die Artikel, darauf gefasst, wieder einmal Lady Duff Gordons Namen in einem schockierenden Zusammenhang zu lesen.

Bei einem kleinen, nur aus zwei Absätzen bestehenden Artikel blieb sie hängen. Heute fand in der Carnegie Hall ein Gedächtnisgottesdienst für Isidor Straus statt, den Mitbesitzer jenes wunderbaren Kaufhauses am Herald Square. Ein besonderer Abschied von jenem herausragenden Mann, schrieb die Zeitung, dessen Frau mit ihm auf dem Schiff blieb, um ihn nicht allein sterben zu lassen.

Tess schlug die Zeitung zu. Dorthin wollte sie heute gehen. Sie würde jemandem die letzte Ehre erweisen, den sie zwar nicht gekannt hatte, dessen Schicksal aber mit ihrem verbunden war. Er und sie, ein Toter und eine Lebende, waren vereint in einer Bruderschaft, die sich kein Passagier auf der *Titanic* gewünscht hätte, die aber trotzdem existierte. So seltsam und traurig dieser Gedanke auch war, er gab ihr das Gefühl der Zugehörigkeit.

Bis zur Carnegie Hall war es ein weiter Weg, aber Gehen beruhigte ihren Geist. Als sie die 42nd Street erreichte, hörte es auf zu regnen, und die Sonne brach durch die Wolken. Plötzlich sah sie einen Park voller rot-weiß gestreifter Schirme vor sich. Frauen mit Frühjahrshüten und Männer in Sonntagsanzügen drängten sich um Blumenstände, man bot Würstchen und Paprika an, und auf der Straße saßen Grüppchen von Kindern und schauten sich das Puppentheater an. Ein Straßenfest, und es gab sogar eine Musikkapelle. Deren Geiger trug einen roten Hut mit einer herabhängenden Quaste, die beim Spielen immer wieder an seine Wange schlug. Eine Frau mit einer gelben Schürze verkaufte eiskaltes Zuckerwerk in verschiedenen Geschmacksrichtungen und Farben. Neugierig geworden, trat Tess näher heran.

»Gelati«, sagte die Frau lächelnd, als sie merkte, dass Tess sich für ihre Ware interessierte. »Besser als Eiscreme.«

Tess erwiderte ihr Lächeln und holte eine Münze aus ihrem Portemonnaie. Sie probierte ein wenig von dem Konfekt, das ihr die Frau in einem kleinen Becher reichte. Die weiche, helle

Schokolade war köstlich. Sie würde eine kleine Weile so tun, als wäre sie Italienerin, und alle Termine, Zweifel und Verletzungen vergessen.

Als sie zur Carnegie Hall kam, hatte sich auf dem Gehsteig eine dichte Menge versammelt. Alle waren still und ernst. Sie stellte sich dazu und fragte einen Mann: »Wann können wir hinein?«

»Haben Sie eine Einladung?«

»Nein, ich wusste nicht, dass man eine braucht.«

»Aber Madame! Jeder weiß das«, sagte der Mann, blieb aber freundlich. »Machen Sie sich nichts daraus. Da kommt der Bürgermeister.«

Eine große schwarze, von Pferden gezogene Droschke hielt am Bordstein, und zwei Polizisten drängten die Menge beiseite. Tess beobachtete, wie ein stattlich gebauter, ganz in Schwarz gekleideter Mann aus der Kutsche stieg, sich dann umdrehte und einer Frau heraushalf. Sie nahm seinen Arm, und die beiden gingen an der Menge vorbei in das Konzerthaus. Weitere Droschken und Automobile fuhren vor und bildeten eine lange schwarze Reihe. Die Leute schauten schweigend zu, nur eine Frau weinte.

Nachdem der letzte Gast hineingegangen war, ließ ein Wächter die Außentüren weit offen stehen. Ein Entgegenkommen, flüsterten die Leute, damit sie die Gebete und Trauerreden hören könnten. Niemand unternahm den Versuch, sich in das Gebäude zu schleichen.

Aus dem Konzertsaal drang leiser Sprechgesang. »Sie rezitieren das Kaddisch«, erklärte der Mann neben Tess, der davon ausging, dass sie die jüdischen Gebete nicht kannte.

Dabei tat sie das sehr wohl. Die Erinnerung an das, was sie draußen auf dem Meer in dem schwankenden Rettungsboot gehört hatte wurde wieder wach. Jemand aus einem anderen Boot hatte dieses Gebet mit trauriger Stimme gesprochen, die in der stillen, eisigen Luft zu ihr herübergetragen wurde. Jetzt fand sie es zu ihrer Überraschung tröstlich, und sie senkte den Kopf.

»Tess?«

Sie sah auf. Vor ihr stand Pinky, die Segeltuchtasche an die Brust gedrückt. Sie trug einen Schlapphut, der noch vom Regen tropfte.

»Werden Sie darüber berichten?«, fragte Tess. Sie wusste selbst, dass sie kühl klang, aber das konnte sie nicht ändern. Pinky trat immer so lärmend auf und verbreitete Hektik, und jetzt störte sie Tess auch noch in dem einzigen ruhigen Augenblick seit Tagen.

»Man hat mich nicht hergeschickt, aber ich dachte mir, ich schaue vorbei. Ich kannte ihn.«

Tess verspürte einen Anflug von Scham. »Ich habe das Gefühl, als würde ich ihn auch kennen«, sagte sie.

Sie standen schweigend nebeneinander und lauschten den rhythmischen Gebeten in hebräischer Sprache. Als der Gottesdienst zu Ende war, stiegen der Bürgermeister und andere Amtsträger wieder in ihre Automobile und Droschken und fuhren davon.

Pinky brach das Schweigen. »Man muss die Seidenraupen kochen, um Seide zu bekommen, nicht wahr?«, fragte sie leichthin.

»Was?« Tess war perplex.

»Seide. Ich habe mich ein bisschen kundig gemacht über Mode und so. Und ich habe Van Anda dazu gebracht, mich mit der Berichterstattung über Lady Duffs große Modenschau zu beauftragen. Ganz schön brutal, was man mit den Seidenraupen anstellt, finden Sie nicht auch?«

»Sicher könnten wir unsere Modelle auch aus Leinen und Wolle fertigen«, erwiderte Tess lächelnd und griff nach ihrem Taschentuch. »Aber denken Sie daran, wie viele Schafe dann geschoren werden und zittern müssen. Geben Sie mir Ihren Hut. Ich werde ihn trocken tupfen.«

»Sehe ich so traurig aus?« Pinky gab ihn ihr. »Sie jedenfalls tun das.«

Tess blieb stehen, um sich ihrer Aufgabe zu widmen, bevor sie antwortete. »Ja, ich bin ein bisschen traurig.« Sie gab Pinky den Hut zurück.

»Weil Sie Jim gestern einen Korb gegeben haben?«

»Wissen Sie immer über alles Bescheid, was in dieser Stadt geschieht?«

»Nicht über alles. Wer ist der andere Mann? Und glauben Sie jetzt bloß nicht, dass ich mich für meine Aufdringlichkeit entschuldige. Ich stelle Ihnen einfach nur eine Frage. Sie brauchen ja nicht zu antworten.«

»Das werde ich auch nicht. Tut mir leid, Pinky.«

Pinky zuckte die Achseln. Wer nichts wagt, der nichts gewinnt. »Wie läuft es in Lady Duffs Atelier?«

»Sie meinen wohl, ob Lucile außer sich und verzweifelt ist, weil sie in zwei Tagen aussagen muss?«

»Das würde mich wundern. Ich stelle mir eher vor, dass sie sich auf ihren großen Auftritt freut. New York ist schon ganz gespannt.«

»Was wollen Sie dann wissen?«

»Wie wäre es mit der Frage, wie es Ihnen dort geht. Oder meinen Sie, ich wollte nur den neuesten Tratsch hören?«

Tess gab nach und lächelte. »Ich darf ein Kleid entwerfen, und wenn es gut genug ist, präsentiert sie es bei ihrer Frühjahrsschau. Bis auf eine Raffung an den Ärmeln ist es schon fertig. Morgen will ich es Lucile zeigen, und ehrlich gesagt, ich bin stolz darauf. Es wird ihr bestimmt gefallen.« Besser gesagt, sie setzte all ihre Hoffnung darauf, dass es Lucile gefiel.

»Seide?«

»Ja.«

»So ein Pech ... ich werde nämlich über die grausame Behandlung der Seidenraupen schreiben.«

Lachend gingen sie weiter, aber es dauerte nicht lange, bis Tess wieder melancholisch wurde. Sie überlegte, wie sie sich verabschieden konnte, um allein zu sein, als Pinky das Gespräch wieder aufnahm.

»Meinem Vater geht es nicht gut. Die Frau, die sich tagsüber um ihn kümmert, findet ihn zu launisch. Ich hoffe nur, dass sie nicht kündigt.«

»Das tut mir leid. Ich drücke Ihnen die Daumen.« Wegen ihres schnoddrigen Auftretens konnte man leicht meinen, Pinky hätte keine Probleme.

»Eigentlich wollte ich nach der Trauerfeier für den alten Mr. Straus auf dem Markt ein paar Tomaten für meinen Vater kaufen.« Pinky nahm ihren Hut ab, überlegte es sich aber anders und setzte ihn wieder auf. »Danke, dass Sie das gute Stück ein bisschen getrocknet haben.«

»Für den Fall, dass es wieder zu regnen anfängt, habe ich einen Schirm«, rutschte es Tess heraus, ehe sie darüber nachdenken konnte, und jetzt erwartete Pinky bestimmt, dass sie sie begleitete.

»Das ist gut, danke.« Und dann fügte sie hinzu, als wäre es ihr gerade erst eingefallen: »Warum kommen Sie nicht mit zu mir nach Hause? Ich mache uns etwas zu essen. Sie können meinen Vater kennenlernen. Er ist im Grunde ein guter Mensch, aber er glaubt immer, alles würde sich nur um ihn drehen. Allerdings war das wohl schon immer so. Ich habe Käse und Salami, ganz frisch.«

Pinky wollte also mit ihr reden. Aber was gab es schon zu sagen? Andererseits würde sie auch gern mit jemandem sprechen können.

Im Treppenhaus hing der Geruch von Urin, und Tess hielt so lange wie möglich den Atem an, als sie in den dritten Stock hinaufgingen.

»Meine Nachbarn und ich wechseln uns mit dem Treppenputzen ab. Normalerweise riecht es hier gut, aber ich war gestern an der Reihe und habe es versäumt. Entschuldigen Sie bitte.«

»Hab schon Schlimmeres erlebt«, sagte Tess leichthin. Es stimmte. Sie gab es nur nicht gern zu.

Prescott Wade saß von mehreren Kissen gestützt in seinem Bett und blickte, ein aufgeschlagenes Buch auf dem Schoß, aus dem Fenster, als sie sein Zimmer betraten. Er wirkte kleiner, als Tess ihn sich vorgestellt hatte, zerbrechlicher. Doch als Pinky sie miteinander bekannt machte, begrüßte er Tess mit einem festen Händedruck.

»Pinky hat mir schon von Ihnen erzählt«, sagte er. »Sie sind das Mädchen, das für die große Modeschöpferin arbeitet, nicht wahr?«

»Ich versuche es.« Seine Schroffheit gefiel ihr.

»Schön. Geben Sie nicht auf. Unsere Sarah hier ist eine gute Reporterin. Wahrscheinlich möchte sie eine neue Nellie Bly werden.« Seine Augen wanderten zu Pinky. »Aber ich halte sie dabei auf. Wegen mir kann sie sich nicht entfalten.« Er schloss die Augen und drehte den Kopf zur Wand.

Pinky streichelte kurz seine Schulter und gab Tess ein Zeichen, ihr in die Küche zu folgen. Mit gerunzelter Stirn schnitt sie einen Salatkopf auseinander. »Er ist nicht mehr der Alte und wird es auch nie wieder sein.«

»Halten Sie sich selbst für eine Nellie Bly?«

Pinky hielt inne, ohne das Messer aus der Hand zu legen. »Ich würde gern um die Welt reisen wie sie. Leute kennenlernen, auf Kamelen reiten, durch Stromschnellen fahren ...« Sie bekam einen sehnsüchtigen Blick. »Mit nichts mehr als sauberer Unterwäsche im Gepäck.«

»Was reizt Sie daran?«

»Warum wollten Sie nach Amerika? Weil ich Abenteuer erleben und die Welt erkunden will. Aber um ehrlich zu sein, ich würde mich auch schon mit mehr Gehalt zufriedengeben.«

»Könnten Sie denn mehr kriegen?«, fragte Tess neugierig. Sie hätte gern gewusst, wie man in diesem Land darüber verhandelte, denn sie hatte bisher noch nie Erfolg damit gehabt.

»Frauen bekommen bei den Zeitungen keine Gehaltserhöhungen. Wenn man Glück hat, wird man gelobt, aber Geld?

 Nein. Hier, schneiden Sie das Brot.« Sie schob Tess einen Laib und ein Metzgermesser zu.

»Was fehlt Ihrem Vater?« Wie sie so in der Küche zusammen das Essen zubereiteten, schien Tess die Frage nicht indiskret.

»Er hatte mehrere Herzinfarkte, und mit jedem wurde er schwächer.« Pinky hielt den Kopf gesenkt und zerteilte eine Tomate.

»Das tut mir leid.«

Als Pinky aufsah, lag in ihrem Blick ein ungewöhnliches Strahlen. »Es ist nicht immer leicht mit ihm, aber er ist ein ziemlich guter Vater. Ich gebe ihm Morphium gegen die Schmerzen. Möchten Sie Ihre Salami eher dick oder dünn geschnitten?«

»Mir ist alles recht. Machen Sie es nur, wie Sie meinen.«

»Also dann dünn.«

Sie schwiegen eine Weile, während sie den Tisch deckten, auf dem eine Wachstuchdecke lag. Dann stützte Pinky die Hände auf eine Stuhllehne und sah Tess an.

»Nehmen Sie Platz. Ich muss Ihnen etwas erzählen«, sagte sie. »Es geht um Jim. Er ist in Schwierigkeiten.«

Ohne Pinky aus den Augen zu lassen, ließ sich Tess auf einen Stuhl sinken.

»Die Leute, denen er im Weg ist, haben in seiner Vergangenheit gegraben und dabei eine frühere Anklage wegen Beteiligung an den Protesten während des Bergarbeiterstreiks entdeckt.«

»Was?« Beinahe hätte Tess das Brotbrett vom Tisch gefegt.

»Ich habe herausbekommen, dass die Polizei damals alle festnahm, deren sie habhaft werden konnte. Sie haben mit Stöcken auf die Leute eingeschlagen und so weiter. Als sich die Bergarbeiter zur Wehr setzten, wurde ein Polizist verprügelt. Jim befand sich in der Menge und war einer der Gewerkschafter, die sich mit Fußtritten verteidigten. Aber kein Grund zur Sorge, die Vorwürfe wurden schon nach wenigen Tagen fallengelassen.«

Tess zitterten die Hände. »Und wieso ist Jim dann in Schwierigkeiten?«

»Weil es jemandem gelungen ist, die Anklage gegen ihn zu erneuern.«

»Jemandem? Um wen handelt es sich?«

Pinky antwortete ausweichend. »Wussten Sie, dass er auch zu den Anhörungen in England vorgeladen ist?«

»Nein. Davon hat er mir gestern nichts gesagt.«

»Ich vermute, er hatte Wichtigeres im Kopf«, meinte Pinky etwas schnippisch.

Tess zuckte zusammen. »Bitte, Pinky. Erinnern Sie mich nicht daran.«

»Entschuldigen Sie, Tess. Aber Sie wissen, dass Sie ihn verletzt haben.«

Tess nickte.

»Na gut. Jedenfalls bedeutet das, dass er nach England zurückfahren muss. Und sobald er an Land geht, wird er verhaftet. Wenn dieser ›Skandal‹ in den britischen Zeitungen breitgetreten wird, hat Jim hier bei uns seine Glaubwürdigkeit verloren und stellt für die Duff Gordons keine Bedrohung mehr dar. Wer glaubt schon einem Kriminellen? Nach Abschluss der Anhörungen wird Lady Duff zu ihrer nächsten Modenschau sausen, und ganz still und leise wird die Anklage wieder aufgehoben. Hübsch ausgedacht, finde ich.«

»Woher wissen Sie das alles?«

»Ich habe meine Informanten. Ich bin Reporterin, schon vergessen?« Pinkys Grinsen war nicht so ungezwungen wie sonst. Das Essen hatten beide nicht angerührt.

»Lucile will Jim also auf jede erdenkliche Weise in Misskredit bringen.«

»Zweifellos. Niemandem nutzt das Ganze so sehr wie ihr. Und wie sich gezeigt hat, waren es tatsächlich ihre Anwälte, die den Männern aus dem Rettungsboot vorgegeben haben, was sie aussagen sollten. Sie kommen aus einer großen Kanzlei. Ich habe es überprüft.«

Tess blinzelte und dachte nach. Erst hatte sie es nicht glauben wollen, dann hatte sie sich geärgert, und jetzt empfand sie eine tiefe Wut. Lucile war wirklich zu solchen Dingen fähig. Einfach abscheulich, anmaßend. »Weiß Jim Bescheid?«, fragte sie mit schwacher Stimme.

»Er hat es gestern Abend erfahren und war überrascht, aber gefasst. Typisch britisch, würde ich sagen. Man verbirgt seine Emotionen.«

»Schreiben Sie einen Artikel darüber?«

Pinky schwieg eine Weile, ehe sie antwortete. »Ich warte noch ab. Wenn ich es jetzt öffentlich mache, hat es genau die Wirkung, die sie sich erhofft. Ich will erst sehen, mit welchen Manövern sie sich vor dem Ausschuss herausredet.«

»Und es besteht kein Zweifel?«

»Nein, sonst würde ich es Ihnen nicht sagen. Sie sollten etwas essen.« Pinky legte eine Scheibe Salami zwischen zwei Scheiben Brot und reichte Tess das Sandwich. »Es könnte aber auch ganz anders kommen.«

»Und wie?« Tess biss in ihr Brot. Vor lauter Zorn schmeckte sie gar nichts.

»Wenn sich jemand einschaltet, der bessere Anwälte hat als Lady Duff – und die sind nicht leicht zu finden, wie Sie sich bestimmt vorstellen können. Sie müssten die Aufhebung der Anklage erreichen, bevor die Sache an die Öffentlichkeit kommt. Sie sozusagen in die Vergangenheit verbannen, wo sie hingehört. Und jetzt raten Sie mal, wer sich gerade darum bemüht?« Diesmal war ihr Grinsen echt.

»Ich weiß nicht. Sagen Sie es mir.«

»Die wunderbare, kluge und reiche Mrs. Brown. Sie ist außer sich. Schließlich hat sie viel mit Jim vor, und sie will ihn nicht verlieren. Wie ist das Sandwich?«

»Ich schmecke nichts.« Tess schob es beiseite und stand auf. Sie konnte nicht mehr stillsitzen und ging auf und ab.

»Sie sind ja ganz schön aufgewühlt.«

»Ist das nicht verständlich? Jim derart in eine Falle laufen zu lassen. Sie will ihn ruinieren. Ich bin mehr als aufgewühlt. Man darf ihm nicht wehtun.«

Auch Pinky schob sich vom Tisch weg. »Das soll wohl ein Witz sein? Genau das haben Sie gerade getan.«

Keine der beiden sagte etwas.

»Entschuldigen Sie«, sagte Pinky dann leise. »Irgendwie gefällt mir der Gedanke, dass Sie ihn nicht verdient haben.«

Tess war zu erschüttert, um sich zu verteidigen. »Damit haben Sie wohl recht«, sagte sie.

»Was werden Sie jetzt machen?«

»Kündigen. Ich will nicht bei dieser Frau bleiben – keinen Tag länger. Jetzt nicht mehr.« Jeder Zweifel fiel von ihr ab. Lucile hatte nicht nur diese Seeleute bestochen, damit gab sie sich nicht zufrieden. Sie musste alles unter ihrer Kontrolle haben und jede Kritik zum Schweigen bringen. »Ich kann nicht mehr für sie arbeiten. Ich habe jegliches Vertrauen verloren.«

»Wie wäre es, wenn Sie hier einziehen?«, sagte Pinky. »Im Ernst. Sie könnten Kleider nähen – ich besitze sogar eine Maschine –, und wenn Sie etwas Geld haben, suchen Sie sich ein Atelier.«

»Und wie soll ich Kunden finden?«

»Kein Problem«, meinte Pinky strahlend. »Ich schicke jeden zu Ihnen, über den ich schreibe, vielleicht sogar Van Andas Frau. Sie könnte nämlich ein paar schickere Kleider gebrauchen. Das wäre doch großartig, Tess. Sie brauchen Lucile nicht!«

Tess wurde ernst. Pinky mit ihrem amerikanischen Ungestüm, voller Überschwang und Selbstvertrauen. Sie wusste, wie man sich über Regeln hinwegsetzte. Vielleicht konnte sie etwas von ihr lernen. Es würde ihr auch nichts anderes übrig bleiben, denn vor ihr breitete sich gerade eine ungeheure Leere aus.

Jetzt blieb ihr nur noch Jack.

Ihre Füße taten weh von dem langen Nachhauseweg. Jack wartete schon auf sie. Mechanisch nahm sie die Blumen, die er ihr entgegenstreckte, ohne sie wirklich zu beachten. »Sie hat Jim etwas Schreckliches angetan«, stieß sie hervor.

Jack blickte auf die Blumen, die sie gedankenverloren auf den Gehsteig hatte fallen lassen. »Na, dann erzähl mal«, sagte er.

Es sprudelte alles aus ihr hervor. Tess kümmerte es nicht, wie es klang, und Jack hörte ihr schweigend zu.

»Du machst dir ziemlich viele Gedanken um das Wohlergehen dieses Mannes«, sagte er, als sie fertig war.

»Wie kann Lucile so etwas tun?«, erwiderte sie. »Sie will sein Leben zerstören, und das ausgerechnet in dem Moment, wo er diese große Chance hat. Einesteils kann ich es nicht glauben, aber dann denke ich wieder: Um Himmels willen, wie naiv bist du, dass dich das überrascht! Ich …«

»Aber was hast du mit alldem zu tun?« In seine Stimme mischte sich eine leichte Schärfe. »Was hast du vor, Tess?«

»Ich werde selbstverständlich kündigen.« Die Frage überraschte sie. »Wenn Lucile Jim vernichten will, kann ich nicht tatenlos zusehen.«

»Würdest du wirklich vor der Modenschau gehen? Auf die Chance verzichten, das Kleid zu zeigen, auf das du so stolz bist?«

»Ja, und das macht mich traurig. Aber ich habe keine andere Wahl.«

»Es gibt immer eine Wahlmöglichkeit, Tess. Darum ist das Leben ja so kompliziert.«

»Genau. Und ich habe mich *so* entschieden.«

Jack zog sie an sich. »Vielleicht rückst du damit auch näher an eine andere Entscheidung heran, Tess«, murmelte er.

Sie erwiderte nichts darauf. Sie schloss die Augen und wartete auf das Gefühl der Geborgenheit, das ihr seine Umarmung gab. Aber heute wollte es sich nicht einstellen, auch nicht, als sie endlich die Blumen bemerkte.

Nachdem sich Tess verabschiedet hatte, blieb Pinky noch lange in der Küche sitzen. Sie stocherte in ihrem Salat herum und drehte eine Scheibe Salami zwischen den Fingern. Sie hatte getan, was sie sich vorgenommen hatte, und etwas in Bewegung gesetzt. Jetzt konnte sie nur noch abwarten.

»Sarah.«

Um Himmels willen, sie hatte das Mittagessen für ihren Vater vergessen. Hastig machte sie ein Sandwich, legte es auf einen Teller und ging in sein Zimmer. Aber er ließ sich nichts vormachen.

»Das Brot ist trocken«, sagte er.

»Ich musste nachdenken.«

»Über den jungen Mann, von dem du mir erzählt hast?«

Pinky ließ sich schwer auf sein Bett sinken. »Wenn du nur nicht ein so guter Beobachter wärst.«

»Wo liegt denn das Problem?«

Sie zögerte, fragte sich, warum sie die Mühe auf sich nehmen sollte. »Er leidet wegen Tess.«

»Dann hat sie also einen anderen und ihm den Laufpass gegeben.«

»Woher weißt du das?«

»Von niemandem. Aber verdammt noch mal, Sarah, es ist doch immer dieselbe Geschichte. Das habt ihr Jungen nicht erfunden.« Er führte das Sandwich mit seinen dünnen Fingern zum Mund, dann legte er es wieder auf den Teller. »Ich bin müde. Am besten, ich schlafe weiter.«

Sie stand auf und wandte sich zum Gehen. Bloß raus aus diesem Zimmer, raus aus dieser Wohnung, fort von allem.

Aber er nahm ihre Hand und drückte sie mit erstaunlicher Kraft. »Ich bin nicht so vollgepumpt, dass ich nicht weiß, was in dir vorgeht, Kind.«

Eine Woge der Dankbarkeit überkam sie, und sie erwiderte seinen Händedruck.

14

Das Morgenlicht schimmerte blass durch die Fensterscheibe, aber Tess' Laune hätte auch der hellste Sonnenschein nicht bessern können. Sie setzte sich auf die Bettkante, um sich die Haare zu bürsten, und versuchte, ihre zerzausten Locken zu bändigen. Systematisch bearbeitete sie eine Strähne nach der anderen. Es gab keinen Grund zur Eile. Es gab auch keinen Grund, sich zu überlegen, was sie sagen würde. Als sie fertig war, rückte sie den Hut zurecht, schob die Hutnadel durch das Strohgeflecht, und ging hinaus, um sich dem zu stellen, was sie erwartete – wie immer es auch aussehen mochte.

Die Türen von Luciles privatem Fahrstuhl glitten auf. Wie albern, die Benutzung eines knarzenden, langsamen Lifts als Privileg zu betrachten. Tess raffte ihre Röcke und nahm die Treppe hinauf in Luciles exklusives Reich.

»Wo bleiben Sie denn, Tess? Nun kommen Sie schon!«

Luciles Stimme hallte durch das Atelier, woraufhin sich alle Köpfe zu Tess umwandten, als sie eintrat. Wolken von Seide und flauschiger Wolle bauschten sich vor den surrenden Nähmaschinen auf und schimmerten in dem warmen Licht, das durch die Fenster strömte – ein herrlicher Anblick. Tess spürte einen Kloß im Hals. Sie fühlte sich so wohl an diesem Ort! Aber sie durfte sich jetzt nicht mit solchen Gefühlen aufhalten. Nur wenigen fiel auf, dass sie ihren Hut noch nicht abgelegt hatte, als sie quer durchs Atelier schritt und auf den Laufsteg für die Frühjahrsschau zuging.

»Na endlich, meine Gute! Ich habe schon auf Sie gewartet. Warum kommen Sie so spät? Hier, sehen Sie mal!« Lucile zeigte auf ein Mannequin, das wie aufs Stichwort über den Laufsteg schwebte. Sie trug Tess' inzwischen fertiggestelltes Modell. Die stark changierende cremefarbene Seide sah sogar noch schöner aus als vor zwei Tagen. Der kurze Rock schwang im Takt der Bewegungen und fing dabei das Licht auf, warf es zurück und fing es wieder ein. Ganz wie Tess es sich vorgestellt hatte. Ihr Entwurf. Ihr Werk.

»Einfach entzückend!« Lucile schlug die Hände zusammen. »Ich habe für Sie heute Morgen noch die kleine Falte am Ärmel festgenäht. Ist es Ihnen recht so?« Aber sie wartete die Antwort nicht ab. »Der Rock ist vielleicht ein wenig kürzer, als er sein sollte, aber meine Kundinnen können bei Ihrer Bestellung angeben, welche Länge sie wünschen. Sie haben großartige Arbeit geleistet, Tess. Und es hat einen festen Platz in meiner Schau.«

Tess starrte auf ihr Modell, während Luciles Lobeshymnen immer begeisterter wurden. Sie selbst war nicht ganz zufrieden. Kritisch betrachtete sie das Oberteil und fand, dass die Abnäher nicht spitz genug angesetzt waren. Wahrscheinlich wäre auch ein rechteckiger Halsausschnitt besser gewesen. Alles in allem konnte man es aber als fast gelungen bezeichnen.

»Es ist nicht so gut, wie es sein sollte«, wandte sie ein.

»So spricht die echte Modeschöpferin. Gewiss, es ist nicht vollkommen, aber es hat etwas erfrischend Neues, und ich bin glücklich damit. Gehen Sie nicht so hart mit sich ins Gericht. Und warum diese düstere Miene?«

»Kann ich in Ihrem Büro mit Ihnen sprechen?«

Ungeduldig schüttelte Lucile den Kopf. »Dazu ist keine Zeit. Wir haben noch allerhand zu tun. Was gibt es denn?«

Keine einfache Sache, den Mund zu öffnen und die aufgeräumte Arbeitsstimmung zu zerstören. »Es tut mir leid, es auf diese Weise sagen zu müssen, aber ich kündige«, sagte Tess leise.

»Was? *Was* tun Sie?« Luciles Stimme klang schrill.

Im Raum war es so leise geworden, dass man sein eigenes Herz schlagen hören konnte. War es denn so wichtig, ob sie blieb oder ging? Die anderen blickten sie mit großen Augen an. Dann breitete sich leises Flüstern aus.

Tess zeigte auf ihr Kleid. Sie traute sich nicht, es anzufassen.

»Sie haben mich das hier machen lassen, um mich zu bestechen. Damit ich Ihnen verpflichtet bin.«

»Was reden Sie da?«

»Ein Geldbetrag wäre zu offensichtlich gewesen. Geld tat seine Dienste bei den Seemännern, die Jim Bonneys Aussage vor dem Untersuchungsausschuss als unwahr hinstellen sollten. Das Kleid war auch eine Bestechung.«

Lucile war aschfahl geworden und griff sich ans Herz. James kam aus dem Büro herbeigelaufen, um sie zu stützen.

»Dabei hätten Sie sich das sparen können, ich wäre auch so bei Ihnen geblieben. Weil ich es wollte. Aber jetzt nicht mehr, nicht um alles in der Welt.«

»*Wovon reden Sie?*«

»Ich bitte Sie, Lucile. Sie haben vor, Jim Bonney in England als gemeinen Verbrecher hinzustellen – davon rede ich. Um ihn dann auf der Grundlage einer falschen Anschuldigung festnehmen zu lassen. Aber wozu? Ist er eine so große Bedrohung für Sie?«

»Dieser Seemann interessiert mich nicht im Geringsten.«

»Was ist in Ihrem Boot vorgefallen?«

Wie versteinert starrte Lucile Tess an. Dann wandte sie sich ab. »Sie sind hysterisch. Ich habe keine Ahnung, wovon Sie sprechen.«

»Vermutlich fällt es Ihnen nicht schwer, bestimmte Vorfälle einfach abzustreiten. Dass Sie allerdings mit ebenso leichter Hand das Leben eines Menschen ruinieren, macht mich fassungslos.« Tess stockte der Atem.

Lucile verschanzte sich hinter einem Zuschneidetisch. Ihre Augen schimmerten dunkel wie Brackwasser. »Ein Komplott, um Ihren Seemann ins Gefängnis zu bringen? Das ist doch absurd. Damit habe ich nichts zu tun.«

Natürlich stritt sie alles ab, damit hatte Tess gerechnet. Die Frau, die vor ihr stand, ihre Mentorin, die Tess so mühelos aus dem Leben als Dienstmädchen befreit und ihr eine neue Welt

eröffnet hatte, war offenbar entschlossen, sich auch weiterhin
hartnäckig aus der Sache herauszureden. Was mit Jim geschah, kümmerte sie ebenso wenig wie das Schicksal der Menschen, die sie in ihr Rettungsboot hätte aufnehmen können – nein, müssen. Alles an ihr, alles um sie herum, die Stoffe, die Kleider, die Träume, gründete auf Selbstsucht. Wie bewundernswert war dagegen Jims Verhalten nach dem Untergang des Schiffs.

»Wenn Sie die Wahrheit zugeben würden, hätte ich mehr Respekt vor Ihnen. Aber dafür ist es jetzt auch zu spät, ich kann nicht mehr für Sie arbeiten.«

»Das ist doch nicht Ihr Ernst! Ich will, dass Sie bleiben. Ich weiß nichts von einem Plan, das Leben dieses Seemanns zu zerstören.«

»Das nehme ich Ihnen nicht ab.«

Lucile schob das Kinn vor und presste die Lippen aufeinander. »Sie brechen das Versprechen, das Sie mir gegeben haben.«

»Auf Wiedersehen.« Tess wandte sich zum Gehen.

»Und was, glauben Sie, erwartet Sie dort draußen? Wieder Bettenmachen und Toilettenputzen?«, rief Lucile ihr trotzig nach.

»Keine Ahnung. Das werde ich schon sehen.«

»Was ist mit Ihrem Kleid? Soll es denn nicht bei der Schau gezeigt werden?« Das war der letzte Pfeil im Köcher.

Tess wandte sich um. Sie bemerkte, dass alle Augen auf ihr ruhten und wie gebannt diesen beispiellosen Akt der Selbstdemontage verfolgten. »Das ist mir gleich. Nennen Sie es Ihr eigenes, wenn Sie möchten. Oder werfen Sie es weg.«

»Vielleicht reicht es für ein paar Kissenbezüge. Entspricht das Ihren Vorstellungen?« Luciles verzweifelte Darbietung galt jetzt dem Publikum.

»Würde mir gefallen!« Tess wandte sich an die wie versteinert dasitzenden Näherinnen. »Vielen Dank Ihnen allen«, sagte sie lächelnd. »Sie waren sehr nett zu mir.« Dann drehte sie sich um und verließ von Schweigen begleitet das Atelier.

Verwaltungsgebäude des Senats
Washington, D. C.

William Alden Smith begrüßte die Besucherin in seinem Büro erschöpft, aber höflich.

»Meine Güte, Herr Senator, welche Laus ist Ihnen denn über die Leber gelaufen?«, fragte die Frau, deren üppige Formen und herzliche Stimme den ganzen Raum auszufüllen schienen.

»Guten Morgen, Mrs. Brown«, erwiderte er. Wenn sie erneut darum ansuchen würde, vor dem Untersuchungsausschuss aussagen zu dürfen, müsste er sie diesmal entschiedener davon abbringen. Sie wollte ja doch nur über die Feigheit der Männer klagen, die nicht hatten rudern wollen, und die Frauen rühmen, die es an ihrer statt getan hatten.

»Aber Sie haben auch nicht viel zu lachen.«

»Da haben Sie recht. Das Ganze ist eine ernste Sache.«

»Wie ich gesehen habe, kommen Sie in den britischen Zeitungen nicht gerade gut weg.«

»Ich kann mir in der Tat Angenehmeres vorstellen, als ›dumm bis auf die Knochen‹ genannt zu werden, nur weil ich mich in der Nautik nicht auskenne«, entgegnete er bissig.

Mrs. Brown lachte. »Ich bitte Sie, Herr Senator! Als Sie Offizier Lowe gefragt haben, ob er wisse, woraus ein Eisberg besteht …«

»Ja, ja, ist schon gut.« Musste sie das unbedingt noch einmal aufs Tapet bringen?

»Und er antwortete, ohne die Miene zu verziehen: ›Aus Eis‹. Warum können Sie denn nicht ein bisschen über sich selbst lachen?«

»Weil mir die ernsten Fragen viel wichtiger sind. Haben Sie gewusst, dass Frederick Fleet, dieser junge Mann, der enthüllt hat, dass es auf dem Schiff keine Ferngläser gab, von den überlebenden Offizieren jetzt wie ein Aussätziger behandelt wird? Es ist empörend, keiner spricht mehr mit ihm. Inzwischen hat er sich abgeschottet und weigert sich, sein Zimmer in der Pension zu verlassen. Er geht nicht einmal zum Essen. Ich mache mir Sorgen um ihn.«

»Und das sicher zu Recht. Sie machen Ihre Sache gut.« Mrs. Brown ließ sich vergnügt auf einen Stuhl sinken, offenbar völlig unbeeindruckt von dem imposanten Arbeitszimmer des Senators. »Sie haben eine undankbare Aufgabe, außerdem haben Sie nie behauptet, sich in Fragen der Seefahrt auszukennen. Ich mag ehrliche Menschen.«

Besänftigt schenkte Smith ihr ein kurzes Lächeln. »Ich könnte immer noch nicht auf Anhieb sagen, wo Bug und wo Heck ist«, gab er zu. »Doch wenn ich meine Untersuchungen abgeschlossen habe, werde ich der Öffentlichkeit eine lückenlose und umfassende Dokumentation präsentieren.«

»Wobei natürlich niemand irgendeine Schuld einräumt. So ist der Gang der Dinge, nicht wahr?«

»Da haben Sie in der Tat recht.«

Sie betupfte sich die Stirn mit einem zerknitterten Taschentuch. »Ganz schön heiß hier drinnen! Ich dachte, Politiker mögen keine Hitze«, murmelte sie gedankenverloren. »Wahrscheinlich fragen Sie sich, warum ich hier bin. Nun, jedenfalls nicht, um Sie dazu zu überreden, mich vor den Ausschuss zu rufen, falls Sie das befürchten. Trotzdem möchte ich Sie um einen Gefallen bitten.«

»Und der wäre?«, fragte er etwas unvorsichtig.

»Es geht um dieses unausstehliche Ehepaar, die Duff Gordons. Wirklich nicht die nettesten Leute. Ich fürchte, sie wollen diesen jungen Seemann in die Knie zwingen, der vor dem Ausschuss über ihr Verhalten in dem Rettungsboot ausgesagt hat. Sie wissen schon, wen ich meine.«

Smith sah Jim Bonney vor sich, wie er mit langen Schritten vom Bürogebäude des Senats fortstrebte. »Ja«, antwortete er.

»Nun, von der *Times*-Reporterin Pinky Wade habe ich erfahren, dass er in eine hübsche kleine Falle laufen soll, die sie für ihn aufgestellt haben.« Sie informierte Smith in knappen Worten über die Sache. Schließlich ließ sie sich zurücksinken und faltete die Hände über ihrem stattlichen Leib. »Können Sie da nicht ein paar Fäden ziehen? Jemand sollte verfolgen, was die beiden vorhaben.«

»Bei den britischen Behörden kann ich nicht viel erreichen«, erwiderte Smith trocken. »Die halten mich offenbar für eine Witzfigur.«

»Gott bewahre, ich weiß. Das gilt auch für mich. Lassen Sie sich davon nicht die Laune verderben. Aber Sie haben Beziehungen hier in Washington, das weiß ich. Ein paar alte Kommilitonen, die im Kongress sitzen.«

Woher sie das wohl wusste? Er betrachtete die Frau genauer. Offenbar war sie weit gewitzter, als man ihr zutraute.

»Man bräuchte lediglich jemanden, der die Akten im Auge behält und verhindert, dass die niedergeschlagene Anklage wieder aufgenommen wird. Damit man nicht einfach im Dunkeln mauscheln kann.«

»Ich werde ein paar Nachforschungen anstellen«, antwortete er vorsichtig. »Ich kann versuchen, bei den richtigen Leuten Interesse zu wecken, und abwarten, ob sie bereit sind, etwas zu unternehmen.«

»Das würde schon reichen.« Sie strahlte. »Dieser Bonney ist äußerst begabt. Ein Künstler. Wenn er mit seinen Erlebnissen auf der *Titanic* abschließen kann, wird er es hier weit bringen.«

»Ich glaube, das gilt für viele von uns«, meinte Smith. Plötzlich spürte er wieder, wie erschöpft er war.

»Ich fürchte, Senator, dass keiner von uns die Sache je ganz hinter sich lassen können wird.«

»Da haben Sie sicher recht.« Er seufzte. »Wir fahren heute Nachmittag nach New York, um dort morgen die Anhörungen fortzusetzen.«

»Ich habe es gehört. Mit Lady Duff Gordon als prominentester Zeugin. Glauben Sie, Sie erfahren von ihr mehr über die Vorgänge in Rettungsboot Eins?«

»Zumindest habe ich von dieser Frau dann eine offizielle Aussage, wie auch immer diese aussehen wird.«

»Welch bescheidenes Ziel, Herr Senator.«

»Ach, Mrs. Brown, wenn Sie wüssten ...«

Als Lucile durch die Tür ihrer Hotelsuite rauschte, stand Cosmo vor der Anrichte und schenkte sich aus der Kristallkaraffe ein Glas Whisky ein.

»Ich nehme auch einen«, sagte sie, während sie ihre Handtasche aufs Sofa warf. »Was für ein schrecklicher Tag. Dieses undankbare Mädchen hat alle möglichen Anschuldigungen gegen mich erhoben und einfach gekündigt. Ich hätte sie nie hierher mitnehmen dürfen.«

Cosmo schenkte ein zweites Glas ein, wandte sich um und reichte es seiner Frau. Dabei sah er ihr in die Augen. »Für dich meine Liebe. Du wirst ihn brauchen.«

»Was soll das heißen?« Sie kam auf ihn zu und nahm das Glas.

»Man hat mir bereits berichtet, was heute vorgefallen ist. Ich hatte erwartet, dass Tess einen kleinen Wirbel veranstalten würde, aber nicht, dass sie so schnell reagiert. Wie schade!«

»Was willst du damit sagen?« Lucile hielt ihr Glas umklammert und starrte ihn an.

»Können wir den hysterischen Teil bitte überspringen? Du hättest es doch gar nicht wissen wollen, außerdem habe ich inzwischen genug von deinen Szenen.«

»Was hätte ich nicht wissen wollen?«

»Ich nehme an, du bist inzwischen informiert.«

Einen Augenblick lang schwiegen beide.

»Warum hast du mir das angetan, Cosmo?« Das Beben in ihrer Stimme war nicht gespielt.

»Ich habe dir nichts angetan, sondern etwas *für* dich getan. Dieser Seemann kann uns nicht länger gefährlich werden. Ich hoffe, du erkennst den Unterschied.« Er kippte seinen Whisky in einem Zug hinunter.

»Tess hat mir Vorwürfe gemacht und ist gegangen. Was für mich daran von Vorteil sein soll, ist mir ein Rätsel.«

»Meine Güte, du kommst auch ohne sie aus. Wenn mein Plan aufgeht, muss uns die britische Presse weit freundlicher behandeln. Wir können Bonney nicht an einer Aussage hindern, aber wir können Einfluss darauf nehmen, wie die Reporter sie bewerten. Betrachte es als geschickten Schachzug, Lucy.«

»Muss er ins Gefängnis?«

»Vorübergehend. Gerade so lange, bis die Öffentlichkeit in uns die Opfer einer Täuschung und Hetzkampagne sieht.«

»Aber Tess hat mich verlassen.«

»Dein Zögling. Der Ersatz für die Tochter, die du verloren hast.«

In dem Schweigen, das nun eintrat, wirkte das Ticken der Uhr auf dem Kaminsims wie Donnerschläge.

»Du hättest mich nie geheiratet.«

»Ich glaube, doch.«

»Unsinn. Die Abmachung war klar. Durch ein Kind wäre unser Leben nur unnötig erschwert worden.«

»Dann überlegen wir mal. Wie war es noch? Ein respektabler Name und Geld für dich und, warte – was gab es für mich? Ich habe es vergessen.«

»Sei nicht so gehässig.«

»Ich sage dir, was ich bekam. Die Frau, die ich liebte. Das dachte ich wenigstens.«

»Du langweilst mich«, sagte sie, während sie sich abwandte und die Jacke auszog. »Was den Seemann betrifft, musst du dir etwas anderes einfallen lassen, Cosmo. Ich werde das nicht dulden. Heute Nachmittag haben ein paar weitere Kundinnen abgesagt, vermutlich, weil sich in der Stadt inzwischen herumgesprochen hat, was Tess mir vorwirft. Langsam frage ich mich, wer überhaupt noch kommen wird.«

»Diesen Preis wirst du zahlen müssen, wenn du eine noch größere Katastrophe in England abwenden willst.«

»Ist das alles, was du an Mitgefühl für mich aufbringst?«

Cosmo schenkte sich langsam einen weiteren Whisky ein, hielt das Glas in die Höhe und betrachtete es nachdenklich. »Nein, leider nicht. Ich werde dir bei der Anhörung zur Seite stehen, Lucy. Aber morgen Abend werde ich nach London zurückkehren.«

Zum ersten Mal durchfuhr sie eine Welle der Angst. »Du lässt mich hier allein? Bleibst nicht einmal zu meiner Frühjahrsschau? Was ist so wichtig, dass du mich in diesem entscheidenden Moment im Stich lässt?«

»Ich werde dich bei den Untersuchungen hier und in England unterstützen. Mehr kann ich dir nicht versprechen.«

»Mein Gott, Cosmo, was sagst du da?«

»Es tut mir leid, aber es hat sich einiges geändert – und zwar ganz entscheidend«, sagte er. »Ich habe dich all die Jahre im Hintergrund unterstützt und mich für dich eingesetzt. Aber damit ist es nun vorbei. Nicht nur wegen der sensationslüsternen amerikanischen Presse, die meinen Namen in den Schmutz zieht. Sondern auch, weil du in mir eher einen Dienstboten als deinen Gatten siehst. Als einen weiteren deiner getreuen Gefolgsmänner, die der großen Lucile die Steine aus dem Weg räumen und jeden Wunsch von den Augen ablesen.« Zum ersten Mal seit langem sah er ihr ins Gesicht. »Mein Fehler war, dir das viel zu lange durchgehen zu lassen.«

Lucile schwankte, und der Whisky schwappte über den Rand ihres Glases auf den Teppich, wo er einen feuchten, dunklen Fleck hinterließ.

»Kopf hoch, meine Gute. Ich will dir nichts Böses.« Erneut leerte er sein Glas. »Aber ab sofort wirst du dich hier allein durchschlagen müssen. Bei den Untersuchungen bin ich an deiner Seite. Was später kommt, kann ich nicht sagen.«

»Du willst dich von mir trennen? Mich sitzenlassen?«

»Ich sagte doch, ich weiß es nicht.«

»Dann werde ich mich anders orientieren müssen.«

Er lächelte kurz. »Das ist ganz meine Lucy. Ich mag es, dass du wie im Reflex zurückschlägst. Mochte es schon immer.«

»Also ist es dir nicht ernst damit?«

»Doch. So ernst wie nur selten in meinem Leben.« Er wies mit dem Kinn auf Luciles Schlafzimmertür. »Elinor wartet dort drin auf dich.«

Ihr Gesicht war bleich, als sie sich abwandte. Mit unsicheren Schritten durchquerte sie den Salon zu ihrem Schlafzimmer. Als sie die Hand nach dem Griff ausstreckte, ging die Tür gerade auf. Elinor sah sie mitleidig an und streckte ihr die Arme entgegen.

Der Tag neigte sich bereits dem Ende zu, als Pinky plötzlich ein lautes Klopfen an ihrer Wohnungstür hörte. Wahrscheinlich wollte sich die Nachbarin wieder über den scharfen Geruch ihres angebrannten Rindfleischs beschweren. Sie wusste selbst nicht, warum sie die verdammten Steaks immer viel zu lange in der Pfanne ließ. Sie hatte einfach zu viel um die Ohren. Innerlich gewappnet riss sie Tür auf. Vor ihr stand Jim Bonney.

»Haben Sie Wasser, Seife und einen Mopp?«, fragte er.

»Entschuldigen Sie den Geruch. Ich bin schlicht unfähig ...«

»Geben Sie mir einfach einen Eimer mit Seifenwasser und etwas Soda.« Er klopfte ihr auf die Schulter, griff hinter sie und schnappte sich den Mopp, der an der Wand lehnte.

»Der steht hier, weil ich ständig vorhabe, den Flur zu wischen.« Hör endlich auf, dich dauernd zu entschuldigen, hielt sie sich vor, als sie in die Küche eilte, um das Soda und einen Eimer Wasser zu holen. Nach wenigen Minuten war Jim mit vollem Einsatz dabei, die Treppe zu schrubben.

»Das sollten Sie nicht tun«, protestierte sie.

»Was glauben Sie wohl, was ich auf dem Schiff gemacht habe? Bestimmt kann ich es besser als Sie.«

»Nicht besser, aber schneller.« Sie biss sich auf die Lippen. Immer musste sie das letzte Wort haben.

»Wie Sie wollen. Riechen Sie noch was?«

Er stand auf dem unteren Treppenabsatz, stellte den Mopp ab und grinste zu ihr hoch.

Sie schnüffelte. »Nein«, rief sie dann erfreut. »Nur das Soda.«

»So sollte es auch sein.«

Als er hereinkam, trat sie beiseite und nahm ihm Eimer und Mopp ab. »Jetzt müssen Sie zum Abendessen bleiben«, sagte sie. »Das ist mein Dankeschön.«

Jim streckte die Nase in die Luft. »Angebranntes Fleisch, nicht wahr? Riecht köstlich. Einladung angenommen.«

Aus der Nähe sah sie, wie abgespannt er wirkte. Er war nicht wegen ihr gekommen, so gern sie das auch gehabt hätte. »Kommen Sie mit in die Küche«, sagte sie.

Er ließ sich schwer auf einen Stuhl sinken und rieb sich die Hände, die von der Seifenlauge noch gerötet waren. »Sie haben gar nichts über die Anklage geschrieben.«

Sie setzte einen Topf Wasser auf und begann, Kartoffeln zu schälen. »Ich möchte abwarten, ob Mrs. Brown erreichen kann, dass die Klage abgewiesen wird. Das habe ich auch zu Tess gesagt.«

»Wirklich? Wie hat sie reagiert?«

»Sie hat gekündigt. Lady Duff zur Rede gestellt und die Arbeit hingeworfen.«

Jim erstarrte. »Gekündigt?«

Pinky blickte ihn an und sah einen plötzlichen Hoffnungsschimmer in seinen Augen. »Das hat sie nur für Sie getan und sonst niemanden. Sie selbst hat gar nichts davon, so viel ist klar.«

Offenbar hin und her gerissen von seinen Gefühlen, legte er den Kopf in die Hände. Dann hob er ihn rasch wieder. »Das hätte sie nicht tun sollen. Ich brauche keine leeren Gesten.«

»Gesten?« Pinky sah ihn verwundert an. »Das ist keine Geste, sondern ein handfester Protest. Das müssten Sie selbst doch am allerbesten wissen.«

»Sicher, sicher. Ich bin ja auch dankbar. Aber Tess hat etwas aufgegeben, was ihr Freude macht. Und das möchte ich nicht. Außerdem ändert das gar nichts. Es ist aus und vorbei.«

»Entschuldigung, aber das glauben Sie doch wohl selbst nicht.«

»Ich muss es aber glauben«, sagte er leise.

»Über eins sollten Sie sich im Klaren sein. Tess hat heute ein großes Opfer für Sie gebracht.«

»Aber sie liebt einen anderen.«

»Das vermuten Sie. Aber Sie wissen es nicht.« Warum gab sie sich solche Mühe?

Er hob den Kopf. »Eine unverbesserliche Optimistin«, stellte er mit dem Anflug eines Grinsens fest.

»Zumindest kann ich es gut vortäuschen. Sind Sie gewappnet für morgen, wenn Lady Duff ihre Aussage macht?«

»Sie wird das sagen, was sie gern glauben möchte.«

»Und das mit einer gehörigen Portion Dramatik.«

Er lachte, dann sah er sich in der Küche um. »Kann ich Ihnen helfen? Eine Mahlzeit für Ihren Vater herrichten? Wir sollten die Rinderbrust lieber aus dem Ofen nehmen.«

»Mist, ich habe sie schon wieder vergessen.« Pinky öffnete die Backofentür und zog die Bratpfanne heraus. In der Hitze färbten sich ihre Wangen rot. Er hatte sie nicht gebeten, sich bei Tess für ihn einzusetzen. Kein Wort von irgendwelchen Nachrichten, die sie übermitteln sollte. Hatte er wirklich aufgegeben? Das konnte sie sich nicht vorstellen.

Diesmal aßen sie in einem Restaurant zu Abend, dessen Wände in einem tiefen Rot gehalten waren wie ein Glas guter Burgunder. Tess brachte kaum einen Bissen hinunter. Sie stocherte auf ihrem Teller herum und hatte nicht einmal die Kraft, das verlockende Essen – gut marmoriertes Roastbeef und ein zartes Soufflee mit Johannisbeeren – zum Mund zu führen. Geistesabwesend lauschte sie Jack.

Plötzlich warf er seine Serviette auf den Tisch. »Du hast die ganze Zeit nur eins im Kopf«, sagte er, verfiel dann aber in Schweigen.

Tess nahm seine Worte kaum zur Kenntnis. »Ich habe sie verteidigt. Was ist bloß los mit mir? Ich hätte doch merken müssen, dass es immer nur nach ihrer Nase lief. Dabei hatte ich mir so fest vorgenommen, es nie wieder zu tun! Trotzdem habe ich mich geduckt, um ihr zu gefallen …« Tess legte ihre Gabel beiseite. Sie brachte ohnehin keinen Bissen hinunter. Wieder hörte sie die Stimme ihres Vaters. Ja, sie hatte sich töricht verhalten, aber nicht, weil sie seinen Worten gefolgt war. Es war töricht gewesen, *nicht* vorzutreten und offen ihre Meinung zu äußern.

»Du bist jetzt hier bei mir. Und Lucile hast du verlassen. Warum kannst du dich dann nicht beruhigen?«

Nur mit Mühe konnte sie sich von ihren Gedanken losreißen und sich ihm zuwenden. »Weil Jim in Schwierigkeiten steckt.«

»Bis jetzt ist er noch nicht in ihre Falle gegangen. Wer kümmert sich darum?«

»Mrs. Brown, die Frau von der *Titanic*. Sie hat sein Talent im Schnitzen erkannt und will ihm helfen, hier etwas daraus zu machen.«

»Die unverwüstliche, unsinkbare Mrs. Brown.« Er lächelte. »Wir hatten ein paarmal geschäftlich miteinander zu tun. Eine beeindruckende Frau; sie weiß, wie man Dinge in Bewegung setzt. Du hast also aus Protest deine Stelle gekündigt. Und jetzt?«

Hinter sich hörte sie eine Uhr ticken. »Keine Ahnung. Ich weiß, was du von mir hören willst. Aber im Augenblick kann ich dir noch keine Antwort geben.«

»Vernünftig. Natürlich bin ich in vielerlei Hinsicht immer noch ein Fremder für dich.« Er lehnte sich zurück und betrachtete sie nachdenklich. »Ich glaube, ich verlange zu viel von dir.«

Sie richtete sich auf. »Dann sag mir, wer du bist.«

»Das Produkt eines ausgesprochen vorhersehbaren Lebens mit mehr Privilegien, als andere sich erträumen könnten – die ich mir allerdings selbst verdient habe. Etwas schwer von Begriff, was wohl erklärt, warum ich schon zweimal geschieden bin.« Sie schwiegen beide. »Reicht das noch nicht?«, fragte er. Dann griff er sich betrübt an die Schläfen. »Und ich werde grau. Das macht mir zu schaffen. Hilft dir das weiter?«

»Ein bisschen.«

»Scheinbar hast du nicht solche Vorbehalte, wenn es um deine Verbindung zu diesem Seemann geht. Ist er dir etwa weniger fremd?«

»Das ist etwas anderes«, fuhr sie erschreckt auf.

Seine Züge verdunkelten sich. »Vielleicht liebst du ihn, Tess. Vielleicht ist es das, was dich zurückhält.«

Er sah so unendlich traurig aus, dass sie es nicht mehr auf ihrem Platz aushielt. Vorsichtig schob sie den Tisch beiseite, rückte näher und legte die Arme um ihn. Er hatte das Recht, zu wissen, woran er war.

»Bitte lass mir Zeit«, flüsterte sie. Er umfasste ihren Kopf mit der Hand, und so blieben sie lange sitzen.

15

»Ich bin so weit.« Ganz in Schwarz gekleidet stand Lucile in der Tür zu ihrem Schlafzimmer und betrachtete ihr Gesicht im Spiegel des Salons. »Sollte ich nicht noch mehr Puder auflegen?«

»Nein, das ist genug«, erwiderte Elinor. »Cosmo hat mir ans Herz gelegt, darauf zu achten, dass du dir noch einmal die Anweisungen durchliest, bevor wir nach unten fahren.«

»Das brauche ich nicht«, erwiderte Lucile mit einem Rest ihrer alten Überheblichkeit. »Warum ist Cosmo nicht hier, um mir das selbst zu sagen? Weil er feige ist ...«

»Hör auf damit, Lucy, er ist nicht feige. Die Sache wird ihn ruinieren, das weißt du selbst am besten. Schon jetzt sagt man in England: ›Den Duff Gordon machen‹, wenn man von Bestechung spricht.« Auch Elinors Gesicht war jetzt ganz bleich.

Lucile erwiderte zunächst nichts. Sie zog ein weißes Spitzentaschentuch aus ihrem Handschuh und betupfte sich die Augen. »Sie haben uns beide diffamiert, aber damit werden sie nicht durchkommen. Und Cosmo wird bei mir bleiben, denn wenn er mich verlässt, heizt das den Skandal nur noch weiter an.« Sie sah ihrer Schwester in die Augen. »Du gibst mir doch recht, oder?«

Elinor rang sich ein Lächeln ab. »Wollen wir es hoffen.«

Wieder schwiegen beide.

»Wir müssen bald aufbrechen.«

Lucile seufzte. »Reicht das weiße Taschentuch im Kontrast zu den schwarzen Kleidern für den dramatischen Effekt? Oder sollte ich auch noch einen weißen Spitzenkragen tragen?«

»Heb dir den Kragen für London auf.«

»Ich komme mit dieser Sache ganz gut allein zurecht, Elinor. Also sieh mich nicht so mitleidig an.«

Diesmal wenigstens bemühte sich Elinor, ernst zu sein. »Einverstanden. Und ich werde mein Bestes tun, die Scherben aufzusammeln.«

Der East Room füllte sich rasch. Pinky stand im hinteren Teil und war so darauf bedacht, sich einen Überblick zu verschaffen, dass sie Jim, der sich durch die Menge den Weg zu ihr bahnte, erst bemerkte, als er sie an der Schulter berührte. Seine Wangen waren gerötet, und er lächelte.

»Was machen Sie hier?«, fragte sie, während sie ihn in eine Ecke zog. »Die Reporter werden Sie belagern, wenn sie Sie entdecken.«

»Das Risiko ist es mir wert. Ich habe Neuigkeiten«, sagte er. »Die Anklage ist heute Morgen zurückgezogen worden. Keine Ahnung, warum und wie, aber sie ist vom Tisch.«

Pinky trommelte triumphierend mit ihrem Bleistift auf das Notizbuch. »Wusste ich's doch! Ich war mir sicher, dass Mrs. Brown einen Weg finden würde, die Sache aus der Welt zu schaffen. Wie ist ihr das gelungen?«

»Sie war es nicht. Heute Morgen hat sie mir noch gesagt, weder sie noch Senator Smith hätten von der britischen Regierung irgendwelche Hilfe bekommen.«

»Wie hat man es dann erreicht?«

»Das wissen wir beide nicht. Nennen wir es ein Rätsel. Jedenfalls muss ich nicht nach England, um zu beweisen, dass ich kein Verbrecher bin. Den meisten wird das nicht besonders gefallen, aber ich bin natürlich froh. Vielleicht bekomme ich nicht einmal mehr eine Vorladung vor den englischen Untersuchungsausschuss, da ich ja hier eine feste Arbeit habe.«

Ein Mann, der in dem zunehmend gefüllten und stickigen Raum seine Stirn mit einem Taschentuch betupfte, drängte sich an ihnen vorbei und murmelte grimmig vor sich hin, dass er keinen Sitzplatz fand. Von der Tür hörte man verärgerte Stimmen, weil viele gar nicht erst in den Saal kamen.

»Vielen Dank für den Rinderbraten«, sagte er aufgeräumt. »Und dafür, dass Sie zu mir gehalten haben.«

Und schon war er verschwunden. Pinky, die verdutzt stehenblieb, fragte sich wieder einmal, wie es um ihre Objektivität bestellt war.

Aber Jim war gar nicht fortgegangen. Eine Frau kam auf ihn zu. Sie verharrten mit einem halben Meter Abstand voreinander und sahen sich an. Es war Tess. Pinky hielt die Luft an. Was wollte sie hier? Sie hatte doch gestern gekündigt. Waren die beiden noch bei Verstand?

Jim tauchte so unvermittelt vor ihr auf, dass Tess völlig überrumpelt war. Er wirkte verändert. Aber es war nicht die neue Kleidung, die er trug, das frische Hemd und der feine Pullover. Es war eher eine ungekannte Art von Kraft, eine Zielgerichtetheit. Plötzlich fühlte sie sich befangen.

»Hallo, Tess.« Er zeigte ein strahlendes, zugleich aber auch unpersönliches Lächeln, war ruhig und gelassen und schien nicht im Geringsten irritiert. »Wie ich hörte, haben Sie Ihre Stelle bei Lady Duff gekündigt.«

Sie nickte nur.

»Das hätten Sie nicht tun müssen, jedenfalls nicht für mich. Es war Ihre große Chance, und es gefällt mir gar nicht, dass Sie sich die haben entgehen lassen.«

»Lucile wollte Ihnen schaden. Da musste ich etwas unternehmen!«

»Dann haben Sie also, als sie sich nicht davon abbringen ließ ...«

»Ich hatte keine andere Wahl. Sie bedeuten mir mehr als die Stelle«, sagte sie schlicht.

Seine Augen verrieten eine leise Verunsicherung. Die Standuhr in der Lobby des Waldorf-Astoria hinter ihnen begann laut und regelmäßig die Stunde zu schlagen. Tess zählte acht Schläge, ehe Jim antwortete.

»Das verstehe ich nicht. Schließlich hat sich zwischen uns einiges geändert.«

»Es war das Einzige, was ich tun konnte. Meine einzige Waffe.« Sie verschränkte die Finger und presste sie fest an ihren Leib.

Er sah sie mit einer Mischung aus Verblüffung und Wachsamkeit an. »Das müssen Sie mir erklären. Warum, ich meine, warum für mich?«

Sie zögerte. Wenn sie doch nur die richtigen Worte aus ihrem Inneren zutage fördern könnte. Wie gern würde sie ihm sagen, was sie fühlte. Sie dachte an Jack, sein solides Wesen, seine Zuversicht. Dann, ganz plötzlich, war dieser Moment vorüber, verloren in den von der tickenden Uhr markierten Sekunden.

Er zuckte die Achseln. »Offenbar wissen Sie es selbst nicht. Ein solches Opfer für einen Dorfjungen zu bringen war vielleicht nicht gerade klug von Ihnen.«

Sie wandte den Kopf ab. »Bitte nicht, Jim.«

»Tut mir leid, Tess, das war gemein von mir. Es ist mir einfach so herausgerutscht.«

»Sie sind wütend.«

»Weil Sie sich für einen anderen entschieden haben?« Er zuckte die Achseln und schob mit einem Anflug von Überheblichkeit die Hände in die Taschen. »Ja, das bin ich wohl. Aber ich will nicht, dass Sie um meinetwillen Schaden nehmen.«

»Jim, es tut mir so leid. Ich möchte, dass wir ...«

Als sie sah, mit welch traurigem Blick er sie musterte, hielt sie inne. Sie standen sich eine Weile gegenüber und fanden keine Worte. Er wies mit dem Kinn auf die sich rasch füllenden Sitzreihen. »Sie besorgen sich jetzt besser einen Platz, ehe alles besetzt ist. Ich vermute mal, Sie sind nicht hier, um Lady Duff moralische Unterstützung zu geben.«

»Nein.« Ihre Stimme klang wieder fester. »Ich bin hier, weil ich Sie gesehen habe.«

Diesmal war er es, dem es die Sprache verschlug. »Die Anklage wurde heute Morgen zurückgezogen, Tess. Ich darf in Amerika bleiben.«

»Oh, das ist ja wunderbar!« Sie schnappte nach Luft und hielt sich die Hand vor den Mund. »Ich bin wirklich froh. Wer hat das geschafft? Mrs. Brown?«

»Nein. Ich habe keine Ahnung, wie es dazu gekommen ist, aber so ist es.« Diesmal kam sein Lächeln von Herzen, und in seinen Augen schimmerte ein Hauch von Zuversicht. Doch er blinzelte, bis sie verschwunden war, wandte sich ab und bahnte sich den Weg durch die Menge zum Ausgang.

Gegen zehn Uhr drängten sich die Menschen im East Room und in der Hotellobby dichter als je zuvor. Tess wurde es zu eng, und sie wollte lieber von der Eingangstür aus zuhören, kam aber nicht von der Stelle. Deshalb setzte sie sich auf den einzigen noch freien Platz, und der befand sich zufällig neben Pinky. Schon schwang Senator Smith seinen Hammer.

»Unsere erste Zeugin heute Morgen ist Lady Duff Gordon«, verkündete er. »Bitte machen Sie Platz, damit sie vortreten kann.«

Es war schon fast gespenstisch, wie sich die Menge gehorsam teilte.

Lucile schritt langsam durch die Gasse nach vorn – eine zierliche Person, ganz in Schwarz, an dem großen schwarzen Hut ein Schleier, der ihre Augen bedeckte. In einer Hand hielt sie ein schneeweißes Taschentuch. Fast niemand regte sich, als sie auf dem Zeugenstuhl Platz nahm.

Senator Smith warf seinen Ausschusskollegen einen verunsicherten Blick zu. Vor ihm saß kein verängstigter Matrose, der kaum lesen und schreiben konnte. Ganz Großbritannien würde ihn unter Beschuss nehmen, wenn er jetzt einen Fehler machte.

»Lady Duff Gordon, bitte schildern Sie uns erst einmal, wie Sie und Ihr Gatte ins Rettungsboot Eins kamen«, sagte er.

»Aber gewiss, Herr Senator«, erwiderte sie leise, aber blasiert. »Ich war bereits der festen Überzeugung, dass wir ertrinken würden, als wir plötzlich dieses kleine Boot vor uns entdeckten. Es war wirklich sehr klein. Und ich sagte zu meinem Mann: ›Sollten wir nicht etwas unternehmen?‹ Mein Mann fragte, ob wir in das Rettungsboot steigen dürften, und der Offizier antwortete ausgesprochen höflich: ›Aber sicher, nur zu. Es wäre mir eine Freude.‹ Und dann half er uns hinein.«

Tess warf Pinky einen Blick zu, die mit gerunzelter Stirn zuhörte. Was bezweckte Lucile mit diesem Gesäusel?

Im weiteren Verlauf der Befragung wurde man konkreter. Lucile antwortete mit fester, rauchiger Stimme und zeichnete ein schon fast absurdes Bild der Höflichkeit und Rücksichtnahme. Dabei betupfte sie sich immer wieder die Augen mit dem Taschentuch.

»Jetzt muss ich Ihnen eine wichtige Frage stellen: Nachdem die *Titanic* gesunken war, hörten Sie da die Hilferufe der Menschen, die zu ertrinken drohten?«

»Nein, nach dem Untergang des Schiffs habe ich nichts mehr gehört.«

»Sie haben überhaupt keine Schreie gehört?«, fragte Senator Smith ungläubig.

Sie sah ihn an. »Das müsste ich ja wohl wissen, nicht wahr, Herr Senator?« Dabei imitierte sie seinen ungläubigen Tonfall. »Ich hatte den Eindruck absoluter Stille.«

Sie sprach so ruhig und sicher, dass die Zuhörer ehrfürchtig zu tuscheln begannen. Eine gute Darbietung verdiente nun einmal Anerkennung. Alle wussten, dass sie log, doch die zierliche Frau im Zeugenstand war offenbar wild entschlossen, ihre Lügen allein durch die Kraft ihres Willens Wahrheit werden zu lassen.

»Haben Sie jemanden in Ihrem Boot rufen hören, man solle zurückfahren, um noch andere zu retten?«

»Nein.«

»Aber Sie wussten, dass dort im Wasser noch Menschen waren, nicht wahr?«

»Ich glaube, darüber habe ich gar nicht nachgedacht.«

»Haben Sie gesagt, es sei zu riskant, zurückzufahren, weil das Rettungsboot volllaufen könnte?«

»Um Himmels willen, nein.«

Senator Smith hielt die Ausgabe des *Sunday American* in die Höhe, in der Luciles Interview abgedruckt war. »Hier sprechen Sie von herzzerreißenden Hilferufen, die Sie gehört haben. Welche Version stimmt denn nun, Madam?«

Sie zögerte keinen Augenblick. »Dieses sogenannte Interview ist von vorn bis hinten erlogen«, erwiderte sie. »Eine schmutzige Erfindung von Journalisten.«

Tess hielt es kaum noch auf ihrem Platz. War Lucile tatsächlich so abgebrüht?

»Und wie verhält es sich mit dem Vorwurf, Ihr Gatte habe den Männern aus der Mannschaft Geld versprochen, damit sie nicht zurückkehrten und den Sterbenden zu Hilfe eilten?«

»Diese Frage kann natürlich er selbst am besten beantworten. Ich kann Ihnen aber versichern, dass er den Männern lediglich eine kleine Summe als Starthilfe in Aussicht gestellt hat.« Allmählich schlich sich eine gewisse Gereiztheit in ihre Stimme.

»Ihre Aussage unterscheidet sich deutlich von der des Seemanns Jim Bonney.«

»Wenn Sie mich fragen, ist dieser Mann gefährlich. Eine Bedrohung. Und, bitte gestatten Sie mir diesen Ausdruck, ein Lügner.«

Tess riss es von ihrem Stuhl. Ohne auch nur daran zu denken, dass jetzt alle in ihre Richtung blickten, starrte sie Lucile an.

»Ich dachte mir schon, dass Sie sich in dieser Weise äußern würden«, meinte ein anderes Ausschussmitglied leise. »Aber wir brauchen es für die Akten. Was sagen Sie zu seinem Vorwurf, dass Menschen von Rettungsboot Eins fortgestoßen wurden? Dass es Leute in Ihrer unmittelbaren Nähe gab, die man in Ihrem fast leeren Boot hätte aufnehmen können?«

»Das ist völliger Unsinn.«

Tess hielt es nicht länger aus. Sie schob sich an den Zuschauern vorbei in Richtung Ausgang und kümmerte sich nicht darum, dass sie die Aufmerksamkeit aller Anwesenden auf sich zog und manche wussten, wer sie war. Aber sie spürte, dass Lucile sie mit ihren Blicken verfolgte. Man spürte immer, wenn man von Lucile beobachtet wurde, fiel ihr plötzlich auf.

Lucile wandte sich an Senator Smith. »Sind wir bald fertig, Senator?«, fragte sie mit leise bebender Stimme. »Ich bin eine viel beschäftigte Frau.«

»Wir befassen uns hier mit Fragen von Leben und Tod, Madam«, erwiderte er. »Daher empfinde ich Ihren Drang zur Eile als recht bestürzend.«

»Tut mir leid, wenn Sie etwas anderes von mir erwartet haben. Kann ich jetzt gehen?«

Die Ausschussmitglieder schienen zu erstarren. Im Raum herrschte absolute Stille.

»Sie sind entlassen«, sagte Smith schließlich. »Aber ...« – er hob die Hand, als die Menge unruhig zu murmeln begann – »... wir werden nach einer kurzen Pause eine weitere Zeugin hören.« Er wartete einen Augenblick, um seine Worte besser wirken zu lassen. »Mrs. Jordan Darling, die sich ebenfalls in Rettungsboot Eins befand.«

Lucile verrutschte der Hut, so dass man ihren erschreckten Blick sehen konnte. Sie griff nach der Stuhllehne und schwankte ein wenig, als sie aufstand. Ein Raunen ging durch den Raum. Die Witwe des Mannes, der sich als Frau verkleidet und sich dann, nachdem er öffentlich bloßgestellt worden war, das Leben genommen hatte. War das zu glauben? Warum stellte sie sich der Öffentlichkeit, wo ihr Mann sich doch so feige verhalten hatte?

Pinky drängte sich bereits durch die Zuschauer, um zu Tess zu gelangen. Doch Elinor war schneller.

»Ich muss heute Nachmittag mit Ihnen sprechen«, sagte sie. »Es ist wirklich dringend.«

»Und worüber?«, fragte Tess wütend. »Über die Lügen, die Ihre Schwester verbreitet?«

»Ich habe Sie nie belogen, Tess. Und ich bitte Sie nur um ein Gespräch, mehr nicht.«

Tess holte tief Luft und antwortete gerade in dem Augenblick, als Pinky atemlos neben ihr auftauchte: »Bevor ich mich entscheide, möchte ich erst Jean Darlings Aussage hören.«

Zufrieden mit sich ließ Senator Smith den Blick über den dicht gefüllten Raum gleiten. Lady Duff Gordon hatte sich getäuscht, wenn sie meinte, mit ihrer Arroganz bei einem Untersuchungsausschuss des amerikanischen Senats punkten zu können. Niemand konnte ihm vorwerfen, eine Angehörige der britischen Oberschicht öffentlich in die Enge getrieben zu haben, das hatte die dumme Person selbst besorgt. Diese Anspruchshaltung. Wenn er die Vernehmungen dieser Clique doch nur schon hinter sich hätte!

»Unsere nächste Zeugin hat sich ohne offizielle Vorladung zur Vernehmung bereitgefunden«, erklärte er einleitend. »Sie hat ausdrücklich um die Möglichkeit gebeten, einige Gedanken über die Schwächen des menschlichen Charakters angesichts einer Tragödie äußern zu dürfen.« Er blickte in die schweigende Menge und genoss die Spannung, die seine Andeutungen erzeugt hatten.

»Damit rufe ich Mrs. Jordan Darling in den Zeugenstand.«

Tess, die wieder an ihren Platz zurückgekehrt war, drehte sich um. Anmutig und erhobenen Hauptes bahnte sich die schlanke Gestalt ihren Weg durch die Stuhlreihen nach vorn. Sie trug ein graues Kostüm und eine schlichte, schmale Perlenkette. Die Oberlichter warfen einen matten Schein auf ihr sorgfältig frisiertes, inzwischen fast gänzlich weißes Haar. Für einen kurzen Moment sah Tess wieder vor sich, wie die Darlings auf der *Tita-*

 nic elegant, fast schon schwebend über die Tanzfläche glitten. Welch köstlicher unbeschwerter Augenblick, angefüllt mit perlendem Lachen und stürmischem Applaus!

»Mrs. Darling, Sie sind hier nicht zu einer Aussage verpflichtet«, begann Senator Smith. Würde sie zusammenbrechen? Bei Frauen wusste man nie, zudem zeigte sich immer wieder: Je vornehmer sie waren, desto unberechenbarer war ihr Verhalten. »Für die Akten möchte ich noch einmal betonen, dass Ihr Erscheinen vor dem Ausschuss freiwillig ist und auf Ihren eigenen Wunsch hin erfolgt. Ist das richtig?«

»Ja, Herr Senator.«

»Wir alle wissen um das bedauernswerte Hinscheiden Ihres Gatten, und ich möchte Ihnen mein Beileid aussprechen.«

»Vielen Dank.«

Jean Darling wirkte sehr gefasst, als sie den Blick durch den Raum wandern ließ. Ihr Auftreten war ruhig und gelassen – die Frau, die sich entschieden hatte, auszusagen, gestattete sich jetzt keinerlei Bedenken mehr. Sie nahm sogar das Risiko in Kauf, noch einmal ins Blitzlichtgewitter der sensationslüsternen Presse zu geraten und weitere spöttische und abwertende Kommentare auf sich zu ziehen.

»Für die tapferen Taten, die dem Ausschuss vorgetragen wurden, empfinde ich große Bewunderung und höchsten Respekt«, begann sie. »Wie für den Mann, der seine Schwimmweste ausgezogen und sie der Zofe seiner Frau überlassen haben soll. Ich weiß, dass mein Mann gern so gehandelt hätte wie er.« Sie hielt kurz inne, und ihre pointierte distinguierte Sprechweise wurde weicher. Sie würde sich allerdings bemühen müssen, nicht in den heiteren Ton zu verfallen, hinter dem sie sonst in der Öffentlichkeit ihre wahren Gefühle verbarg. »Doch nur ein Teil von mir bedauert, dass er es nicht getan hat. Ich muss gestehen, dass der andere Teil in mir das Tuch wieder vom Tisch reißen und es ihm über die Schultern legen würde, alles, um sein Leben zu retten. Obwohl …« – jetzt bebte ihre Stimme – »… ich ihn mit dieser Handlung letzten Endes umgebracht habe. Drei Dinge werden mich mein Leben lang verfolgen: Dass mein Mann durch mein Tun nicht auf eine Weise sterben konnte, die er zweifellos bevorzugt hätte, und dass es mir nie in den Sinn kam, mich ihm anzuschließen. Am allerschlimmsten aber ist, dass vielleicht das Leben zweier Kinder hätte gerettet werden können, wenn wir zurückgetreten wären.«

Tess schloss die Augen. Sie befand sich wieder in dem markerschütternden Schreckenskonzert aus Schreien, zersplitterndem Glas, ins Meer sinkenden Flügeln, Betten, Nachttöpfen, Gepäckstücken und Menschen, die sich an die Decksplanken klammerten, als das Schiff unterging. Und jetzt wurde hier in diesem Raum über Tapferkeit, Schuld und Dummheit verhandelt. Sie öffnete die Augen. Das Leben musste weitergehen.

»Das müssen Sie hier nicht sagen, Mrs. Darling«, unterbrach sie Senator Smith sanft.

»Ich möchte es aber. Es wird nicht lange dauern.« Sie öffnete ihre Handtasche, zog ein Taschentuch aus weißem Leinen hervor und trocknete sich bedächtig die Augen.

»Anfangs dachte ich, ich könnte mein Gewissen beruhigen, indem ich darüber spreche. Aber das habe ich aufgegeben. Ich werde mir immer Vorhaltungen machen«, sagte sie. »Jetzt geht es für mich vor allem darum, meine Entscheidung von damals zu akzeptieren. Mein Handeln und das eines weiteren Menschen ist unentschuldbar. In Bruchteilen von Augenblicken hat mein Leben und das meines Gatten eine neue Wendung genommen, und das trifft sicher auch auf andere Menschen auf diesem Schiff zu. Nach dem Tod meines Mannes suchte ich nach einem Schuldigen, um mir meine eigene Schuld nicht eingestehen zu müssen. Aber das ist jetzt vorbei. Ich möchte der Tatsache ins Auge sehen, dass ich nicht die Charakterstärke besaß, tapfer zu sein. Wenn es jemanden gibt, den ähnliche Gefühle bewegen, soll er wissen, dass er damit nicht allein ist. Ich kann nur hoffen, dass ich weiß, was zu tun ist, sollte ich noch einmal auf die Probe gestellt werden.«

Eine unheimliche Stille hatte sich im Raum ausgebreitet. Tess konnte die Leute, die in ihrer Nähe saßen, atmen hören. Es war ihr egal, ob sie es verstanden oder nicht. Jean Darling hatte in schlichten und klaren Worten die traurige Wahrheit ausgesprochen, die sie alle, die die Tragödie miterlebt hatten, umgab. Und das ganz allein.

»Gibt es noch etwas, das Sie sagen möchten, Mrs. Darling?«

Sie richtete sich auf. »Das hatte ich eigentlich nicht vor, Herr Senator. Inzwischen habe ich meine Meinung allerdings geändert.«

Gespannt beugten sich die Zuhörer vor.

»Und was möchten Sie uns noch erzählen?«

»Es geht um Lady Duff Gordons Aussage.« Ihr Körper erbebte, als sie tief Luft holte. »Es gab in unserem Rettungsboot Gelegenheiten, sich tapfer zu zeigen, doch keiner von uns brachte den Mut auf. Wir hatten Platz, sogar viel Platz. Aber uns trieb allein die Angst ... Nein, das stimmt nicht.«

»Was meinen Sie, Mrs. Darling?«

»Es gab einen tapferen Mann in unserem Boot. Jeder, der das abstreitet, lässt sich noch immer von seiner Angst beherrschen.«

Jetzt also fügen sich endlich einige Teile dieses traurigen Puzzles zusammen, dachte Smith. »Von wem sprechen Sie?«, fragte er.

»Jim Bonney. Das ist die Wahrheit, Herr Senator. Das war es, was ich noch hinzufügen wollte.«

»Einen Augenblick noch«, meldete sich Senator Bolton mit heiserer Stimme zu Wort, worauf ein überraschtes Raunen durch den Raum ging. »Als nicht offiziell vorgeladene Zeugin können Sie die Antwort auf meine Frage verweigern. Angesichts all der Vorwürfe und Anschuldigungen zu den Vorgängen in Rettungsboot Eins möchte ich Sie jedoch bitten, uns über einige Details aufzuklären. Gab es Menschen, die versuchten, in Ihr Boot zu gelangen? Wurde jemand fortgestoßen? Was können Sie dazu sagen?«

Kurzzeitig überrumpelt und erschreckt ließ sich Mrs. Darling zurücksinken. Doch als sie zu sprechen begann, wirkte sie gefasst. »Die Menschen im Wasser riefen um Hilfe. Außerdem habe ich gesehen, wie sich ein Mann an den Rand des Rettungsboots klammerte, um sich hineinzuziehen.«

»Und was geschah dann?«

»Ich hörte einen Schrei, den einer Frau. Dann sah ich einen Mann, der im Boot stand und ein Ruder über dem Kopf schwang. Mr. Bonney hat geflucht, ist aufgestanden und hat mit dem Mann gerungen. Schließlich konnte er ihm das Ruder abnehmen.«

»Zu welchem Zweck hatte der Mann das Ruder erhoben?«

»Um den armen Menschen vom Bootsrand wegzustoßen.«

Tess verspürte plötzlich ein Kribbeln, das ihren Kopf heiß wie Feuer und ihre Hände kalt wie Eis werden ließ. Kaum jemand in dem überfüllten Raum wagte zu atmen. Soeben hatten sie erfahren, was sich in Rettungsboot Eins wirklich zugetragen hatte.

Senator Smith rutschte unruhig auf seinem Platz hin und her. Das war mehr, als er erhofft hatte. Wenn er jetzt allerdings noch fragte, wer der Mann mit dem Ruder gewesen war, würde ihm die Kontrolle über die Anhörungen entgleiten. Und für die Engländer, die bereits der Ansicht waren, er betreibe eine Hexenjagd, würde er damit wohl das Fass zum Überlaufen bringen.

»Haben Sie dem noch etwas hinzuzufügen?«

Sie überlegte lange. »Nein. Das ist alles.«

»Vielen Dank. Sie können den Zeugenstand verlassen.« Senator Smith betrachtete die Reihen mit den stillen, verdutzten Zuschauern vor ihm. »Bitte lassen Sie Mrs. Darling hinaus, ehe wir die Sitzung schließen.«

Gemeinsam gingen Pinky und Tess inmitten der schweigenden Menschen nach draußen.

»Schauen Sie, da.« Pinky zeigte auf eine Frau, die unerkannt neben der offenen Tür stand.

Lucile. Sie hatte sich abgeschminkt, und ihr Gesicht war nur mehr eine fahle Maske mit bleichen Lippen. Anstelle des schwarzen Huts trug sie nun ein Tuch um den Kopf geschlungen. Ohne die gewohnte Schminke wirkte sie wie ein Vogel, den man seines Federkleids beraubt hatte – mit dem Effekt, dass sie offenbar nicht mehr erkannt wurde. Und plötzlich wirkte sie ungeheuer klein.

Als Tess und Pinky an ihr vorbeigingen, fiel kein Wort.

Draußen sagte Tess leise: »Ich muss jetzt los und meine Sachen packen.«

Auf dem Heimweg empfand sie einen tiefen inneren Frieden. Warm schien die Nachmittagssonne auf sie herunter, und sie nahm ihren Hut ab und wandte das Gesicht den Strahlen zu. Da fiel ihr der Augenblick ein, als sie mit Jim auf der *Carpathia* vor den Leichen der Mutter und ihres Babys gestanden hatte: *Ich wende mein Gesicht der aufgehenden Sonne zu. Hab Gnade, o Herr!*

All die Opfer. Trotz der Aussicht auf ein Leben in Schande und ohne Ehre hatte Jean Darling den Mut aufgebracht, ihren Fehler einzugestehen. Ein freiwilliger Schritt, der Lucile niemals in den Sinn kommen würde. Sie würde nicht aus dem Seidenkokon ausbrechen, in den sie sich eingesponnen hatte. Viel eher würde sie in einem spektakulären, dramatischen Akt von einer Klippe springen.

Plötzlich schrie ihr eine heisere Stimme zu, besser darauf zu achten, wohin sie gehe. Eine Droschke rauschte an ihr vorbei, und Tess trat rasch vom Bordstein zurück.

Ihr Traum war nun vorüber. Zumindest waren die Duff Gordons daran gehindert worden, Jims Leben zerstören, und darauf kam es letztlich an. Tess war, wie sie jetzt durch die Straßen New Yorks lief, wieder einfach nur ein Dienstmädchen ohne Stelle. Auch darauf kam es an, wenn auch nicht in gleichem Maße. Aber warum empfand sie bei alldem solch eine seltsam heitere Gelassenheit?

»Du meine Güte, Tess, Sie bewegen sich ja wie im Nebel. Als wollten Sie geradewegs an mir vorbeilaufen«, sagte eine leicht amüsierte Stimme vor ihr.

»Elinor!« Überrascht blieb Tess stehen. Luciles Schwester stand an der Straßenecke und hatte zum Schutz vor der Sonne und den Blicken der Passanten den unvermeidlichen Schirm – einen grünen diesmal – aufgespannt.

Sie wies auf einen wartenden Wagen, den Tess bislang nicht bemerkt hatte.

»Haben Sie inzwischen entschieden, ob Sie mit mir sprechen wollen?«

»Ich weiß, dass ich so schnell wie möglich die Wohnung räumen muss. Aber ich wäre sehr dankbar, wenn Sie mir noch eine Woche Zeit geben könnten. Ich werde Ihnen dieses Entgegenkommen natürlich vergüten.«

»Um Himmels willen, Tess, steigen Sie ein!«

»Warum? Was wollen Sie von mir?«

Elinor drückte Tess eine Ausgabe der *New York World* in die Hand. Ihre Unbekümmertheit war plötzlich wie ausgelöscht. »Die Nachmittagsausgabe. Sie kommt mit ihrer Story zwar ein bisschen spät, trotzdem wird man sie in der ganzen Stadt mit Genuss zur Kenntnis nehmen. Wenn Sie sich bitte die Schlagzeile ansehen würden!«

Tess hielt die Zeitung in beiden Händen, als ein sanfter Windstoß die Seiten auseinanderblies. Mit zusammengekniffenen Augen las sie: »Treue Assistentin verlässt das sinkende Schiff.«

»Immerhin nicht die Titelseite. Aber warten Sie nur bis morgen. Ich sehe es schon vor mir: ›Assistentin verlässt während Lady Duff Gordons Aussage den Saal‹ oder so was in der Art. Haben Sie das so gewollt? Das kann ich mir eigentlich nicht vorstellen.«

»Schauen Sie sich den Aufmacher an, Elinor: ›Tapferer Seemann von Vorwürfen der Duff Gordons entlastet‹. Wollen Sie dieses Spiel wirklich mitspielen?«

Elinor seufzte. »Das alles wird Lucile erledigen, besonders wenn Sie sich vor Augen halten, dass morgen die Frühjahrsschau stattfinden soll. Ich bitte Sie um ein letztes Gespräch!«

Tess faltete die Zeitung zusammen und setzte sich ins Auto. Flüchtig durchfuhr sie der Gedanke, dass sie zum ersten Mal in ihrem Leben nicht als Dienstmädchen bezeichnet worden war, sondern als »Assistentin«.

Elinor klopfte an das Fenster, das sie von der Chauffeurskabine trennte. »Fahren Sie uns einfach nur ein bisschen herum, Farley. Egal wohin. Zeigen Sie uns die New Yorker Sehenswürdigkeiten.« Dann lehnte sie sich zurück. Sie wandte sich zu Tess und kam ohne Umschweife auf ihr Anliegen zu sprechen.

»Cosmo wird Lucile verlassen und nach London zurückkehren. Und mehr als die Hälfte der Reservierungen für die Modenschau sind abgesagt worden. Die Dinge gleiten ihr aus der Hand, Tess.«

»Cosmo verlässt sie?« Tess konnte es kaum glauben.

»Sie hat ihn wohl einmal zu oft herumkommandiert, fürchte ich. Und bei ihrer letzten Auseinandersetzung, als es um den Seemann ging, hatte er dann wohl die Nase voll.«

Tess starrte sie nur verdutzt an.

»Natürlich, Sie können das alles ja gar nicht wissen. Ich brauche eine Zigarette. Macht es Ihnen etwas aus?«

Tess schüttelte den Kopf.

Ein Streichholz flammte auf, und Elinor führte die Flamme mit ihren sorgfältig manikürten Fingern an die Zigarette. Dann nahm sie einen tiefen Zug. »So ist es schon besser«, sagte sie und ließ sich erleichtert in den Sitz zurücksinken.

»Dann erklären Sie es mir bitte.«

»Mit Ihrem glänzenden Auftritt haben Sie Lucile an den Pranger gestellt. Aber es war nicht Lucile, die darauf hingearbeitet hat, dass man Ihren Freund, den Seemann, verhaftet. Das war Cosmos Idee.«

»Soll das heißen, dass Lucile nichts davon wusste? Das kann ich mir nicht vorstellen.«

»Meine Gute, Sie haben wirklich keine Ahnung, wie es in unseren Kreisen zugeht, nicht wahr? Damals wie heute trägt allein Cosmo die Verantwortung. Wie etwa dafür, dass Luciles Konkurrenten in den vergangenen Jahren einige bedauerliche finanzielle Rückschläge erlitten haben – natürlich nichts, was man mit ihm in Verbindung bringen könnte. Er hat es sich zu seinem Anliegen gemacht, ihr den Weg freizuräumen. Und das hat er auch diesmal versucht.«

Tess schlug sich die Hand vor den Mund und starrte blind vor sich hin. »Dann habe ich ihr unrecht getan?«

»Nun übertreiben Sie nicht«, erwiderte Elinor leichthin. »Bedenken Sie, dass es Lucile nicht weiter gekümmert hat, auf welche Weise Cosmo diese Dinge erledigte. Daher kann man sie kaum als unschuldig bezeichnen. Das verstehen Sie doch, oder?«

»Gewiss. Trotzdem erwarten Sie bitte nicht von mir, dass ich wieder zu ihr zurückkehre. Nicht nach dem, was sie heute vor dem Ausschuss gesagt hat.«

Elinor schien in sich zusammenzusinken und all ihre Leichtigkeit zu verlieren. »Ich weiß, ich weiß. Sie ist so dickköpfig und benimmt sich unmöglich! Doch wenn sie ihre Firma *und* Cosmo verliert, habe ich wirklich Angst um sie. Alles, was sich zusammengebraut hat, kommt jetzt zum Ausbruch. Ein reicher Mann kann einem die ganze Welt zu Füßen legen. Aber auch alle Wege versperren. Leider hat Lucile das wohl vergessen.«

Tess konnte sich die Frage nicht verkneifen, obwohl sie wohl keine Antwort darauf erwarten durfte. »Sie ist so arrogant. Sie als Ihre Schwester, lieben Sie sie trotzdem?«

»Lieben?« Elinor zog an der Zigarette und ließ den Rauch in einer langen Spirale entweichen, ehe sie antwortete. »Was ist das überhaupt? Man spricht so viel von Liebe, doch das meiste davon ist Unsinn. Meine Schwester und ich stehen uns sehr nahe, und das wird immer so bleiben. Wir gehören zusammen, wir kennen uns gut. Wenn das Leben kein Happy End für uns bereithält, dann basteln wir es uns zurecht.«

»Was meinen Sie damit?«

»Ich habe mein Leben schon mehr als einmal umgeschrieben. Lucy macht das Gleiche, nur eben mit Hilfe ihrer Stoffe – romantische, überirdische Gewänder, wie geschaffen für unsere Träume. Welch wunderbare Art, durchs Leben zu gleiten. Doch um damit Erfolg zu haben, muss man in der Lage sein, rasch die Richtung zu ändern. Lucile ist aber leider nicht von der schnellen Sorte.« Elinor hielt inne. »Ob ich sie liebe? Ja«, fügte sie dann leise hinzu.

Die beiden Frauen sahen schweigend aus dem Fenster, als Farley um eine Ecke bog und den Union Square überquerte. Tess erkannte die Stelle wieder. Hier um die Ecke war die Werkstatt, in die Jim sie geführt hatte und in der sie sich ein Herz gefasst hatte, um ihm von Jack zu erzählen. Auch dies war eine Wunde in ihrem Herzen, die nie wieder heilen würde.

»Und was wollen Sie von mir?«

»Nur, dass Sie sich bei der Schau zeigen. Um den Reportern zu beweisen, dass die ›Assistentin‹ ihre Meinung geändert hat und Lucile treu zur Seite steht.«

»Ich komme nicht zurück, Elinor. Das kann ich nicht. Vielleicht muss ich mich bei Lucile entschuldigen, weil ich sie zu Unrecht bezichtigt habe, Jim hinter Gitter bringen zu wollen, aber ich kann nicht mehr für sie arbeiten.«

»Bitte, nur für diesen einen Tag! Bedenken Sie, dass Ihr Seemann kein Gerichtsverfahren mehr zu erwarten hat.«

»Wie können Sie das wissen?«

»Weil ich großen Wert darauf lege, stets über alles informiert zu sein, Tess.«

Tess dachte an Jean Darlings Aussage, die sie noch nicht ganz verstanden und eingeordnet hatte. Ohne Vergebung, ohne Rechtfertigung. Hier ging es nicht um Vergebung, sondern darum, hinzunehmen, was sich nicht ändern ließ. Vielleicht bedeutete das auch, aus dem Rettungsboot die helfende Hand zu reichen, selbst wenn es keinen Nutzen brachte.

Wünschte sie Lucile einen Misserfolg? Ja, sie hatte es verdient. Andererseits würde das ihr Leben zerstören und damit auch das der Menschen, die für sie arbeiteten. Eine letzte Geste – vielleicht würde Lucile daraus lernen. Danach würde sie ihren eigenen Weg gehen.

»Wahrscheinlich wird sie mich hinauswerfen«, erklärte sie.

Elinor lächelte. »Möglicherweise. Aber ich danke Ihnen, dass Sie das Risiko eingehen wollen. Ich glaube, dass Sie Lucile damit vor einer Demütigung bewahren könnten. Eins noch: Ich übernehme die Miete für Ihre Wohnung, bis Sie in der Lage sind, sie selbst zu zahlen.«

»Wenn das eine Bestechung ist, warum haben Sie es sich bis zuletzt aufgehoben?« Tess merkte, dass sie Elinor noch immer mochte.

»Ich arbeite nicht mit Bestechungen, meine Gute. Das wäre reine Zeitverschwendung.«

Pinky saß bei ihrem Vater auf der Bettkante und rührte in einer Tasse lauwarmer Suppe. Wenn er aufwachte, würde sie ihm vielleicht mit gutem Zureden ein bisschen Nahrung einflößen können. Es gab gute und schlechte Tage, und dieser – jedenfalls nach Aussage der stets jammernden Mrs. Dotson – war einer der schlechten gewesen. Hoffentlich konnte sie an diesem Abend noch mit ihm reden. Sie brauchte einen Gesprächspartner. Lady Duff hatte sich mit ihrer Aussage höchst angreifbar gemacht, während Jean Darlings Auftritt einen guten Artikel abgeben würde. Und es blieb die Frage, wie die Anklage aus der Welt geschafft worden war. Für Jim mochte das keine Rolle spielen, Pinky aber interessierte es brennend. Was hatte sich zwischen Tess und Jim abgespielt, als sie sich begegnet waren? Sie tunkte vorsichtig den Finger in die Suppentasse und leckte ihn ab. Hühnerbrühe mit Mohrrüben, seine Leibspeise, nur dass sie allmählich kalt wurde.

»Was sitzt du da und grämst dich über eine kalte Suppe?«

Pinky fuhr hoch. Prescott Wade war aufgewacht und grinste sie auf eine Art an, die sie an alte Zeiten erinnerte.

»Ich wärme sie dir auf«, sagte sie.

»Spar dir die Mühe. Ich habe keinen Hunger.«

»Aber du musst etwas essen.«

»Erzähl mir lieber, wie es heute war.«

Sie berichtete ihm von der Ausschusssitzung, von Lucile und von Jim. Er hörte ihr aufmerksam zu – im Gegensatz zu manch anderen Abenden, an denen er wegdöste und sie irgendwann nur noch mit sich selbst sprach. Sie hasste das Gefühl, sich mit ihrem eigenen Echo zu unterhalten.

»Die Person, die die Aufhebung der Anklage erreicht hat, hatte guten Grund dazu«, unterbrach er sie in ihrem Sinnen. »Vielleicht aus Furcht vor Tess' Reaktion. Womöglich Luciles Schwester, diese Hollywood-Frau?«

»Elinor? Das glaube ich nicht. Sie lebt in einer anderen Welt.«

»Wer ist der Mann, für den Tess dem Seemann den Laufpass gegeben hat?«

Pinky wurde nachdenklich. Ihr Vater musste gelauscht haben, als Jim ihr von den jüngsten Ereignissen berichtete. »Das weiß ich nicht.«

»Er muss entweder mit dem Untersuchungsausschuss oder mit dem Modeatelier in Zusammenhang stehen. Tess ist noch nicht lange genug in Amerika, um woanders jemanden kennengelernt zu haben.«

Pinky seufzte und stellte die Tasse mit der kalten Suppe auf dem Nachttisch ab. »Ich weiß selbst nicht, warum mich das alles so beschäftigt.«

»Weil du Arbeit und Gefühle nicht auseinanderhalten kannst. Ist es nicht so, Kleines?«

Sie nickte gedankenversunken.

»Es ist keine Schande, seine Objektivität zu verlieren, selbst in deinem Beruf. Wer ist dir wichtiger, Sarah? Jim oder Tess?

Das Ganze scheint ziemlich verworren. Du wirst eine Wahl treffen müssen.«

Er klang kräftiger als erwartet, doch das Gleiche galt auch für ihre Antwort: »Sie sind beide meine Freunde.«

Er wusste, wann er mit seinen Fragen aufhören musste. Sie saßen schweigend beieinander, bis Pinky ihr Taschentuch aus der Rocktasche hervorzog und sich kräftig schnäuzte.

»Du lässt ja das Bett erbeben«, meinte er schmunzelnd.

Sie grinste ihn kurz an, dann steckte sie das Taschentuch wieder weg. »Ich mache uns beiden jetzt was Anständiges zu essen«, sagte sie.

»Weißt du, was ich glaube?«, fragte er, als sie bereits an der Tür stand. »Ich glaube, ich kann in deine Zukunft blicken, Sarah. Und ich sehe eine gute. Eine glückliche.«

»Und was genau?«

»Dass du dir deinen Hut aufsetzt und durch die Welt reist. Dass du über den Mond tanzt. Darauf gebe ich dir mein Wort.« Er strahlte sie an.

»Bitte lass mich nicht allein«, flüsterte sie.

»Ich hab dich auch lieb, Kleines.« Sein Lächeln wurde noch breiter. »Abgesehen davon habe ich eine Vermutung, wer die Anklage zu Fall gebracht haben könnte.«

»Wirklich?« Pinky war so verdutzt, dass ihr beinahe die Suppentasse aus der Hand gerutscht wäre. »Wer?«

»Eine gute Reporterin wie du findet das auch ohne mich heraus.«

16

Tess durchmaß ihre Wohnung und zählte die Schritte von einer Wand zur anderen. Wie langsam die Zeit verging! Luciles Modenschau würde um zwei Uhr beginnen, zum Nachmittagstee. Vielleicht etwas früh dafür, aber in Amerika nahm man es offenbar nicht so genau. Tess wollte erst kurz vor Beginn des Defilees dort eintreffen, sie wusste nicht, wie Lucile reagieren würde. Sie konnte nicht ganz bei Verstand gewesen sein, als sie dem Plan zugestimmt hatte.

Tess blieb stehen, schloss die Augen und malte sich aus, was im Zauber des umgewandelten Ateliers wohl gerade vor sich ging. Die Scheinwerfer wurden ausgerichtet, die Vorhänge glattgestrichen, die Programmhefte – sie hatte den Entwurf gesehen und ihn wirklich aufregend gefunden – an der Tür ausgelegt. Die Musiker, Luciles bevorzugtes Streichquartett, nahmen ihre Plätze neben dem Laufsteg ein. All das war an diesem Tag für Tess ferner als je zuvor.

Lange betrachtete sie den kleinen Raum, um ihn sich einzuprägen. Sie würde sich bald von ihrer ersten eigenen Wohnung trennen müssen. Für Selbstmitleid war jetzt aber keine Zeit, über das Auf und Ab des Lebens musste sie ein anderes Mal nachgrübeln. Sie würde wieder Arbeit finden, Kleider entwerfen, nähen und das tun, was sie am besten konnte. Auch wenn es ihr Angst machte, sie würde es schaffen. Tess setzte sich hin und sah aus dem Fenster. Sie musste lernen, unter die Oberfläche zu schauen und zu sehen, was sich hinter dem Sichtbaren, in den Bäumen, unter den Dächern, verbarg. Vielleicht könnte sie dann sogar kleine, diskret versteckte Hinweise auf ihre Zukunft finden.

»Bewegt euch! Los, los, bewegt euch!« Lucile klatschte in die Hände. Aufmerksam beobachtete sie die fieberhaften Vorbereitungen in ihrem Atelier, das sich auf wundersame Weise in das *Maison Lucile* verwandelt hatte. Sie genoss diese letzten Minuten vor der Schau mit einer Vorfreude, die sie fast schwindelig machte.

»Deine Kleider sind atemberaubend«, murmelte Elinor, die das Treiben beobachtete.

»Ja, das sind sie. Die amerikanischen Mannequins können den britischen natürlich nicht ganz das Wasser reichen, aber immerhin zeigen sie die nötige Arroganz.« Lucile seufzte. »Ich wünschte, sie hätten die Disziplin, jeden Morgen zwei Stunden lang Bücher auf dem Kopf zu balancieren, um eine gute Haltung zu bekommen. Aber nein, die Amerikanerinnen kommen mit einem krummen Rücken.« Sie verdrehte die Augen und klatschte noch einmal in die Hände. Auf ihre Anweisung hin schritt jedes Mädchen einzeln den Laufsteg hinab und stellte sich ein letztes Mal Luciles kritischem Blick. Die Lippen waren richtig geschminkt, die Haare nach ihrer Vorstellung frisiert. Doch plötzlich runzelte sie die Stirn.

»Was ist mit der Boutonniere, die ich an diesem Gürtel haben wollte?«, fragte sie eins der Mannequins.

»Die Blumen waren verschmutzt, Madam«, erwiderte das Mädchen nervös. »Deshalb habe ich sie abgenommen.«

Lucile bedachte sie mit einem eisigen Blick. »Warum haben Sie mir nicht Bescheid gesagt, so dass ich neue hätte anfertigen lassen können? Offenbar haben Sie keinen Verstand! Oder Watte im Hirn!«

Elinor zupfte ihre Schwester am Arm. »Lass es gut sein«, sagte sie. »Du willst doch kein verheultes Mannequin, oder?«

Lucile wandte sich mit einem abschätzigen Laut um, ging zum Tablett mit dem Teegeschirr und musterte jede einzelne Tasse. »Die hier sind nicht sauber«, kritisierte sie laut.

»Doch, Madam«, beeilte sich James zu erwidern. »Sie meinen

wohl die leichten Verfärbungen. Ich werde sie noch einmal spülen lassen.«

Lucile kehrte zu ihrer Schwester zurück und zog sie in eine Ecke. »Bist du sicher, dass Mary Pickford kommt?«, fragte sie leise.

»Sie hat es versprochen«, antwortete Elinor. »Es sei denn, sie sucht etwas Moderneres ...«

»Warum bloß, warum? Was ist nur in diese Schauspielerinnen gefahren? Sehen sie denn nicht, dass sie in meinen Modellen sinnlich und verführerisch wirken? Hollywood ist so vulgär. Wie du dort leben und arbeiten kannst, verstehe ich nicht.«

Elinors Lächeln wirkte ein bisschen bemüht. »Weil ich dort gutes Geld verdiene. Und ein vulgärer Filmstar, der keine Zeitungen liest, ist genau das, was du heute brauchst, meine liebe Schwester.«

Lucile sank in sich zusammen und war plötzlich nur noch ein Häufchen Elend.

»Ich weiß, ich weiß – ich bin grausam.« Selbst Elinor konnte Cosmos Fehlen nicht aufwiegen. Niemand hatte so beruhigend und unterstützend auf sie einwirken können wie er.

»Wird es ein Reinfall werden?«, fragte Lucile.

»Mit etwas Glück wohl nicht.« Ihre Schwester brauchte nicht zu wissen, dass Elinor am vergangenen Abend per Boten Dutzende von Einladungen an unbedeutendere Mitglieder der New Yorker Gesellschaft hatte ausliefern lassen. Lucile würde über einige von ihnen die Nase rümpfen, aber damit wollte sich Elinor erst morgen befassen. Jetzt kam es vor allem darauf an, dass die Zuschauerreihen gefüllt waren.

Lucile hob das Kinn. »Ich werde es mit Würde durchstehen.«

Elinor tätschelte ihren Arm. »Und das ausnahmsweise ohne jede Dramatik. Ich bin an deiner Seite, meine Liebe, was auch geschieht. Denk daran, keine Tränen. Du kannst dir heute keine geschwollenen Augen leisten. Die stehen dir nämlich nicht.«

Die Sonne stand hoch am Himmel, als Tess ihre Wohnung verließ und auf die Straße trat, um zur 5th Avenue zu gehen. Sie wollte sich auf dem Weg Zeit lassen und in einigem Abstand vor Luciles Atelier warten, bis die Kundinnen eingetroffen waren. Dass sie erkannt wurde, brauchte sie nicht zu befürchten. Die Zeitungen hatten ihren Namen genannt, mehr nicht.

»Tess! Was machen Sie denn hier?«

Als Tess sich umwandte, sah sie Pinky vor sich. »Ich will noch ein letztes Mal dabei sein«, antwortete sie so gelassen wie möglich.

Pinky blickte sie verwundert an. »Obwohl Sie gekündigt haben? Sie machen doch hoffentlich keinen Rückzieher?«

»Nein.« Wie sollte sie es erklären? »Ich will Lucile nicht noch mehr schaden. Dafür steht für sie heute zu viel auf dem Spiel.«

Pinky schien ehrlich verdutzt. »Sprechen wir hier von der Frau, die Jims Leben ruinieren wollte? Ihr wollen Sie jetzt helfen?«

»Das Komplott geht nicht auf Lucile zurück, sondern auf Cosmo. Ich will sie nicht verteidigen.« Es lag Tess viel daran, von Pinky verstanden zu werden. »Ich bezahle eine Schuld, und zwar auf die einzige Weise, die mir möglich ist. Lucile hat mich nach Amerika gebracht.«

»Eine ziemlich kostspielige Passage.«

Tess versuchte zu lächeln. »Das stimmt. Aber erinnern Sie sich an Jean Darlings Worte, Pinky, und denken Sie einmal nicht als Reporterin.«

»Genau das mache ich doch. Und genau deshalb stecke ich jetzt in der Zwickmühle.« Plötzlich grinste sie bedrückt. »Ich habe ebenfalls Neuigkeiten, Tess. Die *World* hat mir eine Stelle angeboten. Mit besserer Bezahlung.«

»Das ist ja wunderbar. Freuen Sie sich nicht?«

»Eigentlich nicht so recht. Es ist ein Schundblatt. Zumindest im Vergleich zur *Times*.«

»Dann ...«

»Ich weiß, aber ich habe keine große Wahl.«

»Wirklich?«

Pinky war so überrascht, dass sie nicht weiterwusste. Schweigend sahen sie zu, wie eine schwarze Limousine vor dem *Maison Lucile* vorfuhr. Es war halb zwei.

»Wie viele bis jetzt? Vielleicht habe ich mich verzählt.« Zumindest hoffte Tess das.

»Zehn Wagen und fünfzehn Frauen. Und dann noch ein paar Zeitungsleute, die ich kenne und die darauf brennen, vom Untergang des *Maison Lucile* zu berichten. Wie viele Kundinnen hat sie denn erwartet?«

»Mehr als fünfzig. Aber reiben Sie sich jetzt nicht die Hände.«

»Ich kann Luciles Angeberei nicht leiden, aber gestern schien sie wirklich am Boden zerstört. Ich bin nicht völlig gefühllos, müssen Sie wissen.«

»Wer ist das?« Tess wies auf eine Dame, die eben aus einem Wagen stieg. »Sie ist wunderschön!«

Pinky betrachtete die sorgfältig aufgemachte Frau in ihrem federleichten Seidenmantel. »Jack Bremertons erste Frau. Die Scheidung damals war ein Riesenskandal.« Die anmutige Person wartete reglos und majestätisch, bis ihr der Portier die Tür aufhielt.

Als Pinky sich umwandte, sah sie, dass Tess rot geworden war, während sie die Frau betrachtete. »Tess?«

Sie riss sich langsam von dem Anblick los. »Entschuldigung, ich habe nicht aufgepasst«, sagte sie.

Immer mehr Autos fuhren vor. Plötzlich wimmelte es von Butlern, die unter Verbeugungen und gemurmelten Floskeln den meist stark geschminkten, in wallende, farbenprächtige Kleider gehüllten Damen aus den Limousinen halfen.

»Die Stars kommen«, sagte Pinky, während sie ihren Notizblock hervorzog. »Ich muss zu ihnen. Wir sehen uns bei der Schau.«

»Wer ist das?«

»Die vordere ist Mary Pickford. Die andere, mit dem Halstuch, ist Isadora Duncan.«

»Ich hätte nicht gedacht, dass sie kommen würden.«

Pinky bedachte sie mit einem leicht entnervten Blick. »Bei all den Reportern, die hier sind? Welche Schauspielerin würde sich da nicht zeigen?« Dann war sie fort. Sie eilte zur Eingangstür und verschwand gleich hinter der auf silbernen Absätzen trippelnden zierlichen Mary Pickford im Gebäude.

Tess wollte sich gerade selbst auf den Weg ins Atelier machen, als drei Wagen vor dem Eingang hielten, aus denen jeweils mehrere Frauen stiegen. Sie rückten ihre Hüte zurecht, zupften an ihren Stolen und blieben dann etwas hilflos auf dem Bürgersteig stehen, als würden sie auf Anweisungen warten.

Kurz darauf trat Elinor aus dem Gebäude, nickte ihnen kurz zu und komplimentierte sie unter leisen Anweisungen hinein. Als sie aufsah, bemerkte sie Tess.

»Verkäuferinnen, angeheuert, um die Reihen zu füllen«, meinte sie, während sie auf die jungen Frauen deutete. »Kommen Sie?«, fragte sie dann lächelnd.

Tess nickte. Bewundernd stellte sie fest, wie vorausschauend Elinor gehandelt hatte. Sie würde alles tun, um ihrer Schwester durch diese schweren Stunden zu helfen. Für Tess war es inzwischen zu spät, ihre Meinung zu ändern, obwohl sie erkannte, dass sie in eine Falle gelaufen war.

Das Atelier war wie verwandelt. Tess war zwar an den Vorbereitungen beteiligt gewesen, von der Eleganz, die sie plötzlich umgab, war sie jedoch völlig überwältigt. Der mit Chiffon umhüllte Laufsteg wurde von unten mit versteckten Scheinwerfern angestrahlt, die ihn in einen weichen, an Kerzenlicht erinnernden Schimmer hüllten. Seitlich davon spielten Luciles Musiker auf ihren halb im Dunkeln liegenden Plätzen eine zauberhafte Melodie.

Während die Klänge den Raum erfüllten, räumten James und zwei Helfer unauffällig die beiden hintersten Stuhlreihen fort.

 Dienstmädchen in schwarzen Kleidern mit gestärkten weißen Leinenschürzen schenkten Tee aus. Die Reporter waren an die Seitenlinie verbannt und standen an der Wand.

Lucile trug eine pflaumenfarbene griechische Tunika und hatte das leuchtend rote Haar zu einer Hochfrisur aufgesteckt. Sie lächelte hoheitsvoll und begrüßte ihre Gäste mit einer Mischung aus Herzlichkeit und Blasiertheit, die sie genau einzusetzen wusste. Zum ersten Mal konnte Tess miterleben, wie sie sich auf wundersame Weise in die sagenhafte »Madame Lucile« verwandelte.

Als James Tess entdeckte, riss er erschrocken die Augen auf. Offenbar befürchtete er, sie wollte eine Szene machen. Vielleicht würde es aber auch ohne ihr Zutun zu einem Eklat kommen, wenn Lucile, die quicksilbrige wache Lucile, sie sah und hinausbeorderte. Tess konnte nur hoffen, dass Elinor recht hatte und Lucile an diesem Tag nur an einem gelegen war – einen Eklat unter allen Umständen zu vermeiden.

Als die Musiker zu spielen aufhörten, trat Lucile auf den Laufsteg. Das Licht eines einzelnen Scheinwerfers fiel auf ihr Gesicht und unterstrich ihre beherrschten Züge: »Meine lieben Freundinnen, heute zeige ich Ihnen meine Kollektion, und ich sage Ihnen, Sie werden staunen. Ich wage zu behaupten, dass sie die beste in meiner bisherigen Laufbahn ist. Ich bin sicher, dass Sie mir zustimmen werden.« Sie nickte kurz einer Assistentin zu, die das Auftragsbuch, einen der wichtigsten Bestandteile der Veranstaltung, in Händen hielt. Tess wusste, was das hieß: Die Assistentin würde die Reaktion der Kundinnen auf die einzelnen Modelle beobachten. Nach der Schau würde sie leise auf die Damen zugehen, von denen sie annahm, dass ihr Interesse in einen Kauf münden würde. Äußerst diskret, versteht sich.

Elinor, die fast ganz vorn saß, blickte sich um und sah Tess fragend an. Aber ihre Beine versagten ihr den Dienst.

»Und nun ...« – dem Laufsteg zugewandt hob Lucile den

Arm, die ausgebreitete Handfläche nach oben gerichtet – »… sehen Sie das erste Modell der Frühjahrskollektion des Jahres 1912 aus dem *Maison Lucile*. Ich nenne es ›Sanfter Seufzer hungriger Lippen‹. Meine lieben Freundinnen, lauschen Sie dem Flüstern des Chiffons bei den Bewegungen, und Sie werden wissen, warum es diesen Namen trägt.«

Ein Murmeln ging durch die Reihe der Reporter, kurz darauf hörte man missbilligendes Schnalzen. Luciles Kundinnen aber klatschten höflich, als das Mannequin ins Scheinwerferlicht trat, sich langsam drehte, um den Traum in Puderblau von allen Seiten zu zeigen, und dann wieder ins Dunkel tauchte.

»Als Nächstes sehen Sie ein zauberhaftes Nachmittagskleid mit dem Namen ›Ausgelassenes Liebeslied‹«, verkündete Lucile beim Erscheinen eines Mannequins in schimmerndem, mit Brokat abgesetztem Tüll.

Diesmal äußerten die Reporter ihre Missbilligung lauter. Tess zuckte innerlich zusammen. Alle hatten davon abgeraten, doch Lucile hatte an der längst überholten Tradition festgehalten, ihren Modellen Namen zu geben.

»Könnte das Nachthemd sein, das mit dem Schiff untergegangen ist«, flüsterte ein Reporter deutlich hörbar und kichernd.

Die zierliche und dennoch beeindruckende Mary Pickford hob die zarten, behandschuhten Finger an den Mund, als wollte sie ihrerseits ein Kichern unterdrücken. Lucile presste die Lippen zusammen, verzog aber keine Miene.

Tess konnte sie da vorn nicht länger allein lassen. Ohne zu überlegen, ging sie zum Laufsteg hinüber.

Lucile, das Gesicht bleich wie durchscheinendes Eis, warf einen kurzen Blick in ihre Richtung. Tess machte sich auf eine Szene gefasst, auf den Befehl, den Raum zu verlassen. Womöglich steuerte sie auf eine Katastrophe zu.

Doch Luciles Blick verriet keinerlei Verwunderung. Tess hatte mit ihrem Verdacht also recht gehabt: Das Ganze war ein inszeniertes Spiel, von Elinor mit dem Wissen ihrer Schwester eingefädelt. Es würde niemandem gelingen, die Grande Dame der Modewelt in eine unerwartete Situation zu bringen. Aber es war sinnlos, sich jetzt zu empören. Lucile würde ihren Auftritt durchziehen und die verletzte Unschuld geben, ob das nun den Tatsachen entsprach oder nicht – bis zum Ende ihrer Modenschau.

»Meine lieben Freundinnen, ich möchte Ihnen ein vielversprechendes junges Talent vorstellen, das ich unter meine Fittiche genommen habe«, sagte sie, an ihre Kundinnen gewandt. »Begrüßen Sie Tess Collins!«

Einige der Damen klatschten. Aus der Nähe konnte Tess die tiefen Furchen sehen, die sich durch Luciles Brauen zogen, und die dunklen Schatten unter ihren Augen. Auch wenn sie nur eine Figur in einem Schachspiel war, sie war bereit, Lucile dieses letzte Geschenk zu machen. Lächelnd wandte sie sich dem Publikum zu.

Lucile setzte bereits ihren Vortrag fort. »Und sie kommt gerade rechtzeitig«, sagte sie mit offensichtlicher Genugtuung, »denn das nächste Modell, meine Damen und Herren …« – mit einem vielsagenden Blick sah sie zu den Reportern hinüber – »… ist eine Kreation von Miss Collins. Ein elegantes Modell in Seide und leider ohne Namen.«

Der Scheinwerfer wurde auf die Stelle gerichtet, an der das Mannequin den Laufsteg betrat; so konnte niemand sehen, wie sich ein Ausdruck der Überraschung auf Tess' Gesicht ausbreitete. Ging es auf Elinors Überredungskünste zurück, dass Lucile Tess' Modell am Ende doch noch in die Schau aufgenommen hatte? Stolz, wie Lucile war, hatte man erwarten können, dass sie es weggeworfen hatte.

Das Mannequin gab sich bei ihrem Weg über den Laufsteg weniger lasziv als ihre Vorgängerinnen. Das Licht tanzte sanft über den Stoff und hob seine Textur hervor. Bei der Drehung des Mädchens wurde der Saum des gekürzten Rocks hochgewirbelt und entblößte ein wenig Bein oberhalb der Stiefel. Ein Raunen ging durch den Raum; nirgendwo ein Kichern.

»Miss Collins wird es uns beschreiben«, sagte Lucile plötzlich. »Es ist ihr Modell.«

Zögernd blickte Tess ins Publikum und fragte sich, was sie zusammenstottern würde. »Dieses Kleid soll wie selbstverständlich den Bewegungen seiner Trägerin folgen, statt sie zu behindern«, setzte sie vorsichtig an. »Ich wollte ein praktisches, modernes Modell entwerfen, mit dem eine Frau ungehindert aus Kutsche und Auto aussteigen und rasch über den Bürgersteig laufen kann, ohne über ihre Röcke zu stolpern. Alles verändert sich, und die Mode muss sich diesen Veränderungen anpassen.« Sie hielt inne. Ermutigt durch zustimmendes Nicken im Publikum, fuhr sie fort: »In einigen Jahren werden wir uns nicht mehr mit zahllosen Knöpfen an unseren Gewändern abplagen müssen, sondern andere Verschlüsse zur Verfügung haben. Und das ist längst nicht alles. Vielen mag es gewagt erscheinen, aber wir können jetzt schon kürzere Röcke tragen und ein wenig Bein zeigen.« Kamen diese Worte tatsächlich aus ihrem Mund? Nachdem sie sich mehrmals gedreht und gewendet hatte, schritt das Mannequin zurück zur Garderobe. Tess sah ihr mit dem kritischen Blick der Expertin nach. Offenbar war das Oberteil doch gelungen, aber das Modell war insgesamt so schmucklos, dass es gewiss niemand ordern würde. Der Applaus war allerdings lebhaft. Tess bemerkte einen Ausdruck der Überraschung in Luciles Gesicht: Offenbar gefiel ihren Kundinnen dieses schlichte Modell.

»Meine junge Schülerin und ich werden Sie nun abwechselnd durch die Schau geleiten«, verkündete sie unvermittelt und verbeugte sich vor Tess. Offensichtlich genoss sie es, sie verblüfft zu sehen. Vielleicht war sie aber auch nur froh, dass die unhöflichen Laute der Missbilligung verstummt waren.

Pinky wurde allmählich unruhig. Normalerweise wäre ihr eine solche Veranstaltung keine Zeile wert gewesen. Ein paar Stunden stillzustehen und mit Rüschen und Bändern besetzte Kleider zu betrachten machte einfach keinen Spaß. Sie war lediglich gekommen, um über die dramatischen Entwicklungen auf dem Laufenden zu bleiben. Doch sie musste zugeben, dass Tess' Modell ihre Neugier geweckt hatte, es wirkte erfrischend leicht und bequem. Pinky betrachtete die Frauen auf den Zuchauerplätzen. Kaum zu glauben, dass sie so fasziniert waren. Ihre sorgfältig gepuderten Gesichter mit Lippen in allen möglichen Rotschattierungen wirkten wie Masken. Ihren Rücken hielten sie kerzengerade, wahrscheinlich wegen ihrer Korsetts.

Ihr Blick wanderte weiter durch den Raum und blieb an der hochgewachsenen Mrs. Bremerton hängen, der es irgendwie gelang, begeistert und unglücklich zugleich auszusehen. Wie lange sie für diesen Gesichtsausdruck wohl geübt hatte? Und warum war Tess bei ihrem Anblick rot geworden? Pinky kritzelte gedankenversunken auf ihrem Programm herum, als sie plötzlich, den Stift in der Luft, innehielt.

Natürlich. Jack Bremerton war der andere Mann. Tess hatte ihn erwähnt, Pinky über ihn ausgefragt – und dann kein Wort mehr über ihn verloren. Wie dumm sie war! Ihr Vater war gleich darauf gekommen. Er hatte seinen scharfen journalistischen Instinkt nicht verloren. Dabei lag es die ganze Zeit über auf der Hand. Und was sollte sie jetzt damit anfangen? Als sie die Augen zu Tess wandern ließ, wünschte sie schon fast, sie hätte das Geheimnis nicht erraten.

Das Defilee erreichte seinen Höhepunkt. Das Mannequin mit dem Hochzeitskleid – das Modell, das sich so hartnäckig Luciles Absichten widersetzt hatte – bot ihr ganzes theatralisches Können auf, als sie über den Laufsteg rauschte. Das Kleid schimmerte im Licht, der feine Perlenbesatz ließ die Strahlen tanzen. Anerkennender Applaus brandete auf, und Lucile gab das Zeichen, alle Lampen einzuschalten. Das Streichquartett wechselte unverzüglich zu einer beschwingteren Melodie. Die Gäste begannen sich zu regen, sie strichen sich die Kleider glatt und unterhielten sich leise miteinander, lächelten Madame Lucile mit echter Bewunderung zu.

Aufmerksam beobachtet von Elinor, bestellte Mary Pickford eines von Luciles Kleidern und zählte in ihrer melodischen Stimme zugleich die von ihr gewünschten Änderungen auf. »Bitte keinen Tüll für den Unterrock«, orderte sie. »Und können Sie es bitte kürzen – vielleicht sieben, nein acht Zoll? Kürzere Röcke gefallen mir.« Tess' Entwurf bestellte sie nicht, aber das wäre auch zu viel erwartet gewesen.

Anschließend reichte man den Damen Tee und kleine Zitronentörtchen, ehe sie sich unter wortreichen Dankesbekundungen in Richtung Tür bewegten. Nur zwei weitere Kleider waren geordert worden – eines davon ausgerechnet von der unnahbar wirkenden Mrs. Bremerton.

»Es werden noch weitere Bestellungen hereinkommen«, sagte Elinor. »Und ich wette, dass auch Ihr Modell dabei sein wird.« Sie seufzte. »Die Dinge verändern sich, man kann es spüren. Ich wünschte, Lucile würde es zur Kenntnis nehmen. Oder wenigstens ihren Modellen nicht mehr diese albernen Namen geben.«

»Warum haben Sie mir nicht gesagt, dass Lucile in Ihr kleines Komplott eingeweiht war?«

»Dass Sie kommen würden? So erregbar, wie Lucile ist, hätte ich nicht gewagt, es dem Zufall zu überlassen. Wenn ich Ihnen das aber gesagt hätte, wären Sie nicht gekommen. Egal, sie ist sich dessen bewusst, dass es nichts weiter als eine Demonstration für die Öffentlichkeit war.«

»Und ich diente erneut als eine ihrer Schachfiguren.«

Doch was zählte das jetzt noch? Sie würde diese Welt der Täuschungsmanöver ein für alle Mal hinter sich lassen. Zuvor allerdings fühlte sich Tess gezwungen, Lucile ein letztes Mal entgegenzukommen. »Ich glaube, ich habe erst heute so richtig begriffen, wie ungeheuer talentiert Lucile ist. Ihre Kleider sind wunderschön, wirklich atemberaubend. Aber mehr als das bewundere ich ihren künstlerischen Stil.«

»Das stimmt«, antwortete Elinor leise. »Dennoch ist sie nicht mehr auf der Höhe der Zeit.«

Langsam ging Tess auf Lucile zu. Madame stand aufrecht wie ein Zaunpfahl an der Eingangstür und plauderte aufgeräumt mit ein paar Kundinnen. Sie verabschiedete sich von den letzten Gästen und winkte den Reportern beim Hinausgehen zu. Als alle gegangen waren, stand sie einen Moment lang still da und starrte ihnen mit einem undurchdringlichen Gesichtsausdruck nach.

»Madame Lucile?«

Sie fuhr auf und drehte sich um. »Ach, Tess! Werden Sie mir nun den wahren Grund verraten, warum Sie heute gekommen sind?« Jetzt zeigte sie wieder ihr strahlendes Lächeln. »War das nicht ein Riesenspaß? Diese dumme Isadora Duncan beschwert sich ständig, dass sie zunimmt. Aber ist Ihnen aufgefallen, dass sie sich nicht scheute, um heiße Schokolade zu bitten anstelle des Tees? Also wirklich, diese Schauspielerinnen! Und haben Sie Mrs. Bremerton gesehen mit dem maskenhaften Gesicht? Offensichtlich ist sie ziemlich gut weggekommen bei der Scheidung, sonst hätte sie sich dieses Kleid wohl nicht leisten können. Nun, wir stehen jetzt vor einem Haufen Arbeit. Wir …«

»Lucile, bitte!«

Madame hielt inne. »Wie ich vermutet habe. Sie bleiben bei Ihrer Entscheidung, nicht wahr? Es war – wie soll ich es nennen? – eine demonstrative Geste für die Öffentlichkeit.«

»Mit der Sie, wie ich hörte, gerechnet haben.« Tess war innerlich ganz ruhig. »Aber etwas anderes war wohl in der Tat nicht gespielt. Sie wussten wirklich nichts von der abgekarteten Sache mit Jims Festnahme, und es tut mir leid, dass ich es Ihnen angelastet habe.«

»Ich verzeihe Ihnen aber nicht, Tess.«

»Ich bitte Sie auch nicht um Verzeihung.«

»Sie verhalten sich ausgesprochen …«

»Grob? Unverschämt? Arrogant?«

»Ungebührlich, Ihrem Stand nicht angemessen.«

Lucile sah sie kämpferisch an, und doch erschien sie Tess sehr zerbrechlich. »Ich arbeite nicht mehr für Sie«, erwiderte Tess sanft.

»Warum sind Sie dann hier?«, fragte Lucile.

»Um Ihnen an diesem Tag beizustehen. Ich möchte nicht daran beteiligt sein, dass Ihr Geschäft zugrunde geht.«

»Das ist nur recht und billig, finde ich.«

»Sie sind wirklich meisterhaft als Modeschöpferin, Madame. Und Ihre Kollektion ist ganz zauberhaft.«

»Wie gut, dass Sie das endlich einsehen.«

»Sie wird sich sicher hervorragend verkaufen.«

»Natürlich wird sie das.« Ihre Stimme klang jetzt ein wenig dünn. Plötzlich streckte sie die Hand aus und legte sie auf Tess' Arm. »Bleiben Sie!«, sagte sie hastig. »Ich bilde Sie aus, wenn Sie sich hier niederlassen wollen. Oder Sie kommen mit mir zurück nach England. Ich werde gut für Sie sorgen und Ihnen alle Chancen bieten. Das verspreche ich Ihnen.«

Entschlossen schüttelte Tess den Kopf. Lucile würde sich niemals ändern. Tess würde da sein, um sie zu loben und um Vorschläge zu machen, um zu animieren und zu verwerfen, so wie alle in ihrer Umgebung. Es war ein ununterbrochener Tanz, sich immer wieder zu bemühen, um Madame zu gefallen. Tess sah das Netz, das sich um sie spinnen würde, sie meinte es zu spüren, und sie wollte sich nicht noch einmal von seinen klebrigen Fäden einfangen lassen.

»Es würde darauf hinauslaufen, dass wir uns irgendwann hassen«, erwiderte sie deshalb.

Eine ganze Weile sagte Lucile nichts. »Damit ist die Entscheidung gefallen«, brachte sie schließlich heraus. Plötzlich war sie nicht mehr weich, sondern hart und brüchig wie ein Zwieback. »Vielleicht haben Sie recht.«

Sie strich sich die Haare glatt und wandte sich ab, hielt dann aber inne, als wäre ihr noch etwas eingefallen. Hastig deutete sie auf ihr Büro. »Bitte kommen Sie mit hinein«, sagte sie. »Ich möchte etwas Privates mit Ihnen besprechen.«

Der kleine Raum mit seinen Glaswänden hatte zwar nichts Privates, doch für eine Frau, die ihr Leben im Licht der Öffentlichkeit verbrachte, mochte das durchaus so scheinen.

Tess folgte ihr, und Lucile schloss die Tür. Ein stechender, leicht säuerlicher Geruch erfüllte den Raum, obwohl die verblühten Blumen längst entfernt worden waren. Auf Luciles Schreibtisch herrschte ein wahlloses Durcheinander aus ungenutzten Einladungskarten, einer offenen Puderdose mit krümeligem Inhalt, Scheren und sogar einem Klumpen in Papier eingewickeltem verbrauchtem Kaugummi – laut Cosmo eins von Luciles Lastern. Lucile verschränkte die Arme, dann hob sie an, ohne sich Tess voll zuzuwenden: »Sie haben mich einmal hoheitsvoll genannt. Wissen Sie das noch?«

»Ja, ich erinnere mich.«

»Das bin ich ganz und gar nicht. Ich komme aus einer Familie, die auf ihre Art ebenso verarmt war wie die Ihre. Aber ich habe mich nach oben gearbeitet, meine Gute, und unterwegs eine stolze Zahl von Regeln übertreten. Ganz aus dem Nichts. Ich genieße den Geschmack des Erfolgs, auch wenn es einer Frau vielleicht nicht geziemt. Können Sie das verstehen?«

»Ja.«

»Als ich Sie traf, waren Sie zum Kampf bereit, um sich nach oben zu arbeiten. Ich habe mich in Ihnen wiedererkannt.« Plötzlich wandte sie sich um und sah Tess ins Gesicht. »Ich habe vor langer Zeit ein Kind bei der Geburt verloren. Meine Tochter wäre jetzt so alt wie Sie. Soll ich sie noch einmal verlieren?«

»Meinen Sie damit etwa mich?«, brachte Tess stammelnd hervor.

»Aber sicher.«

Tess versuchte, sich zu fassen, und rang nach Worten, denn Lucile empfand das Schweigen offenbar als unangenehm. »Es tut mir leid, dass Sie Ihr Kind verloren haben«, sagte sie schließlich. »Ich wusste nicht ...«

»Nun, ich wollte es wenigstens versuchen. Aber Sie sollen wissen, dass ich keineswegs leichtfertig das Risiko einer demütigenden Zurückweisung eingehe.« Sie beschäftigte sich mit dem kleinen Tablett mit Teekuchen, das gefährlich nahe an der Kante ihres übervollen Schreibtischs abgestellt worden war. »Wahrscheinlich schätzen Sie sich glücklich, dass Sie nicht meine Tochter sind. Ich wäre sicher eine schreckliche Mutter gewesen.«

»Madame, es tut mir wirklich leid!«

»Ist schon gut. Ich habe begriffen, dass es vorbei ist.« Trotz der Endgültigkeit, mit der sich diese Erkenntnis über beide legte, machte Lucile keine Anstalten, ihr Büro zu verlassen. Stattdessen pflückte sie gedankenverloren den Zuckerguss von einem Küchlein und ließ die Krümel auf das Tablett fallen.

»Ich habe nicht die Neigung, mir ein vergangenes Unglück immer wieder vor Augen zu führen«, sagte sie dann mit unsicherer Stimme. »Aber da gibt es noch etwas, das geklärt werden muss.«

»Und das wäre?«

Lucile richtete sich entschlossen auf. »Es betrifft die Vorfälle im Rettungsboot.«

Tess hielt erwartungsvoll die Luft an.

»Es war die richtige Entscheidung, den Männern zu verbieten, zum Schiff zurückzurudern, dazu stehe ich. Und ich kümmere mich nicht darum, dass sich die anderen über unser leeres Boot die Mäuler zerreißen – jeder ist sich selbst der Nächste.« Sie dachte nach. »Wahrscheinlich enthält aber auch das, was Jean Darling gesagt hat, einen Kern von Wahrheit: dass man keine Schuld auf sich laden sollte, weil man sich sonst selbst nicht mehr vergeben kann.« Ganz in ihre Gedanken versunken, winkte sie ab. »Auch wenn eine solche Selbstzerfleischung nicht meine Art ist, müssen Sie eins wissen: Als ich im Rettungsboot saß, griff jemand nach meinem Bein. Und das hat mich in Angst und Schrecken versetzt.«

»Wie haben Sie reagiert?« Tess wurde langsam übel von der stickigen Luft in dem engen Raum.

»Wie ich schon sagte, jemand hatte mich gepackt. Ich konnte allerdings nicht sehen, wer.« Es war, als spräche sie zu sich selbst. »Ich dachte, es wäre einer der ungeschickten Seemänner, also schob ich die Hand, so fest ich konnte, fort. Und dann hörte ich, wie etwas aufs Wasser platschte.«

Lucile verstummte. »Was geschah dann?«, fragte Tess nach einer ganzen Weile.

»Ich habe die Männer um Hilfe gebeten. Und als er erneut nach mir packte, stieß ihn einer von ihnen fort.«

»Mit dem Ruder?«

»Ja.«

»O Gott!«

»Ich kann nicht sagen, wer es war, wenn das Ihre Frage ist. Es war stockdunkel.«

Der Vorteil der Nacht. »Aber Sie müssen doch eine Vorstellung haben.«

»Wollen Sie etwa auf Cosmo anspielen? Das kann ich einfach nicht glauben. Ihr Matrose war es jedenfalls auch nicht, denn der stand auf und rang mit dem Mann, der mir zu Hilfe geeilt war, so dass wir beinahe gekentert wären. Jetzt habe ich Ihnen alles gesagt, was ich weiß.«

»Warum haben Sie das nicht vor dem Untersuchungsausschuss geschildert?«

»Das meinen Sie doch wohl nicht ernst! Man hätte mich des Mordes beschuldigt.« Sie begann, im Raum auf und ab zu gehen. »Ich war nicht die Einzige«, sagte sie dann. »Stehen Sie nicht da und sehen mich so entsetzt an. Dieses Platschen habe ich mehrfach gehört. Aber ich konnte nichts sehen. Ist es so verwerflich, dass wir überleben wollten?« Lucile hielt einen kurzen Moment inne. »Was wollen Sie jetzt anfangen? Es Gott und der Welt erzählen?«

»Aber, Madame!« Tess hätte am liebsten geweint und getobt zugleich.

Lucile wurde lauter und sprach schneller. »Warum macht man den Überlebenden Vorwürfe? Sind wir etwa für das Unglück verantwortlich? Wissen Sie noch, wie es war, als wir zusahen, wie das Schiff unterging? Ich war fassungslos. Der Bug nach unten gekippt wie ein Spielzeug, ein Spielball der Natur – ein Anblick, wie man ihn niemals wieder vergessen kann. Und dann erwartet man von uns, dass wir keinerlei Spuren davontragen. Dass wir wieder nach den Regeln der Zivilisation funktionieren, die Männer sich an den Hut tippen, wenn sie eine Frau sehen, und ihr den Vortritt lassen. Wie lächerlich! Wenn es einen Gott gibt, hat er sich bestimmt köstlich darüber amüsiert, dass wir so dumm sind, in einem aus Zahnstochern gebauten Gefährt auf dem Ozean zu schwimmen. Denn die Spielbälle waren wir. Was ist bloß los mit dieser Welt?«

Mit diesem Aufschrei blieb sie stehen. »Ich glaube nicht, dass ich die Einzige war, die jemanden fortgestoßen hat. Aber vielleicht liege ich da falsch.«

»Sie haben ihn nicht absichtlich umgebracht.«

»Nein. Ich wollte nur nicht angefasst werden. So erkläre ich es jedenfalls mir selbst.« Inzwischen hatte sie Tess den Rücken zugewandt. Stolz, fest, gerade und unbeugbar.

»Ihnen blieb keine Zeit zum Nachdenken«, versuchte Tess sie zu beruhigen.

»Ja, gewiss. Andererseits habe ich niemandem davon erzählt, wie Sie selbst schon bemerkt haben. Ich habe genauso wenig Charakter gezeigt wie Jean Darling.«

»Warum erzählen Sie es dann mir?«

»Wohl ein Versuch, die Luft zu reinigen. Zwischen uns beiden hat es einige Unklarheiten gegeben.«

»Es war verzwickt«, sagte Tess leise.

Lucile wandte sich hastig um und lächelte kurz, aber es war ein hartes Lächeln. »Alle meine Beziehungen sind verzwickt, meine Gute. Ich wünsche Ihnen viel Glück.«

Tess merkte plötzlich, dass ihr Tränen in die Augen stiegen.

 »Sie haben mich nach Amerika gebracht«, sagt sie. »Mir eine Chance gegeben und mir die Richtung gewiesen. Und dafür danke ich Ihnen.«

»Herrgott noch mal, werden Sie jetzt nicht rührselig. Lassen Sie es gut sein. Auf Wiedersehen, Tess.«

»Aber ...«

Lucile war schon zur Tür gegangen. Sie eilte fort und ließ Tess mitten im Satz stehen.

»James!«, rief sie, während sie wütend in die Hände klatschte. »Wo sind Sie? Sorgen Sie dafür, dass jemand das Teegeschirr forträumt. Und nehmen Sie heute noch die Vorhänge ab. Bin ich denn hier die Einzige, die noch arbeitet?«

Tess verließ das Büro und ging langsam zum Fahrstuhl. Elinor erwartete sie bereits.

»Dann hat sie es Ihnen also erzählt. Heute Morgen hat sie zu mir gesagt, sie wünschte sich, sie hätte noch die Gelegenheit dazu.«

»Vielleicht gibt sie sich die Schuld für eine Tat, zu der sie allein eigentlich gar nicht in der Lage war. Sie hätte nicht die Kraft gehabt, einen Mann vom Bootsrand fortzustoßen.«

»Mir hat sie gesagt, es sei Tom Sullivan gewesen, der mit dem Ruder zuschlug.«

»Auf Cosmos Anweisung? Oder auf ihre?«

»Das werden wir wohl nie erfahren. Ich vermute allerdings, dass dieser verschlagene Halunke es aus eigenem Antrieb getan hat. Sehen Sie, wie wir uns unsere Geschichten zusammenbasteln? Wahrscheinlich, um uns reinzuwaschen.«

»Warum lag Ihrer Schwester so viel daran, dass ich es erfahre?«

»Das hat sie nach Jean Darlings Aussage beschlossen. Sie fühlte sich dazu gedrängt. Ich nehme an, sie hat Sie nicht gebeten, es für sich zu behalten, aber ich hoffe sehr, Sie tun es.«

Tess konnte nur nicken. Wieder musste sie sich entscheiden.

»Übrigens soll ich Ihnen von Lucile noch das hier geben.«

Elinor zog einen kleinen Samtbeutel hervor und drückte ihn Tess in die Hand. »Sie nennt es ein Andenken. Es soll Ihnen Sicherheit und inneren Frieden schenken. Sie wüssten, was es bedeutet, hat sie gemeint.«

Als Tess langsam die Bänder aufknotete, brannten ihre Augen. Die Mondstein-Ohrringe.

»Bitte sagen Sie nicht, Sie können das Geschenk nicht annehmen. Tun Sie ihr das nicht an.«

Tess nickte erneut. »Dann richten Sie ihr bitte meinen Dank aus«, sagte sie.

»Lucile ist wirklich traurig, dass Sie sie verlassen. Ich hoffe, das wissen Sie.«

»Ich hätte ihr gern noch sehr viel mehr gesagt.«

»Das gilt wahrscheinlich auch für Lucile.« Elinor seufzte. »Was geschehen ist, ist geschehen. Und Sie lesen die Zeichen der Zeit richtig, wenn Sie das tröstet. Meine Schwester wird sich niemals ändern. Haben Sie schon Pläne? Was werden Sie tun?«

»Das weiß ich noch nicht.«

»Nun, jedenfalls viel Glück. Wissen Sie, dass Sie zu den wenigen Menschen gehören, die Lucile unbeschadet überlebt haben?« Elinor sagte es fast schon zärtlich und nahm ihren Worten damit die Schärfe. »Bleiben Sie mit mir in Kontakt, und falls Sie jemals Hilfe brauchen, melden Sie sich.« Sie überlegte. »Ich werde mit ein paar Leuten sprechen, die Ihnen vielleicht eine Stelle verschaffen können. Wie ich gehört habe, sucht Coco Chanel noch Mitarbeiterinnen. Sie hat sich neuerdings entschlossen, mehr als nur Hüte zu entwerfen. So wie es aussieht, haben Sie eine Zukunft in – wie ist der Ausdruck, den Lucile nicht leiden kann? – in der ›Bekleidungsindustrie‹.«

Tess lächelte. »Meine Spezialität sind nach wie vor Knöpfe. Obwohl sie schon bald überholt sein werden.«

»Bleiben Sie am Ball – den Einstieg haben Sie ja schon geschafft. Ach, ehe ich es vergesse …« Sie zog einen Umschlag aus der Tasche. »Der ist gestern für Sie eingetroffen.«

Tess' Herz machte einen Sprung, als sie die Handschrift mit den sorgfältig geschriebenen, fast schon gezeichneten Buchstaben erkannte. Ihre Briefe nach Hause waren also wirklich angekommen. Sie stellte sich vor, wie sich ihre Mutter beim Licht der Kerze über den Schreibblock beugte. Eine Nachricht von zuhause. Tess schob den Brief in die Tasche. Sie würde ihn später lesen, wenn sie allein war.

Als sie in den Fahrstuhl stieg, sah sie noch einmal, wie Lucile durch die Gänge ihres Ateliers schritt und nach beiden Seiten Anweisungen erteilte. Aus ihrer Frisur hatten sich einige Strähnen gelöst.

Gerade als sie meinte, etwas begriffen zu haben, war es auch schon wieder vorüber. Tess dachte an die Frau mit der faszinierenden Aura, die über die Decksplanken der *Titanic* schritt, als gehörte ihr die Welt. Madame Lucile. Tess, das Mädchen an ihrer Seite, lauschte dem seidigen Rascheln des ehrfurchtsvollen Flüsterns, das ihr folgte. Weißt du, wer das ist? Die berühmteste und beste Modeschöpferin der Welt. Wenn man ihre Kleider tragen kann, gehört man zur *crème de la crème*. All das hatte sich in Luft aufgelöst – war nur noch ein Bild ihrer Erinnerung.

Tess schloss die Augen und öffnete sie erst wieder, als die Fahrstuhltüren im Erdgeschoss aufgingen. Niemand würde dort auf sie warten – weder aufgeregte Reporter noch Kundinnen. Als Tess ins Freie trat, kam es ihr vor, als würde sie aus einem Traum auftauchen. Das einzig Greifbare in diesem Augenblick war der Brief ihrer Mutter.

17

Pinky stand auf dem Gehsteig, ganz gegen ihre sonstige Art ungeduldig, wie Tess fand, als sie aus dem Gebäude trat. Die Damen der höheren Gesellschaft waren schon fort, doch die Verkäuferinnen standen noch in kleinen Grüppchen vor dem Haus und warteten auf die Limousinen. Kichernd ließen sie die elegante Veranstaltung Revue passieren, zu der sie in letzter Minute eingeladen und für deren Besuch sie sogar bezahlt worden waren.

»Sie sind noch da?«, rief Tess dankbar.

»Ich dachte, ich warte auf Sie. Hatte allerdings nicht damit gerechnet, dass Sie da oben noch herumtrödeln würden. Wollen Sie zum Abendessen mit zu mir kommen?«

Ob es an der freundlichen Einladung lag oder daran, dass ihr ohnehin zum Weinen zumute war – Tess stiegen die Tränen in die Augen.

Pinky sah sie besorgt an und tätschelte ihr ungeschickt den Rücken. »Ich habe zwar nicht verstanden, was Sie damit bezwecken wollten, aber Sie haben Lucile einen größeren Dienst erwiesen, als sie verdient hat«, meinte sie.

»Ich wollte ihr etwas zurückgeben. Ich habe ihr viel zu verdanken.«

»Ist es Ihnen schwergefallen, sich zum zweiten Mal von alldem zu verabschieden? Waren Sie versucht zu bleiben?«

Tess schüttelte den Kopf. »Solche Kompromisse gehe ich nicht mehr ein.«

»Das kann ich verstehen. Man sieht, dass diese Frau den anderen die Luft zum Atmen nimmt. Aber das Kleid, das Sie entworfen haben, ist hübsch.«

Tess brachte ein zittriges Lächeln zustande. Pinky fällte sicherlich nicht oft ein Urteil über Mode.

»Ich frage mich, was Sie so aus der Fassung gebracht hat, als Sie Mrs. Bremerton sahen«, wagte sich Pinky vor. »Da ist doch was im Busch, und ich glaube, ich weiß auch, was.« Vielleicht war das zu direkt, aber jetzt hatte sie es ausgesprochen. Es war ohnehin besser, die Karten auf den Tisch zu legen. Meistens jedenfalls.

»Sie sind eine gute Beobachterin«, sagte Tess.

Kurzes, peinliches Schweigen.

»Haben Sie morgen schon etwas vor? Ich würde Sie gern zum Suffragettenmarsch mitnehmen. Er beginnt am Washington Square, unter dem Bogen. Haben Sie den schon gesehen? Ein beeindruckendes Bauwerk.« Das Gesprächsthema zu wechseln war nicht gerade Pinkys Stärke, und sie geriet fast ins Stottern, weil sie viel zu hastig sprach. »Wissen Sie noch, was ich Ihnen über den Schimmel gesagt habe? Wie schön er ist? Die Frau, die ihn reitet, hat unglaublich lange Haare und bietet ein prächtiges Bild, so wie es die Fotografen mögen. Ich würde es gern auf die Titelseite schaffen. Besonders wenn auch die Frauen kommen, die für die Männer, die bei der Rettung zurücktraten und auf der *Titanic* umkamen, ein Denkmal errichten wollen und dafür Geld sammeln. Sie sind wütend auf die Suffragetten, die ihnen zum Vorwurf machen, sie hätten sich allzu leichtfertig von den Männern den Vortritt geben lassen und damit die Männer in den Tod geschickt. Eine ziemlich pikante Geschichte.«

»Pinky, es war ein einziges Chaos«, erklärte Tess müde. Sie wollte das nicht alles noch einmal durchleben müssen.

»Nun, die Gleichberechtigung sollte in allen Bereichen gelten. Letztlich ist alles politisch, soweit ich weiß. Wir werden uns also Hohn und Spott aussetzen. Trotzdem ist es besser, wenn wir Frauen am gleichen Strang ziehen.«

»Ich werde es mir überlegen«, meinte Tess. Plötzlich beneidete sie Pinky. Für sie schien das Leben leicht zu sein und ohne Fragen. Wie angenehm musste es sein, wenn man sich seiner Entscheidungen so sicher war.

»Warum Bremerton und nicht Jim?« Pinkys Frage kam völlig unerwartet.

»So ist es nicht. Die beiden sind sehr verschieden.«

»Was soll das heißen?«

»Fragen Sie als Reporterin oder als Freundin?«

Das hatte Pinky inzwischen entschieden, und zwar in dem Moment, als oben im Atelier das elegante Hochzeitskleid an ihr vorbeigeschwebt und sie mit ihren Gedanken ganz woanders gewesen war. »Als Freundin«, antwortete sie.

»Jack ist ...« Tess suchte nach den richtigen Worten. »Er ist ein Mann aus einer magischen Welt, der selbst etwas Magisches an sich hat.«

Pinky sah sie ratlos an. »Und was hat das mit Ihnen zu tun?«

»Das versuche ich gerade herauszufinden.«

»Nun, er ist reich und offenbar in Sie verliebt. Wahrscheinlich wäre es in Ihren Augen Wahnsinn, ihn aufzugeben. Außerdem vermute ich, dass Sie gern heiraten möchten. Ich habe es auch einmal in Erwägung gezogen. Da gab es diesen Mann ...« Pinky klang plötzlich wehmütig. »Aber ich brachte es nicht fertig. Ich will keine Ehe, da würde ich mir vorkommen wie eine Maus in der Falle.«

»So muss es nicht sein.«

»In der Regel ist es aber so.« Pinky wusste nicht, wie sie Tess beschreiben sollte, was es war, worauf sie niemals verzichten wollte: das aufregende Gefühl, beim Betreten eines Raums zu wissen, dass sie allein wegen ihres Namens von anderen beachtet, ja respektiert wurde; dass ihr Beruf sie davor bewahrte, verächtlich abgetan oder wie Luft behandelt zu werden; dass sie dadurch Einblick in die verschiedensten Welten erhielt, obwohl manche sie ängstigten. »Meine Arbeit würde ich nie aufgeben, für nichts und niemanden«, sagte sie. »Sie aber haben es getan, und das war mutig.«

»Wie meinen Sie das.«

»Dass Sie für Jim Ihre Stelle geopfert haben.« Diesmal war

Pinky so klug, es bei dem einen Satz zu belassen. Sie konnte den Ausdruck in Tess' Augen nicht vergessen, als die beiden sich gestern begegnet waren.

Sie schwiegen lange.

»Ich habe ein schönes rundes Hähnchen vorbereitet, das nur noch in den Ofen geschoben werden muss«, sagte Pinky vorsichtig.

»Heute geht es leider nicht. Ich muss noch etwas erledigen. Aber danke für alles, du bist eine gute Freundin.« Spontan schloss Tess sie in die Arme.

»Dann sehen wir uns vielleicht morgen?«, fragte Pinky.

»Vielleicht.«

»Wenn du kommst, hat das etwas zu bedeuten.«

»Ach. Und was?«

»Ist nur so eine Idee. Mach's gut, Tess.« Pinky wandte sich um und ging langsam in Richtung Redaktion. Lag sie richtig mit dem, was sie gesagt hatte? Würde sie für ihren Beruf wirklich alles andere aufgeben? Mehr Sicherheit würde es ohnehin nirgendwo geben. Möglicherweise musste sie sich nur von der Vorstellung lösen, dass sie irgendwo Zuflucht finden konnte. Vielleicht war inzwischen auch für sie die Zeit gekommen, ein Risiko einzugehen. Tess hatte es getan.

Van Anda betrachtete Pinky kritisch, als sie durch die Redaktion auf seinen Schreibtisch zusteuerte. Trotz jahrelanger Erfahrung konnte er immer noch nicht deuten, was in ihr vorging. Sie zeigte in den letzten Tagen nicht mehr ganz den rechten Biss, und er erkannte die Anzeichen: Die regelmäßige Beschäftigung mit der *Titanic* begann sie zu langweilen. Aber, verdammt, sie lieferte ihm noch immer großartige Storys.

»Na, was haben Sie mir von der Modenschau mitgebracht?«, fragte er grinsend, obwohl sie nicht zum Scherzen aufgelegt schien.

»Sie mussten die Zuschauerplätze mit Verkäuferinnen füllen,

damit es nicht peinlich leer wirkte. Kein guter Tag für das *Maison Lucile*.«

»Wie viele Zeilen können Sie mir bringen? Und schreiben Sie um Himmels willen was über die Kleider. So was wollen die Frauen lesen.«

»Es gab ein hübsches, aus gelber Seide.«

»Ich sehe schon, Sie haben ein Auge für Mode.«

Das war ihr üblicher Schlagabtausch. An diesem Tag aber wollte es Pinky nicht darauf beruhen lassen. »Carr, die *World* hat mir eine Stelle angeboten.«

Van Anda straffte den Rücken, so dass der Stuhl unter seiner plötzlichen Bewegung knarzte. »Eine Stelle? Welche? Die *World* arbeitet nicht mit Frauen.«

Sie blickte ihn herausfordernd an. »Ich weiß. Aber mit guten Reportern.«

Van Anda fluchte leise. Ein grober Schnitzer. »Die werden Ihnen kaum viel Geld geboten haben. Sie ziehen es doch wohl nicht ernstlich in Erwägung, oder? Sie wären nicht ganz bei Verstand, von der *Times* wegzugehen.«

Hier war sie, ihre Chance. Auf dem Rückweg von Lady Duffs Atelier hatte sie sich die Worte genau zurechtgelegt, sie wusste, was sie sagen wollte. Sie war ein Profi in ihrem Fach, konnte sich in jede Geschichte verbeißen, die unverschämtesten Fragen stellen, einen Hinweis oder eine Quelle verfolgen, ohne lockerzulassen, und sie gab nicht auf, ehe sie erreicht hatte, was sie wollte. Sie war stolz auf ihre Arbeit und stolz auf ihre Methoden. Das alles vereinte sie in sich. Zudem genoss sie den Respekt anderer Reporter und ihres Chefs. Was also hinderte sie?

»Nun, vielleicht brauchen Sie eine Pause, müssen sich mal mit etwas anderem befassen als mit Unglück und Elend. Ich kann Sie dem Team zuweisen, das sich die Busenfreunde des Bürgermeisters vorgenommen hat. Da sind ein paar gute Sachen drin. Wir ...«

»Ich möchte eine Gehaltserhöhung.«

»Was?«

»Mehr Geld. Ich habe es verdient.«

»Für diese Branche werden Sie bereits gut bezahlt.«

»Unsere Setzer bekommen fünfzig Cent die Stunde. Das ist mehr, als Sie mir zahlen.« Als sie sein verdutztes Gesicht sah, musste sie grinsen. »Sie hätten wohl nicht gedacht, dass ich das weiß, oder?«

Van Anda seufzte und beugte sich vor. »Sie sind eine kluge Frau, Pinky. Aber im Augenblick haben die Zeitungen nichts zu lachen.«

»Das ist immer so.«

»Ich wünschte, ich könnte etwas für Sie tun.« Das Ganze musste ein Bluff sein, unmöglich, dass Pinky die *Times* verließ. Kein Reporter, der bei Verstand war, würde der angesehensten Zeitung der Stadt den Rücken kehren.

Doch Pinky wurde mit jedem Augenblick mutiger. »Ich möchte eine Gehaltserhöhung. Und zwar auf einen Dollar die Stunde.«

»Das ist doch wohl nicht Ihr Ernst!« Van Anda versuchte, Zeit zu gewinnen. Wollte er wirklich riskieren, eines seiner besten Pferde im Stall zu verlieren? Nicht unbedingt eine gute Idee. »Lassen Sie uns in ein paar Monaten noch einmal darüber sprechen. Dann sehen wir, was ich für Sie tun kann.«

Pinky versuchte zu schlucken, ihr Hals war inzwischen trocken geworden. Sie befand sich auf einem schmalen Grat und war dabei, alle Brücken hinter sich abzubrechen. »Nein, Sir, ich brauche die Gehaltserhöhung jetzt.«

Van Anda lehnte sich zurück und sah sie an. »Ziehen Sie ernstlich in Erwägung, für dieses Schundblatt zu arbeiten?«

Sie dachte an ihren Vater und das ständige Feilschen mit Mrs. Dotson. »Ja.«

»Gut, dann ziehen Sie los, und schreiben Sie Ihren Artikel. Ich will es mir in der Zwischenzeit durch den Kopf gehen lassen.«

»Ich möchte es aber jetzt gleich klären. Wenn ich mich nicht mehr damit beschäftigen muss, kann ich auch einen besseren Artikel schreiben.«

Diese Frau verlangte fast das gleiche Gehalt wie die anderen Reporter. Ehrlich gesagt war sie das auch wert. Doch seit wann konnte eine Frau so viel verdienen? Das hatte es noch nie gegeben. Andererseits änderten sich die Zeiten. Herrgott, was einem noch bevorstehen mochte mit Frauen wie dieser! Weder wich sie zurück, noch versuchte sie es mit Lächeln und Koketterie. Sie stellte einfach nur ihre Forderung. Erstaunlich.

»Was hat Ihnen die *World* geboten?«

»Einen Dollar die Stunde.«

»Wie bitte? Wo wollen die das hernehmen?«

»Keine Ahnung.«

»Also gut, Mädchen. Fünfundsiebzig Cent die Stunde. Mehr kann ich nicht auftreiben.«

»Einen Dollar.«

Sie sahen sich an. Wenn es je einen Moment gegeben hatte, in dem sie ihren Blick nicht abwenden durfte, dann war es dieser.

Van Anda warf seinen Stift auf den Schreibtisch. »Dann eben einen Dollar. Dafür müssen Sie aber etwas wirklich Gutes liefern.«

Sie grinste übers ganze Gesicht, obwohl ihr die Knie zitterten. »Das tue ich doch immer, Carr.«

»Tun Sie mir bitte einen Gefallen. Behalten Sie das für sich, sonst wollen die Männer ebenfalls mehr Geld.« Er kratzte sich am Kopf und wirkte irgendwie erschrocken über sein Einlenken. Später, vielleicht schon morgen, würden sie darüber Witze machen.

Pinky eilte summend zu ihrem Schreibtisch. Sie hatte es geschafft. Heute würde es für ihren Vater kein Hähnchen geben, sondern ein Lendensteak und frisches Gemüse. Plötzlich sah sie ihre Zukunft klar vor Augen. Wie ihr Vater gesagt hatte, würde sie irgendwann auf dem Mond tanzen. Oder zumindest nach Afrika reisen.

Als sie die Tür zu ihrer Wohnung mit einem hörbaren Klicken hinter sich geschlossen hatte, ließ sich Tess erleichtert auf einen Stuhl sinken. Endlich allein. Sie zog den Brief ihrer Mutter aus der Tasche. Beim Anblick der vertrauten Handschrift überkam sie heftiges Heimweh. Umso tiefer trafen sie die ersten Worte:

Meine liebe Tochter,
du hast ein schreckliches Unglück überlebt. Du darfst Dich aber auf keinen Fall dazu verleiten lassen, nach Hause zurückzukehren.

Während sie weiterlas, spannte sie das Papier so fest in ihren Händen, dass es beinahe zerriss:

Du hast große Tapferkeit bewiesen, und ich wünsche mir, dass Du Dir in der neuen Welt, die New York für Dich darstellt, Deinen Platz suchst, wie auch immer. Wir wissen beide, dass Du den Rest Deines Lebens Fußböden schrubben und Kleider ausbessern würdest, wenn Du geblieben wärst. Wenn ich abends im Bett liege und an die Decke blicke, male ich mir aus, wie Du dort lebst, und dann kommt es mir so vor, als wäre ich in deiner Nähe.

Tess' Mutter schrieb vom Vater, den Geschwistern und den Nachbarn, von den Preisen für Käse und Fleisch, von dem schlechten Kartoffeljahr. Tess verschlang die Zeilen, als hungerte sie nach der Schlichtheit ihres einstigen Lebens. Am Ende las sie:

Ich hatte Dir geraten, die Augen offen zu halten und auf Chancen zu achten, meine liebe Tess. Trage den Kopf hoch! Gehe nicht auf Nummer sicher, sondern schreite voran! Es wäre dumm von Dir, es nicht zu versuchen.

Tess faltete den Brief zusammen, legte ihn auf den Tisch und starrte lange darauf.

Es wäre dumm von Dir, es nicht zu versuchen.

Was? Jack würde ihr die Welt zu Füßen legen. Nicht nur das, er würde auch ihrer Mutter ganz neue Möglichkeiten eröffnen. Der Gedanke, dass sie von der mühseligen Plackerei ihres Lebens erlöst werden könnte und etwas Ruhe und Annehmlichkeiten genießen dürfte, war schwindelerregend.

Wie wunderbar war es doch, von solch einem Mann geliebt zu werden. Sie fühlte sich auf eine Weise geschätzt, wie sie es nie zuvor erlebt hatte. Es war, als tanzte sie in einem Märchen. Sie hatte von ihm geträumt und war dann von ihm und seinem Leben sanft eingehüllt worden. Aber vielleicht war es der zweiten Mrs. Bremerton ebenso ergangen. Und der ersten.

Ihre Gedanken wanderten zu Jim. Zu der Energie und Lebensfreude, die von ihm ausging und sie forttrug, die sie lachen, träumen und nachdenklich werden ließ. All das war Jim – nicht Sicherheit, sondern Hoffnung.

Der Moment war gekommen, in dem sie der Entscheidung nicht mehr ausweichen durfte. Konnte sie wirklich zu sich selbst finden, indem sie sich für einen Mann entschied? Und woher wusste sie, dass sie das Richtige tat, solange sie sich hier, in der Neuen Welt, noch nicht ihren eigenen Platz erobert hatte?

Sie stand auf und trat an die Kommode, auf der das von Jim geschnitzte Rettungsboot stand. Sie nahm es hoch und fuhr mit den Fingern sanft seine Umrisse nach. Plötzlich fragte sie sich, ob es schwimmen würde. Sie ging zum Waschbecken, füllte es mit Wasser und setzte das Boot vorsichtig auf die Oberfläche. Es schaukelte ein wenig auf seinem weich gerundeten Rumpf, dann glitt es dahin, bis es an die Waschbeckenwand stieß. Wie kunstvoll es geschnitzt war! Sie dachte an Jims geschickte Finger, an seine Freude, als er sie mit in die Holzwerkstatt genommen hatte. Sie wartete. Wieso war das Boot so wichtig? Natürlich war es das nicht. Das Entscheidende war, dass es schwamm. Und mit einem Mal wusste sie, dass sie ohne Hoffnung nicht leben wollte.

Es war schon dunkel, als sie an die Tür von Jack Bremertons Büro klopfte. Sie musste, wie ihr schien, lange warten, ehe sie das Rasseln der Kette hörte.

Mr. Wheaton, Jacks Sekretär, öffnete die Tür und riss erstaunt die Augen auf. »Sie werden aber nicht erwartet.«

»Ich weiß. Ich muss ihn dringend sprechen.«

»Ach du meine Güte.« Er zögerte, schien mit sich zu kämpfen. »Im Augenblick ist er nicht da, er ist zum Abendessen mit Mr. Ford ausgegangen. Aber kommen Sie doch herein. Ist etwas vorgefallen?« Er musterte sie besorgt.

»Ich muss einfach nur mit ihm sprechen, Mr. Wheaton.«

»Gewiss. Möchten Sie einen Sherry?« Er trat an die Anrichte. Aus einer Kristallkaraffe schenkte er ihr ein Glas der goldenen Flüssigkeit ein und reichte es ihr mit einer Verbeugung. »Sie bedeuten ihm sehr viel. Hoffentlich ist alles in Ordnung.«

Tess trank einen Schluck Sherry und wünschte sich, Jack würde heimkommen. Sie hatte keine Lust auf eine Unterhaltung mit Mr. Wheaton, nicht an diesem Abend.

»Es freut mich, dass Ihr Bekannter, der Seemann aus Rettungsboot Eins, nicht in die Falle der Duff Gordons gelaufen ist«, sagt er.

»Wir waren wirklich erleichtert«, erwiderte sie überrascht. Woher wusste er das?

Wheaton wandte sich ab und schenkte sich selbst ein Glas Sherry ein. Dann schien er spontan einen Entschluss gefasst zu haben. Äußerst wachsam sah er sie an. »Sie wissen, wer das in die Wege gleitet hat, nicht wahr?«

Sie brauchte einen Augenblick, ehe sie begriff, von wem er sprach. »Jack?«

Wheaton nickte.

»O mein Gott.« Er hatte es für sie getan. Jim vor Schwierigkeiten und Schande bewahrt. Und ihr damit eine Last von den Schultern genommen. Erstaunlich, dass es ihm so rasch gelungen war, er musste noch weitaus einflussreicher sein, als sie ahnte. Und wie großmütig er war.

»Sie sollen aber nichts davon wissen.«

»Warum nicht?« Wenn er doch nur bald heimkommen würde! Möglichst gleich, in diesem Augenblick, damit sie ihm danken konnte.

»Er wollte nicht, dass Sie befangen sind. Damit Sie ihn nicht heiraten, nur weil Sie … damit Sie ihn nicht aus Dankbarkeit heiraten. Das wäre ihm nicht genug.«

»Nein, das wäre es nicht.«

»Aus Ihrem Verhalten ziehe ich gewisse Rückschlüsse auf den Grund Ihres Kommens. Natürlich weiß ich, dass Jack ein impulsiver Mann ist und dass alles sehr schnell gegangen ist. Aber wenn Sie Bedenken haben, möchte ich Ihnen versichern, dass es keinen anständigeren und aufrechteren Menschen gibt als ihn.«

»Das habe ich nie bezweifelt.«

Dann hörten sie das Schloss der Eingangstür klicken.

»Auf Wiedersehen, Miss Collins.« Wheaton stellte sein Glas ab und huschte durch eine Seitentür hinaus.

Im nächsten Augenblick stand Jack vor ihr. Er blinzelte verwundert, schien aber den Grund ihres Kommens schon erraten zu haben, ohne dass ein einziges Wort gewechselt wurde.

»Bitte, lass dich erst umarmen!«, sagte er.

»Nein, ich muss es sagen.«

»Du wirst mich nicht heiraten.«

»Du bist ein außergewöhnlicher, ein ganz wunderbarer Mann. Aber ich kann es nicht.«

»Warum nicht?«

»Weil ich nicht fühle, was ich fühlen möchte.« Es schmerzte sie, das zu sagen, und Jacks Augen wurden ganz weit.

Er ging zur Anrichte und schenkte sich ebenfalls ein Glas Sherry ein. Dann sagte er mit ruhiger Stimme, in der jedoch eine gewisse Verletztheit mitschwang: »Tess, ich liebe dich. Und ich will dich glücklich machen. Du kannst tun und lassen, was du magst. Geld ist genug da. Wenn du ein Modeatelier haben möchtest, richte ich dir eines ein. Was immer du dir wünschst, du wirst es bekommen. Ich will dich verwöhnen.«

Tess' Gedanken wanderten plötzlich zu Cosmo und Lucile. »Aber ich möchte nicht verwöhnt werden.«

»Wir beide passen so gut zusammen. Wo ist nur dein Mut geblieben?«

»Genau den möchte ich unter Beweis stellen.«

»Dann los. Ich höre.«

Sie sah keine Möglichkeit, es in mildere Worte zu fassen. »Ich bewundere deine Begeisterungsfähigkeit und die Selbstsicherheit, mit der du an Dinge herangehst. Aber sie sind für mich nur ein Traum.«

Jack schien sich offenbar wieder in der Hand zu haben. »Tess, glaubst du, ich mache mir Illusionen, warum du dich zu mir hingezogen fühlst? Lass es mich deutlich sagen, meine Gute. Es ist völlig in Ordnung, wenn eine Frau Geld und Sicherheit sucht und sich dann mit einem älteren, gesetzten Mann vermählt. Das ist nun mal der Lauf der Welt.« Kurz flackerte sein ruhiges, trockenes Lächeln auf. »Wir haben alle unsere Trümpfe, die wir ausspielen können.«

»Ich frage mich, ob wir beide nicht für wahr halten, was wir uns eigentlich nur wünschen. Du hattest schon zwei Frauen.« Sie dachte an die erste Mrs. Bremerton, die kühl und reglos wie eine Statue aus Marmor vor Luciles Atelier gestanden hatte.

Er zuckte zusammen. »Du bist grausam. Man kann die Fehler der Vergangenheit nicht ungeschehen machen.«

Sie schluckte. »Aber vielleicht möchtest du irgendwann eine vierte haben.«

»Darum geht es also!«

»Es macht mir Angst, und deshalb verhalte ich mich, wie es sonst gar nicht meine Art ist. Aber das ist nicht der eigentliche Grund, Jack. Es gibt noch etwas viel Wichtigeres.«

»Was sollte das sein? Was ist wichtiger als wir beide? Ich bete dich an. Was willst du noch mehr?«

Ja, was? Sie könnte über weit mehr Annehmlichkeiten verfügen, als sie sich je erträumt hatte. Aber nicht in gleichem Maße geben zu können – ihn genauso zu lieben wie er sie –, würde eine Leere hinterlassen, die durch nichts zu füllen war. Und irgendwann würde sie es gar nicht mehr versuchen und nur noch nehmen. Übrig blieben nur lauwarme Gefühle.

»Erst zu mir selbst finden«, flüsterte sie.

»Wenn alle so dächten, würden wir nie zu etwas kommen.«

»Aber ich möchte es versuchen.«

Seine Augen flackerten. Er strich sich mit der Hand durchs Haar, dann leerte er sein Glas, stand auf und starrte an die Wand. »Wenigstens sagst du es mir persönlich. Ich selbst habe das in der Vergangenheit nur selten getan. So, jetzt kennst du meinen Charakterfehler. Ich bin ein Feigling. Aber gut beim Schach.«

»Du hast Jim vor Schwierigkeiten bewahrt, Jack. Dafür danke ich dir von ganzem Herzen. Das war ausgesprochen selbstlos.«

»Verdammt, dieser Wheaton!«

»Ich bin froh, dass ich es weiß.«

»Es war nicht selbstlos. Ich wollte dich, ohne dass deine Gefühle durch irgendetwas belastet wären. Und das erschien mir als der leichteste Weg. Ich vermute allerdings, dass dieser Jim bei deiner Entscheidung eine gewisse Rolle spielt.«

»Ja. Aber er weiß es nicht.«

»Dann solltest du es ihn wissen lassen.«

»Dazu ist es wohl leider zu spät.«

»Vielleicht auch nicht«, sagte er fast schon liebevoll.

»Irgendwie kommt es darauf nicht mehr an.« Sie merkte,

dass er es nicht verstand, und wechselte das Thema. »Warum bist du so ungeheuer großzügig?«

»Weil es mich in die Lage versetzt, das zu bekommen, was ich will. Mir geht es um die Freude am Gewinnen. Und hier hat sich mir eine Gelegenheit geboten.«

»Ich glaube aber nicht, dass das der einzige Grund ist.«

Er seufzte. »Also gut, Tess. Ich mag es nicht, wenn Leute wie die Duff Gordons so ganz nebenbei das Leben anderer ruinieren, und ich durchkreuze furchtbar gern ihre Pläne. Außerdem mag ich Unternehmen wie die White Star Line nicht. Mit solchen Firmen habe ich zwar eine Menge Geld verdient, aber das heißt nicht, dass ich mich auch von deren Manövern täuschen lasse. Wenn sie in Schwierigkeiten geraten, würden sie jeden opfern, um sich selbst zu retten. Es ist verrückt, aber irgendwann glauben sie ihre eigenen Behauptungen selbst. Das prächtigste Schiff der Welt, unzerstörbar und so weiter. Und genau da beginnen ihre Probleme. Nur merken sie das nicht. Also machen sie es wieder und wieder. Und Leute wie ich profitieren davon.«

»Das klingt sehr … amerikanisch.«

»Das ist es auch. Also …«, fuhr er langsam fort, »du fürchtest, dass ich unruhig werde und mir ›etwas Neues suche‹, wie meine beiden Frauen es genannt haben. Aber du könntest das ändern.«

»Nicht allein.«

»Ich habe mir nichts mehr gewünscht, als dass du mir vertraust. Aber offenbar tust du das nicht.« Er sah sie traurig an, zärtlich. »Du bist so jung, hast so etwas Frisches, meine Liebe. Womöglich hätte ich das mit meiner zynischen Art zerstört.«

Es war alles gesagt. Sie standen sich gegenüber, seltsam erleichtert und ohne Bedauern. »Ich wünsche dir alles Gute, Jack«, sagte sie. »Ich versuche, mir selbst treu zu bleiben. Würde ich das nicht tun, würde ich irgendeine Rolle spielen und uns beide unglücklich machen.«

»Wie die berühmte Lucile?«

»Womöglich.«

Er lachte spöttisch auf. »Welch beeindruckendes Vorbild!«

Tess wandte sich zum Gehen. Sie hatte es getan, sie hatte die zweite Rettungsleine zerschnitten, die sie in diesem neuen Land besessen hatte. Trotzdem hatte sie keine Zweifel und keine Angst, sie empfand nur die gleiche überwältigende Trauer, die sie auch beim Fortgehen aus Luciles Atelier verspürt hatte.

»Was hat dich zu deinem Entschluss bewogen?«

»Zum Teil meine Mutter. Vor allem aber der gesunde Menschenverstand.«

Er ließ die Worte einen Moment lang sinken. »Und da passe ich nicht hinein.« Als sie zu einer Antwort ansetzen wollte, hob er die Hand. »Womit bewiesen wäre, dass ich mein eigenes Leben nicht verändern kann, indem ich deins forme.« Er trat einen Schritt auf sie zu und drückte sie für einen kurzen Moment sanft an sich. »Auf Wiedersehen, Tess.«

Sie erwiderte seine Umarmung. »Auf Wiedersehen, Jack.« Dann öffnete sie die Tür, ging hinaus und zog sie fest hinter sich zu.

Es war ein wolkenverhangener Morgen mit einer leichten Brise, die die schlanken Stiele der kleinen Tulpengrüppchen in den Beeten am Union Square zum Schwanken brachte. Tess' offene Haare wehten im Wind, als sie den Park durchquerte und auf das schmale unauffällige Gebäude zustrebte, in dem sich Jims Holzwerkstatt befand. Sie durfte nicht davon ausgehen, ihn zu sehen, erst recht nicht, ihn zu treffen, trotzdem hatte sie irgendetwas hierhergeführt. Sie suchte Klarheit. Vielleicht würde sie ihm leise Adieu sagen. Bald würde sie es wissen.

Dann sah sie ihn. Seine schlanke Gestalt, leicht vornübergebeugt, der Gang geschmeidig und federnd – ein junger Mann auf dem Weg in seine Zukunft. Sie konnte sein Gesicht nicht ausmachen, weil er eine Kappe trug, aber sie erkannte ihn, diesen Mann, diese Hände. Ich weiß, wie er auf das Leben zugeht, sagte sie sich. Alles ist offen, alles ist möglich. Wie kann ich ihm das nehmen?

Als er die Werkstatt erreicht hatte, drehte er sich um. Sie hob den Arm und winkte zögernd.

Einen kurzen Augenblick lang regte er sich nicht, verharrte auf der Schwelle. Dann hob er die Hand und winkte zurück – für einen köstlich langen Moment. Plötzlich aber wandte er sich ab und betrat seine Werkstatt.

Es war ein Abschied.

Sie nahm ihren Weg zum Park am Washington Square wieder auf. Die Luft roch süß nach Frühling. Ihr Schritt war fest. Das ganze Leben lag vor ihr.

Der Park war voller Menschen und Farben. Ein Meer von rotweiß-blauen Flaggen inmitten einer unermesslichen Schar in blendendes Weiß gekleideter Frauen. Verwundert stellte Tess fest, wie energiegeladen und fröhlich sie waren. Einige schoben Kinderwagen aus Korbgeflecht mit gelangweilt dreinblickenden Wickelkindern, andere lachten und unterhielten sich wild gestikulierend, wieder andere sangen Lieder, die Tess noch nie gehört hatte. Sie alle trugen Hüte – Kappen aus Seide, Kreissägen aus Stroh –, und auf ihren quer über die Brust gespannten Schärpen stand WAHLRECHT FÜR FRAUEN. Eine Gruppe hielt ein aus einem Betttuch gefertigtes Banner in die Höhe, auf das die Worte WIR FORDERN GLEICHBERECHTIGUNG gemalt waren. Wie viele mochten es sein? Pinky hatte in ihrem Artikel am Morgen geschrieben, man erwarte zwanzigtausend Teilnehmerinnen: Hausfrauen, Künstlerinnen, Frauenvereine, und selbst die Quäker wollten sich an dem Marsch beteiligen.

Tess sah sich um, verrenkte den Hals, um über die Köpfe der Versammelten hinwegzublicken, und entdeckte einen prächtigen steinernen Bogen. Das musste das Bauwerk sein, von dem Pinky gesprochen hatte. Um näher heranzukommen, musste sie ihre Ellenbogen einsetzen. »Gehen Sie auch zu dieser Horrido-Parade, meine Dame?«, rief ihr ein Mann witzelnd zu, als sie sich an ihm vorbeischob. »Den ganzen Weg bis zur 5th Avenue? Seid ihr Frauen dazu nicht viel zu schwach?«

Es war aufregend, bunt und berauschend wie ein großer Jahrmarkt. Und all das fürs Wahlrecht? Junge Mädchen in Trägerschürzen waren mit Segeltuchtaschen unterwegs und verteilten Magazine der Suffragetten. Andere trugen Sonnenschirme mit der Aufschrift: WIR FORDERN DAS WAHLRECHT. Am Rand der Versammlung standen junge Männer, die sich in die Rippen stießen und lachten.

Tess' Aufmerksamkeit wurde von einer kleinen Gruppe von Frauen gefesselt, auf deren Banner etwas anderes stand: IHR ENTEHRT UNSERE MÄNNER. Eine Frau in einem grauen Baumwollmantel schrie auf eine korpulente Suffragette in Weiß ein. Als Tess näher herantrat, sah sie, dass es Mrs. Brown war.

»Das ist Verrat an uns Frauen, wenn Sie mit denen gemeinsame Sache machen!«, schleuderte ihr die Graugekleidete entgegen. »Sie waren doch auch auf dem Schiff. Was ist denn falsch daran, wenn Frauen und Kinder zuerst gerettet werden?« Als Tess die Stimme erkannte, die sich am Ende des Satzes immer höher schraubte, schauderte sie.

»Schätzchen, wenn, dann muss es auch unter harten Bedingungen gelten«, entgegnete Mrs. Brown resolut. »Auf dem Schiff gab es gute Männer, und es gab schlechte. Und genauso war es bei den Frauen. Also schonen Sie Ihre Nerven.«

Damit erntete sie jedoch nur eine weitere Schimpfkanonade. Eine andere Frau in Weiß stellte sich der grauen Angreiferin entschlossen entgegen. »Es schwächt uns und unsere Forderungen, wenn wir auf die Ritterlichkeit der Männer bauen«, erklärte sie eindringlich. »Verstehen Sie das denn nicht?«

Als Mrs. Brown Tess entdeckte, nahm sie sie in die Arme. »Meine Gute, jetzt sehen Sie, wie wir in Amerika mit solchen Dingen umgehen«, sagte sie. »Manchmal wünschte ich, meine

 Mitstreiterinnen für das Wahlrecht hätten die Frage der Gleichbehandlung ausgeklammert, über die man sich gerade so heftig streitet. Dann wären heute sicher mehr von uns hier.« Winkend schloss sie sich dann wieder den Demonstrantinnen an.

»Tess! Tess!«

Pinky, die sie entdeckt hatte, sprang mehrfach in die Höhe, um Tess auf sich aufmerksam zu machen. »Du bist also gekommen!« Sie schob sich durch die Menge, dann nahm sie Tess bei der Hand. »Ist es nicht unglaublich?«, fragte sie. »Sie sind alle da – Mütter und Hausfrauen, Näherinnen, Bibliothekarinnen, Sozialarbeiterinnen, Wäscherinnen. Wenn wir uns einig sind, Tess, können wir es schaffen und kriegen das Wahlrecht.«

»So viele unterschiedliche Frauen habe ich noch nie an einem Ort gesehen«, sagte Tess. Ihr schoss die Frage durch den Kopf, wie es ihnen wohl gelungen war, ihre Arbeitsstellen zu verlassen, um an dem Zug teilzunehmen.

»Es sind sogar Chinesinnen hier. Ihnen werden als Babys die Füße gebunden, und weil sie deshalb nur schwerlich weitere Strecken gehen können, fahren sie in einem Wagen. Trotzdem können sie in ihrem Land wählen. Wie findest du das?« Pinky wies auf eine mit Blumen geschmückte Kutsche. »Die ist für die älteste unserer Suffragetten, eine Frau von vierundneunzig. Außerdem haben sich uns Tausende Männer angeschlossen. Das ist doch schon was, nicht wahr?«

Tess nickte, weil man sie bei all dem Lärm ohnehin nicht würde hören können.

»Wir sind schon dabei, uns aufzustellen. Komm mit, ich zeige dir den Schimmel. Bevor wir losziehen, darf ich darauf reiten. Das wird ein tolles Foto für die *Times*.«

»Und wer reitet ihn auf dem Marsch?«

»Ob du es glaubst oder nicht, eine Rechtsanwältin.«

Als sie zu den Frauen traten, die um das Pferd herumstanden, wurde Pinky stürmisch begrüßt. »Jetzt bist du dran, Pinky!«, rief eine.

Tess strich dem Schimmel über die weichen Nüstern. Es war eine prächtige Stute, hochgewachsen und kräftig, mit klugen Augen, und ihr Fell so blendend weiß wie die Kleider der Frauen, die sich zum Marsch zusammengefunden hatten. Ihr stolzer Blick schien auf Tess zu ruhen.

»Hoch mit dir.«

Unterstützt von zwei Frauen schwang sich Pinky in den Sattel. Sie war erfüllt von Freude und Begeisterung, und das nicht nur wegen der Gelegenheit, bei diesem historischen Ereignis eine kleine Rolle zu spielen. Gestern Nachmittag hatte sie gefürchtet, dass Tess ihr den Rücken kehren würde. Doch noch während des Gesprächs hatte sich ihr Eindruck geändert. Jetzt war sie sich ganz sicher. Offenbar war sie in Gefühlsdingen klüger als ihre Freundin. Zumindest konnte sie sich das einreden.

Als sich Pinkys Finger um das Sattelhorn schlossen, fühlte sie sich stolz und machtvoll. Von hier oben konnte sie alles überblicken. »Wie wunderbar!«, rief sie über die Menschen hinweg, die über den Platz schlenderten.

»Halt dich fest«, mahnte Tess.

»Festhalten? Ich würde am liebsten durch den Park galoppieren!« Sie blickte zu Tess hinunter. »Komm, jetzt bist du dran.« Rasch ließ sie sich an der Flanke des Schimmels herabgleiten und sprang auf den Boden. Sie fasste Tess um die Taille und drückte ihr die Zügel in die Hand. »Steig auf!«

»Warum nicht?«, meinte Tess lachend. Dann schwang sie sich auf den Rücken der Stute und richtete sich gerade auf.

Beim Anblick des Platzes stockte ihr der Atem. Wie prachtvoll das alles wirkte, und wie aufregend es war. Weit weg, zwischen den Häuserschluchten, zeigte sich ihr sogar der Horizont. Jetzt begriff sie, was Jim immer schon vor sich gesehen hatte. Es gab so viel, das sie tun und lernen konnte, das es für sie zu entdecken gab.

Aber dann schob sich noch etwas anderes in ihren Blick. Eine vertraute Gestalt, die Kappe in den Nacken geschoben. Er kam auf sie zu. Näher, immer näher, und dann diese blauen Augen. Sie konnte ihr eigenes Lachen hören. Ob sie recht hatte oder nicht, ihr Vorsatz stand fest. Sie würde stark sein, hin und wieder ein Wagnis eingehen, sich nicht zu schnell mit dem Erreichten zufriedengeben und sich der Wahrheit stellen.

»Soll ich dir helfen?«, fragte Jim und strahlte sie an. Er griff den Schimmel am Zaum und streckte seinen Arm nach ihr aus.

Tess beugte sich zu ihm, legte ihre Hand in seine und ließ sich weich in seine Arme gleiten.

»Ja.«

Anmerkung der Autorin

Einen Großteil der Zeugenaussagen in diesem Buch habe ich aus den Mitschriften der Anhörungen des US-Senatsausschusses übernommen, die nach dem Untergang der *Titanic* durchgeführt wurden.

Das Grundgerüst meiner Erzählung beruht auf wahren Begebenheiten: Lady Duff Gordon, eine weltberühmte Modeschöpferin, entging mit ihrem Ehemann und ihrem Sekretär dem Tod in einem Rettungsboot, das verschiedenen Berichten nach vierzig bis fünfzig Menschen hätte aufnehmen können und nicht nur zwölf, wie es der Fall war. Sie sperrte sich hartnäckig dagegen, noch einmal zurückzurudern, um weitere Überlebende aufzunehmen. Cosmo Duff Gordon bot den Besatzungsmitgliedern Geld an – wobei man nicht weiß, ob er sie damit bestechen wollte, den Forderungen seiner Frau nachzukommen, oder ob es ein Ausdruck der Dankbarkeit war.

Cosmo und Lucile wurden auf beiden Seiten des Atlantiks in der Presse an den Pranger gestellt. In meinem Roman macht Lucile ihre Aussage zwar in den Vereinigten Staaten, doch in Wahrheit blieb Cosmo und ihr diese Prüfung erspart. Als sie später in England vorgeladen wurden, sahen sie sich heftigen Angriffen ausgesetzt. Hohn und Spott der Öffentlichkeit blieben nicht ohne Folgen: Nach den Anhörungen in England begann der langsame Niedergang des *Maison Lucile* – sie gab ihren Kleidern tatsächlich romantische Namen –, und Sir Cosmo und Lady Duff Gordon trennten sich.

Am 18. Mai 1912 lieferte Senator William Alden Smith dem bis auf den letzten Platz besetzten Senat seinen von Emotionen nicht freien Abschlussbericht des US-Untersuchungsausschusses zum Unglück der *Titanic*. Hauptursache der Katastrophe, so Smith, sei eine leichtfertige »Missachtung von Gefahren« an mehreren entscheidenden Stellen gewesen: Die *Titanic* fuhr zu schnell durch ein Eisbergfeld, die Besatzung war unerfahren, es gab keine Ferngläser an Bord, die Funkausrüstung war unzureichend, es wurden keine Übungen an den Rettungsbooten durchgeführt, und es waren nicht genügend Rettungsboote für alle Passagiere vorhanden. Smith drängte den Kongress erfolgreich zu einem Gesetz, das fortan allen Schiffen die Ausstattung mit einer ausreichenden Anzahl an Rettungsbooten vorschrieb.

Ebenfalls historisch verbürgt ist die großartige Margaret Brown – die später als »unsinkbare Molly Brown« in die Geschichte eingehen sollte. Sie war eine echte Heldin der *Titanic*, die in ihrem Rettungsboot nicht zögerte, zu den Rudern zu greifen.

Alles andere ist erfunden – mit Ausnahme einer Frage, die im Mittelpunkt dieser Tragödie steht und auf die es zweifellos nicht nur eine Antwort gibt: Warum kam es lediglich in einem Rettungsboot zu dem Versuch, Ertrinkende zu retten?

Und schließlich: Millvina Dean, die letzte Überlebende der *Titanic*, starb am 31. Mai 2009 im Alter von siebenundneunzig Jahren – auf den Tag genau achtundneunzig Jahre nach dem Stapellauf der *Titanic* – in Belfast.

Kate Alcott

Danksagung

Gute Freunde lesen es wieder und wieder … auch noch in der wievielten Version? Ich danke euch allen – Ellen, Irene, Judy, Linda, Margaret und meiner Schwester Mary.

Esther, Sie sind eine herausragende und treue Freundin und Agentin. Melissa, Ihre Anregungen und Ihr Engagement waren genau das, was man sich als Autorin von einer Lektorin erhofft.

Und Frank, du hast mir dieses wunderbare Modell von der *Titanic* geschenkt, in dem Vertrauen, dass meine nicht untergehen wird. Danke.

NF 133/1/2.12

Eine Liebe in Zeiten des Krieges

Am Vorabend des Ersten Weltkriegs. Adèle und Wilhelm kennen sich seit Kindheitstagen. Aus kindlicher Freundschaft wird eine leidenschaftliche Liebe – eine Liebe, die nicht sein darf. Die Tochter eines elsässischen Weinbauern und den Sohn aus reichem Berliner Hause trennen nicht nur die gesellschaftlichen und politischen Umstände. Denn als sich die deutsch-französischen Auseinandersetzungen zuspitzen, finden sie sich plötzlich auf gegnerischen Seiten wieder …

Ein bewegender Roman über eine Liebe gegen alle Konventionen und Widerstände.

Karsten Flohr, Zeiten der Hoffnung. Roman
insel taschenbuch 4146. 365 Seiten

NF 136/1/3.12

»Wir lieben uns. Wir mögen uns nur nicht besonders.«

Rosalind, Bianca und Cordelia: Die drei eigenwilligen Schwestern – von ihrem exzentrischen Vater liebevoll nach Shakespeare-Heldinnen benannt – kehren eines Sommers nach Hause zurück, in die kleine Universitätsstadt im Mittleren Westen. Die Freude über das Wiedersehen währt nur kurz, denn die temperamentvollen jungen Frauen und ihre gut gehüteten Probleme stellen die familiäre Harmonie auf eine harte Probe …

Mitreißend und tiefgründig, spritzig und humorvoll erzählt *Die Shakespeare-Schwestern* vom Los und Segen lebenslanger Schwesternbande, die – sosehr man sich bemüht, sie zu lösen – doch allen Stürmen des Lebens standhalten.

Eleanor Brown, Die Shakespeare-Schwestern. Roman. Aus dem Amerikanischen von Brigitte Heinrich und Christel Dormagen. insel taschenbuch 4135. 374 Seiten

NF 137/1/3.12

»Ein unglaublich bewegendes Buch.« ***NDR Kultur***

Es ist das Jahr 1961 – das Jahr, in dem John F. Kennedy Präsident wird, Gagarin in den Weltraum fliegt und der Bau der Berliner Mauer beginnt. Der zehnjährige Finn lebt mit seiner Mutter in einer schmucklosen Vorstadt von Oslo. Er ist schmächtig, aber vielleicht der Klügste seiner Klasse.
Eines Tages steht seine kleine Halbschwester Linda mutterseelenallein vor der Tür – mit einem himmelblauen Koffer und jeder Menge emotionalem Sprengstoff im Gepäck.
Für Finn beginnt ein Sommer, den er nie vergessen wird …

Ein Familienroman voller Wärme und Magie und eine ergreifende Geschichte über die große Macht des Kleinen.

Roy Jacobsen, Der Sommer, in dem Linda schwimmen lernte. Roman. Aus dem Norwegischen von Gabriele Haefs. insel taschenbuch 4127. 294 Seiten

NF 138/1/3.12

»Patty Marx besitzt einen unvergleichlichen Humor, ihr Buch ist brillant.« ***Woody Allen***

»Wally ist der perfekte Mann.«
»Perfekt ist nicht mein Typ.«

Auf einer Party in New York begegnen sich die fröhliche, aber leicht neurotische Dessous-Designerin Imogene Gilfeather und der eigenwillige, aber liebenswerte Wissenschaftler Wally Yez. Während sich Wally sicher ist, für Imogene bestimmt zu sein, hält sich ihr Interesse an Liebe und Romantik in Grenzen. Trotzdem nimmt die Liebe ihren Lauf. Aus einem Date werden zwei, dann drei, dann viele. Imogene und Wally werden ein Paar. Doch hält das Glück, was es verspricht?

Mit viel Witz, einer Portion Ironie und einer gehörigen Prise schwarzem Humor erzählt *Zurück auf Glück* von der Alchemie der Paarbeziehung – von zwei Menschen, die nicht aufeinander gewartet haben und doch füreinander bestimmt sind …

Patricia Marx, Zurück auf Glück. Roman. Aus dem Amerikanischen von Regina Rawlinson. insel taschenbuch 4168. 213 Seiten

NF 156/1/8.12